dtv

premium

Herbert W. Franke

Cyber City Süd

Roman

Deutscher Taschenbuch Verlag

Von Herbert W. Franke
ist im Deutschen Taschenbuch Verlag erschienen:
Sphinx_2 (24407)

Originalausgabe
Juni 2005

www.dtv.de
Umschlagkonzept: Balk & Brumshagen
Umschlaggestaltung: Stephanie Weischer unter Verwendung
einer Illustration von © zefaimages / J. F. Podevin
Satz: Fotosatz Reinhard Amann, Aichstetten
Gesetzt aus der Sabon 10,75/12,75·
Druck und Bindung: Kösel, Krugzell
Gedruckt auf säurefreiem, chlorfrei gebleichtem Papier
Printed in Germany · ISBN 3-423-24470-4

»Auf der Stadt liegt ein Fluch«, sagte der Alte. »Unzählige Male wurde sie erobert, zerstört, verlassen, wieder aufgebaut, neu gegründet und besiedelt und wieder zerstört. Alle siebzehn Jahre wiederholt sich das, so steht es geschrieben – das ist das Schicksal der Stadt, ihre Geschichte, ihre Vergangenheit und ihre Zukunft. Und die, die in dieser Stadt leben, sind nur Figuren in einem Spiel, ob sie es merken oder nicht.«

Sie lagen im heißen Sand, am Kamm einer Düne, und blickten über deren Rand. Beide trugen weiße, lockere Kleidung aus Schafwolle wie schon Generationen vor ihnen. Der eine alt und weise, der andere jung und wissbegierig. Über ihnen breitete sich drückender Sonnenglast, und schon wenige Schritte hinter ihnen begann das Meer des weißgrauen Nebels, aus dessen Schutz sie sich herausgewagt hatten.

»Was sind das für Menschen, die jetzt in der Stadt leben?«, fragte der Junge. »Woher sind sie gekommen? Was machen sie dort?«

»Du fragst so viel«, sagte der Alte, doch sein Lächeln zeigte, dass er die Neugier des Jungen verstand. »Es sind Fremde, sie kamen von weit her. Diese Fremden haben die Stadt erobert: Ungläubige, die hier nichts zu suchen haben. Seither sind Menschen aus aller Welt in die Stadt gekommen. Nur Gott weiß, was sie dort wollen, was sie dort treiben.«

Der Junge schob sich noch ein wenig vor, um besser sehen zu können, doch der Alte mahnte ihn mit einer Handbewegung zur Vorsicht.

»Diese Stadt sieht ganz anders aus als die Städte, von denen du mir erzählt hast«, wandte der Junge ein. »Siehst du diese Türme, die bis in den Himmel reichen? Siehst du dieses Licht, das darüber schwebt? Es ist heller als der Tag. Und dieser selt-

same Lärm ...« Er hob die Hand ans Ohr, und tatsächlich konnte man Fetzen von Geräuschen hören, die der Wind heranwehte – waren es Stimmen, Gesänge, Geschrei? Waren es Trommeln oder Hammerwerke? Waren es Kampfgetöse und Waffenlärm?

»Das ist nur vorübergehend«, beschied der Alte. »Eine kurze Zeit. Ein paar Jahre. Bald wird sie wieder zerstört sein, diese Stadt. Derzeit ist sie von Narren besetzt. Sie leben im Überfluss, verschwenden ihre Vorräte, vergeuden das Wasser. Sie geben sich einem haltlosen Leben hin. Doch sie sind dem Untergang geweiht. Sie werden sich selbst zerstören.«

Der Junge gab sich nicht zufrieden: »Aber sie besteht doch schon länger als siebzehn Jahre!«

Der Alte blickte ihn milde lächelnd an. »Merke, mein Sohn: Du darfst die Weissagungen nicht wörtlich nehmen. Aber früher oder später gehen sie in Erfüllung.«

1

Die Flugscheibe hatte den zugewiesenen Landezylinder angepeilt und sackte nun mit sanftem Rucken abwärts – zu langsam für die ungeduldigen Fluggäste aus aller Welt, die, endlich am Ziel, die wenigen Minuten Wartezeit bis zum Bodenkontakt nicht mehr hinnehmen wollten. Der Kapitän meldete sich noch einmal aus dem Lautsprecher, doch niemand hörte ihm zu. Dann endlich das erwartete dumpfe Aufsetzen und bereits Sekunden später das Zischen der sich hydraulisch öffnenden Türen.

Aufgeregt drängten die Passagiere den Ausgängen entgegen. Noch befanden sie sich in der vertrauten Umgebung, eingebettet in das technisch gestylte Interieur, das der Passagiermaschine aus Europa den Anschein von Luxus geben sollte. Jetzt trennten sie nur noch wenige Schritte vom Abenteuer, vom Wunder, von der Erfüllung aller Träume. Doch während sich die Menschen gegenseitig vorwärts schoben, spürten sie schon den Hauch des Außergewöhnlichen, einen warmen Luftzug, einen Duft, den sie als orientalisch empfanden – weil ein solcher Duft in den Parfümgeschäften als orientalisch bezeichnet wurde. Und wenn man auch noch nichts von draußen sehen konnte, so war doch schon Musik zu hören, etwas, das exotisch klang, aber dennoch freundlich und wohltönend, ja, es mutete sogar ein wenig feierlich an, und in die Klänge mischten sich helle, immer lauter werdende Stimmen.

Majda hielt ihre Tasche fest in der Hand. Sie hatte darin ihre Dokumente aufbewahrt, die Magnetkarten, auf denen die vorausbezahlten Beträge verzeichnet waren, die Abbuchungen für die Unfall- und Krankenversicherung, für die Rückreise und für das Hotel, dazu noch ein paar persönliche Unterlagen, ein elektronischer Reiseführer, eine Liste der Aufführungen, die sie besuchen sollte, und die alten Briefe ihres Vaters, die er einst von hier aus in die Heimat geschickt hatte.

Jetzt erst, da sie sich aus ihren Liegesitzen erhoben hatten, konnte sie sich die Reisegefährten der letzten zwei Stunden zum ersten Mal in Ruhe ansehen. Sie unterschieden sich deutlich in Alter und Herkunft, waren aber alle gut gekleidet, einige eher nach der sportlichen Mode, die Generation der Mind-Surfer, andere konservativ vornehm im Italo-Stil, doch allen sah man an, dass sie in der Lage und auch dazu bereit waren, sich den Aufenthalt in Cyber City Süd etwas kosten zu lassen.

Unwillkürlich verglich Majda die anderen mit sich selbst. Gewiss, vom Anblick her unterschied sie sich kaum von ihnen, und das war auch ihre Absicht. Vielleicht war ihre Kleidung nicht ganz so erlesen, und ihr Schmuck stammte aus einem der vielen Billigmärkte, wie man sie am Rand aller großen Städte im Grenzbereich zwischen den Armen und den Reichen fand, aber einer jungen Frau von 25 Jahren und recht ansehnlichem Äußeren würde man das nachsehen. Und dass sie anderes vorhatte, als sich um jeden Preis zu amüsieren, war ihr nicht anzumerken.

Der mit unauffälliger Eleganz gekleidete Mann, der den Platz neben ihr gehabt hatte, drehte sich zu ihr herum und wünschte viel Vergnügen. »Vielleicht treffen wir uns einmal«, sagte er.

»Ja, vielleicht«, sagte Majda.

Sie hatten sich recht angeregt unterhalten, er war schon mehrmals hier gewesen und hatte Majda einiges über Cyber City Süd erzählt, was sie noch nicht gewusst hatte ... dass es eine uralte Stadt war, die sich erst nach dem letzten arabischen Krieg für die westliche Kultur geöffnet hatte; dass man jetzt, seit das Ölgeschäft zu Ende ging, den Fremdenverkehr als Einnahmequelle entdeckt hatte; und dass diese entlegene Stadt im Südosten der arabischen Halbinsel auch im internationalen Vergleich das modernste Vergnügungsviertel weltweit besaß.

Natürlich hatte Majda dem Mann auch ein wenig von sich erzählt: wie sie auf die Idee gekommen war, diese Reise zu unternehmen, und was sie sich für die folgenden Tage vorgenommen hatte.

Majda hatte den Eindruck, Göran – so hatte er sich vorgestellt – hätte sie gern wieder gesehen, aber sie war nicht bereit, bereits zu Beginn ihres Aufenthalts wie auch immer geartete Verpflichtungen einzugehen.

Göran, er mochte zwischen 35 und 40 Jahre alt sein, kam aus Skandinavien, aus dem früheren Schweden, und er sah exakt so aus, wie man sich einen Schweden vorstellt. Aber eigentlich lagen ihr diese hellblonden Typen nicht, die auf ihre Locken so stolz waren. Und war er nicht auch ein wenig zu alt für sie? – Während eines Urlaubs wollte Majda lieber mit Leuten ihres Alters beisammen sein. So verabschiedete sie sich freundlich, aber entschieden und wünschte Göran einen schönen Aufenthalt.

Die schmalen Wege zwischen den Sitzreihen führten sternförmig nach außen, und nach den ersten Sekunden im Gedränge ging es nun zügig voran. Unversehens trat Majda hinaus auf einen ringförmigen Perron, dessen Boden stufenlos an jenen des Passagierraums anschloss. Sie versuchte sich zu orientieren, sah sich nach Hinweisschildern um, aber schon war sie von schmächtigen, bunt gekleideten Menschen umgeben – ein braunhäutiger Menschenschlag. Halbwüchsige oder Schöpfungen aus dem Genlabor? Von der Statur her hätten es Jugendliche sein können, doch die Gesichter waren alt. Es waren aber auch junge und ausnehmend hübsche Mädchen da, die lächelten und die Ankommenden mit kühlenden Essenzen besprühten.

Außerhalb des Passagierraums war das Gedränge nicht mehr so groß, die Ankommenden standen in einer Schlange, die sich langsam, aber zügig vorwärts bewegte. Jemand steckte Majda eine Plakette an, ein anderer drückte ihr eine Transformer-Puppe in die Hand – einen kleinen Soldaten in goldener

Uniform –, und wieder ein anderer legte ihr einen dünnen, silberglänzenden Umhang um. Dann stand ein junger Mann in der grünen Einheitskleidung des Sicherheitsdienstes vor ihr, der ihr, ehe sie protestieren konnte, die Handtasche abnahm und ihr stattdessen eine nummerierte Marke in die Hand drückte. »Hier bitte – Ihr Weg zur Gepäckausgabe und zum Ausgang. Dort bekommen Sie auch Ihre Tasche wieder. Ich wünsche Ihnen viel Vergnügen.« Er führte sie zwischen Gruppen von bunt gekleideten Mädchen hindurch und wies auf einen Gang.

Majda ließ das alles wie betäubt mit sich geschehen. Sie stand noch unter dem Einfluss der Inaktivierungstablette, die jeder Fluggast aus Sicherheitsgründen vor dem Start einnehmen musste. Zögernd trat sie ein, der Lärm verebbte nahezu schlagartig. Ein Schritt, und sie war in einer anderen Welt. Diffuse Beleuchtung, das Licht lag wie Staub auf den Flächen, nur die Kanten schienen mit schwarzer Tusche nachgezogen. Weit vorn sah sie noch einen Fluggast, doch der verschwand sogleich hinter einer Ecke. Sie war allein und musste zunächst einmal zur Besinnung kommen. Sie setzte sich in Bewegung, die Puppe in der Hand, der Umhang knisterte. Sie versuchte ihn abzustreifen, doch er war um den Hals herum fest geschlossen, sie hätte ihn abreißen müssen, und so ließ sie es sein.

Majda bog um die Ecke, die sie schon aus der Entfernung gesehen hatte, von ihrem Vorgänger war nichts mehr zu bemerken. Er musste schneller gegangen sein, und unwillkürlich beschleunigte auch Majda ihre Schritte. Der Gang teilte sich, eine Treppe führte abwärts, der andere Zweig lief horizontal weiter. Ein Hinweisschild hing darüber, das ihr jedoch nichts nützte, denn es war in einer fremden Sprache abgefasst, die sie nicht verstand. Was tun? Kein Mensch zu sehen, den sie hätte fragen können. Etwas unsicher folgte sie der Horizontalabzweigung.

Es folgten zwei oder drei weitere Biegungen, Majda wurde

unruhig – hatte sie einen falschen Weg erwischt? Einen Moment lang stand sie in hellem Lichtschein, so kurz, dass sie an eine Täuschung glauben mochte. Der Gang wurde enger, das Licht schien noch düsterer zu werden ... oder irrte sie sich? Sie spürte einen Luftzug, der einen merkwürdigen Geruch mit sich brachte. Vanille? Sie blickte sich um, sollte sie umkehren? Dann entschloss sie sich, noch ein Stück weiterzugehen. In dem Dämmerlicht, das sie jetzt umgab, verzerrte sich die Perspektive: Das vor ihr liegende Gangstück schien unendlich weit ins Ungewisse zu führen. Dann befand sie sich plötzlich in einer Halle – ein großer, domartiger Raum, in mehrere Stockwerke unterteilt, die man über Treppen erreichen konnte.

Majda kam nicht dazu, sich Gedanken darüber zu machen, denn nun hörte sie ein Geräusch, einen von einem Zischen angekündigte Knall, sie sah eine auf sich zulaufende Lichtspur, und dann spürte sie einen Schlag – ihr Umhang war getroffen worden.

Einen Augenblick später prasselte ein ganzer Schwarm von Geschossen auf sie ein. Sie merkte, dass der Stoff des Umhangs sie schützte – die Geschosse prallten daran ab –, und so zog sie sich die Kapuze über den Kopf. Gleichzeitig sah sie sich nach Deckung um und fand eine Nische an der Wand, in die sie sich kauerte. Draußen sah sie immer noch die Pfeile der Leuchtspuren, doch in der Nische war sie geschützt, und kurze Zeit danach war der Angriff zu Ende.

In Majdas Hand bewegte sich etwas. Jetzt merkte sie erst, dass sie noch die Transformer-Puppe in der Hand hielt, doch es war keine Puppe mehr, die Arme verkürzten sich, aus dem Körper wuchs ein Lauf heraus, der Rumpf verjüngte sich zu einem Handgriff, und an den Fingern spürte Majda einen Abzugshebel.

Noch immer kam sie nicht dazu, über das Geschehene nachzudenken. Draußen bewegte sich etwas, und sie sah drei scheußlich maskierte Roboter-Soldaten auf sich zukommen.

Sie hielten Laserpistolen im Anschlag und begannen erneut zu feuern. Doch nun änderte sich plötzlich Majdas Gemütslage, es war ihr klar, dass da irgendetwas nicht stimmte, aber gleichgültig, was es sein mochte: Jetzt war sie bereit, die Initiative zu ergreifen, sich zu wehren. Sie sprang aus der Deckung hervor, ihre Waffe in der Hand, sie hielt den Abzughebel gedrückt und jagte eine Salve von Geschossen auf die Angreifer. Deren metallene Körper glühten auf und zerfielen in Sekundenschnelle zu Staub.

Die Szene änderte sich daraufhin abrupt. Dröhnender Applaus, Menschen, die ihr zuwinkten, ein Mann in Livree überreichte ihr einen Blumenstrauß und ein Heftchen mit Reklamekarten. Ein anderer hielt ihr die Handtasche hin und nahm ihr die Pistole aus der Hand, die sich in eine Puppe zurückverwandelt hatte. Dann wurde es rasch wieder ruhig. Kaum jemand beachtete sie noch. Langsam kam Majda zur Besinnung. Sie stand in einer Empfangshalle, daran schloss der nächste Raum an, in dem offenbar das Gepäck ausgegeben wurde. Als sie sich umsah, erblickte sie eine die ganze Hinterwand umfassende Holo-Screen, darauf waren zwei junge, mit silbrigen Umhängen versehene Männer zu beobachten, die zögernd in einen düsteren Gang voranschritten: jenem Gang, in dem sie sich eben selbst befunden hatte.

»Eine unerwartete Überraschung, nicht wahr? – Da haben Sie einen Vorgeschmack von Cyber City Süd bekommen.« Neben ihr stand ein schwitzender Tourist, den sie als einen ihrer Reisegefährten erkannte. Er lächelte ihr verständnisvoll, wenn auch ein wenig überlegen, zu.

»Haben Sie das auch schon erlebt?«, fragte Majda.

»Ja, bei meinem letzten Besuch. Diesmal war ich nicht dabei. Die Teilnehmer an diesem Spiel werden ausgelost.«

Majda antwortete nicht, sondern bemühte sich, mit der einen Hand die Blumen zu halten und mit der anderen die Reklamekarten zu verstauen. Der Mann beobachtete sie und sagte: »Heben Sie das Heftchen gut auf, es enthält Eintrittskarten für die Adventure-Tour. Dort werden Sie noch viel spannendere Abenteuer erleben.«

»Ich kann darauf verzichten«, stöhnte Majda, die sich immer noch überrumpelt fühlte. »Hat man hier nichts anderes im Sinn, als die Einreisenden auf derart unsinnige Weise zu belästigen!«

Der Fremde schüttelte den Kopf. »So unsinnig ist das allerdings nicht. Auf diese Weise wurden Sie ganz nebenbei auf Waffen und andere verbotene Dinge untersucht. Ihre Identität wurde verifiziert, der Gesundheitszustand analysiert. Und alles ohne unangenehme Wartezeiten, ohne die üblichen Belästigungen bei Einreise- und Sicherheitskontrollen, in Form eines Spiels. Eine glänzende Idee!«

Majda sah den Mann kurz an – hatte er das ernst gemeint? Sie wollte jedoch nicht weiter darauf eingehen, sondern nickte ihm flüchtig zu und wandte sich ab. Sie fühlte sich leer und müde und musste sich konzentrieren, um nach dem Ausgabe-Claim für ihr Gepäck zu suchen. Nun hatte sie also eines der Wunder von Cyber City Süd kennen gelernt – und die Prüfung bestanden, falls es eine solche gewesen war. Na schön – sie würde sich auf weitere Überraschungen gefasst machen, hoffentlich ist etwas Vernünftigeres dabei, so hoffte sie ...

Majda hatte sich auf eine längere Wartezeit bei der Gepäckausgabe gefasst gemacht, doch kaum steckte sie ihre Flugkarte in das Lesegerät, da öffnete sich auch schon die Klappe, und sie konnte ihren Koffer von der Drehscheibe nehmen und auf einen automatisch betriebenen Gepäckwagen legen, der ihr folgte, ohne dass es dazu irgendwelcher Handgriffe bedurft hätte. Auf der Suche nach dem hoteleigenen Sammeltaxi folgte Majda der Beschilderung und fand statt des erwarteten Elektromobils ein Schwebeboot mit den Logos mehrerer Hotels, darunter auch das des ihren ...

Sie beobachtete, wie ihr Gepäck von einem Bediensteten im

Frachtraum verstaut wurde, stieg in das geräumige Boot und nahm in einer freien Reihe Platz. Gleich darauf setzte sich ein Mann auf den Platz neben sie – es war Göran.

»Wohnen Sie auch im ›Seymour‹?«, fragte Majda etwas erstaunt.

»Nein, aber das Boot hält bei mehreren Hotels, unter anderem auch bei meinem.«

Schon wenige Minuten später war das Schwebeboot in luftige Höhen aufgestiegen. Kurze Zeit ging es über eine leere Sandebene, die von einem merkwürdig verschlungenen Raster von Fahrspuren durchfurcht war, es folgten einige Reihen eng aneinander gebauter, niedriger brauner Häuser. Nur von weitem war eine Ansammlung höher aufragender Gebäude auszumachen, vermutlich das Zentrum der Altstadt. Schließlich näherten sie sich einer hohen Mauer, die sich aber von der anderen Seite aus betrachtet als immaterielles Gebilde erwies: schillernde Spiegelflächen, Kaskaden von Lichtpunkten, darüberhuschende Bilder, Schriftzüge von Reklame ...

Göran erklärte Majda, dass es eine Sichtschranke sei, die das Hotel- und Vergnügungsviertel gegen die übrige Welt abschirmen soll. Und das, was da zum Vorschein kam, stand in der Tat in krassem Gegensatz zu dem, was von der historisch bemerkenswerten alten Stadt noch übrig geblieben war. Natürlich hatte Majda viel von Cyber City Süd gelesen, von den phantastischen Bauten, in die auch virtuelle Elemente einbezogen waren, von Tanzpalästen und Panoramakinos, von futuristischen Anlagen für Freiluftkonzerte, von Wiesen aus bunt gefärbtem Kunstgras für Spiel und Sport, von künstlichen Stränden und Wasserflächen mit dressierten Delphinen und etlichem mehr, aber sie hatte nicht gewusst, dass es sich um einen eigenen, von den anderen Stadtteilen völlig getrennten Bereich handelte.

Der Flug zog sich in die Länge, da es Stopps bei mehreren Hotels gab und es jedes Mal eine Weile dauerte, bis die dort untergebrachten Passagiere ausgestiegen waren.

Während Majda etwas ungeduldig auf das Ende des Transports wartete, versuchte Göran sie ein wenig aufzumuntern und mit weiteren Beschreibungen der Cyberstadt zu unterhalten. Er stellte auch Fragen an Majda, ob sie sich für Sport interessiere oder für Musik, und er sprach von den Veranstaltungen, bei denen die großen Stars aus der ganzen Welt auftraten. Als Majda nur einsilbig antwortete, kam er auf das zurück, was sie ihm während des Flugs erzählt hatte.

»Sie wollten sich doch nach Ihrem verschollenen Vater erkundigen. Wissen Sie schon, wie Sie dabei vorgehen wollen?«

»Ich habe keinen Plan«, antwortete Majda. »Ich will einfach sehen, ob ich irgendwo Informationen bekommen kann – über das, was damals, während der Kämpfe, geschehen ist.«

»Das liegt lange zurück«, meinte Göran, »– aber da fällt mir etwas ein: Es sind ja immer noch Kriegsverbrecherprozesse in Gang, dabei versucht man die Ereignisse während der Zeit der Auseinandersetzungen zu rekonstruieren. Und diese Veranstaltungen sind öffentlich zugänglich. Vielleicht erfahren Sie dort etwas, was Ihnen nützlich sein kann.«

Das hört sich interessant an, dachte Majda, und sie antwortete nun ein wenig freundlicher auf Görans Fragen. Er schien sich auch für die Arbeit zu interessieren, die ihr Vater damals geleistet hatte.

»Ich weiß nur wenig darüber. In seinen Briefen ging er kaum auf seinen Beruf ein. Nur im letzten teilte er mit, dass er irgendwo in der Wüste Wasser gefunden hätte ... eine Quelle oder so etwas – ich weiß es auch nicht genauer.«

»Und wo soll diese Quelle sein? Gibt es denn keine Aufzeichnungen?«

Majda hatte keine Lust, auf diese Fragen näher einzugehen. »Ich weiß nichts darüber«, wiederholte sie ein wenig unaufmerksam, denn sie achtete nebenbei auf die Durchsage, die den Halt beim nächsten Hotel ankündigte: Es war das ihre. Sie wünschte Göran einen angenehmen Aufenthalt und viel Erfolg ... und dabei schoss ihr kurz der Gedanke durch den

Kopf, dass er ihr wenig darüber gesagt hatte, was er hier eigentlich vorhatte – er sei als freier Journalist hierher gekommen, er arbeite bei einer Nachrichten-Agentur, das war alles …

Göran drückte ihr eine Karte mit einer Hoteladresse in die Hand. »Wenn Sie mich einmal brauchen …«

Majda hatte es jetzt eilig. Sie deutete einen Gruß an und drängte sich nach vorn, um rechtzeitig zu ihrem Gepäck zu kommen.

Sie hatte eine Reservierung im »Seymour Meridian«, das sich als weitaus pompöser herausstellte, als sie erwartet hatte. Es hatte die Form eines auf der Spitze stehenden Kegels und erhielt eine besondere Note durch eine Vielzahl von den überhängenden Seitenwänden ausgehenden, senkrecht nach unten führenden glasummantelten Aufzugschächten, auf die sich das Bauwerk zu stützen schien. Dass dieses seltsame Gebäude das Ziel ihres kurzen Flugs war, merkte Majda erst, als sich das Schwebeboot zur Landefläche auf dem geräumigen flachen Dach hinabzusenken begann.

Die neuen Gäste wurden von Dienern erwartet, die sich des Gepäcks annahmen und es auf die Zimmer brachten, während auf einer ringförmigen Terrasse am Rand des Dachplateaus Drinks serviert wurden. Mädchen in blassgrünen Uniformen verteilten Informationsmaterial und erkundigten sich nach den Sonderwünschen der Gäste.

An Dienstpersonal schien kein Mangel zu herrschen. Es waren kleinwüchsige Menschen mit freundlichen Gesichtszügen, wie sie Majda schon bei ihrer Ankunft auf dem Flugplatz aufgefallen waren. Sie sahen einander alle ähnlich, als wären es Geschwister. Offensichtlich handelte es sich um Züchtungen aus den Biolaboratorien – mäßig intelligent, verlässlich, ausdauernd und zufrieden.

Ein Angestellter in blauem Anzug mit einem goldumrahmten Namensschild am Revers trat an Majda heran und stellte sich als Mitarbeiter der Gästebetreuung vor – offenbar hatte er sie anhand eines Fotos identifiziert, das er irgendwoher hatte. Als der Mann die Mappe aufschlug, um einen Plan des Hotels mit eingezeichneten Fluchtwegen und Feuertreppen zu präsentieren, konnte sie einen Blick auf das Foto werfen – wie sie am Hintergrund erkannte, war es im Flughafen von ihr gemacht worden. Noch interessanter aber war ein roter Stempel auf einem Formular, das einige Angaben zu ihrer Person enthielt; zu ihrem Erstaunen las sie *special consideration*, doch schon schlug der Angestellte die Mappe zu, und sie war sich nicht sicher, ob sie richtig gelesen hatte. Majda musste auf einem Piezorahmen unterzeichnen – zur Bestätigung, dass sie über die Sicherheitsvorschriften informiert worden war. Schließlich setzte sie noch eine Unterschrift unter eine Erklärung, mit der sie auf Haftansprüche verzichtete, falls ihr bei der Benutzung der vom Hotel angebotenen Anlagen für Sport, Spiel und andere Arten der Unterhaltung ein Schaden entstünde.

Endlich winkte der Angestellte einen der in blaue Anzüge gekleideten Diener herbei und reichte ihm ein Kettchen mit einem Magnetstift. Der kleine Mann in der braunen Uniform verbeugte sich und führte Majda zu einem der Aufzüge, der sie in die mittleren Etagen des Gebäudes brachte. Er informierte sie über die Lage der verschiedenen Restaurants, Sportanlagen und Massageräume und blieb schließlich in einem langen Gang vor einer Tür stehen.

Ein kurzes Einstecken des Magnetstifts in den Sensor genügte, um die Tür zu öffnen. Im dahinter liegenden Flur bemerkte Majda ihren Koffer, doch zunächst ging sie weiter, in den Wohnraum hinein. Er war mit einem großen Aufwand an Glas und Stahl eingerichtet, die Wände in einem schillernden Blau, das Bett groß und mit Nanoschaum-Kissen und -Decken versehen. Die besondere Attraktion des Zimmers war aber das die gesamte Vorderfront einnehmende, vertikal gekrümmte Diamantglasfenster – dessen Existenz sich lediglich durch ein paar Reflexe an den Rändern verriet, ansonsten war es praktisch unsichtbar und ermöglichte einen einzigartigen Blick in die Umgebung. Unwillkürlich trat Majda einen hastigen Schritt zurück, denn sie gewann den falschen Eindruck, ungeschützt an einem zwanzig Stockwerke tiefen Abgrund zu stehen.

Der Diener zeigte ihr unter anderem, wie man die Scheibe in verschiedenen Farben abdunkeln konnte, wie man die Bildwand aktivierte, wie sich die Tür zur Zimmerbar öffnen ließ – es handelte sich um einen mannshohen Schrank voller Leckereien –, dann überreichte er ihr die Kette mit dem Magnetschlüssel und verließ den Raum.

Die Einrichtung war ungewöhnlich – jedenfalls war Majda noch nie von derart exklusivem Luxus umgeben gewesen. Sie würde sich später all die Dinge anschauen, die da für sie bereitstanden, aber jetzt kümmerte sie sich nicht weiter darum. Wichtiger war, dass sie nach vielen Stunden endlich wieder allein war. Sie ging ins Badezimmer – und blieb vor Erstaunen stehen: Was sie dort vorfand, war ein Traum aus Glas, Porzellan und Marmor. Die Badewanne war in eine Ecke gebaut, auf einem Podest, das über zwei Stufen zu erreichen war. Darüber eine weiße Kachelwand mit zarten schwarzsilbernen Verzierungen. Sie zog sich aus, duschte und legte den flauschigen Bademantel an, der auf einem Handtuchtrockner bereithing. Den Flakons, Döschen, Seifen und Toilettegegenständen widmete sie nur einen kurzen Blick – sie hatte ja noch genug Gelegenheit, das alles auszuprobieren. Dann kehrte sie ins Zimmer zurück.

Wo befand sich doch die Schalttafel, die ihr der Bedienstete gezeigt hatte? Sie war hinter einem Vorhang neben dem Fenster angebracht. Majda bemühte sich, die Farbe der Fensterscheibe auf ein dunkles Orange zu regeln, was ihr nicht gleich gelang, so dass der Raum zunächst in Grün, Blau und Rot getaucht wurde, bis ihre Bemühungen dann doch zum gewünschten Resultat führten. Majda war froh, als sie sich schließlich auf dem Bett ausstrecken konnte, in dem sie nahezu versank. Die elastische Unterlage schaukelte sanft hin und her. Alles war weich und angenehm kühl.

Es war, als fiele eine schwere Last von ihr ab, als löse sich die Anspannung, die sie die ganze Reise hindurch in einem unnatürlich hektischen Wachzustand gehalten hatte. Sie fühlte sich wohl, von einer unterschwelligen Angst befreit. Sie kuschelte sich in das Kissen, ihre Gedanken verschwammen, doch sie schlief nicht gleich ein und wusste nur, dass sie sich wohl fühlte. Majda hielt die Augen geschlossen, ein leiser Lufthauch strich über sie hinweg, sie atmete tief und spürte einen angenehmen Geruch. Und sie hörte Stimmen. Es war nicht zu verstehen, was sie sagten, aber sie lösten Bilder aus, Musik, tanzende Menschen, Geselligkeit, Freiheit, Lust ... Sie riefen Sehnsüchte wach, ließen Wünsche entstehen ... Morgen, dachte sie, morgen werde ich das alles kennen lernen ...

Cyber City Süd

Erleben Sie die Wunder des Orients!

Vergessen Sie Atacama Parc und Treasure Island, vergessen Sie den Antarctica Highway und die Tropical Flower World, vergessen Sie das altehrwürdige Las Vegas. Cyber City Süd ist der letzte Schrei! Cyber City Süd ist das UltraPlus! Kommen Sie nach Cyber City Süd!
Eine Stadt tief im Süden der Wüste, wo die Wunder aus ›Tausendundeine Nacht‹ zur Wahrheit werden. Eine Stadt, die alles bisher Dagewesene übertrifft, die sich von den Fesseln der Realität befreit hat: Diese Traumwelt ist realer als die Realität. Und der Besucher taucht in diesen Hyperraum ein und erlebt das noch nie Erlebte, empfindet das noch nie Empfundene, genießt das größte aller Abenteuer.
Vergnügungsparks, Erlebniswelten, Oasen des Glücks –

hier ist alles vereint, was die Medientechnik zu zaubern imstande ist. Hier ist die Architektur Ausdruck einer absurden Logik, die dem Vergnügen am Unmöglichen entspringt. Hier sind die Gesetze der Physik außer Kraft gesetzt, Schwerelosigkeit, Wände durchdringen, Raum und Zeit überwinden. Das Unmögliche über sich ergehen lassen und heil daraus hervorkommen. Wiedergeboren! Mobilität und Virtualität, in Synergie vereint, die Grenzen zwischen Geist und Körper aufgehoben, die Welt als Bauwerk des eigenen Willens. Allmacht!
Kommen Sie nach Cyber City Süd und werden Sie ein glücklicher Mensch.

Preiswerte Arrangements bei allen Touristikbüros und Reiseagenturen! Gruppenreisen stark verbilligt! Günstiger Wochenendtarif! Kinder und Senioren zahlen die Hälfte!

Leise Musik weckte Majda auf. War die Nacht schon vorbei? Die verdunkelten Scheiben wurden langsam transparent, Sonnenlicht flutete herein. Eine Stimme wünschte »Guten Morgen«. Majda hatte fest geschlafen, wie lange, müsste sie erst ausrechnen. Wann war sie angekommen? – dazu die Zeitverschiebung … Es konnten nicht mehr als vier Stunden gewesen sein. Trotzdem fühlte sie sich wunderbar beruhigt und kein bisschen müde. Jetzt aber auf, auf – wie konnte sie die wertvolle Zeit so vergeuden!

Majda rollte sich aus dem Bett, lief ins Bad und ließ kaltes Wasser über ihr Gesicht fließen. Jetzt war sie zu allem bereit, sie brannte darauf, diese Wunderwelt zu erleben, in der sie zwei Wochen lang ein umsorgter Gast sein würde.

Sie öffnete den Koffer, wühlte in den Kleidern und suchte ein lavendelfarbenes Kostüm heraus. Es war aus leichtem Stoff, für heiße Tage gedacht, und draußen, im Freien, war es heiß – sie hatte es am Tag zuvor auf der offenen Dachterrasse festgestellt –, und es sah keineswegs so aus, als ob sich daran etwas ändern könnte. Sie prüfte ihr Bild im Spiegel – und war mit dem, was sie da sah, zufrieden.

Sie plante, ein kleines Frühstück einzunehmen, doch zunächst hatte sie Durst, und so öffnete sie die Tür zur Zimmerbar. Sie erschrak, denn aus dem Schrank ertönte eine Stimme, aber es war nur ein Automat, der ihr vorschlug, von den honiggesüßten Keksen, den aus gerösteten Nüssen hergestellten Riegeln und der zart gesalzenen Schokolade nach Art des Hauses zu kosten. Rasch holte sie ein Flasche mit Fruchtsaft heraus und schlug – nicht zuletzt, um die Stimme zum Verstummen zu bringen – die Tür eilig wieder zu.

Wo hatte sie ihr Täschchen gelassen? Es lag auf dem Abstelltisch neben dem ComSet-Anschluss. Hatte sie es dort abgelegt? Sie überzeugte sich davon, dass die Kreditkarte im richtigen Fach steckte, und legte noch den als Zimmerschlüssel dienenden Magnetstift hinein. Das Abenteuer konnte beginnen.

Majda suchte einen der Schrägaufzüge, die direkt ins zentral gelegene Foyer führten, denn sie war nicht sicher, ob man sich womöglich abmelden musste, doch der Concierge schüttelte nur lächelnd den Kopf. Aber er reichte ihr ein Stirnband mit eingestickten Buchstaben CCS, wobei das äußere C das innere umfasste und dieses wieder das S – das Logo für Cyber City Süd. Das Band wies sie als neu angekommenen Besucher aus und würde ihr zu kostenlosen Dienstleistungen im Hotel verhelfen: Snacks, Massagen, Zugang zu den Fitnessräumen und zu verschiedenen internen Veranstaltungen für die Hotelgäste. Mit dem Stirnband auf dem Kopf kam sie sich zwar komisch vor, doch sie war in einer Stimmung, die sie über solche Dinge hinwegsehen ließ, und machte sich auf den Weg.

Wohin zuerst? Majda verließ den Hotelgarten mit seinen Badebecken und Minigolfplätzen und ging einfach geradeaus, die breite Straße entlang, auf einen Komplex von Gebäuden zu, deren bunte Lichttafeln Überraschungen versprachen.

Es schien sich um ein Zentrum des Geschehens zu handeln, denn von allen Seiten strömten Menschen hinzu, die immer enger aneinanderrückten, bis sie sich in einem dichten Gedränge den Weg nahezu gewaltsam bahnen mussten ... und erst im letzten Augenblick kam die unerwartete Befreiung: offene Tore, Rolltreppen nach oben und unten, fahrende Fußgängerwege, die die Menschen, die sich bis hierher durchgekämpft hatten, aufnahmen, in Windeseile weiterbeförderten und rasch auf mehrere Stockwerke verteilten. Oben war die Startrampe einer zehnspurigen Achterbahn zu erkennen, aus den Öffnungen, von denen die Besucher in die Tiefe gesogen wurden, klangen Schreie – Angst oder Jubel?

Majda war auf der ebenerdigen Etage geblieben, sie wurde vorwärts geschoben, die vor ihr stehenden Menschen setzten sich auf einen schuppigen Körper, die Beine rechts und links, und Majda erkannte, dass es eine riesenhafte Schlange war, die die dicht hintereinander hockenden Menschen ins Innere des Gebäudes trug. Sie fühlte den glitschigen geschmeidig dahingleitenden Leib und wunderte sich, dass sie nicht hinunterrutschte, obwohl der Weg immer kurviger wurde. Und dann begann ein Inferno – die Touristen befanden sich im Urwald, ein Regen von Insekten fiel auf sie herunter, Schlingpflanzen streiften ihre Köpfe, Leoparden sprangen sie an, fratzenhaft bemalte schwarze Gesichter fixierten sie durch Löcher in der Blätterwand. Und dann fuhren sie geradewegs auf eine Feuerwand zu und befanden sich auch schon inmitten der Flammen, die mit ihrer blendenden Helle die Sicht unterbanden und den Atem raubten. Es war heiß, aber nach dem ersten Schrecken merkte Majda, dass sie der Hitze gegenüber unempfindlich war, und dass ihr auch der Ascheregen, der nun von oben herabprasselte, nichts anhaben konnte. Alles Illusion, beruhigte sie sich und wehrte sich doch vergeblich gegen die archaische Angst, die der Mensch gegenüber dem Feuer empfindet. Majda kämpfte verzweifelt um Selbstbeherrschung, aber ihre Bemühungen waren vergeblich, und schließlich gab sie den Widerstand auf und ließ die Dinge einfach mit sich geschehen …

Irgendwann war all das zu Ende. Sie stand inmitten einer Menge von Menschen, die offenbar ebenso mitgenommen waren wie sie selbst, aber während Majda erst langsam in die Realität zurückfand, kamen die anderen schneller zurecht, und schon begannen einige in die Hände zu klatschen, zu lachen und zu jubeln, als hätten sie ein harmlos schönes Erlebnis hinter sich. Wie schon beim ersten Abenteuer dieser Art am Flughafen war Majda darüber verärgert, dass sie sich so hatte überrumpeln lassen, aber im Grunde mehr noch über sich selbst, denn es war ihr durchaus bewusst gewesen, dass es nicht die Wirklichkeit war, die sie erlebt hatte. Die Täuschung war jedoch wieder so perfekt gewesen, dass die Abwehrmaßnahmen einem inneren Zwang gefolgt waren und durchaus echte Gefühle hervorgerufen hatten.

Majda strich mit der Hand über ihre Jacke, und obwohl es nur folgerichtig, ja, gar nicht anders denkbar war, stellte sie erstaunt fest, dass ihre Kleidung keine Spuren von Verbrennungen aufwies. Noch immer war sie in diesen Widersprüchen gefangen: das Feuer – eine Illusion, und auch der Ascheregen eine Illusion … jedoch als vermittelte Wahrnehmung real. Wie man das fertig brachte? Es war sinnlos, darüber nachzudenken. Man musste es hinnehmen – und wurde sich nicht bewusst, dass auf diese Weise die Unterschiede zwischen Realität und Irrealität mehr und mehr verschwammen.

Durch ihre Skepsis isoliert, stand sie inmitten der kreischenden Menschenmasse und war versucht, diese Reaktion auf das Erlebte, die sie jetzt um sich herum beobachtete, als etwas Dummes und Primitives anzusehen. Aber dann merkte sie doch, dass dieser Ausdruck der Freude echter und urtümlicher war als vieles, was sie bisher bei vergleichbaren Anlässen beobachtet hatte, und sie fragte sich, warum man sich nach einem überstandenen Abenteuer, gleichgültig ob es real oder virtuell war, nicht nach Herzenslust freuen sollte. Gab es denn ein noch größeres Lustgefühl, als der Gefahr entronnen zu sein und zu leben? Sie selbst fühlte es doch auch: Sie war froh, dass es ein Scherz gewesen war und sie nun darüber lachen konnte – und dann brach dieses bisher unterdrückte Gelächter aus ihr hervor, und sie jubelte mit den anderen. Die Barriere, die sie künstlich um sich herum aufgebaut hatte, brach zusammen, und auf einmal war sie ein Teil dieser Gruppe von Menschen, die etwas Gemeinsames verband, und sie fühlte sich jedem Einzelnen von ihnen nahe.

Nachdem Majda ihre Unsicherheit abgeschüttelt hatte, konnte sie sich den Eindrücken unbeschwert hingeben. Den ganzen Tag über spazierte sie weiter in der Stadt herum und hatte auch keine Scheu mehr vor den Erlebnistheatern – schon nach kurzer Zeit fühlte sie sich dieser Art des Vergnügens gewachsen und hatte so viel Freude daran, dass sie nichts mehr schrecken konnte.

Um die Mittagszeit gönnte sie sich einen kleinen Imbiss, für den sie lediglich einen Abschnitt ihrer Coupons abgeben musste. Danach setzte sie ihren Entdeckungszug fort, bis ihre Füße zu schmerzen begannen. Aber auch für ermüdete Gäste, die ein wenig ausruhen wollten, war gesorgt, ohne dass sie aufs Vergnügen verzichten mussten: Immer wieder stieß sie auf Arenen mit der Möglichkeit, sich auf bequemen Sitzen niederzulassen und dabei etwas Interessantes zu sehen oder zu hören: Artistik, Musik, Wettbewerbe, Kabarett. Unter den Moderatoren und Künstlern waren mehrere, die man von Tourneen oder Fernsehauftritten her kannte, und Majda war beeindruckt von dieser Vielfalt von Prominenz.

Erst als sich der Himmel verdunkelte, vollzog sich ein stiller, fast unmerklicher Wechsel der Szenerie. Lag es daran, dass trotz Tausender von Lichtern, die das Tageslicht ersetzen sollten, schwarz verschattete Nischen zurückblieben? Jedenfalls ging jetzt etwas von der Offenheit und Unbeschwertheit verloren, Empfindungen, die Majda tagsüber als angenehm empfunden hatte. Auf einmal waren es andere Arten von Lokalen, deren Reklame sich nun aufdrängte: Bars, Tanzlokale, Erotik-Shows, vor allem aber auch einschlägige Erlebnisangebote für den interessierten Touristen – virtuell oder real ... das blieb offen. Und es war ein anderes Publikum, das nun die Straßen und Gassen beherrschte: genau jenes, für das diese Angebote bestimmt waren.

Insgeheim hatte sich Majda schon gefragt, ob denn diese Stadt – in einem Teil der Welt, wo man es mit den guten Sitten sehr genau nahm – diese Art von Vergnügungen ignorieren konnte, und hatte das bisher bestätigt gefunden. Nun wurde sie eines Besseren belehrt. Als sie auch noch in recht eindeutiger Weise von einigen Männern angesprochen wurde, kehrte sie ins Hotel zurück. Von der Automaten-Bar ließ sie sich einen großen Salatteller anrichten, von dem sie sich mit Appetit bediente.

Mit Wohlbehagen nahm sie ein Bad und setzte sich dann im Bademantel in den tiefen Lehnsessel vor der Fernsehwand. Was sie da in den verschiedenen Programmen fand, war auch nicht anders als das, was sie zu Hause zu sehen bekam. Schließlich stieß sie auf den CCS-Videotext, wo unter dem Stichwort »Kultur« das Protokoll des heutigen Kriegsverbrecherprozesses veröffentlicht wurde. Diese Lektüre erinnerte sie an ihr Vorhaben, an das sie seit ihrer Ankunft im Hotel nicht mehr gedacht hatte. Wenn es sich auch um einen speziellen Fall handelte, der hier zur Debatte stand, so vermittelte ihr dieser Schriftsatz doch zum ersten Mal einen lebendigen Eindruck von den Zuständen, die damals in dieser Gegend geherrscht hatten.

Vielleicht war es nützlich, einen solchen Prozess zu besuchen?

Prozess, Aktenvermerk 3328/544

Mediator: Ich bitte um Ruhe ... bitte Ruhe. Ich danke für den Applaus. Es ist wieder so weit ... Ich bitte Sie, meine Damen und Herren, nehmen Sie Ihre Plätze ein. Heute wird es spannend werden, aber nur, wenn wir endlich anfangen. Danke, liebe Gäste.
Der Angeklagte Abbas Borghefa, ehemals Polizei-Oberst in der Armee von Neu-Aghib, gehört zu den seit dem Ende des Krieges meistgesuchten Personen des Widerstands gegen die freiheitliche Weltordnung. Er hatte sechzehn Jahre unter falschem Namen im Armenviertel der Stadt gelebt und wurde nach einer langwierigen Suchaktion festgenommen. Diese erwies sich als ungewöhnlich schwierig, da seine Gesichtszüge durch eine plastische Operation verändert worden waren. Schließlich wurde er im Rahmen einer Reihenuntersuchung mit Hilfe der Olfaktor-Technik ausfindig gemacht und durch DNA-Analyse identifiziert. Die Untersuchungsprotokolle liegen dem Gericht vor. Seit vier Jahren und neun Tagen sitzt der Angeklagte in Untersuchungshaft ein. Er befindet sich in gutem gesundheitlichen Zustand und kann dem Verfahren bei geistiger Klarheit folgen. Frage an das Gericht: Hat die Voruntersuchung die von verschiedenen Seiten eingebrachten Anklagepunkte bestätigt, so dass ein Verfahren eingeleitet werden kann?

Staatsanwalt: Das bisher vorliegende Material reicht aus, um den Prozess ordnungsgemäß durchzuführen. Es geht um Massenmord, Folter und Unterschlagung bei Angehörigen seines eigenen Volkes. Dabei bleiben die während des Kriegszustands im Laufe der Befreiungsaktionen gegenüber den Besatzungstruppen begangenen Verbrechen nach den Richtlinien des Internationalen Gerichtshofs zunächst unberücksichtigt.

Mediator: Damit übergebe ich das Wort dem Vorsitzenden des Gerichts, Dr. Tassilo Corredo, unter dessen Leitung schon viele Kriegsverbrecher ihrer gerechten Strafe zugeführt wurden.

Richter: Im Namen des Volkes und im Dienste der Gerechtigkeit eröffne ich das Verfahren. Ich bitte um Verlesung der Anklageschrift.

Vokomat: Offiziell waren Abbas Borghefa und sein Regiment im letzten Jahr vor Ausbruch des Krieges zum Schutz einer Gruppe von Arbeitern eingeteilt, die für ein Geheimprojekt tätig waren. Es hat sich allerdings herausgestellt, dass es sich eher um eine Bewachung handelte als um einen Schutz. Ort und Nutzen des Unternehmens konnten nicht geklärt werden. Die Arbeiter, 36 Männer im Alter zwischen 18 und 40 Jahren, wurden zu einer geheimen Dienstleistung eingezogen. Ohne vorherige Ankündigung wurden sie in Lastwagen verfrachtet und mit Kapuzen über den Köpfen an einen unbekannten Ort transportiert. Keiner von ihnen wurde lebendig wiedergesehen. Erst nach Kriegsende wurde weit außerhalb der Stadt ein Massengrab entdeckt. Es enthielt die teilweise verbrannten Leichen von 34 Männern, von denen die meisten identifiziert werden konnten: Sie alle gehörten dem genannten Sonderkommando an. Als verantwortlich für diesen Mord und für die Beseitigung der Getöteten stellte sich Abbas Borghefa heraus. Dafür steht er nun unter Anklage.

Richter: Am Anfang des Verfahrens hat der Angeklagte das Recht, sich zum Verfahren zu äußern. Ich erteile ihm das Wort.

Borghefa: Ich erkenne dieses so genannte Gericht nicht an. Es widerspricht allen Regeln des internationalen Rechtswesens. Das ist kein Gericht, das ist eine Farce. Ich rufe die Internationale Union auf, mich aus den Händen dieser Betrüger zu befreien, die sich Rechte anmaßen, die ihnen nicht zustehen. Dieses Spektakel ist Teil der Verschwörung –

Richter: Ich entziehe dem Angeklagten das Wort. Seine Äußerungen sind beleidigend und tragen nichts zur Rechtsfindung bei. Damit kommen wir zur Beweisaufnahme.

Mediator: Ich bitte darum, den ersten Zeugen hereinzuführen.

Vokomat: Die erste Zeugin ist Raika Omrani, die Mutter eines zur Zeit des Verbrechens zweiundzwanzigjährigen Mannes, dessen im Massengrab vorgefundene sterblichen Überreste eine einwandfreie Identifizierung zuließen.

Staatsanwalt: Frau Omrani, Sie waren dabei, als Ihr Sohn abgeholt wurde. Schildern Sie bitte, wie das geschah.

Zeugin Omrani: Ein Lastwagen fuhr vor. Ich sah einige junge Männer auf der Ladefläche. Ihre Augen waren verbunden. Ein Mann in Uniform stieg aus der Fahrerkabine und fragte nach Said, meinem Sohn. Er war zu Hause. Damals war er im Straßenbau beschäftigt, doch vor ein paar Tagen war er plötzlich beurlaubt worden. Das kam überraschend. Wir wussten nicht, warum. Dachten, er würde zum Militär eingezogen ...

Staatsanwalt: Was geschah dann?

Zeugin Omrani: Er musste auf den Lastwagen steigen, auf die Ladefläche, zu den andern. Er durfte nichts mitnehmen. Als er sich von mir verabschieden wollte, haben sie ihn fortgezerrt. Ich habe ihn nie wieder gesehen.

Staatsanwalt: Aber Sie haben noch einmal mit ihm gesprochen. Berichten Sie, wie das Gespräch zustande kam.

Zeugin Omrani: Ein Telefonanruf. An einem Abend läutete es, es war Said. Er war schwer zu verstehen, leise, aufgeregt ...

Staatsanwalt: Was sagte er?

Zeugin Omrani: Dass er sich ein Handy besorgt hat. Dass er vorsichtig sein muss. Ich fragte, wo er sich befindet. Doch das wusste er selbst nicht – eingesperrt. Man zwingt ihn zu arbeiten, in unterirdischen Räumen. Sie werden wie Sklaven behandelt, er und die anderen. Er hat Angst, nicht mehr zurückzukommen.

Staatsanwalt: Sagte er nichts Genaueres über seine Tätigkeit?

Zeugin Omrani: Ich wollte ihn fragen, aber er antwortete nicht ... Ich rief mehrmals seinen Namen ... keine Antwort. Dann hörte ich Geräusche, einen Schrei ... dann war die Leitung tot. Das war sein letztes Lebenszeichen.

Staatsanwalt: Ich danke Ihnen, Frau Omrani. Bitte, bleiben Sie sitzen, der Herr Verteidiger wird Ihnen noch einige Fragen stellen.

Verteidiger: Frau Omrani, Sie stellen den Vorfall – ich meine die Abholung Ihres Sohnes – so dar, als sei ihm Unrecht geschehen. Ich gebe dem Publikum zu bedenken, dass es sich um einen Kriegseinsatz handelte, offenbar um ein streng geheimes Projekt, für dessen Abwicklung der Angeklagte vorgesehen war. Bei der Verpflichtung der Arbeitskräfte war es durchaus üblich, so vorzugehen, wie es die Zeugin geschildert hat. Ich frage diese nun, ob ihr nicht auch andere ähnliche Fälle bekannt waren.

Frau Omrani: Ja, ich hatte davon gehört.

Verteidiger: Somit hat sich das, was mit Ihrem Sohn passiert ist, durchaus im Rahmen des Üblichen abgespielt, oder nicht?

Frau Omrani: Ja, das kann schon sein –

Verteidiger: Dieses Vorkommnis ist also typisch für die damalige Zeit und kann meinem Mandanten nicht zur Last gelegt werden. Ich möchte daher lieber auf ein Detail zurückkommen, das kurz erwähnt und nicht weiter beachtet wurde. Doch es hat besondere Bedeutung für den verhandelten Fall – ich meine den Anruf mit dem Mobiltelefon. Es ist doch verständlich, dass an einem Geheimprojekt mitwirkende Arbeiter aus Sicherheitsgründen keinen Kontakt mit der Außenwelt aufnehmen dürfen und dass ihnen aus diesem Grund die Benutzung von Telefonen verboten ist. Über dieses Verbot hat sich Ihr Sohn offenbar hinweggesetzt. Ja, es deutete sich sogar an, dass er das Mobiltelefon gestohlen hat –

Staatsanwalt: Einspruch, der Herr Verteidiger versucht, die Rechtschaffenheit eines Opfers des Regimes in Frage zu stellen.

Richter: Einspruch abgelehnt.

Verteidiger: Der Kollege hat gar nicht so Unrecht: Ich will zeigen, dass Said Omrani die Vorschriften verletzt und dadurch ein kriegswichtiges Projekt gefährdet hat. Aus der Sicht der damaligen Verhältnisse ist das ein schwerwiegendes Vergehen, eines jener Art, das strenge Bestrafung nach sich zieht. Wenn Said dazu neigte, sich über die Vorschriften hinwegzusetzen, dann könnte sich das auch im Laufe seines weiteren Einsatzes wiederholt und schließlich zur Verhängung der Todesstrafe geführt haben. Aus diesem Fall kann also keine Schuld meines Mandanten konstruiert werden ...

Staatsanwalt: Das sind Vermutungen – ich bitte, die letzten Sätze des Herrn Verteidigers aus dem Protokoll zu streichen.

Richter: Dem Einspruch wird stattgegeben. Ich bitte den Herrn Verteidiger, sich an die Tatsachen zu halten. Bitte setzen Sie die Zeugenbefragung fort.

Verteidiger: Danke, Herr Richter, mit dieser Zeugin bin ich fertig.

Richter: Dann bietet sich hier die Gelegenheit für eine Werbepause an. Das Gericht tritt in 20 Minuten erneut zusammen.

(Auszug aus dem Protokoll)

Diese Stadt ist wie ein Rausch, dachte sie. Ich kann es verstehen, dass ihr manche verfallen. Drei Tage war sie nun schon in Cyber City Süd, und es kam ihr vor, als würden auch keine drei Monate reichen, um all das kennen zu lernen, was den Besuchern hier geboten wurde.

In diesen ersten Tagen war Majda den auf sie einstürzenden Eindrücken nahezu wehrlos ausgesetzt gewesen. Natürlich waren ihr manche der hier verwendeten Attraktionen gut bekannt, beispielsweise die virtuellen Szenerien, in denen man sich nahezu beliebig bewegen konnte. Das gab es bei den weltweit verbreiteten Computerspielen auch, aber nicht so perfekt wie in dieser Stadt. Manchmal waren es nur Kleinigkeiten, die hier ergänzend hinzukamen, aber gerade diese scheinbar geringfügigen Verbesserungen führten zu einer unglaublichen Steigerung des Realitätseindrucks. Fahrten in Rennautos, Flüge mit Gleitscheiben, Wettläufe mit Wasserskiern, bei all dem wurde durch mechanische Tricks der dazugehörige Eindruck rasanter Bewegung erzeugt. Selbst das Wissen, dass das alles nur Illusion war, vermochte die vorgetäuschte Echtheit der Vorgänge nicht zu mindern. Enge Kurven, mit atemberaubender Geschwindigkeit durchlaufen, minutenlanger freier Fall, Dreh- und Schüttelbewegungen: Für die meisten waren es völlig neue Erlebnisqualitäten, denen sie sich mit einem merkwürdigen Gemisch aus Vergnügen und Angst hingaben. Dazu kam aber noch eine besondere Variante im Design dieser Anlagen, die Majda geradezu unfair vorkam: In einer merkwürdigen Umdrehung der Täuschungsstrategie wurden die Besucher da und dort mit Situationen konfrontiert, die sie für Illusionen halten mussten – und die sich dann unversehens als real erwiesen.

Bisher hatte sich Majda für immun gegenüber dieser Art von Vergnügung gehalten, aber mit der Zeit verlor sie sich doch mehr und mehr in dieser faszinierenden Traumwelt, in der man die gefährlichsten Abenteuer ohne leibliche Gefährdung und stets als Sieger bestehen konnte. Zunächst hatte sie sich jene Angebote herausgesucht, die einen harmlosen Eindruck machten – »für Jugendliche zugelassen« –, doch allmählich traute sie sich auch an die gewagteren Attraktionen heran und stellte bei sich – ein wenig stolz – einen deutlichen Abhärtungseffekt fest. Dabei achtete sie kaum noch auf ihre finanziellen Mittel, die, wie sie in lichten Augenblicken ernüchtert feststellte, unangenehm rasch dahinschwanden. Sie hatte ja vorgehabt, sich auch nach kulturellen Zeugnissen der Vergangenheit umzusehen, doch am nächsten Tag war der Wunsch nach weiteren, vorher nie mit vergleichbarer Intensität empfundenen Gefühlsqualitäten so überwältigend, dass sie ihrem eigenen Drängen nachgab und sich erneut ins Abenteuer stürzte.

Ja, sie hatte Verständnis für die Menschen, die diesen Attraktionen verfielen, so dass sie alle Beherrschung verloren, bis der letzte Dollar verbraucht, der letzte Kredit erschöpft war. Auch hier, wie an allen anderen vergleichbaren Stätten der Welt, waren es die Spielsäle, in die jene Besucher flüchteten, denen das Geld auszugehen drohte. Und wie nicht anders zu erwarten, verloren sie hier die letzten Reserven. Manche versuchten verzweifelt, dem beschämenden Hinauswurf aus dem Spielsaal zu entgehen, doch das gelang kaum jemandem. Und damit war natürlich auch das vorzeitige Ende des Aufenthaltes in Cyber City Süd erreicht.

Durch Zufall hatte Majda einmal beobachtet, wie einige dieser finanziell ausgebluteten Verlierer abgeschoben wurden. Es geschah diskret, man verweigerte ihnen die Rückkehr in ihre Hotelzimmer, brachte sie in geschlossenen Transportautos zum Flughafen, wo sie ihr Gepäck aus einem Container heraussuchen mussten, und schickte sie dorthin zurück, woher sie gekommen waren. Es gab keine gewaltsame Eintreibung von Schulden, keine Strafanzeigen wegen Betrugs – das wäre eine schlechte Werbung für die Stadt gewesen und hätte vielleicht einige Besonnene von Besuchen abgehalten. Doch die Finanzverwaltung der Stadt schien genaue Kenntnis darüber zu haben, über welche Reserven die Besucher verfügten, und sie griff rechtzeitig ein: nicht bevor der letzte Dollar ausgegeben war, dann aber unverzüglich und ohne Mitleid.

Majda bekam diese Informationen von einem der Bediensteten, den sie mit ihren Fragen überrumpelt hatte. Er schien eine Art Aufsichtsfunktion für das Dienstpersonal gehabt zu haben, er sprach das in allen zivilisierten Ländern verbreitete

Basic-Englisch und hatte Majda schon mehrfach Auskunft gegeben. Diesmal zögerte er, sie musste ihm jedes Wort entlocken. Es fiel ihr auf, dass sie ihn von dieser Stunde an nie mehr gesehen hatte. Hatte er zu viel geredet?

Majda war nüchtern und beherrscht genug, um aus dieser Phase des Erlebnishungers von selbst wieder herauszufinden. Sie zählte ihr Geld – bei äußerster Sparsamkeit konnte sie noch eine Woche bleiben. Und sie erinnerte sich etwas beschämt daran, dass sie ja schließlich noch etwas anderes vorgehabt hatte: sich nach dem Schicksal ihres Vaters zu erkundigen.

Am nächsten Tag stellte Majda fest, dass sie gegenüber den verlockenden Angeboten um sie herum abgestumpft war. Auf die Dauer war es doch eintönig, in dieser Umgebung völlig allein zu sein. Wenigstens eine ihrer Freundinnen hätte sie gern bei sich gehabt.

In dieser Stimmung befand sie sich gerade, als vor ihr der Reisegefährte Göran auftauchte, ihr Sitznachbar aus der Flugscheibe, und als er ihre Hände ergriff und schüttelte, erwiderte sie seinen Händedruck. Er sah sie mit sichtlicher Freude an, und sie verlor alle Scheu und lachte zurück.

Majda hatte jetzt nichts mehr dagegen, ein wenig Zeit mit ihm zu verbringen, und so vertraute sie sich seiner Führung an – und ihre gute Stimmung hielt an. Es war ganz angenehm, zu den vielen Dingen, die da zu sehen waren, ein paar Erklärungen zu kriegen, und vielleicht auch eine Warnung, falls es wieder einmal extremer werden sollte.

Man konnte in mehrere Richtungen weitergehen, und sie folgten einfach einer Gruppe von Leuten, die sich von einem Rollweg tragen ließen. Er bestand aus mehreren nebeneinander angeordneten Bahnen, eine immer ein wenig schneller als die andere, so dass man während der Fahrt auf die nächste wechseln und sich so das Tempo aussuchen konnte. Dazu war ein wenig Geschicklichkeit erforderlich, und gelegentlich kam jemand ins Straucheln, aber das gab auch immer wieder Anlass zu Heiterkeit.

Ein eiförmiges Gebäude, um dessen blausilberne Oberfläche sich Lichtergirlanden schlangen, schien ein beliebtes Ziel zu sein. »Hier geht es um einen Kampf zwischen Raumschiffen«, erläuterte Göran. »Die Besucher sitzen in Kampfraketen und versuchen, ihre Gegner zu rammen. Es wirkt sehr realistisch.«

Majda verzog das Gesicht. »Muss es unbedingt ein Kampf sein? Auf die Dauer ist das nichts für mich. Gibt es nichts Friedliches?«

Göran überlegte kurz und deutete dann in eine Seitengasse, in der es viel ruhiger war als auf den freien Plätzen. »Dort ist ein Psychotheater, das Erlebnis ist sehr eindrucksvoll. Wollen wir es versuchen?«

Als Majda zögerte, versicherte er, dass keine schlimmen Überraschungen zu erwarten seien, sich diese Vorführung aber unbedingt lohnen würde. »Etwas ganz Besonderes.«

Kurz darauf traten sie ein und nahmen in dem länglichen zweisitzigen Wägelchen Platz. Es begann wie ein Autorennen, eine Fahrt bei Dunkelheit, doch dann hatten die beiden Insassen den seltsamen Eindruck, dass sich der Raum um sie herum vergrößerte – oder auch, dass sie selbst sich verkleinerten. Bald tauchten rechts und links Figuren auf, diffuse schwebende Massen, die sich verformten, sobald sich das Gefährt näherte, zudem Netze, die sich über ihnen zu schließen versuchten und denen sie nur mit Mühe ausweichen konnten. Dabei war unklar, auf welche Weise das geschah, denn es gab keine Lenkräder oder Steuerhebel. Und dann wurden sie doch von einem Netz eingefangen und befanden sich plötzlich in einer zeitlosen Dämmerung. Sie brauchten keine Erklärung für das, was geschehen war – sie wussten es: dass sie den physischen Raum verlassen hatten und in eine Psyche hineingelangt waren. Sie sahen Dinge von ungewöhnlicher Bedeutung, Gegenstände, wie sie auch im täglichen Leben vorkommen, aber sie sahen sie gewissermaßen von der anderen Seite. Die

Dinge hatten Formen und Farben und weitere bekannte Eigenschaften, aber auf die kam es nicht an, das Wichtige waren die Bedeutungen, die mit ihnen verbunden waren. Ein Musikinstrument – und sie konnten es ergreifen und damit eine Melodie ertönen lassen, die die schönste war, die sie je gehört hatten. Sie sahen einen Kristall – und dieser versetzte sie auf einen Berggipfel, auf dem sie die ganze Welt überblicken konnten. Sie sahen ein Buch, und sie entnahmen ihm unerhörtes Wissen: die Lösung aller Rätsel, die das Leben stellt.

Als es wieder hell wurde und die Fahrt zu Ende war, brauchten sie geraume Zeit, um wieder in die Gegenwart zurückzufinden. Sie waren auf einem großen, mit Blumenständern geschmückten Platz herausgekommen.

»Unglaublich, wie stark diese Eindrücke auf mich gewirkt haben«, sagte Majda. »Bei dieser Fahrt habe ich plötzlich Dinge begriffen, die ich mir vorher niemals erklären konnte. Aber jetzt ist alles wieder fort – schade.«

»Das liegt daran, dass mit den Eindrücken, die da vermittelt wurden, keine Inhalte verbunden waren – es sind Emotionen pur.«

»Und wie sind sie zustande gekommen?«

Mit dieser Frage hatte sich Göran ebenfalls schon beschäftigt. »Das hätte mich auch interessiert, aber man verrät hier die Methoden nicht. Ich vermute, dass es chemische Einflüsse sind, die aufs Gehirn wirken. Einige der Effekte, die man hier einsetzt, lassen sich nicht mit Elektronik allein erreichen, ich bin sicher, dass auch psychisch wirkende Drogen eingesetzt werden. Aber wie gesagt – Genaueres ist mir nicht bekannt.«

»Ich fand dieses Erlebnis überaus bemerkenswert – ich hätte nicht gedacht, dass hier etwas in dieser Art geboten wird.«

»Es ist auch eine Ausnahme. Bei den meisten Attraktionen geht es um Abenteuer- oder Gewinnspiele, und das ist es, was die Massen hierher zieht.«

Es war beachtenswert ruhig hier, die Musik unterschied sich

auffällig von dem, was an anderen Plätzen zu hören war – es klang leise, fast feierlich, und Majda glaubte sogar Orgeltöne zu hören. Auch die anderen Besucher, die mit ihnen herausgekommen waren, schienen noch ganz unter dem Eindruck der Vorführung zu stehen, sie unterhielten sich mit gedämpften Stimmen, das Lachen und Schreien der Jugendlichen und Kinder, sonst überall zu hören, war verstummt.

Mehrere ältere Männer und Frauen, in lange, wallende Gewänder aus blauem Samt gekleidet, beobachteten Majda und sprachen sie schließlich an.

»Um was geht es?«, fragte Majda. Diese Leute unterschieden sich auffällig von den anderen Bediensteten des Parks, die meist jung waren und in bunten Verkleidungen herumliefen.

Göran zeigte zu einem breit geschwungenen Tor, über dem sich ein mit blinkenden Sternen verzierter Bogen wölbte. »Sie gehören zum G & T-Zentrum, G wie Gott und T wie Teufel. Sie nützen die Stimmung der Leute aus und versuchen, sie zu einem Besuch zu überreden. Nach einer kurzen Abfrage an den Automaten wird einem dort die individuell passende Glaubensrichtung angeboten – man kann dann gleich beitreten. Es gibt eine Auswahl an über hundert Religionen und Sekten. Sind Sie interessiert?«

Majda hob abwehrend die Hände – sie hatte von Besinnlichkeit und Tiefgang genug. Als sie einen würdigen alten Herrn bemerkte, der wie ein blau gekleideter Weihnachtsmann aussah und sie und Göran offensichtlich aufs Korn genommen hatte, ergriff sie ihren Begleiter am Arm und zog ihn auf ein Laufband, auf dem sie den Schauplatz rasch verlassen konnten.

Es ging zwischen überdimensionierten Holo-Screens hindurch, auf denen verschiedene Attraktionen angepriesen wurden, bald waren sie wieder vom gewohnten Trubel umgeben. Sie wurden in eine große Halle ohne Seitenwände gebracht, eigentlich nur ein auf Säulen gestütztes, geschwungenes Sonnendach. Hier drängten sich viele Menschen vor den Ständen: ein Marktplatz mit einem vielfältigen Angebot an Andenken, Scherzartikeln, Snacks und Erfrischungen, etwas erhöht angeordnet eine mit exotischen Stachelpflanzen geschmückte Terrasse, die zu einem Restaurant gehörte. Sie setzten sich in zwei Sessel aus schwarz epoxiertem Aluminium und studierten die Getränkekarte. Auf Görans Vorschlag hin bestellten sie Cocktails mit der Bezeichnung *Tropic Mix*, die der Aufschrift nach in Kanada abgefüllt worden waren.

Entspannt beobachteten sie das Treiben um sie herum und unterhielten sich über das, was da zu sehen war: ein buntes Völkergemisch, das nur eins im Sinn hatte – sich um jeden Preis zu amüsieren. Ansonsten waren es eher die Unterschiede, die ins Auge stachen, Unterschiede in der Hautfarbe, Unterschiede in der Kleidung, Unterschiede selbst in der Art, an die Dinge heranzugehen – selbstbewusst oder zurückhaltend oder auch mit unverhohlener Neugier und Begeisterung.

Gemeinsamkeiten gab es allerdings in einigen Modeartikeln, die offenbar gern gekauft wurden – turbanähnliche Kopfbedeckungen mit der Aufschrift CCS, Halsketten aus imitierten Lapislazuli, Sticker mit blinkenden Leuchtdioden und Schmuckmünzen, die, sobald man sie auf die Haut setzte, fest dort haften blieben.

Göran machte Majda auf eine ungewöhnliche Haartracht aufmerksam, die an vielen jüngeren Frauen zu beobachten war: Das Haar war zu einer spiralig gedrehten Schleife toupiert und glitzerte hellblau und pink. »Die neueste Mode«, erklärte er. »Im Übrigen bietet sie auch einen guten Sonnenschutz.«

»Sieht gar nicht so schlecht aus«, stellte Majda fest.

»Es würde auch gut zu Ihnen passen«, bemerkte Göran und sah einem der vorübergehenden Mädchen nach, in dessen Haar sich das Gegenlicht fing und Kaskaden blitzender Punkte hervorrief.

Majda hatte Göran beobachtet und fand es etwas unhöflich, dass er sein Interesse an der Passantin so deutlich zeigte. »Ich kann mein Geld auf vernünftigere Weise loswerden«, sagte sie.

Das Mädchen verschwand in der Menge, und Göran wandte sich wieder Majda zu. »Haben Sie noch das Heftchen mit den Coupons? Da ist auch ein Gutschein für einen Friseurbesuch dabei. Und dort«, er deutete nach rechts, zu einer Reihe von Schaufenstern, »sehe ich ein Haarstudio. Versuchen Sie es doch einmal – ich bleibe gern hier und gönne mir noch einen *Tropic Mix*.«

Majda zögerte zunächst ein wenig. »Na gut«, sagte sie schließlich, »ich will es versuchen.«

Göran begleitete sie in das Geschäft. Der Raum, den sie betraten, sah hell und sauber aus. Längs der Wand, durch Blumenregale getrennt, waren die Arbeitsplätze angeordnet. Sie waren mit verschiedenen futuristisch anmutenden Apparaturen ausgestattet, deren Zweck sich Majda nicht ohne weiteres erschloss.

Obwohl kein anderer Kunde im Laden war, musste sie ein wenig warten. Vielleicht wollte man ihr ausreichend Zeit lassen, alle möglichen Artikel in Augenschein zu nehmen, darunter P-Glandine-Creme, die angeblich die Wimpern zum Wachsen brachte, und Nail-Omaten, die programmgesteuert die Fingernägel färbten.

Nach ein paar Minuten kam eine gut aussehende Frau unbestimmten Alters heran. Sie trug einen silbergrauen Arbeitsmantel, nur der Kragen war der aktuellen Mode angepasst – ein Streifenmuster von Hellblau und Pink. Ihr Alter war schwer zu schätzen, zumal sie reichlich Make-up aufgetragen hatte.

»Ich bin Bridgette, die Stylistin«, sagte sie, und so wie sie Göran zunickte, kam es Majda vor, als ob die beiden einander kannten. Aber sie hatte sich wohl geirrt, denn der Schwede ließ keinerlei Anzeichen dafür erkennen, sondern deutete nur einen kurzen Gruß an.

Majda trug ihren Wunsch vor und wurde in eine Nische geleitet.

»Ich warte draußen«, rief Göran ihr noch zu, bevor sie sich setzte. Sie erhielt einen Umhang, der sie vom Hals bis zu den Knien bedeckte, und bekam dann eine Gesichtsmaske aufgesetzt.

Majda fühlte sich unbehaglich und bereute es, sich auf diese Behandlung eingelassen zu haben. Sie versuchte zu sprechen, brachte aber nur quäkende Laute hervor. »Was machen Sie da? Wozu soll das –«

»Alles in Ordnung, es dauert nur ein paar Sekunden«, hörte sie eines der Mädchen antworten. »Wir rauen Ihr Haar mit Glasstaub auf, damit die Chemikalien besser einwirken können. Die Maske ist nur eine Vorsichtsmaßnahme – damit Sie nichts in die Augen oder in den Mund bekommen. Es geht ganz schnell ...«

Ein scharfes Zischen übertönte die Stimme, Majda spürte einen leichten Luftzug auf der Kopfhaut, gefolgt von einem schlürfenden Geräusch, dann trat eine kurze Pause ein.

»... schon vorbei. Wir haben noch die Rückstände abgesaugt.« Eines der Mädchen nahm Majda die Maske ab und wechselte den Umhang.

Majda war etwas außer Atem – während der Prozedur hatte sie nur mühsam atmen können. Nun trat das andere Mädchen heran, kämmte Majda sanft das Haar und besprühte es mit einer scharf, aber nicht unangenehm riechenden Essenz. Nachdem der warme Luftstrom aus einem Föhn die Haare wieder getrocknet hatte, entfernte sich eines der Mädchen, um Bridgette zu holen, die diesmal unverzüglich erschien.

»Es ist so weit«, sagte sie. »Wir beginnen nun mit dem Hair Dressing.« Sie gab ihren Mitarbeiterinnen ein Zeichen und bekam auf fast feierliche Art zwei merkwürdig gekrümmte Kämme ausgehändigt, die an elektrischen Leitungen hingen. Sie schaltete sie ein, ein leises schleifendes Geräusch ertönte, und dann begann unter raschen geschickten Bewegungen der Gestaltungsakt. Im Spiegel konnte Majda beobachten, wie sich ihre Haare eindrehten, bis sie eine aufragende Schneckenform annahmen. Zuletzt trug Bridgette noch eine schäumende Masse auf Majdas Haarspitzen auf. Dann rückte sie den Spiegel zurecht: Zum ersten Mal sah sich Majda neu gestylt, und der Anblick versöhnte sie etwas mit dem Ärger, der in ihr hochgekommen war. Es sah allerdings nicht schlecht aus. Eines der Mädchen kämmte noch die Schaumreste aus dem Haar und leuchtete Majdas Kopf von hinten an – und an den Spitzen der Strähnen glitzerten nun die farbigen Lichtpunkte, schillernd wie Diamanten. Majda musste es sich eingestehen: Sie war zufrieden.

Als das Mädchen Majdas Stuhl ein Stückchen drehte, um mit einem Bürstchen die Haare an der Schläfe ihrer Kundin glatt zu streichen, fiel deren Blick durch den Spiegel in den Hintergrund des Studios, und da sah sie Göran mit Bridgette beisammenstehen. War er ungeduldig geworden und wollte sie abholen?

»Bin ich fertig?«, fragte sie.

»Es dauert nur noch zehn Minuten – wir müssen das Haar imprägnieren, sonst ist die Pracht schon morgen dahin. Kommen Sie.«

Es war ein junger Mann, der sie nun in eine geschlossene Kabine brachte. Darin stand ein Stuhl, der sie an die Ausstattung von Zahnarztpraxen erinnerte. Darüber hing eine überdimensionale Haube. Majda musste sich auf dem gepolsterten Sessel niederlassen und die Arme auf die Lehnen stützen.

»Drücken Sie den Kopf bitte fest auf die Stütze«, bat der Angestellte. »Ich lege Ihnen nun eine Augenbinde an – sie schützt Sie vor dem UV-Licht.«

Wozu brauchen die das UV-Licht?, fragte sich Majda, aber sie erinnerte sich daran, dass man damit Kunststoff härten konnte …

»Keine Angst, ich senke jetzt die Haube über Ihren Kopf. Er

enthält Stereo-Lautsprecher, wir unterhalten Sie mit Musik, das verkürzt die Wartezeit.«

»Ich brauche keine Musik«, sagte Majda, doch ihre Stimme hörte sich dumpf an, ihr Kopf steckte wohl schon in der Haube, und man hatte sie nicht gehört.

Ein kaum wahrnehmbarer Luftstrom strich über Majdas Gesicht, und dann füllte sich der Helm mit einem hohen, klingenden Singen, das Majdas Kopf wie eine Flüssigkeit umspülte. Langsam lösten sich Töne heraus, wurde lauter und wieder leiser und überlagerten sich mit anderen zu ungewöhnlichen Harmonien. Und dann kamen Stimmen. Zuerst waren sie nicht zu verstehen, aber sie wirkten beruhigend – einschläfernd und anregend zugleich. Die dumpfe Luft, die Wärme und die Musik versetzten Majda in einen merkwürdigen Zustand der Willenlosigkeit. Sie wollte sich dem Schlaf überlassen, und da kamen auch schon Traumbilder, ausgelöst durch Worte, durch Fragen:

... der Orient ... ein fremdes Land ... die Sorgen vergessen ... ausspannen –

ja, ich bin in einem fremden Land, und ich fühle mich wohl ... hier kann man sich erholen ...

... und es gibt viel zu sehen, Ungewöhnliches, Aufregendes –

was hier zu sehen ist, grenzt an Wunder, ich will es erleben, ich bin offen für alles, was sich mir bietet ...

... aber ganz allein ... Freunde, Bekannte, sie waren zurückgeblieben ... die Mutter –

die Mutter lebt nicht mehr ... warum bin ich jetzt so traurig darüber? Wir waren nie gemeinsam verreist ... doch was soll's – es ist vorbei ...

... und Ihr Vater, ein angesehener Mann –

der Vater, ich habe ihn kaum gekannt ... Er war selten zu Hause ... Die letzte Reise ... er ist nicht zurückgekehrt ... niemand weiß, was mit ihm geschah ...

... er kann hier sein ... oder dort ... man muss ihn suchen, aber wo –

ach ja, ich habe es mir vorgenommen ... ich werde ihn suchen ... er war ja hier, in dieser Stadt ...

... was hat er hier getan, er hatte doch eine wichtige Aufgabe!

Wasser, es ging um Wasser ... er hat nach Wasser gesucht ...

... und er hat es gefunden ... er hat doch Wasser gefunden –

ja, er hat es gefunden ... er war tüchtig ... er hing an seinem Beruf ...

... Wasser in der Wüste, die Menschen brauchen Wasser ... Wo ist die Quelle?

es gibt keine Quelle ...

... aber es gibt Briefe –

Briefe ... ja, es gibt ein paar Briefe ... ich werde nach meinem Vater forschen ... was mit ihm geschehen ist ...

... wo sind die Quellen? ... du musst es sagen ...

ich weiß es nicht ... ich weiß es nicht ...

... gibt es eine Ortsbeschreibung? – einen Plan?

Nur eine Skizze, ein paar Zahlen ... ich weiß nicht, was sie bedeuten ...

Majda träumte. In ihrem Traum erschienen Bilder, tauchten Fragen auf. Fragen, die in alte Zeiten wiesen, Fragen, die traurig machten. Und Fragen, die die Gegenwart betrafen, auch solche, die Probleme aufwarfen –

Es waren drängende Fragen – solche, die Schlafende aus ihrer Ruhe reißen ...

Majda erwachte. Sie wusste, dass sie ein quälender Traum aus ihrem Dämmerzustand zwischen Wachen und Schlaf gerissen hatte, aber sie wusste nicht mehr, worum es gegangen war ... Jedenfalls hatte sie sich gewehrt ... Jetzt war alles weg ... Doch, nein, sie besann sich, dachte angestrengt nach ... einige Fragmente aus den Traumbildern tauchten wieder auf ... Sie hatte sich an ihren Vater erinnert – und da war ihr der Plan eingefallen, und jemand wollte noch mehr darüber wissen ... Doch das ging doch niemand etwas an! Bisher war sie unachtsam mit ihm umgegangen ... Sie musste etwas unternehmen, um ihn sicher zu verwahren. Er war wertvoll. Er war für sie wertvoll – als Andenken, als Vermächtnis. Doch gewiss war er auch für andere wertvoll!

Plötzlich war Majda hellwach. Was war mit ihr geschehen? Wirklich nur ein harmloser Traum? Wie lange saß sie schon hier unter der Haube? Es mochten nur ein paar Minuten gewesen sein, aber es kam ihr viel länger vor. Sie hatte genug von dieser Tortur, sie ließ sich im Sitzen ein wenig nach vorn gleiten, so dass sie den Kopf aus der Haube ziehen konnte, und versuchte aufzustehen ...

Die Kabine war von blendendem Licht erfüllt, am Eingang tauchten Bridgette und hinter ihr der Angestellte auf. »Was tun Sie da? Die Sitzung ist noch nicht zu Ende«, rief Bridgette. »Ihre Frisur wird nicht lange halten ...«

»Das ist mir gleichgültig«, rief Majda, »ich habe genug, mir wird übel.« Sie holte den Gutschein aus dem Täschchen und klatschte ihn auf den Kassentisch. Ohne ein weiteres Wort schritt sie an den fassungslosen Angestellten vorbei und verließ den Raum.

Sie blickte sich nach Göran um. Er saß an seinem Platz, dort, wo sie ihn verlassen hatte, und es sah nicht so aus, als wäre er zwischendurch fort gewesen. Offenbar hatte sie sich vorhin geirrt, als sie ihn im Gespräch mit Bridgette zu sehen geglaubt hatte.

Jetzt hatte er sie bemerkt, er stand auf und streckte ihr die Arme entgegen. »Sie sehen blendend aus, meine Liebe«, sagte er. Er fasste sie an den Händen und drehte sie in verschiedene Richtungen. »Ja«, bestätigte er, »das hat sich gelohnt, ganz prächtig, wirklich.«

Erst als Majda ein wenig unwillig zurückwich, schien er zu

merken, dass irgendetwas nicht in Ordnung war, und erkundigte sich nach dem Grund.

»Es war ziemlich anstrengend«, antwortete Majda ausweichend. Sie hatte keine Lust, Genaueres zu berichten. Als Göran fragte, ob sie sich nicht noch ein wenig zu ihm setzen wollte, vielleicht um etwas zu trinken, schüttelte sie energisch den Kopf. »Es war ein langer Tag – jetzt bin ich müde. Ich will möglichst rasch ins Hotel zurück, möchte mich hinlegen.«

Göran winkte einen Kellner herbei und ließ den Betrag von seiner Karte abbuchen. Er brachte Majda zu einem Haltepunkt der Schwebeboote, und als er mit ihr einsteigen wollte, dankte sie ihm und erklärte, dass sie jetzt allein sein wolle. Er hatte Verständnis dafür, sagte jedoch, er würde sich gern wieder mit ihr treffen.

»Überlassen wir es dem Zufall«, sagte Majda und stieg ins Schwebeboot. Von einem Fensterplatz aus beobachtete sie, wie Göran noch kurze Zeit stehen blieb und ihr nachsah, sich aber dann umdrehte und mit eiligen Schritten wegging.

Majda fühlte sich irritiert und abgespannt. Ihre gute Laune war dahin, auf einmal hatten die Verlockungen der Cyber-Stadt keine Wirkung mehr auf sie. Sie begab sich auf schnellstem Weg zurück zum Hotel.

Mit dem Außenlift fuhr sie ins zwanzigste Stockwerk, wo ihr Zimmer lag. Dort beschäftigte sie sich einige Zeit damit, die Prospekte, Ankündigungen und Freikarten durchzusehen, die sich inzwischen auf dem schmalen Schreibtisch angesammelt hatten, dann warf sie alles kurz entschlossen in den Recyclingschacht. Sie holte ihre Reisetasche mit den Dokumenten aus dem Tresor und kramte im hintersten Fach. Dort hatte sie noch kurz vor der Abreise die Briefe ihres Vaters verstaut, die sie im Nachlass ihrer Mutter gefunden hatte. Mit ihnen hatte der Entschluss, Cyber City Süd aufzusuchen, allerdings zunächst nichts zu tun gehabt. Es waren die Berichte, die man darüber las, die Videos, die fast täglich im Fernsehen gezeigt wurden, vor allem die Erzählungen derjenigen, die schon dort gewesen waren, die den Wunsch in ihr reifen ließen, einmal dorthin zu reisen. Erst dann hatte sie sich daran erinnert, dass sich ihr Vater dort aufgehalten hatte, als von kybernetischen Wundern noch keine Rede gewesen war. Er hatte Wasserbautechnik studiert und sich später auf den Bau von Entsalzungsanlagen und die Erschließung von Quellen in Trockengebieten spezialisiert. Er war von der letzten Krise im arabischen Raum überrascht worden, und dann hatte man nichts mehr von ihm gehört. Majdas Mutter hatte sich noch jahrelang um Informationen über sein Schicksal bemüht und gehofft, dass er eines Tages wieder auftauchen würde, doch Majda selbst war schon als Kind nüchtern genug gewesen, um sich damit abzufinden, dass er tot war. In Majdas Erinnerungen war er ein stiller, ernster Mann, der sich selten zu Hause aufhielt und an den sie sich nur dunkel erinnerte.

Und erst dann, als ihr klar wurde, dass sie gerade jene Stadt besuchen würde, in der ihr Vater verschollen war, kam sie auf den Gedanken, dort auch nach Spuren von ihm zu suchen. Oder war es nur ein Vorwand, den sie brauchte, um das viele Geld, das diese Reise kostete, vor sich selbst zu rechtfertigen?

Jetzt, da sie sich nach dem letzten unangenehmen Erlebnis ein wenig Ruhe gönnte, musste sie an ihren Vater denken – und an die Absicht, die sie mehr oder weniger ernsthaft mit dieser Reise verbunden hatte. Sicher war an diesen Gedanken der Traum schuld, der sie während der Behandlung beim Friseur gequält hatte. Merkwürdig, wie in solchen Situationen irgendwelche in dunklen Tiefen abgelagerte Erinnerungen unversehens emporgeschwemmt werden, scheinbar willkürlich, vom Zufall bestimmt. Oder war es gar kein Zufall? War es ein Anflug von schlechtem Gewissen, den sie im Wachzustand unschwer unterdrücken konnte, der aber ans Licht drängte, wenn ihre Kontrolle nachließ? Ja, das könnte der Grund für diesen merkwürdigen Traum sein. Aber irgendeine Irritation blieb trotzdem zurück. So wie sie diese Situation erlebt hatte, war dahinter ein Zwang spürbar gewesen, eine Einwirkung von außen, die gar nichts mit Traum oder schlechtem Gewissen zu tun hatte. Gehörte dieses Abenteuer vielleicht auch zum Repertoire von Cyber City Süd? Und steckte dahinter womöglich sogar eine Absicht, die sich auf die Erkundung dessen richtete, durch das sie sich von den anderen Touristen unterschied? – und da gab es nur einen heiklen Punkt: die längst vergessen geglaubten Aktivitäten ihres Vaters.

Unsinn, schalt sich Majda, es sind diese Spiele zwischen Realität und Irrealität, die mich verunsichern und mich dazu veranlassen, hinter allen möglichen harmlosen Ereignissen Gespenster zu sehen.

Jetzt war sie wieder ruhig und sachlich ... mit ihr konnte man das nicht machen: Sie würde sich nicht in die Irre führen lassen. Aber immerhin: Ihre Aufmerksamkeit war geweckt. Sie steckte ihre Kreditkarte in den Schlitz des Fernsehgeräts, um sich ein wenig Ruhe zu erkaufen, holte die Briefe aus der Tasche, legte sich aufs Bett und begann zu lesen.

Liebe Carla,
jetzt bin ich schon zwei Monate hier und habe mich gut eingewöhnt. Das heiße Klima macht mir nichts aus, und mit meinen Auftraggebern komme ich gut aus. Diese Leute schwimmen in Geld, unglaublich, aber sie sind großzügig und behandeln mich gut. Sie wollten mich in einem der großen Hotelbauten am Stadtrand unterbringen, aber ich habe ein Hotel gefunden, das mir besser gefällt. Es ist noch im herkömmlichen Stil gehalten – eine Anlage inmitten der Altstadt, die aus lauter kleinen, lehmgrauen, ebenerdigen Häusern besteht. Die Zimmer sind mit alten Möbeln ausgestattet, aber es ist still hier, ganz anders als der Massenbetrieb in den Hiltons und Best Westerns. Abends kann man sich in einen gepflegten Garten setzen und den Duft exotischer Blüten genießen.

Die Arbeit ist interessant. Schon die ersten Messungen haben meine Erfahrungen, die ich in anderen Städten der Wüstenregion gemacht habe, bestätigt: Die Menschen wissen nicht, dass es fossiles Wasser ist, das sie verwenden. Früher soll es aktive Quellen gegeben haben, in denen das Wasser durch den natürlichen Innendruck zutage gefördert wurde. Heute pumpen sie es durch Bohrlöcher hinauf, und wenn kein Wasser mehr austritt, lassen sie noch tiefere Löcher bohren, und das Spiel beginnt von vorn. Ich vermute aber, dass damit bald Schluss sein wird. Nach meinen Berechnungen reicht der Vorrat noch für maximal 100 Jahre.

Aber jetzt bin ich schon wieder bei meinen beruflichen Problemen angekommen, mit denen ich Dich sicher langweile. Verzeih bitte, es liegt einfach daran, dass das im Grunde das Einzige ist, was mich hier beschäftigt und interessiert. Es gibt wenig anderes zu berichten.

Im Großen und Ganzen könnte ich also hier zufrieden sein, wäre da nicht die lange Trennung von Dir und Majda. Wie geht es ihr in der Schule? Ich hoffe, die Noten aus dem Sprachlabor haben sich verbessert.

Lass Majda von mir grüßen und sei selbst gegrüßt von

Deinem Frits

Majda legte den Brief beiseite. Es war ein ganz normaler Brief, wie ihn eben ein Ehemann und Vater an seine Angehörigen schreibt, wenn er im Ausland arbeitet. Und doch war es Majda, als hätte sie ihn bisher nicht mit voller Aufmerksamkeit gelesen, als hätte sie nun noch einiges erfahren, was sie bisher kaum beachtet hatte. Das galt besonders für die Zeilen, in denen ihr Vater auf seine berufliche Tätigkeit einging. Es schien ihr selbst ein wenig absurd, aber sie fühlte sich ihrem Vater jetzt näher als zuvor – vielleicht lag es daran, dass sie sich selbst in dieser Stadt weit entfernt von der Heimat befand, wo er mehrere Monate gelebt und gearbeitet hatte – und wo er verschwunden war.

Ihr Vater hatte mit Wasser zu tun gehabt, einem Stoff, dessen Existenz und Verfügbarkeit ihr immer selbstverständlich erschienen war. Das Trinkwasser in den Flaschen, das aufbereitete Industriewasser zum Waschen und Baden, daran schien kein Mangel zu herrschen. Und hier in der Wüste? Auch hier hatte sie nichts von einem Mangel bemerkt.

Majda stand auf und trat ans Fenster. Dort unten lag ein künstlicher See, in den Wasser über Steinkaskaden eingeleitet wurde, über die Fläche verteilt gab es einige Fontänen, von unten so hell beleuchtet, dass sie selbst tagsüber zu leuchten schienen, in der Mitte befand sich eine Anordnung aus Spritzdüsen, die das hervorgepresste Wasser zu wechselnden kunstvollen Figuren formten. Und außer diesem See gab es unzählige kleinere Becken, zur Zierde, zum Spiel oder für sportliche Betätigungen ... Sollte sich ihr Vater mit seiner Einschätzung der Vorräte geirrt haben? Doch sie war bereit, ihm über die Jahrzehnte hinweg zu glauben. Wahrscheinlich lag es an der Vater-Tochter-Beziehung, an einem noch nicht gänzlich verschütteten frühkindlichen Glauben an die Unfehlbarkeit der Eltern, der bis heute nachwirkte. Und auch ihre Mutter – obwohl sie traurig darüber war, dass sich ihr Mann die meiste Zeit in fernen Ländern aufhielt – hatte sich stets anerkennend über sein Wissen und seine Tüchtigkeit geäußert. Und nun, vielleicht zum ersten Mal, seit sie erwachsen war, war Majdas Interesse geweckt, sie machte es sich wieder bequem und griff zum nächsten Brief.

Liebe Carla,
es ist mir gelungen, die Verwaltung von der Gründung eines neuen Stadtviertels abzuhalten, das hätte die Wasservorräte zu schnell dezimiert. Diese rasche Zustimmung habe ich, ehrlich gesagt, nicht erwartet, denn die Potentaten dieses Landes

lassen sich nur ungern in ihre Pläne hineinreden, wenn sie sich erst einmal etwas in den Kopf gesetzt haben. Ich nehme es als einen erfreulichen Vertrauensbeweis – man scheint meine fachlichen Kenntnisse hoch einzuschätzen.

Ein Beweis dafür ist auch der neue Auftrag, der sich aus dieser Situation ergeben hat: Ich soll nämlich in der näheren und weiteren Umgebung der Stadt nach noch nicht erschlossenen Wasserlagern suchen – man hofft, die geplante Siedlung an einer solchen Stelle errichten zu können, und das ist auch nötig, denn die Bevölkerung ist in den letzten Jahren stark angewachsen.

Schon morgen werde ich zu einer Exkursion aufbrechen. Es wird eine kleine Karawane sein, mit geländegängigen Personen- und Lastkraftwagen. Wir werden in Zelten schlafen. Genügend Vorräte an Wasser und Lebensmitteln haben wir bereits eingepackt. Ich habe vor, mit den Echoloten in den Senken der Umgebung systematisch nach wasserführenden Schichten zu suchen. Ich werde mich also längere Zeit in der Wüste aufhalten und Dir nicht mehr regelmäßig schreiben können.

Ich glaube, Du wirst verstehen, dass ich mich dieser Aufgabe nicht entziehen kann, eine Aufgabe, die natürlich – das gebe ich gern zu – auch sehr reizvoll für mich ist. Dadurch verlängert sich mein Aufenthalt hier natürlich um einige Wochen, aber, und das verspreche ich Dir, danach komme ich für längere Zeit zurück, und wir gönnen uns einen schönen Urlaub.

Es umarmt und küsst Dich und Majda

Dein Frits

Majda hatte mit steigender Spannung gelesen und griff nun nach dem dritten Brief.

Liebe Carla,
ich habe lange nichts von mir hören lassen – ich war in der Wüste unterwegs, es war das erste Mal, ein unbeschreibliches Erlebnis. Diese Weite, diese Einsamkeit ...

Ach ja – ich hätte fast vergessen, über meine Arbeit zu berichten. Die fahrbare Echolotausrüstung funktioniert prächtig. Entlang von geraden Linien rufen wir Detonationen hervor, und dann messen wir die an den Schichten reflektierten Wellen. Es tut mir Leid, diese Stille durch unsere Knallerei stören zu müssen, aber schon Sekunden später ist alles wie zuvor, man hat das Gefühl, mit solchen Aktivitäten der Erhabenheit der Wüste nichts anhaben zu können. Nun ja, aus dem Verlauf der Kurven können wir... aber das wird dich sicher nicht interessieren. Bisher haben wir noch keine großen Entdeckungen gemacht, lediglich einige wenig ergiebige ölhaltige Schichten, man kann damit wenig anfangen.

Ich gebe diesen Brief einem Kollegen mit, der wegen einer Zahnbehandlung in die Stadt zurückfährt, und bin deshalb in Eile.

Alle guten Wünsche, viele Küsse für Majda und Dich

Dein Frits

Majda griff nach dem vierten Brief, dem letzten, den ihre Mutter erhalten hatte. Sie war nun sehr gespannt darauf, die wenigen Zeilen, die sie bisher nur überflogen hatte, aufmerksam zu lesen.

Liebe Carla,
ein überraschender Erfolg: Ich habe an einer unerwarteten Stelle ein großes unterirdisches Wasserlager entdeckt. Eigentlich wollten wir schon aufgeben, die Gegend, in die wir geraten waren, erschien mir nicht besonders aussichtsreich, aber der

Vollständigkeit halber haben wir unsere Messungen noch einmal aufgenommen, und da geschah es: Die Reflexionen wiesen auf ein riesiges Bassin mit dem lebensspendenden Nass.

Wie es weitergeht, wird sich in den nächsten Tagen herausstellen. Bitte rede mit niemandem darüber, auch wenn es vorderhand übrigens gar kein Geheimnis zu bewahren gibt, denn der Ort des Wasserlagers ist derzeit niemandem bekannt, nicht einmal mir. Erst wenn ich die Unterlagen, die Diagramme mit den Echokurven, ausgewertet und den geologischen Karten zugeordnet habe, kann ich die Position angeben. Das werde ich möglichst rasch tun, dann werden wir weitersehen.

Leider hat sich, während ich in der Wüste war, die politische Lage verschlechtert. Es hat ja immer Unruhen gegeben, aber nun spricht man sogar von einem Krieg, und so interessiert sich derzeit kaum jemand für meine Entdeckung. Und nun kommt die traurige Nachricht: An den geplanten Urlaub ist derzeit nicht zu denken. Die Wissenschaftler und Techniker wurden unter Kriegsrecht gestellt, und man hat sogar angedeutet, dass ich für eine Sonderaufgabe eingesetzt werden soll.

Ich gebe diesen Brief einem Bekannten mit, der nichts mit der Wasserwirtschaft zu tun hat und von unserer Arbeit nichts weiß. Ich möchte Dich also bitten, über meine Entdeckung absolutes Stillschweigen zu bewahren. Die Leute hier verstehen in solchen Dingen keinen Spaß.

In Eile innige Küsse an Dich und Majda

Dein trauriger Frits

PS: Gerade habe ich mich mit den Diagrammen beschäftigt und versucht, mir eine erste Übersicht über die Lage des Wasserhorizonts zu verschaffen. Ich habe die Messwerte in eine Geländeskizze eingezeichnet. Das Ergebnis sieht gut aus. Dort unten könnte ein ungewöhnlich großer Wasservorrat liegen. Ich werde mir die Gegend noch einmal genauer anschauen. Da niemand weiß, wie es hier weitergeht, lege ich den Plan bei, ich möchte verhindern, dass er verloren geht. Bitte, bewahre ihn gut auf. Und bitte, mach Dir keine Sorgen, die Unruhen werden sicher bald vorübergehen, und dann holen wir den Urlaub nach.

F.

Majda blieb noch eine Weile auf dem Bett liegen. Bisher hatte sie sich nicht für die Arbeit ihres Vaters interessiert, doch nun erschien sie ihr höchst spannend. Was bedeuteten schon die Verlockungen der Stadt gegenüber der Frage, was mit ihrem Vater geschehen war! Bisher hatte sie angenommen, dass es der Krieg gewesen war, dem er zum Opfer gefallen war. Aber der letzte Brief, in dem von Geheimhaltung die Rede war, hatte sie unsicher gemacht. Ohne Zweifel – sein Schicksal konnte auch andere Gründe haben, doch eines war ihr klar geworden: Die Entdeckung eines Wasserlagers in der Wüste war gewiss etwas sehr Wichtiges, und um Genaueres über die geografische Lage zu erfahren, mochte mancher zu verbrecherischen Mitteln greifen. Hatte man ihren Vater aus diesem Grund festgehalten und womöglich sogar verschwinden lassen?

Majda nahm die Briefe noch einmal zur Hand und sah sie sich genauer an. Die ersten drei waren Ausdrucke aus dem öffentlichen Mail-Netz, doch der vierte war ein Original, die altmodische Form einer Nachricht, handgeschrieben, gefaltet und von einem Umschlag geschützt. In diesem steckte auch noch der von ihrem Vater erwähnte Plan, eine unscheinbare Skizze. Zum ersten Mal sah sich Majda dieses Stück verblichenen Papiers genauer an. Es war eine Landkarte, in Schwarzweiß wiedergegeben, und darauf waren von Hand Zahlen, Zeichen und Linien eingetragen. Majda konnte nichts damit anfangen und warf noch einen flüchtigen Blick auf die Rückseite. In der Tat: Hier stand etwas gekritzelt ... Es mochte ein Name und eine Adresse sein, aber es war schwer zu lesen. Majda steckte den Plan in den Umschlag zurück.

Die Eintragung auf der Hinterseite der Skizze hatte sie auf eine Idee gebracht: Sie nahm sich noch einmal einen der elektronisch ausgedruckten Briefe vor und sah sich die Kopfzeilen an, die sie bisher nicht beachtet hatte ... Und tatsächlich war hier unter anderem auch ein Absender angegeben: die Adresse jenes Altstadthotels, das ihr Vater in einem Brief erwähnt hatte. War das nicht ein Anhaltspunkt, dem sie nachgehen sollte? Plötzlich verspürte sie wieder ihren Tatendrang – hier wollte sie mit den Nachforschungen beginnen.

Majda war schon dabei, die Briefe zu ihren anderen Papieren auf den Tisch zu legen, als sie sich kurz besann: Vielleicht war es angeraten, sie nicht so offen herumliegen zu lassen? Als sie vor dem Tresor stand, kamen ihr Zweifel – wer weiß, wer sich hier Zutritt verschaffen konnte. Sie sah sich um ... und da bemerkte sie, dass unter dem an der Wand befestigten Tresor ein schmaler Spalt offen geblieben war – kurz entschlossen schob sie die Briefe hinein. Wenn sich jemand für ihre Papiere interessieren sollte, dann würde er im Tresor suchen und nicht darunter.

2

Es waren genau 16 Männer, die sich im Raum A1 versammelt hatten, dem größten der Welt – *ihrer* Welt. Er war spartanisch eingerichtet, vorne ein Pult, ein Abstelltisch mit einem Glas Wasser, der Bühne entgegengerichtet eine Reihe von Bänken mit Sitzflächen aus durchbrochenem Blech. Die Wände aus derselben glasartigen, graubraunen Masse, aus der auch die Bodenflächen bestanden, und ebenso fensterlos wie diese.

Einige der Männer waren alt: ihre Gesichter faltig, Haare und Bärte weiß. Die anderen, ihre Zahl größer als die der Alten, gehörten eine jüngeren Generation an: glatte Haut, bartlos, auch die Haare geschoren. Sie alle waren rechtzeitig gekommen, und nun warteten sie scheinbar geduldig. Sie sprachen nicht miteinander, sondern blickten mit verschlossenen Mienen vor sich hin, und trotzdem war überdeutlich die Spannung zu spüren, die sie zu verbergen suchten.

Dann endlich wurde der Rollstuhl mit Edris hereingeschoben. Der Greis mit dem schütteren, schmutzigweißen Haar saß zusammengesunken auf die Seite gelehnt. Es sah aus, als könne er jeden Moment von der zusammengefalteten Decke gleiten, die man über den Sitz gebreitet hatte. Er war halbseitig gelähmt, sein Körper bedurfte ständiger Betreuung, es machte ihm Mühe, auch nur eine Hand zu heben oder die Augen zu öffnen, aber hinter der zerfurchten Stirn arbeitete immer noch ein reger Geist – das war zumindest die allgemeine Ansicht. Die im Saal Versammelten hatten ihn schon lange nicht mehr zu Gesicht bekommen, aber es war ihnen klar gewesen, dass er heute seine Einsamkeit unterbrechen würde. Wer sonst sollte jetzt zu ihnen sprechen?

Es war Aref, der Arzt, der zur Betreuung mitgekommen war. Er brachte den Rollstuhl neben einem Schaltpult zum

Stehen und trat einen kleinen Schritt zurück. Es war eher eine Geste – und doch sah es aus, als hätte er das Zeichen zum Beginn gegeben.

Durch Edris' Körper ging ein Zucken, und bei jedem Ruck drehte er sich ein wenig mehr der Zuhörerschaft zu. Noch hatte er die Augen geschlossen, doch dann begann er zu sprechen.

»Gaber hätte mein Sohn sein können, und seit wir uns hierher zurückgezogen haben, habe ich ihn wie einen Sohn geliebt.«

Fast schien es, als sei er mit seiner Kraft schon wieder am Ende, aber dann sprach er weiter.

»Es hat Gott gefallen, Gaber zu sich zu berufen und mich noch eine Weile am Leben zu lassen.«

Als beabsichtigte er, das Gesagte zu unterstreichen, begann er zu nicken, doch dann wirkte es ganz so, als wäre ein Automat in Gang gesetzt, denn der Alte hörte nicht mehr damit auf. Sein hinter ihm stehender Betreuer griff über Edris' Schulter hinweg und holte eine kleine Memofolie heraus, die er vor ihm auf den Tisch legte. Hatte er diesen heimlich angestoßen, oder genügte diese Geste, um Edris an seine Aufgabe zu erinnern? Edris hörte auf zu nicken, beugte sich über die Tischplatte. Blinzelnd starrte er auf die Folie und begann dann zu lesen. Er war kaum zu verstehen, doch es schien sich auch nur um einige Daten zu handeln.

Dann stockte der Alte. Er schob den Block beiseite, sein Gesicht verzog sich wie unter verzweifelter Mühe. Plötzlich öffneten sich seine Augen weit, und jeder im Saal hatte den Eindruck, dass sie gerade ihn anblickten.

»Ich habe die Aufgabe, euch Gabers letzten Willen zu vermitteln. Er wird selbst zu euch sprechen.«

Jetzt ging ein Murmeln durch den Saal. Das Licht erlosch, ein paar Sekunden lang war es stockfinster, und dann erschien das Gesicht Gabers übergroß auf der Frontseite. Unwillkürlich zuckten einige zusammen, denn die holografische Projektion wirkte überaus lebensecht. Seinem Gesicht merkte man die Krankheit nicht an, doch das konnte auch Schminke oder digitale Bearbeitung sein. Seine Lippen bewegten sich für kurze Zeit stumm, doch dann hatte wohl ein Techniker den Ton hochgeregelt, und nun konnten die Versammelten dem Geschehen folgen, das wie eine Ansprache aus dem Jenseits wirkte.

»Ich habe dem Arzt befohlen, mir die ungeschönte Wahrheit zu sagen. Hier ist sie: Ich habe nur noch kurze Zeit zu leben ...«

Gabers Lippen bewegten sich kaum, seine Stimme war leise, doch sie war gut zu verstehen. Einige Nebengeräusche ließen erkennen, dass der Ton auf hohe Lautstärke gestellt war. Außerdem gab es winzige Knacktöne – als wären Tonstörungen herausgeschnitten worden.

»Wir alle wurden für die große Aufgabe ausgewählt, und daran ändert sich nichts, was auch immer geschehen sollte. Unsere Aufgabe steht über allem, sie bestimmt die Leitlinie unseres Daseins. Dessen sind sich alle bewusst, und so scheide ich mit Zuversicht aus dem irdischen Leben.«

Die Einschwörung auf ihre Aufgabe hatten sie schon oft genug über sich ergehen lassen, und der unbedingte Wille der Männer, die sie führten und leiteten, hatte sie immer wieder in ihrem Glauben bestärkt, doch selten waren sie so stark beeindruckt wie diesmal, da ihnen der letzte Wille ihres großen Vorbilds übermittelt wurde. Und dennoch stand hinter allem die große Frage, die sie nicht aus ihren Gedanken verbannen konnten: Wer würde zu Gabers Nachfolger berufen werden?

Gaber, dem inzwischen doch anzumerken war, welche Mühe ihn dieser Auftritt kostete, schien seine schwindenden Kräfte noch einmal zu mobilisieren – es war die letzte Pflicht, die er zu erfüllen hatte. Und endlich kam der erlösende Satz, die Entscheidung, von der so viel abhing – denn alle waren sich klar darüber, dass ihre Aufgabe schwierig, ja nahezu unlösbar war. Und sie mussten sie ohne den Mann bewältigen, an den sich bisher alle Zuversicht und Hoffnung geknüpft hatte. Nun wurde die Verantwortung einem Nachfolger übertragen. Gab es einen Mann, der diese Last tragen konnte? Und hatte Gaber den Richtigen gefunden?

Endlich kam der abschließende, der alles entscheidende Satz: »Zu meinem Nachfolger bestimme ich …« War da ein kurzes Zögern? »… bestimme ich meinen bisherigen Assistenten Kasem.« Als wäre nun die letzte Kraft verströmt, die den Kranken noch aufrecht gehalten hatte, senkte sich sein Kopf, und das Bild zerfloss.

Es war, als wäre im Saal ein gemeinsamer Atemzug aller Versammelten zu hören, als vernehme man die Auflösung der Spannung und der Ungewissheit, die dem Wissen gewichen waren. Es gab keinen Beifall und auch kein Zeichen des Unmuts. War es ihre Disziplin, die sie alle den Willen des Verstorbenen als letzten Befehl akzeptieren ließ?

Aber so umfassend kann der Gehorsam nicht sein, dass sich nicht irgendwo, bei diesem oder jenem, in einem verborgenen Winkel des Bewusstseins, ein leiser Zweifel einschleichen konnte, eine Spur von Bedenken, ein Anflug von Abwehr. Doch das sah man keinem an, als sie ebenso still wie sie gekommen waren, den Saal verließen.

Äußerlich hatte sich nichts geändert. Jeder war wieder an jenen Platz gegangen, den ihm der Zeitplan zuwies, in das Lernlabor, in den Übungsraum, in die Trainingshalle, und die Soldaten hatten von der schicksalsbestimmenden Versammlung ohnehin nichts mitbekommen. Außer jenem natürlich, der an diesem Tag zur Betreuung von Edris abkommandiert war, und der würde kein Wort darüber verlieren – nicht etwa, weil man ihm Stillschweigen befohlen hatte, sondern weil überflüssiges Gerede als verwerflich galt.

Mit seinen 28 Jahren gehörte Ghory der mittleren Generation an, die aus zehn Personen bestand. Damit war er Teil der Führungselite. Wenn es so weit war, würde er nicht mit Waffen kämpfen, keine Geschosse abfeuern, keine Gebäude besetzen.

Trotzdem kannte er all das bis ins kleinste Detail, im Prinzip war es ja das, was er den Soldaten beibrachte. Und wenn sie es auch schon seit Jahren beherrschten, so wurden ihre Fertigkeiten immer noch verfeinert, und wenn es nichts mehr zu verfeinern gab, kam es darauf an, sie stets einsatzbereit zu halten – für den Tag des großen Kampfes.

Ghory war glücklich darüber, dass ihm eine wichtigere Aufgabe zukam, eine, die sich ebenso auf den finalen Einsatz richtete wie jene der Soldaten. Er würde Befehle geben, und das war es, was ihm beigebracht wurde, was all sein Denken ausfüllte. Aber er wusste natürlich auch, dass er höher qualifiziert war als die jüngste, den Brutmaschinen entstiegene Generation, und das machte ihn stolz.

An diesem Nachmittag fiel es Ghory schwer, sich zu konzentrieren. Eben deshalb, weil er nicht nur Befehlen gehorchen sollte, sondern auch Verantwortung übernehmen musste – Verantwortung heißt, in die Zukunft hinein zu denken –, versuchte er sich vorzustellen, was die Betrauung Kasems mit dem höchsten Amt für Auswirkungen haben könnte. Er musste sich eingestehen, dass er besorgt war, unzufrieden, verärgert. Waren es die anderen auch, oder war er der Einzige, den die neue Situation aus dem Gleichgewicht brachte?

Davon wollte er sich überzeugen. Er konnte sich mit der Strategievariante, die er an einer simulierten Situation erproben wollte, auch noch später beschäftigen. Kurz entschlossen stand er auf und ging in den auf der anderen Seite liegenden Raum hinüber, in die Arbeitskabine von Bastan, mit dem er sich gut verstand; Bastan war der Einzige, mit dem er ein vertrauliches Gespräch führen konnte.

Bastan war einen Kopf größer als Ghory, und die Soldaten, die seinem Befehl unterstanden, hatten Respekt vor ihm. Er war verlässlich und fair und nicht ganz so starr auf seine Aufgabe fixiert wie die anderen. Einmal hatten sie sogar versucht, sich gemeinsam an die fernste Vergangenheit zu erinnern, aber beide hatten nur noch undeutliche Vorstellungen von Licht,

Wärme, Bewegung und Stimmen, ohne näher beschreiben zu können, was das für Bedeutung haben könnte.

Merkwürdigerweise zuckte Bastan zusammen, als Ghory zur Tür hereinkam – als hätte ihn dieser bei etwas Verbotenem ertappt.

Ghory machte einen Scherz darüber, doch Bastan ging nicht darauf ein. »Ich mache mir Gedanken«, sagte Ghory. »Ich würde gern wissen, ob es dir ebenso geht.«

Ghory schloss durch einen Knopfdruck die Schallsperre, die vor Störungen von außen schützen sollte, aber auch keine Geräusche von innen herausließ. Er zog sich einen Hocker heran und setzte sich. Der in die Wand eingelassene Bildschirm war schwarz, woraus er schloss, dass Bastan nicht gearbeitet hatte.

Sie schwiegen einige Sekunden, beide fühlten sich unbehaglich; sie waren nicht sicher, ob man das denken durfte, was sie dachten, und ob es ratsam war, darüber zu sprechen. Doch schließlich setzte sich Ghory über alle Bedenken hinweg und sagte: »Die Ernennung von Kasem ... Da geht mir einiges im Kopf herum ... was das für Folgen haben wird, wenn nun *er* zu bestimmen hat.«

Bastan schien noch immer unschlüssig zu sein, ob er offen reden durfte. »Er ist intelligent. Er hat einen starken Willen. Und er ist ebenso wie alle andern auf unser großes Ziel eingeschworen. Er wird alles daransetzen, um uns zum Sieg zu führen ...« Er sprach etwas zögernd, als sei er sich nicht sicher. Es waren die Denkschablonen, die jeder von ihnen automatisch abrufen konnte.

»... und er ist wankelmütig, unberechenbar«, wandte Ghory ein, wobei er bewusst mit der Regel brach, die Kritik an Vorgesetzten verbot. »Er tut alles, um seinen Willen durchzusetzen. Wenn er sich etwas vorgenommen hat, dann will er es erzwingen, ganz gleich, ob es sich als richtig erweist oder als falsch ... Er kann zur Gefahr für uns alle werden – und für die Aufgabe.« Jetzt hatte er es ausgesprochen, noch immer mit Bedenken – wie würde Bastan seine Offenheit aufnehmen? Aber

Ghory merkte mit Erleichterung, dass dieser nicht vorhatte, etwas dagegen einzuwenden.

»Wir sind uns einig«, sagte Ghory, »und ich meine, dass das den anderen auch klar sein muss. Und ...« – jetzt hob er unwillkürlich die Stimme, was seinen nächsten Worten eine besondere Bedeutung gab: »... und auch Edris muss es gewusst haben.«

Ein wenig ratlos blickten sie einander an. Dann sagte Bastan: »Vielleicht erschien es ihm wichtig, jemanden einzusetzen, der die nötige Energie hat, um jeden Widerstand zu brechen, von welcher Seite auch immer. Vielleicht ist das, was auf uns zukommen wird, so schwierig, dass es mit Intelligenz und Behutsamkeit allein nicht zu bewältigen ist.«

»... Intelligenz und Behutsamkeit. Du denkst an Harres«, sagte Ghory.

»Du hast Recht. Wenn auch keiner etwas eingewandt hat – alle haben erwartet, dass er Gabers Nachfolger wird.«

»Ich habe es auch erwartet. Wie man sich irren kann!«

Bastan griff nach dem Mikrofon und gab einige Anweisungen. »Hören wir uns das doch noch einmal an«, schlug er vor.

»Warum?«, fragte Ghory. »Was hast du vor?«

Der Bildschirm wurde hell. Vor ihnen, bildfüllend, Gabers unbewegtes Gesicht, auch in der Flachprojektion beeindruckend. Die Lippen, die ersten Worte formend, zunächst noch ohne Ton, dann seine Stimme, schwach, aber deutlich. »Ich habe dem Arzt befohlen, mir die ungeschönte Wahrheit zu sagen. Hier ist sie: Ich habe nur noch kurze Zeit zu leben ...«

Die beiden ließen die Aufzeichnung bis zum Ende laufen.

»Wieso hast du gewusst, dass seine Rede schon im Archiv ist?«, fragte Ghory.

»Na, überleg es dir doch: Sie wurde ja schon vor seinem Tod aufgezeichnet, vor mehreren Tagen. Und ich weiß, wie man Tonkonserven aufruft, selbst wenn sie gesichert sind.«

Ja, Ghory wusste es, sie beide hatten früher im Rahmen ihrer Ausbildung auch einige Zeit im Nachrichtenzentrum gearbeitet. Auf dem Bildschirm war nun die Programmliste zu sehen.

»Ist dir nichts aufgefallen?«, fragte Bastan.

Ghory schüttelte nachdenklich den Kopf.

Bastan tippte auf eine Taste und gab einen kurzen Befehl. »Sehen wir uns den Schluss noch einmal an«, schlug er vor. Es war der letzte, der entscheidende Satz, den Bastan eingestellt hatte: »Zu meinem Nachfolger bestimme ich ... bestimme ich meinen bisherigen Assistenten Kasem.«

»Noch einmal«, kündigte Bastan an. Und wieder blickten sie in Gabers Gesicht, hörten seine Worte.

»Jetzt erkenne ich, was du meinst!« Ghorys Stimme klang erregt. »Es ist diese kleine Pause, bevor er sich entschließt, den Namen von Kasem zu nennen.«

»So sieht es aus. Doch man kann es auch anders deuten«, sagte Bastan.

»Und du meinst ...« Ghory traute sich nicht, seinen Verdacht auszusprechen, aber Bastan verstand ihn.

»Ja, das meine ich«, beschied er.

Eine Weile waren die beiden still, dann unterhielten sie sich längere Zeit aufgeregt flüsternd, als fürchteten sie, jemand könnte sie trotz des Schallvorhangs bei ihren ketzerischen Äußerungen belauschen. Und je länger sie diskutierten, desto sicherer wurden sie, dass sie sich nicht getäuscht hatten. Bei verlangsamter Wiedergabe merkte man, dass der Ton und die Lippenbewegungen nicht genau synchron waren, zwischen den Worten gab es kurze, kaum merkliche Spitzen im grafischen Tonbild – so wie sie bei synthetischer Sprache auftreten. Und schließlich versuchte Bastan, den Lippenbewegungen die dazugehörigen Laute zuzuordnen, und auf einmal sprach Gaber noch einmal zu ihnen, sie hörten seine Stimme, blechern, doch diesmal unverfälscht: »Zu meinem Nachfolger bestimme ich den Leiter der Verwaltung: Harres.«

Der dritte Pfeifton war verklungen, die Lampen verdunkelten sich – Ruhezeit. Wie alle anderen hatte auch Ghory seine Wohnnische aufgesucht. Jetzt hätte er bereits in seinem Schlaftrog liegen müssen, in der körperwarmen Lösung, die angenehme Müdigkeit bereitete, aber auch für die Gesundheit wichtig war. Sie enthielt Nährstoffe und Medikamente, die durch die Haut in den Körper eindrangen, um ihre lebenserhaltende Wirkung zu entfalten. Aber Ghory wollte jetzt nicht schlafen, er war zu erregt, zu aufgewühlt. Er musste erst Ordnung in seine durcheinander wirbelnden Gedanken bringen.

Jetzt saß er im Dunkeln auf seinem Hocker und ließ sich die Ereignisse des Tages noch einmal durch den Kopf gehen. Allmählich begann er zu begreifen, dass er tagsüber vieles falsch gemacht hatte, sein Gewissen begann sich zu regen. Er hatte Worte ausgesprochen, die auszusprechen verboten war, und er hatte Gedanken gehabt, die man nicht denken durfte. Dass es verboten war, hatte niemand besonders betonen müssen, und auch während seiner Ausbildung war nichts dergleichen erwähnt worden, doch das brauchte ihm niemand zu sagen. Er war so erzogen worden, dass er es von selbst wusste und sich dafür schämte. Trotzdem konnte er dem Dilemma nicht entkommen, in das er schuldlos geraten war. Denn hinter diesen Erkenntnissen, gegen die er sich aufbäumte, stand ja wie ein unverrückbares Bollwerk seine Überzeugung, dass alles getan werden musste, um das Ziel zu erreichen, und das, was ihn so unruhig machte, war schließlich nichts anderes als die Sorge, dieses große Ziel, dem sie geweiht waren, könnte infolge einer gefälschten Entscheidung verfehlt werden.

Erst dann fiel ihm ein, dass er zu alledem auch noch Strafe zu erwarten hatte, und kalte Angst kroch in ihm hoch. Die erstickende Atmosphäre des Karzers, die Isolierung vom Tagesgeschehen, die schmerzhafte Umerziehung in einer besonderen Lernkabine, die nicht nur Wissen vermittelte, sondern auch Wissen löschte ... Es hatte einige wenige Fälle gegeben ... Stand ihm so etwas bevor?

Hatten seine Bedenken bisher der besonderen Situation gegolten, die von einem Tag auf den anderen eingetreten war, so dachte er plötzlich an sich selbst – an sich selbst, als ob das das Wichtigste wäre. Doch es geschah, ob er wollte oder nicht: Die Sorge, die ihn quälte, verlagerte sich mit einem Mal auf das eigene Schicksal. Was würde mit ihm geschehen? Nun ja – er hatte gegen die ungeschriebenen Regeln verstoßen, und er würde dafür büßen müssen.

Aber wieder stockte er, weil er von seiner neuen, völlig ungewohnten Sicht der Dinge, in der die Gemeinschaft keine Rolle mehr spielte, überrumpelt war. Er fragte sich, ob jemand etwas von dieser Veränderung merken könnte, die da mit ihm vorgegangen war – als trüge er ein entstellendes Zeichen auf der Stirn. Zum ersten Mal sah er sich im Gegensatz zur Gemeinschaft. Und so stellte er sich die Frage, ob jemand das Gespräch belauscht haben könnte, das er und Bastan geführt hatten. Freilich, er hatte die Schallsperre eingeschaltet – eigentlich eher, um den Lärm von außen abzuhalten –, doch schließlich gab es genügend Mikrofone im Raum, die von allen möglichen Stellen aus aktiviert werden konnten. Und weiter: War es nicht sogar möglich, seine Gedanken zu registrieren? Schließlich hatte er auch Geräte kennen gelernt, mit denen die Gehirntätigkeit überwacht werden konnte, beispielsweise bei den Fortschrittskontrollen für die Ausbildung, denen sie sich regelmäßig zu unterziehen hatten ...

Ghory rutschte auf seinem unbequemen Hocker hin und her und konnte nicht zur Ruhe kommen. Litt er an Verfolgungswahn? Weshalb sollte ihn jemand belauschen, seine Gedanken lesen? Er hatte sich nie etwas zuschulden kommen lassen, Stabilitätsquotient 98 Prozent. Wer sollte ihn überwachen? Er merkte, dass er etwas ruhiger wurde. Ja, das schützte ihn: dass es keinen Grund gab, gerade ihn zu verdächtigen. Das hatte zur Folge, dass sich das Risiko in Grenzen hielt, das er eingegangen war und das er noch eingehen mochte: wenn er das, was er gemeinsam mit Bastan festgestellt hatte, nicht auf sich beruhen ließ, sondern etwas unternahm, um die aus den Gleisen geratene Situation zu bereinigen. Als würde der Entschluss schon die Lösung bedeuten und sich weiteres Grübeln erübrigen, war er plötzlich ruhig und entschlossen: Er würde etwas unternehmen.

Es war kurz nach Mitternacht, als sich Ghory erhob und leise seine Wohnnische verließ. Er konnte sich nicht erinnern, dass er während der vorgeschriebenen Ruhezeit jemals wach gewesen war, und stellte mit Überraschung fest, dass sich seine Müdigkeit in Grenzen hielt. Wahrscheinlich fehlte ihm die einschläfernde Wirkung der Lösung im Trog. Der Gang des Mannschaftstrakts, von dem aus nicht nur der Schlafsaal der Soldaten zu erreichen war, sondern auch die Flucht der Wohnnischen für die mittlere Führungsschicht, der er angehörte, war matt erleuchtet und leer. Ghory lauschte in die Stille hinein, die ungewohnt für ihn war – und unheimlich dazu. Er glaubte, einen schwachen Luftzug zu spüren ... War da nicht ein leises schleifendes Geräusch? Doch als er sich darauf zu konzentrieren versuchte, war nichts mehr zu hören.

Ghory wandte sich nach rechts, dort ging es zu den Lernkabinen, den Arbeits- und Werkstätten, und irgendwo dahinter lagen die Aufenthalts- und Schlafräume des obersten Führungsgremiums, das aus fünf Männern früherer Generationen bestand. Nur für diese fünf bestand keine Wissensbeschränkung; sie waren die Einzigen, die einen Überblick über die Organisation der Gemeinschaft hatten, die genau über den Plan informiert waren, der zur Befreiung führen sollte, und die wussten, was früher geschehen war – wie es zu eben dieser Situation gekommen war, in der sie zum Zusammenleben auf engstem Raum, isoliert von der Außenwelt, gezwungen waren. Den Jüngeren des mittleren Führungskaders hatte man erklärt, dass alle darüber hinausgehenden Details geheim gehalten werden müssten, um den Plan nicht zu gefährden. Man hatte ihnen beigebracht, keine Fragen zu stellen, sie kannten nicht einmal ihre eigenen vollständigen Namen, sondern mussten sich auf ihre Taufnamen beschränken. Gar nicht zu sprechen von den Soldaten. Diese waren aus isolierten Geschlechtszellen gezüchtet worden und hatten eine einheitliche genetische Ausstattung, die sie auf unbedingten Gehorsam festlegte. Dazu gehörte auch das Desinteresse an allem, was nicht zu ihrem Pflichtenkanon zählte. Seit sie aus den Brutkästen gekommen waren, hatte man sie auf das vorbereitet, was sie während der Befreiung leisten sollten.

Der Gang machte einen Knick, dahinter lag eine Feuertür, die sich leicht öffnen ließ. Er schob sie auf und trat zögernd hindurch – hierher war er nur sehr selten gekommen. Trotzdem glaubte er sich zu erinnern, wo der Raum von Harres lag – sein Ziel. Vor vielen Jahren, noch als Kind, war er einmal dort gewesen, der Ältere hatte ihn zu sich gerufen und sich längere Zeit mit ihm unterhalten. Es war damals um nichts Wichtiges gegangen, vielmehr um Dinge, die für Kinder interessant sind: um den Unterricht, das Essen, um das Leben in der Gemeinschaft der anderen Zöglinge. Doch Ghory hatte im Gedächtnis behalten, dass da einer war, der sich seiner annahm.

Jetzt war der Augenblick gekommen, da jemand, der ihm wohl wollte, nützlich sein konnte. Ghory war sich darüber im Klaren, dass er allein nicht viel unternehmen konnte. Und es war zudem wichtig, einiges in Erfahrung bringen, was er zur Planung seiner nächsten Schritte brauchte. Er hatte einige Zeit gezögert, ehe er sich entschloss, diesen Gedanken in die Tat umzusetzen, doch dann hatte es sich ganz von selbst ergeben: Harres war schließlich derjenige, den man betrogen hatte, und so würde er wohl am ehesten wissen, wie darauf zu reagieren wäre.

Jetzt war erhöhte Vorsicht geboten, denn die fünfköpfige Führungsgruppe war mit Sicherheit an keine Nachtruhe gebunden, und so war die Gefahr, hier jemandem zu begegnen, größer als im Mannschaftstrakt. Immer wieder blieb Ghory stehen, lauschte, schlich einige Schritte vorwärts und lauschte wieder ... Und dann hörte er eine Tür quietschen und das Klicken eines Schlosses ... Kurz darauf Schritte, die näher kamen.

Ghory befand sich gerade in einem geraden Gangabschnitt, in dem er von weither zu sehen war ... eilig blickte er sich um, auf eine unweit gelegene Tür hatte jemand mit Kreide »Kontrollraum« gekritzelt. Kurz entschlossen griff Ghory nach der Klinke, drückte sie hinunter – die Tür ließ sich öffnen, und er schlüpfte hinein.

Er atmete auf: Niemand hielt sich in dem Raum auf. Wenn der Mann, den er gehört hatte, nicht gerade hier herein wollte, war er vor einer Entdeckung sicher.

Aus dem Augenwinkel heraus nahm er eine Bewegung wahr und blickte sich um. Der Raum war mit zwei Dutzend kleinen Bildschirmen ausgestattet, und auf einem davon war ein Stück Gang zu sehen. Dort bewegte sich ein Mensch, der etwas in der Hand trug. Er kam näher, füllte einen Moment lang die gesamte Bildfläche aus und entfernte sich wieder. Jetzt erst stellte Ghory fest, dass das Bild die Örtlichkeit vor dem Kontrollraum zeigte, in dem er sich befand. Er konnte die Tür sehen und den Schriftzug darauf.

An der Uniform des Vorbeigehenden hatte er erkannt, dass es sich um einen Soldaten handelte. Er hatte nicht den Kampfanzug an, den er tagsüber trug, sondern einen braunen Overall, der Unterwäsche und Freizeitkleidung zugleich war. Eine Begegnung wäre nicht weiter bedenklich gewesen, denn einen Soldaten ging es nichts an, wo sich einer seiner Vorgesetzten befand – aber natürlich war es gleichwohl besser, ihm gar nicht erst zu begegnen.

Ghory wollte bereits den Raum verlassen, als ihm etwas einfiel, das ihn vielleicht dazu zwingen könnte, seine Pläne zu ändern. Er sah sich die Bildschirme näher an. Die meisten zeigten leere Räume, mehrere Arbeitszimmer, das Waffendepot, den Reaktorraum, eine Kammer mit vielen Leitungen und einer eingelassenen Wanne, in die Wasser herunterplätscherte, sowie mehrere Türen und Gangabschnitte. Es waren aber auch

Ansichten von Privaträumen dabei, und auf diesen waren Menschen zu sehen, die meisten schliefen auf bequemen Liegen, zwei von ihnen waren auch noch wach, einer trug etwas in einen Piezoblock ein, ein anderer sah sich ein Programm aus dem Video-Archiv an. Und da war auch Harres, an einem Tisch sitzend, den Kopf in die Hand gestützt ... war er wach, oder war er eingeschlafen?

Also gab es die von ihm längst vermutete Überwachung doch, und auch die Angehörigen der Führungsriege wurden erfasst. Im Moment war zwar niemand da, der die Bilder beobachtete, aber er sah die laufenden Speichergeräte – das alles wurde aufgezeichnet und wahrscheinlich später geprüft.

Einem spontanen Einfall folgend suchte Ghory nach einem Bildschirm, auf dem die Arbeitsnische von Bastan zu sehen war – und er fand sie ohne Mühe. Wie gut, dass er mit solchen Geräten vertraut war, es waren dieselben, die sie auch für den programmierten Unterricht verwendeten. Eilig drückte er die Schalttasten, die zur Wiedergabe der Aufzeichnung leiteten, und suchte anhand des Time-Codes die Stelle des vergangenen Nachmittags ... Und dann konnte er sich und Bastan sehen, wie sie beisammensaßen, und er konnte hören, wie sie diskutierten.

Zuerst war Ghory erschrocken, doch er zwang sich zu einer nüchternen Analyse der Situation, und auf einmal wich seine Bestürzung einem Gefühl der Zuversicht, der Hoffnung. Offenbar hatte sich noch niemand für die Aufzeichnung interessiert, und wenn das stimmte, dann konnte er nachträglich noch eingreifen, das Geschehene gewissermaßen ungeschehen machen. Er setzte sich an die Tastatur, ließ seinen Blick darübergleiten – er hatte keine Mühe, sich an die Schaltbefehle zu erinnern, die er seinerzeit gelernt hatte. Das verdankte er dem Ausbildungsprinzip, dem gemäß alles, was einmal gelernt worden war, in regelmäßigen Abständen von den Lernautomaten abgefragt und wenn nötig erneuert wurde. So hatte er keine Mühe, die heiklen Stellen auf der Speicherplatte zu löschen und durch ein Dauerbild des leeren Raums zu ersetzen.

Ghory atmete auf: Der Beweis für seine Verfehlung war erst einmal beseitigt. Jetzt konnte er in aller Ruhe darangehen, seine nächsten Schritte zu planen, und es dauerte nicht mehr lang, bis er die unglaubliche Chance erkannte, die er dem Zufall zu verdanken hatte. Es war ihm ja nicht nur möglich, die gespeicherten Daten zu verändern, sondern er konnte das System sogar gegen seine Initiatoren richten: zur Information über das, was da in der beengten Welt seiner Existenz geschah. Als Folge dieser Einsicht änderte sich sein Selbstgefühl noch einmal: Jetzt empfand er so etwas wie Triumph. Kaum glaublich, dieser Wechsel vom Eingeständnis der eigenen Machtlosigkeit zur Überlegenheitsphantasie!

Ghory wandte sich den Bildschirmen zu, um sich einen Überblick über die überwachten Örtlichkeiten zu verschaffen. Natürlich interessierten ihn vor allem die Objekte der Überwachung. Zuerst stellte er fest, dass von der obersten Führergruppe nur zwei Personen überwacht wurden: Harres und, wie er mit gewissem Erstaunen feststellte, der alte Edris. Dagegen gab es nur Bilder von acht Gefährten seiner eigenen Gruppe. Ließ sich aus dieser Auswahl ein Schluss darauf ziehen, wen Kasem verdächtigte oder zumindest für unzuverlässig hielt?

Zuerst griff Ghory in die Aufzeichnung seiner eigenen Schlafkabine ein und ersetzte den aktuellen Teil, der den leeren Raum zeigte, durch einen Abschnitt aus der gestrigen Nacht, der ihn schlafend im Trog wiedergab. Dann wandte er sich dem Bildschirm zu, auf dem Harres noch immer am Tisch sitzend zu sehen war. Auch hier fügte Ghory einen unverdächtigen Abschnitt aus früherer Zeit ein. Nun war alles vorbereitet, er würde seine Chance wahrnehmen. Er verließ den Kontrollraum, folgte dem Gang ein Stück weiter und sah sich nach Harres' Domizil um. Inzwischen war es drei Uhr früh und die Gefahr, einem nächtlichen Wanderer zu begegnen, denkbar gering.

Harres' Kammer war leicht zu finden. Ghory klopfte leise und wartete. Einige Zeit blieb alles still, dann öffnete sich die Tür einen Spalt. Ghory drückte sie weiter auf und schlüpfte an Harres vorbei hinein.

»Ich habe dir etwas mitzuteilen«, sagte er leise. »Dieses Band, das man uns gestern vorgeführt hat –«

Einen Moment lang schien Harres verwirrt, dann sagte er: »Ja, es ist gut, dass du gekommen bist.« Während er sprach, machte er mit der Hand ein Zeichen, deutete an eine unbestimmte Stelle an der Decke des Raums, redete aber ohne Pause weiter: »Wir sind alle froh darüber, dass nun ein würdiger Nachfolger für Gaber gefunden wurde. Damit ist die Zeit der Unsicherheit –«

Ghory hatte nun die kleine, an der Decke befestigte Kamera entdeckt, auf die Harres ihn hinzuweisen versucht hatte. Forsch fiel er Harres ins Wort. »Es besteht keine Gefahr, ich habe die Überwachung unterbrochen!«

Es war nackte Angst, die sich in Harres' Gesicht abzeichnete. Er erhob die Stimme und sagte: »Es ist alles in Ordnung, wir können morgen –«

Jetzt trat Ghory auf ihn zu und legte Harres die Hand auf den Mund. »Ich habe die Überwachungsanlage außer Funktion gesetzt, niemand kann uns belauschen, wir sind in Sicherheit!«

Allmählich schien Harres zu begreifen. Er war auf seinen Stuhl gesunken und erholte sich nur langsam von seinem Schrecken. Er wies Ghory an, sich auf den Bettrand zu setzen. Harres sah mitgenommen aus, aber das konnte nicht nur am unerwarteten Besuch Ghorys liegen: Sein Gesicht war gerötet, die Augenlider geschwollen, auf der Tischplatte, auf die er sich schwer abstützte, lag eine Sonnenbrille und eine Salbentube.

Endlich blickte er auf. »Was willst du von mir?«

»Es ist wichtig«, antwortete Ghory. »Du musst es erfahren: Die Ansprache, die wir gehört haben, der letzte Wille Gabers – es handelt sich schlicht um eine Fälschung.«

Harres blickte Ghory mit großen Augen an und schüttelte den Kopf. »Das ist nicht möglich, ich will davon nichts wissen. Du hast hier nichts zu suchen. Verlass diesen Raum.«

»Aber begreifst du denn nicht? Gaber wollte *dich* als Nachfolger einsetzen, nicht Kasem. Irgendjemand, wahrscheinlich Kasem selbst, hat die Namen ausgetauscht. Die Aufzeichnung ist manipuliert worden.«

Es dauerte eine Weile, bis Harres den Sinn von Ghorys Worten zu erfassen schien. »Das kann ich nicht glauben«, flüsterte er.

»Ich kann es beweisen«, bot Ghory an. Wieder schwieg Harres auffällig lang. Dann fragte Ghory: »Nun – was wirst du tun?«

»Nichts«, antwortete Harres.

»Aber es ist Unrecht!«

»Das mag sein«, gab Harres zu, »aber jetzt steht Kasem an der Spitze. Wer will beurteilen, ob er aus Selbstsucht gehandelt hat. Ich gestehe ihm zu, dass er sich für den besseren Kommandeur hält, und dann musste er so handeln, wie er gehandelt hat.«

»Du wärst der Bessere«, sagte Ghory leise. Die Enttäuschung war ihm anzumerken. Er stand auf. »Wirst du mich melden?«

»Nein«, antwortete Harres. »Schließlich hast du aus gutem Glauben gehandelt, im Glauben an das Richtige und Wahre ... Und vielleicht noch aus einem anderen Grund.«

»Aus welchem Grund?«, fragte Ghory. Er hatte eine Änderung in Harres' Stimme bemerkt, einen weicheren Ton. Verständnis? Rührung?

»Du musst dich noch etwas gedulden«, empfahl Harres. »Der große Tag wird kommen, vielleicht schon bald. Wer weiß, wer von uns überleben wird. So sollst du es wissen: Du stammst aus einer Familie, die meiner eigenen freundschaftlich verbunden war. Dein Vater und deine übrigen Angehörigen sind während der Kämpfe umgekommen, du bist der Letzte deiner Familie, und so habe ich damals alles eingesetzt, um dich zu retten. Und habe dich hierher gebracht. In Sicherheit.«

»Was ist damals geschehen? Wieso weiß ich das nicht mehr?«

»Du warst ein Kind, du hast Schreckliches erlebt. Es waren nur wenige junge Männer aus den führenden Familien, die den Angriff und die Bombardierung überstanden haben. Es sind die, die später die Führung übernehmen werden. Wir haben uns entschlossen, alle Erinnerungen an diese Ereignisse aus eurem Gedächtnis zu tilgen. Ihr solltet unbelastet sein, um euch voll auf eure Aufgabe konzentrieren zu können.«

»Unsere Aufgabe ...«

»Du kennst sie«, antwortete Harres mit Nachdruck. »Wir müssen unsere Heimat wiedergewinnen, unsere Stadt befreien. Es ist unsere Heimat, die Stadt unserer Ahnen. Viele haben damals geglaubt, dass Tapferkeit und Entschlossenheit genügen, um dem Recht zum Sieg zu verhelfen, und haben sich auf Gott verlassen. Es war Edris, der rechtzeitig erkannte, dass unser Volk keine Chance hatte. Die Feinde waren überlegen. Ihren Waffen hatten wir kaum etwas entgegenzusetzen. Und unser verzweifelter Widerstand hat die Situation nur noch schlimmer gemacht. Die Stadt wurde zerbombt und dann von Panzern zermalmt. Von ihren Verteidigern blieb nicht viel übrig. Edris aber erklärte uns, dass zur Tapferkeit und Entschlossenheit auch Weisheit und Geduld kommen müssen. Er hat die Ereignisse vorausgesehen und seine Vorkehrungen getroffen – rechtzeitig. Er hat an alles gedacht: Vorräte, Waffen, Soldaten und ein Versteck, von dem keiner der Zurückgebliebenen etwas ahnt. Der Plan stand von Anfang an fest. Nur scheinbar haben wir die Flucht ergriffen. Wir werden jedoch zurückholen, was uns gehört, und den Feind vernichten, wenn er sich in Sicherheit wiegt.«

Ghory hörte staunend zu. Er kannte ja einiges von dem großen Plan, so weit es den Kampf betraf, der zum Sieg führen sollte. Er wusste, wie man einen Straßenkampf führt, wie man Häuser besetzt und wie man die eingenommenen Plätze verteidigt. Aber er hatte keine Ahnung davon, was vorher geschehen war, und er wusste nichts darüber, was nachher geschehen sollte. Sein Gedächtnis war gelöscht, und vielleicht war damit auch manches andere an Wissen und Erwartungen abgetötet worden? Er war erschüttert, und man merkte es ihm an.

Harres trat auf ihn zu, legte ihm die Hand auf die Schulter. »Geh jetzt, wir alle müssen unsere Pflicht erfüllen, wir müssen zum Gelingen unserer Aufgabe beitragen. Alles andere ist zweitrangig.«

Er geleitete Ghory zur Tür und sah ihm noch nach, als dieser längst hinter der nächsten Biegung verschwunden war.

Es waren noch keine 24 Stunden seit der Verkündung des Testaments vergangen, doch sie hatten ausgereicht, um Ghory zu einem völlig neuen Menschen zu machen. Dabei war die Erkenntnis der Fälschung nur das auslösende Moment gewesen. Es waren die nachfolgenden Ereignisse gewesen, die zu den Veränderungen geführt hatten, über die er sich nun staunend Rechenschaft ablegte. Ein kurzes Gespräch, einige Hinweise und Eröffnungen, sie hatten genügt, um seiner bisherigen Existenz die Basis zu entziehen. Vor allem aber das, was gar nicht ausgesprochen wurde, die Schlüsse, die er aus nebenbei gefallenen Bemerkungen gezogen hatte, vielleicht auch ins Unterbewusstsein abgesackte Erinnerungen, die da geweckt worden waren ... Seine in stetem Gleichlauf dahinvegetierende Welt hatte eine Vergangenheit und eine Zukunft erhalten. Noch waren es Andeutungen, mit denen er sich begnügen musste, aber dahinter zeichnete sich ein verborgener Sinn ab, nach dem bisher niemand gefragt hatte. Und daraus ergab sich auch eine Ahnung von etwas, das *außerhalb* lag, eine Welt, zu der jene von Harres erwähnte Stadt gehörte, deren Schicksal so eng mit dem seinen verknüpft sein sollte.

Als noch entscheidender aber empfand Ghory den mentalen

Wandel, den er in den letzten Stunden erfahren hatte. Eine Veränderung, die ihn sowohl hilflos als auch stark machte. Hilflos, weil er plötzlich unter dem Druck einer irritierenden Verantwortung stand. Es war nicht mehr möglich, sich gedankenlos einem starren Plan zu unterwerfen, den Anweisungen zu folgen und sich selbst dort, wo Bedenken aufkommen wollten, auf die erteilten Befehle zurückzuziehen. Vieles, was bisher selbstverständlich war, wurde nun in Frage gestellt, und es öffnete sich ein breites Spektrum alternativer Ziele und Handlungsweisen. Hilflos, aber auch stark. Gerade daraus erwuchs seine neu gewonnene Stärke: Ghory konnte in den Lauf der Dinge eingreifen, die Geschehnisse so lenken, wie er es für richtig hielt, oder auch völlig neue Richtungen einschlagen. Was bedeutete das anderes als einen massiven Zugewinn an Stärke und Macht?

Ghorys Wandlung wäre nicht vollkommen gewesen, wenn er jetzt nicht auch über die Ursachen nachgedacht hätte. Auch dieses Problem war in seiner Unterhaltung mit Harres gestreift worden, unauffällig, in einem Nebensatz, aber deshalb nicht weniger bestürzend. Da war vom Löschen des Gedächtnisses die Rede gewesen. War es nicht ebenso leicht, den Willen auszuschalten, die Wissbegierde, die Anteilnahme, die Fähigkeit zur Initiative? Ghory musste an die Soldaten denken, die ihn bisher wenig beschäftigt hatten. Wenn sie auch aus Brutkästen stammten, so waren sie doch Menschen, und wenn sie offensichtlich noch viel stärker als der mittlere Führungskader auf Unselbstständigkeit und unbedingten Gehorsam fixiert waren, so waren sie offenbar ebenso Opfer eines Eingriffs in die psychischen Eigenschaften geworden wie er selbst.

Wahrscheinlich handelte es sich in ihrem Fall um genetische Programmierung, und das bedeutete, dass sie sich nicht mehr rückgängig machen ließ. Bei ihm war das offensichtlich nicht der Fall, innerhalb weniger Stunden hatte er sich befreien können. War es der Betrugsversuch bei der Verlesung des Testaments, der die Abwehrreaktion in ihm ausgelöst hatte? War es der Schock der neuen Erkenntnisse während des Gesprächs mit Harres? Oder – und schon als er diesen Gedanken fasste, war er sicher, auf der richtigen Fährte zu sein: Wurden ihm während der Schlafphase Psychopharmaka verabreicht? So musste es sein. Es war ja bekannt, dass die Körper der Schlafenden aus der Nährlösung in den Trögen Mineralstoffe und Vitamine aufnahmen, und Ghory hatte einmal gehört, dass auch die wohlige Müdigkeit, die einen tiefen, traumlosen Schlaf garantierte, durch Schlafmittel ausgelöst wurde. Und in der Tat: Er saß noch immer auf seinem Hocker und war mit der warmen, angenehm duftenden Flüssigkeit nicht in Berührung gekommen. Und er hatte keinerlei Bedürfnis nach Schlaf.

Jetzt war Ghory überzeugt, dass er mit seiner Vermutung Recht hatte: Die Verengung des inneren Horizonts, die er erst jetzt erkannte, musste ebenso wie der feste Schlaf die Wirkung einer psychogenen Droge sein. Im Unterschied zu den Soldaten waren er und seine Schicksalsgefährten nicht auf Dauer manipuliert worden – es hätte sonst nach der Befreiung in ihrer Gemeinschaft keine frei denkenden, zu Entschlüssen fähigen Männer mehr gegeben. Und die Alten würden schließlich nicht ewig leben.

Die Logik dieser Vorgehensweise war frappierend, doch drängte sich Ghory jetzt eine andere Frage auf: Wie konnte er sich dieser Einflussnahme entziehen? Freiwillig würde er nicht mehr in den psychischen Dämmerzustand zurückkehren, der ihm so lange selbstverständlich war, jetzt aber unerträglich schien. Er musste einen Ausweg finden. Bis zum Wecksignal blieb er auf seinem Hocker sitzen, und wenn auch sein Rücken schmerzte, so war er doch immer noch hellwach.

Es fiel Ghory schwer, sich wieder in den normalen Tagesablauf einzugliedern. Als er sich entschlossen hatte, in dieser Nacht nicht mehr in den Trog zu steigen, war er bereit gewesen, Müdigkeit oder auch Erschöpfung in Kauf zu nehmen – eben das, was die häufigen Nachtübungen so unangenehm machte. Zu seiner Genugtuung war nichts davon zu spüren.

Wie immer begann der Tag mit sportlichen Übungen, die vor allem die Kraft und die Ausdauer verbessern sollten. Viele Aufgaben waren so konzipiert, dass zu ihrer Lösung auch Mut gehörte – Sprünge in dunkle Abgründe, Hindernisläufe mit verbundenen Augen, Ringkämpfe mit Automaten, die kräftiger und schneller waren als die Schüler und diesen nicht immer den Sieg, sondern oft auch Niederlagen und Schmerzen einbrachten. Man erwartete dann, dass sich der Besiegte bei nächster Gelegenheit freiwillig für einen Revanchekampf meldete. Schließlich hieß es: »Nur wer den letzten Kampf verliert, ist wirklich geschlagen.«

Die nächsten Stunden waren der Ausbildung gewidmet, und das hieß, sich der Befehlsgewalt der Lernautomaten auszusetzen, mit ihrer Macht, zu loben und zu strafen. Zur Belohnung gab es Pluspunkte, von denen allerdings niemand wusste, wofür sie gut waren; gestraft wurde unmittelbar, nach dem Verfahren der in die Nervenbahn eingeleiteten Elektroschocks mit schrittweise erhöhter elektrischer Spannung. Gewiss war es von Vorteil, dass hier jene Automaten zur Verfügung standen, die zu der Zeit, als sie sich ins Exil zurückgezogen hatten, zum Modernsten gehörten, was auf dem Markt war. Der automatische Transfer von Wissen reduzierte die Dauer der Lernphase auf einen Bruchteil dessen, was für die altmodische Art des Lernens nötig gewesen war. Und so kam es nur noch darauf an, den Wissensstoff abrufbar im Gedächtnis zu behalten. Abrufbar – das bedeutete in Abhängigkeit von bestimmten Aufgaben der Problemlösung, die natürlich alle irgendwie als Vorbereitung auf den Tag X formuliert waren.

Es erwies sich als günstig, dass sich Ghory während der sportlichen Ertüchtigung voll auf die Übungen konzentrieren musste, weil ihn das zumindest zeitweise von seinen Grübeleien ablenkte. Beim programmgesteuerten Unterricht dagegen fiel es ihm schon schwerer, und er handelte sich durch seine Unaufmerksamkeit einige üble Spannungsstöße ein. Dann aber sagte er sich, dass er alles, was er wusste, diesen grässlichen Automaten zu verdanken hatte und deshalb wie immer aufmerksam mitmachen sollte. Oft war er selbst verwundert darüber, was er alles wusste. Er hatte solide Kenntnisse von Naturwissenschaft und Technik und weiter auch noch eine Menge merkwürdiger Informationen über Geschichte, Ethnologie, Literatur und Kunst. Vielleicht würde er diese Kenntnisse noch brauchen.

In der Mittagspause bestand zum ersten Mal Gelegenheit, mit Bastan über die Geschehnisse der letzten Nacht zu sprechen. Er traf ihn bei der Essensausgabe am Laufband, und sie setzten sich zusammen etwas abseits an einen Ecktisch in der Kantine.

Als Ghory berichtet hatte, blickte sich Bastan unwillkürlich nach Mikrophonen und Kameras um.

»Hier gibt es keine Überwachung«, beruhigte ihn Ghory. »Ich habe mich davon überzeugt.«

»Ich wundere mich über Harres ... dass er es so einfach hinnimmt«, sagte Bastan.

Ghory nickte. »Ich habe mich auch darüber gewundert. Aber er muss schließlich wissen, was er tut.«

»Was kann er schon tun? Und was hätte es für einen Sinn?«

»Es würde dazu führen, den letzten Willen von Gaber durchzusetzen.« Ghory hatte unwillkürlich die Stimme erhoben, doch sprach er sogleich wieder leiser, als er die Blicke der andern jungen Männer an den benachbarten Tischen bemerkte.

»Da hast du Recht«, stimmte Bastan zu, »aber das ist *seine* Sache. Du hast getan, was du konntest – und bist dabei ein großes Risiko eingegangen. Also, ich rate dir, lass es gut sein.«

Ghory schüttelte heftig den Kopf. »Wie kannst du so etwas sagen! Das kann nicht dein Ernst sein. Weißt du, woran es liegt? Du stehst unter dem Einfluss dieser Drogen in der Nährlösung, die uns müde und gleichgültig machen. Ich jedenfalls werde mich dagegen wehren. Ich werde den Trog entleeren, bevor ich mich zum Schlafen lege. Du solltest das auch machen. Du wirst merken, dass du dich veränderst. Du wirst frei denken können. Und dann wirst du mir Recht geben.«

Bastan blickte seinen Gefährten nachdenklich an. Dann sagte er: »Warum sollte ich das tun?«

»Ist das nicht klar?«, fragte Ghory. »Damit entziehst du dich dieser heimlichen Beeinflussung, und dann kannst du frei denken und handeln.«

»Es geht auch anders«, sagte Bastan langsam, als hinderte ihn etwas daran, es auszusprechen. »Wenn du deine Haut mit Fettcreme einreibst, können diese Mittel nicht in den Körper diffundieren.«

Das war eine erstaunliche Eröffnung: Bastan war also von selbst darauf gekommen, und er hatte sogar einen bequemeren und unauffälligeren Weg gefunden, um den unerwünschten Einflüssen zu entgehen.

»Und warum hast du mir nichts davon gesagt?«, fragte Ghory.

»Was für eine Frage!«, gab Bastan zurück. »Du hättest mich anzeigen müssen.«

Unter dem Eindruck dieser Eröffnung hätte sich Ghory gern mit dem Freund ausgesprochen, aber es wurde Zeit zu gehen, und er musste sein Anliegen auf einen späteren Zeitpunkt verschieben. In Kürze begann die nächste Stunde, die der psychischen Festigung gewidmet war. Es wurden frühere Ansprachen von Gaber, Edris und Kasem wiederholt, sie hörten sich Leitsprüche an und wiederholten sie im Chor, und sie sangen Lieder, die ihre Bereitschaft und ihren Siegeswillen preisten.

Das alles hatte sich in den Gehirnen bereits so festgesetzt, dass Ghory am Unterricht teilnehmen konnte, ohne allzu viele Gedanken an das Thema zu verschwenden. Zwischendurch blieb ihm Zeit genug, um über die neue Situation nachzudenken. Im Grunde genommen hatte Bastan Recht mit dem, was er angedeutet hatte: Statt in stummer Überzeugung seinen Pflichten nachzugehen, musste sich Ghory jetzt mit ganz anderen Problemen auseinander setzen. Doch das sollte ihn nicht davon abhalten, dem Recht zur Geltung zu verhelfen, ob ihm Bastan nun dabei helfen wollte oder nicht.

Aber die Frage stand noch immer im Raum: Was konnte er tun? Diese Unsicherheit war nicht zuletzt dadurch bedingt, dass er viel zu wenig wusste, um die Sachlage beurteilen zu können. Zunächst ging es also darum, die Augen offen zu halten und alles zu tun, um jene Informationen zu erhalten, die man ihm und den anderen Angehörigen des Nachwuchskaders vorenthielt.

Eine Möglichkeit, Dinge in Erfahrung zu bringen, von denen er sonst kaum etwas erfahren würde, hatte Ghory bereits aufgetan: den Kontrollraum. Von dort aus konnte man über das Fernsehsystem in alle Räume hineinsehen und abhören, was darin gesprochen wurde. Ghory hatte es erfahren, als er durch Zufall Zeuge eines Gesprächs zwischen zwei Angehörigen der Führungsriege geworden war. Und so nutzte er in den nächsten Tagen die freie Stunde zwischen Abendessen und Schlafenszeit, um sich dort hineinzuschleichen. Wenn er erst einmal drinnen war, war er sicher: Er konnte ein Auge auf die Bildschirme haben, die zur Überwachung des Gangsystems dienten, um eilig den Raum zu verlassen, sobald sich jemand näherte, vor dem er sich in Acht nehmen musste. Riskanter war es dagegen, den Raum zu betreten, da er von außen nicht feststellen konnte, ob sich jemand im Innern befand. So hielt er sich zunächst einige Zeit im Gangabschnitt vor dem Kontrollraum auf, um zumindest festzustellen, ob jemand eintrat oder herauskam. Das war aber bisher nicht der Fall gewesen. Die Ausbeute dieser Erkundungszüge hatte bisher allerdings zu wünschen übrig gelassen.

An diesem Abend aber hatte er Glück. Er beobachtete den Wohnraum von Kasem, gerade als dieser Besuch erhielt. Es war Aref, der Arzt. Die beiden Männer saßen an einem Tisch und bedienten sich aus einer Schüssel mit Früchten, die Ghory aus den Lehrprogrammen kannte, aber real noch nie gesehen hatte. Gab es irgendwo einen Vorrat, der nur für die Alten bestimmt war?

Nach einigen nichts sagenden Worten meinte Kasem: »Es läuft doch alles gut.«

»Die Mannschaften tun ihre Pflicht«, sagte der Arzt undeutlich, weil er an einer runden, gelb-rot gesprenkelten Frucht kaute. »Aber, wenn ich ehrlich bin: Edris macht mir Sorgen.«

Kasem horchte auf. »Was ist mit ihm? Trotz aller seiner Beschwerden ist er doch in befriedigendem Zustand.«

»Körperlich ja«, antwortete Aref.

»Aber?«

»Nun ja – er benimmt sich seltsam.« Aref hob die Schultern, als wüsste er nicht recht, wie er es beschreiben sollte.

»Wie äußert sich das? Hat er seine Meinung geändert?«

»Das sicher nicht. Eher im Gegenteil: Er verliert sich völlig in seinen Hoffnungen und Erwartungen. Er scheint Wirklichkeit und Traum nicht mehr auseinander zu halten. Er hält sich für einen Propheten, der in die Zukunft blicken kann. Dabei richtet er sich nach Traditionen, die heute überholt und wertlos sind.«

»Er ist alt, und er möchte es noch erleben. Er tut alles, um die Wartezeit zu verkürzen. Am liebsten würde er morgen losschlagen. Schließlich hat er sich das alles ausgedacht – gemeinsam mit Gaber. Wer kann es ihm übel nehmen, dass er ungeduldig ist! Solange er uns nicht stört –«

Aref winkte ab. »Nein, nein, er stört nicht. Wahrscheinlich sitzt er wieder in der Kommandozentrale und gibt sich seinen Phantasien hin.«

Das Gespräch verlagerte sich auf andere Themen, die für Ghory weniger interessant waren. Doch das, was er über Edris gehört hatte, konnte nützlich sein. Schließlich war Edris jener

Mensch, der die Geschichte dieser kleinen Gemeinschaft so gut kannte wie kein zweiter... vielleicht konnte man etwas von ihm erfahren, wenn man es geschickt anstellte? Da war von einer Kommandozentrale die Rede gewesen. Er hatte von diesem Raum gehört, aber der Eintritt war dem Führungsgremium vorbehalten. Es war die Zentrale, von der aus einmal der Angriff gestartet und gesteuert werden würde. Von dort würden die Detonationen der bereitliegenden Sprengkörper und Strahlungsbomben ausgelöst werden, und von dort würden die Anweisungen für die Kampfhandlungen kommen. Und damit das zweckmäßig getan werden konnte, musste von dort aus auch ein Überblick über das Schlachtfeld bestehen.

Wie elektrisiert sprang Ghory auf und lief durch die Gänge. Er wusste, wo diese Kommandozentrale lag, und brauchte kaum eine Minute bis dorthin. Der Sicherungshebel war hochgestellt – es war jemand drinnen, und wer konnte es sein außer Edris? Hatte er die Tür hinter sich wieder versperrt? Ghory zögerte nicht, er drehte den radförmigen Knauf nach links, vorsichtig, um kein unnötiges Geräusch zu verursachen. Die schwere Metalltür ließ sich tatsächlich öffnen, und Ghory trat ein.

Da saß Edris und wandte ihm den Rücken zu. Er war tief in seinem Rollstuhl versunken, sein Kopf befand sich in gleicher Höhe mit dem mehrere Meter langen Bord, auf dem diverse 3D-Screens mit den dazugehörigen Tastaturen und Mikrophonen standen. Darüber aber, und das war der alles beherrschende Eindruck, erstreckte sich über die gesamte frontale Wand ein Breitwandfenster mit einem grandiosen Ausblick. Da lag der Weltraum ausgebreitet, helle Punktschwärme von Sternen, pastellfarbene Nebel, gestreckt oder spiralförmig, unten eine kreisförmig gebogene Kontur, die eine mit blauen und grünen Farbflecken bedeckte Kugel begrenzte.

Zuerst hatte Ghory angenommen, dass Edris nichts von seinem Eintreten bemerkt hatte, doch dann sah sich dieser kurz um – es war nicht sicher, ob er den Besucher erkannte – und wandte sich dann wieder dem grandiosen Ausblick zu. »Es ist schön, dass mich jemand besucht«, sagte er. »Ich freue mich darüber, wenn die jungen Leute wissen wollen, worum es geht. Ich hatte von Anfang an Bedenken gegenüber den psychologischen Maßnahmen. Jeder soll wissen, wer der Feind ist, gegen den er kämpft. Jeder muss wissen, was uns der Feind angetan hat und dass er die Rache verdient. Wie soll man ihn sonst hassen können!«

»Wir sind im Weltraum –«, stammelte Ghory. Er hatte solche Bilder in den Video-Lektionen gesehen, aber von dieser Weiträumigkeit, von dieser Tiefe, die sich jetzt vor ihm öffnete, hatte er keinerlei Vorstellung gehabt.

Jetzt kam ein silberglänzendes Rad ins Blickfeld, das sich langsam um eine mit Antennen bestückte Achse drehte. Eine der Speichen lief direkt auf die beiden Beobachter zu, und ihnen genau gegenüber, jenseits der Achse, saß ein strukturloser, metallen schimmernder, zylinderförmiger Körper.

»Ich spiele das immer wieder durch, in allen möglichen Varianten«, erklärte Edris. »Der Kampf, der uns bevorsteht, ist einzigartig, es ist der Kampf des Guten gegen das Böse, und er wird immer wieder geführt, zu allen Zeiten und an allen Orten: Es könnte auf der Erde sein oder im Kosmos. Niemand weiß, wo die letzte Schlacht geschlagen wird und wie sie ausgehen wird.«

Der alte Mann machte sich auf der Schalttafel zu schaffen, seine dürren Finger bewegten sich über Hebel und Tasten, und nun schwenkte das Bild erneut, die Erde kam voll ins Bild, ein runder Ball, und nun bewegten sie sich darauf zu, die Konturen traten aus dem Rahmen hinaus, das Grün und das Blau trennten sich voneinander, schließlich nur noch ein Gemisch von Grüntönen, aus dem heraus sandbraune Flächen so rasch zu wachsen begannen, dass man in sie hineinzustürzen glaubte ... Zuletzt wurde die Fallbewegung langsamer, immer mehr Einzelheiten traten hervor, und am Schluss war eine

Stadt zu sehen, Gebäude, Straßen, Plätze, Grünflächen ... Sie wirkte auf seltsame Weise leblos, erstarrt.

»Ist das unser Ziel?«, fragte Ghory. »Geht es um diese Stadt?«

Edris lehnte sich im Stuhl zurück. Bisher hatte er keine Anzeichen von Schwäche gezeigt, doch nun war es mit seiner Selbstbeherrschung vorbei. Er setzte wieder zu sprechen an, stockte, atmete tief und begann von neuem, nun leise und monoton: »Wenn es so weit ist, wird ein anderer diesen Platz einnehmen. Und er wird seine Aufgabe besser bewältigen, als ich es könnte. Aber ich werde dabei sein, wenn sich das erfüllt, was ich vorhergesehen, geplant und vorbereitet habe. Und meine Chance, es zu erleben, steigt von Tag zu Tag, denn die Stunde der Vergeltung ist nicht mehr fern. Und ich werde durchhalten. Ich werde noch das Zeichen zum Aufbruch geben, und dann liegt das Geschehen in euren Händen, und das Schicksal wird seinen Lauf nehmen.«

Eine Weile schwiegen beide. Edris schien zu schwach zu sein, um zu sprechen, und Ghory war zu bewegt.

Dann klopfte Edris mit einer kaum merklichen Handbewegung auf die Lehne seines Rollstuhls und flüsterte: »Bring mich zurück.«

3

Es war noch früh an diesem Tag, neun Uhr, Majda war soeben erst vom Frühstück, das sie in einer der nahe gelegenen Spielhallen eingenommen hatte, in ihr Zimmer zurückgekommen und stand ein wenig unschlüssig am Fenster. Nach kurzer Überlegung nahm sie die Briefe ihres Vaters wieder hervor und suchte ein Blatt heraus, auf dem die Hoteladresse angegeben war. Sie notierte sie auf ihrer Blopp-Screen. Dann legte sie die Briefe wieder in das Versteck unter dem Safe zurück.

Majda verließ den Raum und fuhr mit dem Schnell-Lift in die Empfangshalle hinunter. Dort setzte sie sich an einen der Auskunftsautomaten und ließ sich einen Stadtplan ausgeben. Fast hatte sie es erwartet: Was sie da zu sehen bekam, umfasste nur einen Teil der Stadt, nämlich das Vergnügungsviertel. Trotzdem tippte sie jenen Teil der Adresse ein, den sie für die Bezeichnung eines Bezirks hielt, und die Antwort kam prompt: unbekannt. Mit Hilfe des Zooms versuchte sie, einen größeren Teil der Stadt aufzurufen, was aber ebenso misslang wie eine seitliche Verschiebung in Richtung Altstadt.

»Ich fürchte, Sie werden keinen Erfolg haben.« Hinter ihr stand ein kleiner dunkelhäutiger Mann in einer Phantasieuniform.

Majda drehte sich um. »Was wollen Sie?«

»Ich will Ihnen helfen«, antwortete der Bedienstete.

»Ich brauche keine Hilfe«, antwortete Majda grob, und der ungebetene Helfer zog sich zurück.

Sekunden später tauchte ein anderer Mann neben ihr auf, diesmal ein Weißer in einem dunkelblauen Anzug mit goldgefasstem Kragen.

»Verzeihung, mein Kollege hat es nur gut gemeint. Ich

möchte mich entschuldigen. Er hat dennoch Recht, Sie versuchen, etwas Sinnloses zu tun. Als Touristin haben Sie keinen Zutritt zu den Bereichen außerhalb des Touristenviertels. Darauf wollte er Sie aufmerksam machen.«

Ihr neuer Gesprächspartner war vermutlich der Vorgesetzte des andern, er sprach betont höflich, aber auch bestimmt und selbstsicher. Was Majda ein wenig irritierte, war etwas anderes: Während ihrer vergeblichen Versuche am Automaten hatte sie sich so vor den Monitor gestellt, dass sie niemand hatte beobachten können. Wieso wusste er …?

Majda war es, als hörte sie ein Alarmsignal. Sie lächelte dem anderen zu und sagte: »Ich habe hier eine Adresse notiert, es soll ein hübsches Hotel in der Altstadt sein. Im klassischen Stil. Ich hätte es mir gern angesehen.«

»Ich bin der Concierge«, erklärte der Mann, »kommen Sie, ich werde sehen, ob ich etwas für Sie tun kann.«

Er führte sie zu der marmorverkleideten Theke und bot ihr einen der hochbeinigen Stühle an, die dort aufgereiht standen. Während er um das Pult herumging, um seinen Platz aufzusuchen, beugte sich Majda vor, so dass sie die Bildscheibe des Monitors sehen konnte, und tatsächlich: Wie sie erwartet hatte, war dort ein Duplikat der Stadtansicht zu sehen, die ihr vorhin vom Auskunftsautomaten ausgegeben worden war. Der Verdacht hatte sich bestätigt, vom Arbeitsplatz hinter dem Pult aus konnte man die Gäste überwachen, die sich dort betätigten.

Der Concierge hatte sich gesetzt und fragte: »Wo soll das Hotel sein?«

Majda klappte ihre Blopp-Screen auf und buchstabierte das letzte Wort der Adresse. »Ich vermute, das hier bezeichnet den Stadtteil. Soweit ich es entziffern kann, heißt er Bier El Salama.«

»Früher gab es einen Bezirk, der so hieß. Ich glaube nicht, dass dort noch etwas von den alten Gebäuden existiert. Damals, während der Kämpfe, ist der größte Teil der Altstadt zerstört worden. Es gibt nur noch ein paar primitive Gebäude aus Lehmziegeln.«

»Es wäre doch interessant, ein bisschen von dem, was noch erhalten ist, zu besichtigen«, meinte Majda.

Der Concierge machte eine abwehrende Bewegung. »Das ist für Touristen nicht attraktiv«, antwortete er entschieden, »und im Übrigen weit unter dem internationalen Standard. Wenn Sie etwas von der Altstadt sehen wollen, dann empfehle ich das digitale Panorama hier im Cyberpark. Dort finden Sie eine wirklichkeitsgetreue Rekonstruktion von all dem, was inzwischen längst verfallen oder zerstört ist. Sie können sich die Paläste anschauen und betreten und die Schätze im Innern bewundern.«

»Mich interessiert nicht die optische Illusion, sondern die Wirklichkeit.«

»So verstehen Sie doch: Dort ist alles baufällig, viel zu gefährlich für Besucher. Von den repräsentativen Bauten findet man allenfalls Ruinen. In einigen von ihnen haben sich Einwohner eingenistet, die vor dem Krieg dort lebten und nachher in ihre zerstörten Häuser zurückkehren wollten. Viele sind in unseren Betrieben in untergeordneten Positionen beschäftigt. Es gibt aber auch eine Menge Arbeitslose, die zweifelhafte Geschäfte betreiben.«

»Wollen Sie damit andeuten, dass ich ausgeraubt werden könnte?«

»Das gerade nicht, aber mit Belästigungen ist zu rechnen. Sie würden Aufsehen erregen – es kommen keine Fremden in die alte Stadt. Sie haben dort nichts verloren – es ist überhaupt das erste Mal, dass jemand danach fragt. Die Leute, die die Cyber City besuchen, interessiert das nicht, sie wollen die besonderen Attraktionen kennen lernen.«

Majda war nicht bereit, ohne weiteres aufzugeben. »Mich würde die alte Stadt trotzdem interessieren. Ist es nicht möglich, eine Sondererlaubnis zu bekommen?«

Nun ließ der Bedienstete ihr seinen Widerwillen deutlich

merken. »Für Touristen gibt es keine Sondererlaubnis, wir können die Verantwortung nicht übernehmen.«

»Es muss doch eine Behörde geben, die dazu ermächtigt ist.«

»Wir sind die Behörde«, erklärte der Concierge, und jetzt klang seine Stimme streng. »Wir stellen Papiere aus, sorgen für die öffentliche Ordnung und organisieren den Gesundheitsdienst. Wenn es etwas zu regeln gibt, was in die Kompetenz des Staates fällt, dann wenden Sie sich an uns.«

»Das tue ich ja gerade«, antwortete Majda. »Und ich bitte Sie, mir eine Genehmigung für den Besuch der Altstadt zu besorgen.«

»Gut, ich werde es versuchen«, antwortete der Concierge in einem Ton, in dem man zu uneinsichtigen Kindern spricht. »Doch machen Sie sich keine große Hoffnung. Wir haben alles getan, um unseren Gästen das Allerbeste zu bieten. Der gesamte neue Teil ist auf ihre Wünsche abgestimmt und bietet einmalige Attraktionen. Mir ist nicht verständlich, warum Sie auf einem Besuch der zerstörten Stadtteile bestehen. Aber wie gesagt: Ich werde mich um eine Sondererlaubnis bemühen. Wie ist Ihre Zimmernummer? – Sie bekommen Bescheid.«

Majda bedankte sich. Als sie die Halle verließ, fragte sie sich, ob sie richtig gehandelt hatte. Es ist doch nichts dabei, wenn ein Besucher das historische Zentrum einer alten, historischen Stadt besichtigen will. Aber trotz aller aufgesetzten Höflichkeit hatte der Concierge ihr deutlich gezeigt, dass Majdas Wünsche unangemessen waren. Aber das ist schließlich nicht mein Problem, sagte sie sich, weshalb sollte ich mich weiter darum scheren? Und so waren ihre Bedenken rasch zerstreut.

Was sollte sie heute unternehmen? Eigentlich war sie der virtuellen Vorführungen bereits überdrüssig und sah sich nach anderen Möglichkeit um. Sie ging noch einmal zu den Informationsautomaten zurück und ließ sich eine Übersicht über das Programm für diesen Tag geben. Außer dem reichhaltigen

Angebot an virtuellem Erlebnistheater gab es noch vieles andere – Gewinnspiele, Boxkämpfe, Zirkus, aber auch manches Ungewöhnliche wie eine Führung durch das Internierungslager für Kriegsverbrecher oder Schaukämpfe, bei denen menschliche Athleten gegen Robottiere kämpften. Unter all dem stieß sie auch auf das Angebot für die Teilnahme an der für heute vorgesehenen Verhandlung beim Kriegsverbrecherprozess. Einige Angaben zum Angeklagten, um den es heute ging, machte sie aufmerksam. Es war ein Mann, der auch mit den wissenschaftlichen und technischen Gastarbeitern zu tun gehabt hatte, und es würde unter anderem auch um deren Schicksal gehen. Und wenn sie durch das, was sie bisher über die Prozesse gegen die Angehörigen des vormaligen Regimes gehört und gesehen hatte, auch abgestoßen war, so wäre es doch möglich, dass sie an diesem Nachmittag etwas über den Verbleib ihres Vaters erfuhr.

Kriegsverbrecher-Prozess, Aktenvermerk 3331/244

Mediator: Meine Damen und Herrn, nehmen Sie Ihre Plätze ein, die Verhandlung kann beginnen. Ich bitte um Ruhe ... Bitte Ruhe. Ich mache darauf aufmerksam, dass es verboten ist, Getränke in den Zuschauerraum mitzunehmen. Ich bitte um Aufmerksamkeit.

Der Angeklagte Sheik Mahmoud Al Hamouda, ehemals Leiter der Abteilung für besondere Aufgaben im Sicherheitsdienst des Aghib, stand als Nummer 67 auf der Liste der meistgesuchten Personen. Er wurde vier Monate nach dem Ende des Krieges verhaftet, als er versuchte, aus einem Nachbarstaat, in den er geflüchtet war, illegal in sein Heimatland zurückzukehren.

Das Amt für Sonderaufgaben war seinerzeit mit einer Reihe von höchst unterschiedlichen Maßnahmen betraut, die als Verstöße gegen das Völkerrecht gelten müssen. Zu seinem

besonderen Aufgabenbereich gehörten technische und wissenschaftliche Sondereinsätze, die offenbar Verletzungen der internationalen Bestimmungen bedeuteten, wie sie unter anderem für den Einsatz der Kernfusion, für die Einfuhr pathogenen Materials, für die Entwicklung psychogener Waffen und für die Züchtung von Klonen für Sondereinsätze gelten und auch damals schon gültig waren.
An der Identität des Angeklagten besteht kein Zweifel, sie wird von ihm im Übrigen auch nicht bestritten. Die Untersuchungsprotokolle liegen dem Gericht vor. Die Klärung des Sachverhalts erwies sich aus Gründen der besonderen Geheimhaltung und der fachlich orientierten Materie als besonders schwierig. Auch diesmal kann nur ein Teil der erhobenen Anschuldigungen verhandelt werden, der Angeklagte wird also nach dem Prozess auf jeden Fall weiterhin in Haft bleiben. Er befindet sich in gutem gesundheitlichen Zustand und kann den Verhandlungen in geistiger Klarheit folgen. Frage an das Gericht: Hat die Voruntersuchung die von internationalen Institutionen eingebrachten Anklagepunkte bestätigt, so dass ein Verfahren eingeleitet werden kann?

Staatsanwalt: Das bisher vorliegende Material reicht zur Klärung des Sachverhalts und für eine Schuldzuweisung aus. In diesem Verfahren geht es weniger um Verstöße gegen internationales Recht, als um eine damit im Zusammenhang stehende Entführung, um Freiheitsberaubung und Mord.

Mediator: Damit übergebe ich das Wort dem Vorsitzenden des Gerichts, Dr. Lars Hendriksen.

Richter: Im Namen des Volkes und im Dienste der Gerechtigkeit eröffne ich hiermit das Verfahren. Ich bitte um Verlesung der Anklageschrift.

Vokomat: Die Gesetzesübertretungen, für die der Angeklagte verantwortlich ist, reichen nahezu ein Jahrzehnt zurück in die Zeit vor dem Krieg. Es liegen Beweise dafür vor, dass seit dieser Zeit in der Republik des Aghib die Direktiven der ISC (International Science Commission) bewusst unterlaufen wurden. Diese illegalen Aktivitäten erfolgten zunächst heimlich, später aber mit provokativer Offenheit – was ja schließlich auch zum Ultimatum des Atlantischen Bündnisses und zum Feldzug führte.
Da das wissenschaftliche und technische Know-how des damals noch unterentwickelten Landes nicht ausreichte, um mit den Industrienationen mithalten zu können, holte man Fachleute aus aller Welt ins Land, die in beratenden Funktionen dazu beitrugen, den Rückstand aufzuholen, was in einigen Bereichen auch gelang und zu einer international gefährlichen Situation führte. Vor dem Hintergrund dieser Entwicklung ist das Verbrechen des Angeklagten zu sehen: Als sich die Weltlage zuspitzte und mit einem Angriff der vereinten Truppen zu rechnen war, wurden die im Dienste der Regierung stehenden ausländischen Spitzenkräfte interniert. Seither fehlt von ihnen jede Spur. Die Anklage wird beweisen, dass sie widerrechtlich festgehalten und zu Zwangsarbeit gezwungen wurden. In den Wirren des Krieges, als der Hauptstadt die Einnahme drohte, sollten sie mit unbestimmtem Ziel evakuiert werden. Die Anklage wird Beweise dafür erbringen, dass sie in einen Bunker getrieben und mit Giftgas getötet wurden. Da die betreffende Örtlichkeit kurz darauf von den Alliierten bombardiert wurde, konnten von den Ermordeten außer einigen unbrennbaren Gegenständen keine Reste gefunden werden. Diese Aktion wurde von Sheik Mahmoud Al Hamouda angeordnet, offenbar um alle Zeugen zu beseitigen, die über die verbotenen technisch-wissenschaftlichen Aktivitäten in der Republik des Aghib hätten berichten können. Dafür steht er nun unter Anklage.

Richter: Am Anfang des Verfahrens steht es dem Angeklagten zu, sich zum Verfahren zu äußern. Ich erteile ihm das Wort.

Al Hamouda: Ich erkläre, dass ich im Sinn der Anklage unschuldig bin. Ich habe stets das Beste für mein Vaterland getan, im Besonderen für die Aktualisierung der Wissenschaft wie auch für die Modernisierung unserer Technik. Diese von Erfolg gekrönten Bemühungen brachten mir nicht nur hier im Lande, sondern auch bei den europäischen und amerikanischen Kollegen Anerkennung ein. Ich verweise auf das Beweismaterial der Verteidigung, bei dem sich internationale Preise und Anerkennungsschreiben für meine Arbeit befinden. Weiter bin ich nach wie vor Träger des Verdienstordens des Internationalen Komitees für Völkerverständigung, der für friedensfördernde Maßnahmen vergeben wird.

Richter: Der Angeklagte möge sich kurz fassen – seine Personalien sind im Anhang zur Anklageschrift zu finden.

Al Hamouda: Dann möchte ich doch noch hinzufügen, dass die Beschreibung meiner Arbeitsbereiche, die vorhin vom Herrn Richter gegeben wurde, unvollständig ist; zu den von mir betreuten Themen gehörten auch die Medizin mit der Entwicklung neuer Medikamente und umfassender Impfprogramme, die Wasserwirtschaft mit dem Ausbau von Leitungssystemen und der Erschließung von neuen Ressourcen, weiter die Umwelttechnik und der Klimaschutz. In seiner Aufzählung hat sich der Herr Richter mit Absicht auf so genannte heikle Arbeitsgebiete beschränkt. Über diese Thematik haben wir verhandelt, und wir waren auch schon einer befriedigenden Lösung nahe, als mit dem Angriffskrieg des Atlantischen

Bündnisses alle unsere friedlichen Bemühungen unterbrochen wurden. Mit dieser einseitigen Sichtweise soll offenbar die Öffentlichkeit gegen mich aufgebracht werden – gegen derartige üble Tricks protestiere ich aufs Schärfste ...

Richter: Ich halte den Angeklagten dazu an, sich einer Wortwahl zu bedienen, die dem Rang des Gerichts angemessen ist.

Al Hamouda: Niemand wird mich hindern, die Wahrheit auszusprechen. Als besonders diffamierend empfinde ich die gänzlich aus der Luft gegriffene Anklage: Ich hatte stets ein gutes, ja ein freundschaftliches Verhältnis zu unseren Mitarbeitern aus dem Ausland. Es wäre mir im Traum nicht eingefallen, ihnen Schaden zuzufügen oder ihnen gar nach dem Leben zu trachten. Im Gegenteil, ich habe ihnen stets geholfen und habe noch in den letzten Tagen des Krieges alles getan, um sie zu beschützen. Ich kann das mit dem Briefwechsel belegen, der mir allerdings –

Richter: Zur Sache, zur Sache.

Al Hamouda: Ich habe dafür Beweismaterial und kann den Tatbestand durch Zeugenaussagen belegen. Das dürfte für diese Verhandlung doch nicht unwichtig sein. Völlig unabhängig davon aber spreche ich diesem Gericht jede Zuständigkeit ab und verlange, unverzüglich freigelassen zu werden.

Richter: Ich weise die Behauptung zurück. Nach internationalem Recht ist dieses Gericht für seine Aufgabe legitimiert. Damit kommen wir zur Beweisaufnahme.

Mediator: Der Herr Verteidiger hat darum gebeten, eine Erklärung abgeben zu dürfen. Ich erteile ihm das Wort.

Verteidiger: Es ist richtig, dass im Aghib an einigen technischen Entwicklungen gearbeitet wurde, die international verboten waren, aber merkwürdigerweise bei den so genannten Großmächten ganz offen weiterbetrieben wurden. Es gibt eine ganze Reihe anerkannter Firmen, die von den Behörden unbehelligt auf dem Index stehende Maschinen und Materialien geliefert haben. Bis heute hat sich noch kein Ankläger gefunden, der es gewagt hätte, diesen glatten Verstoß gegen das Völkerrecht anzuprangern, und kein Gericht hat sich mit diesem eklatanten Fall von Rechtsbeugung beschäftigt. Da der Ausgang des Prozesses grundlegend von den unterschiedlichen Auffassungen abhängt, fordere ich das Gericht auf, den Prozess so lange auszusetzen, bis diese strittige Frage geklärt ist.

Richter: Entführung und Mord sind Verbrechen, und zwar völlig unabhängig von Einfuhrbestimmungen oder auch anderen formalen Fragen des internationalen Rechts. Im Übrigen sind die vom Angeklagten aufgeworfenen Fragen längst beantwortet. Die gestellte Forderung ist also zurückzuweisen. Wir wollen jetzt endlich zur Sache kommen.

Mediator: Ich bitte darum, den ersten Zeugen hereinzurufen.

Vokomat: Der von der Verteidigung benannte Zeuge ist Ab El Baset, Mitarbeiter des Angeklagten im Sicherheitsbüro. Zu seinen Aufgaben gehörte die Betreuung der ausländischen technischen und wissenschaftlichen Fachkräfte, um deren Schicksal es in diesem Prozess geht.

Verteidiger: Herr Ab El Baset, Sie standen in der Zeit vor dem Kriegsausbruch in Verbindung mit den genannten Fachleuten.

Ab El Baset: Ich hatte mit ihnen zu tun, wenn auch nur indirekt. Ich war Volontär und sollte später eine feste Anstellung im Personalbüro bekommen. So weit kam es aber nicht.

Verteidiger: Was waren Ihre Aufgaben?

Ab El Baset: Vor allem musste ich die Personalakten auf dem neuesten Stand halten. Ich war aber auch für die Betreuung der Gäste verantwortlich: die Unterkünfte besorgen, Transporte vermitteln, veranlassen, dass ihnen die Honorare für ihre Mitarbeit rechtzeitig überwiesen werden. Zudem musste ich die Übersetzungsautomaten auf dem neuesten Stand halten – die machten mir manchmal Ärger ...

Verteidiger: Die Gäste waren im Hotel Oriental Orange am Stadtrand untergebracht und wurden täglich mit einem Bus zu ihren Arbeitsstellen befördert. War das auch in den letzten Tagen vor den Angriffshandlungen noch so?

Ab El Baset: Die meisten wohnten nach wie vor im Oriental Orange, nur einige wenige hatten sich Quartiere in der Stadt besorgt. Diese fuhren meist mit einem Taxi zur technischen Hochschule, wo die High-Tech-Abteilung untergebracht war. In den letzten Tagen, als mit dem Angriff gerechnet wurde, blieben die Institute geschlossen und die Wissenschaftler in ihren Unterkünften, die sie nicht verlassen durften.

Verteidiger: Wo hielten Sie sich zu dieser Zeit auf?

Ab El Baset: Ich verbrachte einen großen Teil meiner Zeit bei den Gästen im Hotel. Sie waren sehr unruhig und verlangten, evakuiert zu werden.
Verteidiger: Warum wurden sie nicht evakuiert?

Ab El Baset: Schon vor der großen Angriffswelle gab es einige Bombardements, vor allem strategisch wichtige Stellen waren davon betroffen. Dabei wurde auch das Rollfeld des Flugplatzes zerstört, und wir hatten keine Möglichkeit mehr, die Gäste auszufliegen. Es wurde daher beschlossen, sie mit einem militärisch geschützten Konvoi aus der Stadt zu bringen.

Verteidiger: Ist das geschehen?

Ab El Baset: Ja, bereits am Tag nach der Zerstörung des Flugplatzes.

Verteidiger: Waren Sie dabei, als die Wissenschaftler das Hotel verließen?

Ab El Baset: Gewiss. Ich musste ihnen die Plätze anweisen und hatte Schwierigkeiten, ihnen zu erklären, dass sie nur Handgepäck mitnehmen durften. Es gab noch einige Aufregung, weil einige fehlten, aber es wurde beschlossen, nicht auf sie zu warten. Ein Dutzend gepanzerte Fahrzeuge stand für den Konvoi bereit, die Leute stiegen in den Bus, der mit einer weißen Fahne gekennzeichnet war, und dann ging es los.

Verteidiger: War diese Fahrt nicht sehr gefährlich?

Ab El Baset: Es war wenige Tage vor dem Krieg, aber die Angriffe der Bodentruppen hatten noch nicht begonnen. Außerdem wurde der Konvoi den ausländischen Regierungen angekündigt. So sollte eigentlich alles glatt gehen. Um unsere Gäste zu schützen, mussten wir sie unbedingt aus der Stadt herausbringen, dort hätten wir nicht für ihr Leben garantieren können.

Verteidiger: Es ging aber nicht alles glatt ...

Ab El Baset: Nein, der Konvoi wurde angegriffen, später, als er das Stadtgebiet verlassen hatte. Eine Welle von leichten Kampfbombern des Atlantischen Bündnisses. Auf die Fahrzeuge wurden Sprengsätze geworfen und dann das, was da noch übrig geblieben war, in Brand geschossen. Es sind alle umgekommen, die Wissenschaftler und ebenso die Soldaten, die sie beschützen sollten.

Verteidiger: Hätte es sich bei den angreifenden Flugzeugen nicht auch um eine Staffel Ihrer eigenen Luftwaffe handeln können?

Ab El Baset: Der grüne Ring, das Symbol der angreifenden Truppen, war auf Flügeln und Rumpf der Maschinen deutlich zu erkennen.

Verteidiger: Wissen Sie etwas darüber, wie es zu diesem Unglücksfall kommen konnte?

Ab El Baset: Zuerst hatte ich keine Erklärung dafür, später aber merkte ich, dass der Tod der Wissenschaftler Konsequenzen hatte, die auch in diesem Prozess eine große Rolle spielen.

Verteidiger: Wie meinen Sie das?

Ab El Baset: Diese Wissenschaftler hätten den friedlichen Charakter ihrer Arbeit bezeugen können. So aber gibt es für uns keine Möglichkeit mehr, uns gegen Vorwürfe zu wehren ... Er wird uns vorgeworfen, im Geheimen verbotene Waffensysteme entwickelt zu haben ...

Ankläger: Ich erhebe Einspruch. Es handelt sich um Mutmaßungen des Zeugen und nicht um Tatsachen. Die Anklage wird beweisen, dass die Wissenschaftler auf dem Gelände eines aufgelassenen Steinbruchs ihre Fahrzeuge verlassen mussten, um dort liquidiert zu werden.

(Auszug aus dem Protokoll)

Majda nutzte die Pause, um den Gerichtssaal zu verlassen. Was sie da gehört und gesehen hatte, musste sie zunächst verdauen. Sie hatte sich eine Schwebekabine geholt – nicht eben billig für den Transport von Einzelpersonen – und als Ziel die Adresse ihres Hotels angegeben. Nun lehnte sie sich bequem zurück und ließ sich mit der langsamsten Geschwindigkeit und auf der niedrigsten Leitebene durch die Luft tragen. Sie hatte schon festgestellt, dass das eine der wenigen Möglichkeiten war, dem Trubel, dem Lärm und den stetigen Belästigungen von Leuten zu entgehen, die sie zu allen möglichen Attraktionen einladen wollten.

Aus der Höhe der Ebene 1 hatte sie eine gute Aussicht auf die Straßen und Gebäude, wenn man diese architektonischen Monster, die sich da ausbreiteten, überhaupt als Gebäude betrachten wollte. Futuristische Gebilde aus Aluminiumstahl, Glas und buntem Kunststoff gehörten noch zu den normalsten Anblicken in dieser Umgebung, und auch an die zahlreichen bewegten Objekte hatte sie sich bereits gewöhnt: Mobiles, Wasserfontänen, Lichterschlangen und Robot-Organismen in Form von Menschen, Tieren, Aliens und verschiedensten Gestalten aus Mythologie, Fantasy und Horror. Was ihr aber immer noch zu schaffen machte, war der ständige Wechsel zwischen realen und virtuellen Räumen, die Abgründe, in die man die Gäste fallen ließ, die Szenen, in denen sie bedroht, entführt und wieder befreit wurden, die alternativen Welten, in denen keine irdischen physikalischen Gesetze mehr galten und man beobachten konnte, wie der eigene Körper zu einem Spielball merkwürdiger Kräfte wurde, wie er zerfiel, sich als Staubwolke in unendliche Weiten verteilte, bis man sich schließlich an einem Spielautomaten, in einem Schlemmerlokal oder in einem Eros-Center wiederfand. Selbst das Schwebe-Cab durchquerte immer wieder illusionäre Bezirke, bot jedoch immerhin den Vorteil, dass es diese dann wieder ohne Komplikationen verlassen konnte.

Die ständige Veränderung der Aussicht verursachte ihr Überdruss, und Majda dunkelte die durchsichtigen Aussichtswände ab. Sie zog ihre Blopp-Screen aus der Rolle und ließ sich auf der grau glänzenden Folie das Protokoll der Verhandlung ausgeben.

Man hatte ihr die öffentlichen Prozesse des Kriegsverbrechertribunals als eine der größten Attraktionen der Stadt geschildert. Jetzt hatte sie einen davon miterlebt und war wieder einmal verunsichert wie bereits so oft in diesen letzten drei Tagen. Durfte sie noch damit rechnen, bei den Verhandlungen etwas Näheres – und vor allem etwas Wahres – über jene Zeit zu erfahren, für die sie sich interessierte? Über die Zeit des Krieges, über die wenigen Tage, die am Ende ausreichten, um die Stadt in Trümmer zu legen und die Repräsentanten des alten Regimes zu vertreiben? Dieser Prozess hatte sämtliche Vorstellungen, die sie bisher von gerichtlichen Verhandlungen gehabt hatte, Lügen gestraft. Schauprozesse – nun, sie hatte davon gehört, und es war ja schließlich allgemein üblich, dass die Sieger einer Auseinandersetzung alles dazu taten, um die Unredlichkeit ihrer ehemaligen Gegner möglichst überzeugend darzulegen und damit auch die Berechtigung der eigenen kriegerischen Maßnahmen. Aber das, was hier in Cyber City Süd geschah, widersprach allen Vorstellungen von Ernsthaftigkeit und Rechtsprechung. Ein Prozess mit Musik und Moderator, ein Prozess mit kabarettistischen Kommentaren und Werbeeinlagen, mit Prominentenbefragungen und Verlosungen. Ein Prozess als überdimensionales Fernsehspektakel – öffentliche Interviews mit Richtern, Staatsanwälten, Verteidigern und sogar mit den Beschuldigten selbst. Gespräche mit ihren Verwandten, mit ihren Psychiatern, mit ihren Ärzten, mit ihren Wärtern. Die Besucher im Auditorium als Geschworene an einer Wahlmaschinerie, die von allen Stühlen aus zu bedienen war. Und dazu kam noch ein Begleitprogramm, das Tag und Nacht auf mehreren Sendern lief: Talkrunden zur Thematik des Prozesses, Filme über die Lebensgeschichte der Angeklagten, Rekonstruktion ihrer Verbrechen mit virtuellen Schauspielern, die Dokumentation ihrer Festnahme, Führungen durch das Internierungs-Camp. In den Zellen waren Kameras installiert, so dass man den Alltag der Gefangenen verfolgen konnte wie bei Reality-Shows.

Zu dem allen kam aber noch die Teilnahme des Publikums. Die Zuschauer dienten nicht nur als Geschworene, sondern fühlten sich als Mitwirkende der Schau. Sie klatschten und pfiffen und unterbrachen die Verhandlung mit Zwischenrufen – es gab Zustimmung, aber auch wüste Beschimpfungen der Richter, Staatsanwälte und Verteidiger. Der Angeklagte wurde geschmäht oder auch zum Durchhalten angespornt. Immer wieder verlor einer die Beherrschung und sprang auf die Bühne. Manche versuchten sogar, in die Nähe des Angeklagten zu gelangen – um ihn zu befreien oder ihn zu misshandeln? –, das war nicht immer klar. Natürlich stürzten sich die Ordnungskräfte sogleich auf die Störenfriede, und es kam zu tumultartigen Szenen, die von den Rängen mit Gejohle begleitet wurden und auf der Screen vergrößert zu sehen war. Bei aller Aufregung hatte man den Eindruck, dass das alles zur Veranstaltung gehörte, ja, dass die Zuschauer oft gerade auf solche Szenen warteten. Vielleicht waren es sogar bezahlte Hilfskräfte, die die Tumulte auslösten, wenn die Verhandlung selbst langweilig zu werden drohte.

Majda konnte es sich nicht vorstellen, aber es war eine Tatsache: Unzählige Leute wollten an diesen Prozessen teilnehmen, mehr als es die beschränkte Platzzahl zuließ, und sie waren bereit, dafür die hohen Eintrittsgebühren zu bezahlen. War es die Sensationslust? War es das Gefühl, als Schöffe etwas zur gerechten Bestrafung der Schuldigen beizutragen? Oder war es die gruselige Vorstellung, diesen Teufeln in Menschengestalt, die da in ihren Käfigen hockten, so nahe zu kommen? Es gab aber auch ganz und gar sachliche Gründe, sich über die Prozesse zu informieren, nämlich die groß angelegten Wettaktionen, wobei man auf »schuldig« oder »nicht schuldig« sowie auf das Strafmaß setzen konnte. Sich daran zu beteiligen schien geradezu zum guten Ton zu gehören – und es gab attraktive Preise zu gewinnen. Aber schließlich konnte es Majda gleichgültig sein, wenn sie wenigstens die Sicherheit hätte, dass das, was hier aufgedeckt wurde, auch der Wahrheit entsprach. Aber die hatte sie eben nicht – vielleicht war alles inszeniert, vielleicht waren es Schauspieler, die dort unten saßen, vielleicht waren es Drehbuchautoren, die die Geschichten schrieben. Aber an dieser Unsicherheit war nicht zu rütteln, die Zweifel würden bestehen bleiben, und sie musste auf andere Weise versuchen, das herauszufinden, was sie herausfinden wollte.

Ein Ruck riss Majda aus ihren Überlegungen, das Schwebeboot war auf der Dachrampe des Hotels gelandet. Majda zog die Kreditkarte aus dem Schlitz und sah auf dem Display nach, wie viel abgebucht worden war. Ihre finanziellen Reserven nahmen erschreckend schnell ab. In den ersten Tagen ihres Aufenthalts in der »Stadt der Wunder« hatte sie sparsam gelebt, sie hatte eines der weniger teuren Hotels gewählt und bisher meist nur kostenlos zugängliche Attraktionen besucht. Davon gab es genug, sie dienten vor allem dem Zweck, das Publikum zum Spielen zu verleiten, doch Majda hatte nur die ihr freizügig gespendeten Spielmarken verloren und keinen einzigen Inter-Dollar riskiert. Auch das Essen ließ sich billig besorgen, in den Spielsalons gab es genügend Schnellimbisse. Und weil man die Besucher nicht zu lange von den auf großen, horizontalen Bildschirmen ausgetragenen Spielen, Roulette, Bakkarat und Poker, fern halten wollte, waren die Speisen nicht allzu schmackhaft und deshalb auch nicht preiswert. Doch bald gab sie sich mit den Gratisangeboten nicht mehr zufrieden – speziell der Eintritt in die anspruchsvollen Erlebniswelten war teuer.

Wieder war ein neuer Tag angebrochen, und Majda überlegte, was sie unternehmen wollte. Jedenfalls fühlte sie sich ein wenig müde und hatte keine Lust, sich ein weiteres Mal zu Fuß auf den Weg zu machen.

Sie fuhr ins Foyer hinunter und erkundigte sich, ob es so etwas wie eine Besichtigungstour durch die Cyber-Stadt gäbe. Die Angestellte im Touristik-Center dachte kurz nach. »Wie wäre es mit einer Rundfahrt mit dem Boot? Die Strecke führt über die Seen und Kanäle, man hat eine herrliche Aussicht auf alle wichtigen Bauten.« Und sie erklärte ihr, wo die nächste Anlegestelle war.

Das hörte sich gut an. Majda bedankte sich und trat hinaus ins Freie. Wie ihr geraten worden war, verließ sie das Hotelgelände über eine Brücke im venezianischen Stil. Darunter lag eine Art Burggraben, und ein Hinweisschild lud die Gäste zu einer Bootsfahrt ein. Das war eine der Attraktionen, die ihr bisher nicht aufgefallen war – vielleicht deshalb, weil dafür wenig Reklame gemacht wurde. Die sanfte Bewegung auf dem Wasser war Majda gerade jetzt willkommen: Sie wünschte sich ein wenig Ruhe, um darüber nachzudenken, was sie weiterhin unternehmen könnte.

Sie stieg über eine Treppe abwärts und wunderte sich ein wenig darüber, dass unten, auf der Wasserfläche, keine Boote zu sehen waren. Und noch etwas fiel ihr auf: Es war die Art, wie die Lichtreflexe über die Wellen liefen – es geschah in regelmäßigen Schüben, doch es fehlte die Bewegung, die glitzernden Punkte hafteten fest an Ort und Stelle.

Majda kramte in ihrer Tasche und fand ein Schächtelchen mit Vitamindrops. Sie hielt es in der Hand verborgen, und während sie sich über das Geländer lehnte, ließ sie es fallen und behielt es im Auge, bis es aufschlug und liegen blieb. Das Wasser war nur vorgetäuscht, da unten war eine Lumineszenzfolie horizontal ausgespannt – ein riesiger Schirm für die Wiedergabe elektronischer Bilder. Der vermeintliche Wellenschlag des Wassers folgte einem einfachen grafischen Programm.

Auch hier war die Wirklichkeit durch eine Illusion ersetzt. Davon hatte sie eigentlich genug, doch als sie sich umdrehen wollte, um fortzugehen, tauchte neben ihr eine als Seepferdchen verkleidete menschliche Gestalt auf. »Haben Sie Lust zu einer Bootsfahrt? Sie ist wirklich zu empfehlen.«

»Ich hatte tatsächlich an so etwas gedacht. In echtem Wasser dahinschaukeln, verstehen Sie? – Etwas ausspannen … doch«, Majda wies hinab, »das ist hier wohl nicht möglich.«

»Sie haben es bemerkt? Tatsächlich, der Wasserspiegel hat sich in den letzten Monaten so stark gesenkt, dass wir etwas unternehmen mussten. An seine Stelle wurde eine Screen-Matte ausgelegt. Aber es geschah auch, um die Wirkung zu steigern. Schauen Sie sich doch die Reflexe an den Wellen an, sie schillern in allen Farben. Diesen Effekt gibt es in der Natur nicht – doch man kann ihn programmieren.«

Es mutete merkwürdig an, diese sachkundige Erklärung von einem lächerlich kostümierten Mann zu bekommen, dessen Gesicht hinter einer Pappmaske verborgen war. Und es war ungewöhnlich, dass man sich mit einem der Bediensteten auf normale Weise unterhalten konnte. Jetzt wies er auf ein Boot, das unten am Pier wie aus dem Nichts aufgetaucht war. »Sie sind schon an der richtigen Stelle.« Er wies auf den Automaten am Eingang. »Stecken Sie Ihre Kreditkarte hinein, dann kann es losgehen.« Eine Brücke schob sich vor, über die man ins Innere des Bootes gelangte. Es bot Platz für zehn oder zwölf Personen, war aber im Moment leer.

Majda zögerte, doch der verkleidete Bedienstete wies ihr mit einer tiefen Verbeugung den Weg. Nun denn, dachte sie, im Grunde genommen ist es gleichgültig, ob ich die echte Umgebung oder Bilder von ihr sehe. Sie betrat die Rampe und suchte sich einen bequemen Platz. Hier, unter den Kaltstrahlern, war es angenehm kühl, und sie streckte wohlig die Beine aus.

Sie hatte mit einer längeren Wartezeit gerechnet, normalerweise musste man sich in Geduld fassen, bis mehr Gäste zusammengekommen waren, aber es ging gleich los. Die Brücke wurde eingezogen, über Majdas Oberkörper senkte sich ein Bügel, der sie fest in ihren Sitz drückte, dann erklang das Geräusch einer Turbine, das Boot bäumte sich auf und setzte sich mit einem gewaltigen Satz in Bewegung. Es ging um ein paar Kurven, die Wasserstraße war hier noch von Häuserfronten gesäumt, man konnte die phantastischen Gebäudeformen der großen Hotels erkennen, das »Venezia«, das »Bellagio« und das »Crazy Kingdom«, dahinter ragte der Turm des »Stardust«-Casinos auf, auch ein Stück von der Turbulew-Achterbahn war zu sehen – immer wieder erstaunlich, wie die Wägelchen an der höchsten Stelle in einen Abgrund katapultiert wurden, um nach einem Dreifachsalto erneut auf den Magnetschienen zu landen.

Doch die Häuserfronten traten rasch auseinander, rechts und links Hügelketten, Berge, jetzt glitten sie über einen Fluss, der sich mehr und mehr verengte, es ging zwischen emporragenden Felsklippen hindurch, das Boot ruckte und rüttelte, und Majdas Körper wurde gewaltsam an den harten Bügel gepresst. Dann kam ein Rauschen auf, wurde rasch unerbittlich laut… vor ihnen lag ein Wasserfall, und sie fuhren geradewegs darauf zu.

Illusion, sagte sich Majda, keine Gefahr, ein Trick, ein Taschenspiel … aber diese Einsicht konnte nicht verhindern, dass sich ihre Hände an den Lehnen verkrampften, dass ihr der Atem stockte und eine unerbittliche Angst aufkam, gegen die sie sich vergeblich aufbäumte.

Jetzt ging die Fahrt in den freien Fall über, das Boot inmitten von Wassermassen, die ebenso rasch herabstürzten und wie wabernde Klumpen aussahen. Schließlich ein Aufprall, ein Strudel von Wasser, Gischt, ein Regen von Tropfen.

Die Tropfen waren trocken, es waren keine Tropfen. Trotzdem versuchte Majda unwillkürlich, dem Wasserschwall auszuweichen – und ärgerte sich zugleich darüber, dass sie wieder einmal der Vorspiegelung erlag. Doch die Übelkeit, die sie spürte, war echt, und sie hoffte jetzt nur noch, dass es nicht schlimmer kommen würde.

Aber die Fahrt war noch nicht zu Ende, das Boot vollführte eine jähe Wendung und fuhr geradewegs auf die Steinmauer zu, die die Wasserfläche auf der linken Seite begrenzte – und schon glitten sie in die Mauer hinein, durch die Mauer hindurch. Und nun befand sich Majda in einer Umgebung, die das unangenehme Gefühl, das sie zuletzt empfunden hatte, noch um einige Grade steigerte: eine Reihe von Quick-Cars, die alle rückwärts fuhren, die Frontseite eines Spielkasinos, die sich plötzlich zusammenkrümmte, tanzende Menschen, deren bunte Kleidung unerwartet in die Gegenfarben überschlug ... Jetzt bogen sie nach rechts, in eine enge Kluft zwischen fensterlosen Wänden, doch zugleich machten sich Fliehkräfte bemerkbar, die eine Linkskrümmung ihres Weges signalisierten ... Majdas Magen revoltierte, und nun verlor sie die Beherrschung, sie beugte sich gerade noch über die Bordkante und erbrach die Reste ihres Frühstücks.

Als Majda ihrer Umgebung wieder Aufmerksamkeit schenken konnte, merkte sie, dass sie in eine Art Hangar gekommen waren. Das Boot stand auf Schienen, rechts davon eine Reihe weiterer Boote. Links, am Ausstieg, ein Mann in brauner Uniform.

»Sind sie Majda Barlach? Geben Sie mir Ihre Karte.«

Sie erkannte ihn an der Stimme – es war der Bedienstete,

mit dem sie sich so nett unterhalten hatte. Seine Seepferdchen-Ausstattung hing hinter ihm an einem Haken.

Majda fühlte sich schwach, leer und wehrlos – kein falscher Eindruck, denn ihr Widerspruchgeist war erloschen. Sie reichte dem Mann die Karte, der sie in ein flaches, mit einem Display versehenes Kästchen steckte. »Polizei«, beschied der Uniformierte. »Kommen Sie mit!«

Er packte die willenlose Majda am Arm und führte zu einem offenen Schwebe-Car. Es war mit Tarnfarben versehen und hatte eine Aufschrift in einer fremden Schrift. Das rosettenförmige Emblem an der Seite hatte Majda schon gesehen – das erste Mal am Flughafen, beim Zoll, und später auf dem Memorex-Block, auf dem sie in der Rezeption des Hotels ihre Daten eingetragen hatte.

Die Umgebung hatte keinerlei Ähnlichkeit mit dem, was sie bisher in Cyber City Süd gesehen hatte. Sie bewegten sich durch eine Straße, die zwischen niedrigen Lehmziegelbauten dahinzog, viele verwahrlost, dazwischen Ruinen und mit Trümmern bedeckte Flächen. Einige Häuser wie mit dem Messer aufgeschnitten – man konnte in Zimmer und Küchen hineinsehen, und manche davon schienen noch bewohnt zu sein.

Nur wenige Menschen hielten sich auf der Straße auf, sie waren in wallende Gewänder gehüllt, als hätten sie Gebrechen zu verbergen. Es gab kaum Fahrzeuge: ein von einem Esel gezogenes, hoch beladenes, schwankendes Gefährt, ein in einer Seitengasse geparkter Panzerwagen. Über allem lag erstickende Hitze.

Der Polizist sprach nicht, und er zuckte nur die Schultern, als Majda, die sich langsam erholte, ihm eine Frage stellen wollte.

Dann wurde die Gegend ansehnlicher, zwischen den einfachen braunen Bauten erhoben sich hier und dort stattlichere Gebäude, die wie Fremdkörper wirkten. Schließlich fuhren sie auf ein Tor zu, das mit roten und grünen Fahnen geschmückt war. Sie passierten eine Sperre, an der sich Majdas Begleiter auswies. Der Stadtteil, in dem sie sich nun befanden, war in gutem Zustand, wahrscheinlich das Regierungsviertel, zu erkennen an breiten Straßen, Parks, Moscheen und Palästen.

Die Fahrt ging eine Weile an diesen vorbei, bald darauf hatten sie ihr Ziel erreicht. Es war ein großer schmuckloser Bau mit einer grauen Front, durch eine Art Barrikade vom öffentlichen Teil der Straße getrennt. Dahinter, am rechteckig geformten Eingang, standen zwei Panzer.

Das Schwebe-Car senkte sich nun auf die für das Parken vorgeschriebene Zehn-Zentimeter-Distanz gegen den Boden. Wieder musste sich der Polizist ausweisen, dann glitten sie im Schritttempo einwärts, in einen Hof mit vielen kleinen Eingängen. Dort stiegen sie aus, Majda wurde von einer uniformierten Frau nach Waffen untersucht und musste durch den Rahmen eines Metalldetektors treten, dann fuhren sie mit einem Lift, dessen blecherne Kabine mehrfach an den Wänden anschlug, einige Stockwerke empor. Ein paar Schritte in einen leeren Gang, dann lieferte der Polizist Majda an einer Pforte ab. Ein Beamter in Zivil nahm sie in Empfang und wies sie an, in einem Warteraum Platz zu nehmen.

Jetzt hatte Majda wenigstens ein wenig Zeit, um zur Ruhe zu kommen und ihre Lage zu überdenken. Sie sah sich um – sie war nicht allein, auf den Holzbänken saßen mehrere Männer und Frauen, eine gemischte Gesellschaft. Einige Einheimische verschiedenen Alters, die Männer in altmodischen Jeans, auch die Frauen in Hosen, bis auf eine ältere, die von oben bis unten in Gewänder gehüllt war, so dass man außer ihren Augen nichts von ihr sah. Aber auch ein paar, die sicher Ausländer waren: ein älterer, modisch angezogener Mann, zwei Teenager, die aufgeregt miteinander flüsterten, und eine stark geschminkte, nicht mehr ganz junge Frau.

Diese rückte an Majda heran: »Das erste Mal hier? Bei was hast du dich erwischen lassen, Herzchen?«

»Ich weiß nicht, warum man mich hierher gebracht hat«, antwortete Majda unangenehm berührt und rückte zur Seite.

Die andere deutete die Reaktion richtig und sagte: »Nur nicht so hochnäsig, Kleine. Spielst du die Vornehme? Das glaubt dir sowieso keiner. Aber wenn du keinen guten Rat brauchst –«

Die Unterhaltung wurde unterbrochen, als sich eine Tür öffnete. Ein Beamter erschien und ließ seinen Blick über die Wartenden gleiten, die dabei in sich zusammenzusinken schienen. Dann winkte er einem der Einheimischen, der eilig aufstand und in dem angrenzenden Raum verschwand.

Die Wartezeit zog sich hin. Auch der ältere Herr versuchte, mit Majda ins Gespräch zu kommen, aber sie war nicht daran interessiert, antwortete nur kurz, und er gab es bald auf. Die Teenager wurden hineingerufen, dann wieder einer der Einheimischen. Die Luft roch nach Staub und Schweiß, Majda litt an Durst und überlegte, ob sie nach einer Toilette suchen sollte. Doch als sie, von den verstohlenen Blicken der anderen verfolgt, an die Tür trat und versuchte, sie zu öffnen, erwies sie sich als verschlossen.

Endlich rief man sie hinein. Ein kärglich ausgestatteter Raum, ein Schreibtisch, darauf ein Monitor, ein Hocker aus Plastik, ein Milchglasfenster … Der weißhaarige Beamte, der sie hereingeholt hatte, nahm hinter dem Schreibtisch Platz.

Er betrachtete den Bildschirm, räusperte sich. »Prostitution?«, fragte er. Er benutzte einen im Neu-Englischen üblichen, etwas anstößigen Ausdruck.

»Was fällt Ihnen ein!«, rief Majda. »Ich weiß nicht, warum man mich hierher gebracht hat. Ich protestiere gegen diese Behandlung.«

Der Beamte sah sie erstaunt an und wandte sich wieder dem Bildschirm zu. »Ah, Verstoß gegen die Einreisebestimmungen«, las er ab. »Das ist ein ernster Fall. Warum sagen Sie das nicht gleich?«

»Hören Sie«, sagte Majda, »ich habe gegen keinerlei Bestimmungen verstoßen. Ich wurde entführt. Diese Behandlung lasse ich mir nicht gefallen. Ich möchte sofort zurück in mein Hotel gebracht werden.«

Sie hatte mit erhobener Stimme gesprochen, und vielleicht war das der Grund dafür, dass sich eine Tür öffnete und ein weiterer Beamter in einer ordensgeschmückten Uniform hereinkam. »Was ist hier los?« Er trat an Majda heran und musterte sie von oben bis unten. Dann trat er hinter seinen Kollegen und sah sich den Bildschirm an.

»Das übernehme ich«, verkündete er. »Kommen Sie mit.«

Er trat an die Tür und ließ Majda vorangehen. Sein Zimmer war ein wenig größer, außer dem Schreibtisch standen hier vier Stühle um einen Tisch herum. Der Uniformierte bot ihr einen davon an und setzte sich dann neben Majda. Jetzt erst bemerkte diese an der gegenüberliegenden Wand einen Bildschirm.

»Ich bin Major Galal«, sagte der Beamte. »Es liegt eine Anzeige gegen Sie vor. Ich muss der Sache nachgehen. Aber beruhigen Sie sich, es wird sich alles klären.« Er hob die Fernbedienung für das ComSet und schaltete ein. Auf dem Bildschirm erschienen der Stadtplan von Cyber City Süd, den Majda im Hotel aufgerufen hatte, und dazu einige Zeilen Code, die sie nicht deuten konnte.

»Sie haben versucht, Einblick in amtliche Dokumente zu bekommen.« Er blickte sie ernst und abschätzend an.

»Ich wollte mir nur den Stadtplan ansehen.«

»Sie wissen aber, dass sich Ihre Aufenthaltserlaubnis auf den touristischen Distrikt beschränkt.«

»Etwas anderes ist auf der Darstellung auch nicht zu sehen.«

»Aber Sie haben mehrere Versuche gemacht, die Altstadt zu erreichen ... Nein, leugnen Sie nicht! Sehen Sie –«, er deutete auf die Codezeilen unten am Bildrand, »das sind die Befehle, die Sie eingegeben haben, und zwar fünfmal. Es war also gewiss kein Versehen.«

»Ich wusste nicht, dass das verboten ist«, sagte Majda und

bemühte sich, ruhig zu bleiben. »Und außerdem habe ich Gründe dafür angegeben.« Und sie fügte in spitzem Ton hinzu: »Das haben Sie doch sicher auch registriert.«

Der Major ließ sich nicht provozieren. »Natürlich ist mir Ihre Erklärung bekannt. Sie haben ein bestimmtes Hotel in der Altstadt genannt. Es ist eines der wenigen, das den Krieg überstanden hat und neu restauriert wurde. Wir benutzen es in besonderen Fällen, beispielsweise um Abgesandte anderer Staaten unterzubringen, deren Anwesenheit geheim gehalten werden soll. Und wir führen gerade einige vertrauliche internationale Gespräche. Damit habe ich eigentlich schon zu viel gesagt. Aber Sie werden nun verstehen, dass wir uns für Sie interessieren. Was steckt hinter Ihren Schnüffeleien? Ich bitte um Auskunft, und ich rate Ihnen, bei der Wahrheit zu bleiben. Wir kennen einige Methoden, um schweigsame Menschen zum Reden zu bringen.«

Jetzt war Majda, die bisher keine besonderen Befürchtungen über den Ausgang dieser Vernehmung gehabt hatte, stark beunruhigt. Ein Hotel, in dem hoch gestellte Personen versteckt wurden – was für ein unangenehmer Zufall. Das hatte sie nicht ahnen können. Aber sie hatte ja eine Erklärung, es sprach wohl nichts dagegen, wenn sie dem Schicksal ihres Vaters nachgehen wollte, und es gab eigentlich keinen Grund, dieses Anliegen geheim zu halten.

»Es geht um meinen Vater«, sagte sie und erzählte, dass er früher in dieser Stadt gearbeitet hatte und seit dem Krieg verschwunden war. Und dass der einzige Anhaltspunkt, den sie für den Beginn ihrer Forschungen hatte, eben jenes Hotel war.

»Ich hoffe, dass das der wahre Grund ist«, sagte der Major. Er setzte sich an seinen Schreibtisch und tippte einige Zeit auf der Tastatur herum. Da die Verbindung zur Screen an der Wand noch bestand, konnte Majda sehen, wofür sich der Major interessierte: Dort erschienen Daten und lange Reihen von Namen. Und nach einer Weile kam einer davon rot ins Bild: der Name ihres Vaters, dazu das Datum seiner Einreise; anstelle des Ausreisedatums war ein Fragezeichen eingetragen ... Majda atmete auf. Damit war wohl alles geklärt.

Major Galal erhob sich von seinem Stuhl und streckte die Arme seitlich aus, als machte er eine sportliche Dehnübung. Sein Gesichtsausdruck hatte sich geändert, er blickte Majda ein wenig abschätzend, aber freundlich an. Auch Majda stand auf und wandte sich ihm zu. Eigentlich ein gut aussehender Mann, sein Teint braun, die Haare kurz, leicht gewellt und schwarz, seine Augen dunkelbraun.

»Sehen Sie«, sagte er in verändertem Tonfall. »Leider habe ich es die meiste Zeit mit Gaunern zu tun. Da gibt es Diebe, Betrüger, Falschspieler, und einige Frauen versuchen sich sogar durch Prostitution ein leicht erworbenes Einkommen zu verschaffen. Und immer wieder geht uns einer ins Netz, der hier im Auftrag unserer Feinde tätig ist. Gewiss lassen wir unsere touristischen Gäste nichts davon spüren, aber auch wir haben unsere Geschichte, und es gibt viele, die mit unserer Entwicklung seit dem letzten Krieg nicht einverstanden sind: die uns den Erfolg nicht gönnen. Wir haben ein weltoffenes Regime etabliert und sind anderen Kulturen und Religionen gegenüber aufgeschlossen. Eine echte Demokratie. Doch es gibt auch Widerstand von anderer Seite, meist religiöse Vorbehalte, Kreise, die den Tourismus, der unsere einzige Einnahmequelle ist, am liebsten abschaffen würden.«

»Warum das?«, fragte Majda, die meinte, ein gewisses Interesse zeigen zu müssen.

»Es gibt viele Gründe«, antwortete der Major, »innere und äußere. Unsere Gegner von außen sind dieselben wie vor Hunderten von Jahren. Eine alte, der Geschichte entstammende Feindschaft lässt sich kaschieren, und es kann lange Zeit vergehen, ehe sie wieder offen ausbricht. Aber es kann jederzeit geschehen, und wir müssen auf der Hut sein. Noch gefährlicher aber sind unsere Gegner aus den eigenen Reihen. Die Tradition, wissen Sie. Viele unserer Landsleute sind immer noch religiös gebunden, ihnen erscheint der Rummel in der

Stadt verwerflich. Aber auch der alte Nationalstolz ist noch lebendig, viele empfinden den Aufenthalt der Fremden in der Stadt als Schande – die Art, wie sie sich benehmen, wie sie gegen unsere Sitten verstoßen. Es gibt Gerüchte, dass ein Aufstand vorbereitet wird, ein Angriff auf unser Land, der zu einer Vertreibung der Fremden führen soll, zur Zerstörung des heutigen politischen Systems und zur Errichtung eines neuen Reichs, in dem die alten Regeln wieder zu Ansehen und Recht kommen. Aber es sind eben nur Gerüchte, vielleicht ist etwas Wahres daran, vielleicht auch nicht.« Der Major trat näher an Majda heran. »Ich hoffe, dass Sie jetzt unsere Vorsicht verstehen. Ich bin froh, dass wir Ihren Fall zufrieden stellend klären konnten.«

Er hatte sich viel Zeit genommen, um ihr die Situation zu erklären, er schien überdies intelligent und gebildet zu sein.

Die veränderte Stimmung ermutigte Majda zu einer spontanen Erwägung: Sollte sie ihn womöglich um Hilfe bitten – bei der Suche nach ihrem Vater? Sie verhielt sich diplomatisch, ging auf seine Erläuterungen ein, wollte einiges genauer wissen – und der Major gab ihr bereitwillig Auskunft.

Schließlich überwand Majda ihre Scheu. »Jetzt verstehe ich manches besser«, sagte sie, »insbesondere auch die Situation, in die mein Vater hineingeraten ist. Was mich interessieren würde ... vielleicht darf ich Sie danach fragen ... Ich würde gern wissen, was mit ihm geschehen ist. Es besteht ja wenig Hoffnung, dass er noch lebt, aber dennoch ... diese Unsicherheit ist quälend. Vielleicht können Sie mir helfen: Gibt es weitere Informationen über meinen Vater? Sie verstehen doch, dass ich herausfinden möchte, was aus ihm geworden ist.«

Der Major sah sie eine Weile schweigend an, als gäbe es wichtige Aspekte zu bedenken. Dann sagte er: »Ich will nachsehen, ob ich etwas für Sie tun kann. Nehmen wir uns doch einmal die Einwohnerkartei vor«. Ohne sich zu setzen trat er wieder an den Computer, rief eine Liste von Dateien auf und suchte nach der Adresse. Er sah einige Buchstaben und Jahreszahlen durch und schien dann das Richtige gefunden zu haben. Der Text, der auf dem Bildschirm erschien, war mit arabischen Schriftzeichen geschrieben, die Majda nicht lesen konnte. So musste sie warten, bis sich der Offizier äußerte.

»Frits Barlach«, las er vom Bildschirm ab, »das dürfte der Gesuchte sein ...« Erneut vertiefte er sich in den Text. Nach einer Weile sagte er: »Viel Hoffnung kann ich Ihnen nicht machen. Es stimmt, zur Zeit des Krieges hat er sich hier in der Stadt aufgehalten. Er gehörte einer Gruppe von Technikern an, die verschiedene Spezialaufgaben für uns erledigten. Als ein Angriff zu erwarten war, wurden alle Ausländer angewiesen, die Stadt zu verlassen. Für die Technikergruppe wurde ein Konvoi organisiert, der sie zur Grenze bringen sollte. Das ist alles, was ich diesen Angaben entnehmen kann. Ich bedaure sehr, dass ich keine präzisere Nachricht habe. Ich hätte Ihnen gern geholfen.«

Majda wollte schon fragen, ob sie damit entlassen sei, aber dann kam ihr ein verwegener Gedanke. Vielleicht ließ sich das Angebot, ihr helfen zu wollen, doch noch irgendwie ausnutzen – der Major schien sich für sie zu interessieren. Dabei war sich Majda durchaus im Klaren, dass sie sich auf ein bedenkliches Spiel einließ.

»Von diesem Konvoi habe ich bereits gehört, bei einer Gerichtsverhandlung, und ich weiß, dass mein Vater nicht dabei war«, sagte sie. »Vielleicht können Sie mir aber doch in einer Sache behilflich sein. Ich sehe da eine Möglichkeit, etwas über meinen Vater herauszufinden. Darf ich Ihnen den Fall schildern?«

»Bitte, tun Sie das«, sagte der Major und setzte sich wieder neben sie.

Majda besann sich einen Augenblick, dann erzählte sie von der Gerichtsverhandlung, die sie besucht hatte, und von jenem früheren Staatsbeamten, der etwas mit der Betreuung der ausländischen Wissenschaftler und Techniker zu tun gehabt hatte.

»Es besteht wohl kein Zweifel daran, dass Sheik Mahmoud meinen Vater gekannt hat. Er ist der einzige Mensch, der mir Näheres darüber sagen kann, wie es ihm während der letzten Tage vor der Zerstörung der Stadt ergangen ist.«

Der Major hatte sich eine Zigarette angezündet und stieß nun eine Rauchwolke aus. »Damit könnten Sie Recht haben. Aber was gedenken Sie zu unternehmen?«

»Am besten wäre es, wenn ich selbst mit ihm reden könnte.«

Nun hatte sie es ausgesprochen. Majda konnte nicht einschätzen, ob das, was sie da angedeutet hatte, überhaupt möglich war und was geschehen musste, um ihr Anliegen zu verwirklichen.

Der Major blickte Majda von der Seite her an. Er schüttelte den Kopf, räusperte sich, wollte antworten und sagte dann doch nichts.

Majda wurde noch etwas deutlicher: »Es muss doch eine Möglichkeit geben, die Inhaftierten zu besuchen.«

»Im Prinzip ja«, sagte der Major gedehnt und stand wieder auf. »Er befindet sich in Rokn El Zein – im Gefängnis außerhalb der Stadt. Es liegt in einer gesperrten Zone.«

»Ich habe gehört, dass sogar Führungen für Touristen veranstaltet werden«, sagte Majda.

»Das hat damit rein gar nichts zu tun. Was da geboten wird, ist eine Art Freilufttheater. Die Touristen kommen nicht ins Sperrgebiet.«

»Aber es gibt doch Personen, die Gefangene besuchen dürfen, beispielsweise Rechtsanwälte oder Botschaftsangehörige –«

Der Major trat an ein Fenster, das mit Milchglasscheiben ausgestattet war, drehte sich um und nahm einen Zug von seiner Zigarette. »Es stimmt, es gibt solche Fälle. Da wären einmal die Verwandten, für die zwei Besuchstage im Jahr genehmigt sind. Aber wir können Sie schlecht als Verwandte ausgeben. Dann gibt es Journalisten, die immer wieder mit solchen Wünschen zu uns kommen; das lehnen wir jedoch prinzipiell ab.«

Jetzt schwieg der Major, und Majda musste ihn erneut drängen. »Und was wäre die aussichtsreichste Möglichkeit?«

»Es kommt nicht häufig vor ... doch es melden sich gelegentlich Besucher aus dem Ausland, die das Gefängnis besuchen wollen und denen wir solche Wünsche nicht ohne weiteres abschlagen können. Diplomaten, die sich von den Verhältnissen überzeugen wollen, Funktionäre von Menschenrechts-Organisationen. Gerade jetzt halten sich einige hoch gestellte Politiker aus verschiedenen Ländern bei uns auf; es sind auch welche aus arabischen Staaten dabei, und gerade solche sind sehr daran interessiert, das Gefängnis zu sehen.«

In Majda glomm ein Hoffnungsschimmer auf – sie begann zu ahnen, was der Major noch nicht auszusprechen wagte. »Eine solche Führung wäre doch eine gute Gelegenheit – ich könnte einfach mitkommen.«

»Das ist leicht gesagt«, meinte der Major. »Aber es ist die einzige Möglichkeit. Nun gut, ich will es versuchen.«

Er schien noch eine Weile nachzudenken, und schließlich hellte sich seine Miene auf – Majda hatte den Eindruck, als hätte er das Problem gelöst.

»Haben Sie eine Idee?«, fragte sie.

Jetzt sah der Major fast heiter aus. »Ich glaube, ich weiß, wie ich Sie ins Gefängnis bringe. Wenn es so weit ist, werde ich mich bei Ihnen melden. Aber sprechen Sie mit niemandem darüber. Ich werde Ihren Wunsch erfüllen, weil ich Ihre Sorge verstehen kann. Sie handeln schließlich aus Liebe zu Ihrem Vater. Aber es wäre höchst unangenehm für mich, wenn jemand davon erführe. Also absolutes Stillschweigen!«

Majda erwartete, dass er seinen Plan erklären würde, aber auf ihre Frage antwortete er nur: »Sie hören von mir! Halten Sie sich jederzeit bereit.«

Majda nickte. »Darf ich jetzt gehen?«

»Einen Moment noch«, antwortete der Major. »Es bleibt

immerhin noch ein Verstoß gegen die Bestimmungen.« Er setzte sich an den Schreibtisch und tippte etwas in die Tastatur, dann erklang das leise Rattern eines Druckers. Der Major riss einen Zettel ab und warf einen kurzen Blick darauf, dann reichte er ihn Majda. Auch sie schaute sich das Schriftstück an – und schüttelte den Kopf. »Aber –«

Der Major stand auf. »200 Inter-Dollar – das wird automatisch abgebucht. Verstoß gegen die Einreisebestimmungen. Sie verstehen: Ich muss den Fall offiziell abschließen. Warten Sie im Vorraum, ich lasse Sie ins Hotel zurückbringen.«

Ein klappriges Auto mit dem Emblem der Polizei hatte Majda in den touristischen Teil der Stadt gebracht und sie auf dem Vorplatz ihres Hotels abgesetzt. Majda war die Lust auf weitere Abenteuer vergangen, sie hatte das dringende Bedürfnis, sich in ihrem Zimmer von den Aufregungen zu erholen, und so trat sie unverzüglich in die Foyerhalle.

Die glasumrahmte Liftkabine, die an der Außenwand des Hotels auf Schienen pressluftgetrieben und in hohem Tempo auf- und abfuhr, gewährte eine weit reichende Aussicht in die Umgebung, doch Majda drehte sich zur Türseite und hielt die Augen geschlossen; noch immer kämpfte sie gegen ein hartnäckiges Schwindelgefühl.

Der lange, leicht gekrümmte Flur war von Lichtern erhellt, die vor dem Gast dahinliefen, bisweilen um ihn kreisten und dabei ihre Farben wechselten. Das hatte Majda bisher gut gefallen, aber diesmal irritierte es sie. Doch alle diese Effekte ließen sich leider nicht abstellen.

Der weite Weg durch den langen Gang. Majda ließ den Blick über die Schilder mit den Zimmernummern gleiten. Es waren nur noch zwei Eingänge bis zu ihrem Raum, da öffnete sich neben ihr eine Tür, jemand packte sie am Arm und zog sie hinein in einen engen Vorraum. Unwillkürlich wehrte sie sich, doch dann hörte sie eine beruhigend klingende Stimme, und als sie sich umdrehte, sah sie, dass es eine modern gekleidete

Frau mittleren Alters war, die noch immer beschwichtigend auf sie einredete, während sie ihren Arm losließ.

»Beruhigen Sie sich, es geschieht Ihnen nichts.« Die mondän wirkende Person mit kurzem braunem Haar sah nicht gefährlich aus, aber Majda war einigermaßen erbost.

Sie trat einen Schritt zurück und fuhr die andere an: »Was soll das?«

»Ich will Ihnen doch nur helfen! Kommen Sie, setzen wir uns, und ich erkläre Ihnen alles.«

Majda dachte nicht daran, ihrer Aufforderung zu folgen. »Ich will wissen, was das zu bedeuten hat.«

»Na gut«, sagte die Fremde, »ich kann Ihre Verwunderung verstehen. Ich wollte Sie nur auf etwas aufmerksam machen ...«

»Und das wäre?«

»Es hält sich jemand in Ihrem Zimmer auf. Ich dachte, da sollten Sie nicht hineinplatzen.«

»Einbrecher?«, fragte Majda erschrocken.

»Es sieht ganz danach aus. Aber natürlich könnten es auch Polizeibeamte in Zivil sein oder ... Haben Sie etwas angestellt?«

Majdas Stimmung war jäh umgeschlagen. Hatte sie eben noch Angst vor der Unbekannten gehabt, so schien sich diese nun zur Verbündeten zu wandeln.

»Mein Name ist Josseline Graybond, nun kommen Sie schon.« Josseline spürte, dass Majda ihre Absicht, die Suite möglichst rasch wieder zu verlassen, aufgegeben hatte und bereit war, ihr zu folgen. Sie ging voran, wies auf ein niedriges Tischchen und bat Majda, neben ihr auf der Couch Platz zu nehmen.

Majda tat es und nannte ihren Namen.

»Ich weiß, wer Sie sind«, sagte Josseline. »Ich habe Sie einmal gesehen, als Sie Ihr Zimmer verließen. Darum sind mir die zwei Männer gleich aufgefallen ...« Sie wies auf einen kleinen Monitor, der vor ihnen auf dem Tischchen stand. Der Schirm zeigte das Innere eines Zimmers.

»Das ist ja meines«, rief Majda erstaunt. Wahrscheinlich sahen die Zimmer alle gleich aus, aber sie erkannte ihren Mantel, ihre Reisetasche und ein paar Kleinigkeiten. Und in der Tat: Da waren zwei Männer, die Schränke und Schubladen öffneten, in Majdas Koffer kramten und sogar unter dem Bett nachsahen.

»Was wollen diese Leute?«, fragte Majda.

»Es sieht nicht so aus, als ob sie etwas stehlen wollten«, antwortete Josseline. »Die suchen etwas. Was das sein könnte? – Das sollten Sie selbst doch am besten wissen.«

Worum konnte es sich handeln? Majda überlegte ... Was war verboten? – Waffen, Alkohol, Drogen ...? Sie besaß nichts dergleichen.

Josseline wies auf den Bildschirm. »Schauen Sie nur, die beiden durchstöbern sogar die Taschen Ihrer Jacke. Es muss etwas Kleines sein, was dort hineinpasst. Vielleicht Papiere ... oder ein Chip?«

Papiere ... Jetzt fielen Majda die Briefe ihres Vaters ein ... Sollte sich die Behörde für ihren Vater interessieren? Oder, und nun überlief es sie siedend heiß, ging es um die Planskizze? Natürlich! Das war das Einzige, was sich verwerten ließ. Eigentlich sollte sie sich noch im Versteck unter dem Tresor befinden, aber dieses Versteck kam Majda nun völlig unzureichend vor, und sie verfolgte jede Bewegung in ihrem Zimmer mit ängstlicher Spannung. Immerhin – die beiden suchten noch, und das bedeutete, dass sie noch keinen Erfolg gehabt hatten. Schließlich machten sie sich am Tresor zu schaffen, und Majda konnte ein Zittern kaum unterdrücken. Auf irgendeine Weise hatten sie es fertig gebracht, den Tresor zu öffnen, doch als sie jetzt Majdas Reisedokumente durchstöberten, war ihnen die Enttäuschung anzusehen. Sie verschlossen den Tresor und wandten sich einer anderen Ecke des Zimmers zu. Majda atmete tief auf – jetzt konnte sie sogar einen Anflug von Spott für die ungebetenen Besucher ihres Raums empfinden. Ihre Idee für das Versteck war nicht übel gewesen.

Josseline hatte Majda beobachtet und schien ihren Stimmungsumschwung bemerkt zu haben, denn sie fragte: »Ist Ihnen etwas eingefallen? Woran denken Sie?«

Majda hatte nicht die Absicht, die Planskizze zu erwähnen; da sie aber antworten musste, beschloss sie, bei der Halbwahrheit zu bleiben und Josseline etwas von den Briefen mitzuteilen. Und so erzählte sie von ihrem Vater, von seinem Aufenthalt in dieser Stadt.

»Das könnte die Erklärung sein«, sagte Josseline und schüttelte nachdenklich den Kopf. »Wer auch immer diesen Einbruch veranlasst hat: Er muss darauf aufmerksam geworden sein, dass sie die Tochter von Frits Barlach sind und in diese Stadt gekommen sind, weil sie ihre Kenntnisse verwerten wollen.«

Majda dachte an die Personen, denen sie von ihrem Vater erzählt hatte. Es waren nur zwei: Göran und der Major – im Prinzip kamen sie beide dafür in Frage, aber Majda traute es eigentlich keinem von beiden zu. Sie hatte keine Lust, der Frau, die sich Josseline nannte, noch weitere Auskünfte zu geben, und so beeilte sie sich, einen solchen Verdacht zurückzuweisen. Aber natürlich war es prinzipiell möglich, dass man nach ihrer Ankunft auf dem Flugplatz, während des seltsamen Spiels in den virtuellen Räumen, ihre Tasche durchsucht hatte.

So berichtete sie von dem Abenteuer, das sie erlebt hatte, aber Josseline meinte, dass man sich am Flughafen kaum für ihre Briefe interessiert haben würde; dort ging es eher um Schmuggel von Waffen, Edelsteinen oder Drogen.

Majda hatte ihr Misstrauen gegenüber der Unbekannten noch immer nicht ganz überwunden. Nach einer Weile fragte sie: »Weshalb haben Sie sich entschlossen, mir zu helfen? Wenn das wirklich Mitarbeiter der Polizei sein sollten, dann könnte Ihnen das Unannehmlichkeiten bereiten.«

Josseline machte eine beschwichtigende Bewegung. »Nun, ich dachte natürlich gleich an Diebe. Ich konnte doch nicht zulassen, dass man meine Nachbarin bestiehlt.«

Mit dieser Information war Majda nicht ganz zufrieden. Inzwischen hatte sie sich von ihrer Überraschung erholt und konnte wieder etwas klarer denken. Sie fragte ein wenig provokant: »Gehört das zu Ihrer normalen Reiseausrüstung?« Mit einer Kopfbewegung wies sie zu dem Monitor.

Josseline lächelte. »Sie haben natürlich Recht, es muss Ihnen etwas ungewöhnlich vorkommen. Ich kann es Ihnen erklären: Ich gehöre zum Sicherheitsdienst. Nein, nicht zum hiesigen, sondern zu dem einer Firma, die hier mit ihrer gesamten Führungsmannschaft an einer Konferenz teilnimmt. Sicher haben Sie schon von der HOH-AG gehört.«

»Der Name kommt mir bekannt vor –«

»HOH – die chemische Formel für Wasser. Vielleicht ist Ihnen nicht bewusst, wie oft Sie schon unser Mineralwasser getrunken haben. Sie kennen doch unser Motto: ›Die glasklare Frische‹ . Sehen Sie, dieses Produkt bietet man natürlich auch hier an.« Josseline war zum Kühlschrank getreten und kam mit einer Flasche und einem Glas zurück. »Wir beliefern drei Viertel des Weltmarkts. Darf ich einschenken?«

Majda nickte. Es stimmte – sie kannte die Marke, die Flaschen mit dem Plastikverschluss in Form eines geschliffenen Diamanten, die Etiketten mit der geprägten Wasserrose und die unzähligen Werbespots, bei denen Durst leidenden Menschen von einem freundlichen Geist eine große Flasche mit glasklarer Frische gereicht wurde. Nachdenklich trank sie ein paar kleine Schlucke. Das Getränk war kalt, klar und geschmacklos.

»Wasser ist hier, mitten in der Wüste, von besonderer Bedeutung. In dieser Stadt wird viel Wasser verbraucht, und wir machen gute Geschäfte. Deshalb auch die Konferenz. Wir werden unsere Kooperation erheblich erweitern.«

»Und was hat Ihr Sicherheitsdienst damit zu tun?«

»Oh – reine Routine. In exotischen Ländern verlassen wir uns lieber auf uns selbst. Aber in den letzten Jahren gab es hier keine Schwierigkeiten mehr. Deshalb war ich auch etwas erstaunt, als ich zufällig die Eindringlinge bei Ihnen im Zimmer bemerkte.«

»Ich habe zwar keine Erklärung für das, was da geschieht«, Majda zeigte auf den Bildschirm, »aber ich bin Ihnen zu Dank verpflichtet. Ich werde mich bei der Hotelleitung beschweren.«

»Ich glaube, die beiden sind fertig mit ihrer Arbeit«, sagte Josseline. »Es sieht nicht so aus, als hätten sie gefunden, was sie suchten. Doch sehen Sie Ihre Sachen einmal genau durch – ob vielleicht doch etwas fehlt. Es liegt bei Ihnen, was Sie unternehmen wollen. Sie sollten es sich gut überlegen. Wenn da etwas Offizielles dahintersteckt, könnten Sie Ärger bekommen.«

Majda ging nicht darauf ein. Sie stand auf. »Auf jeden Fall habe ich Ihnen zu danken.« Sie reichte Josseline die Hand und wandte sich zur Tür.

»Wenn Sie mich einmal brauchen sollten, dann melden Sie sich. Im Übrigen bin ich gern bereit, Ihre Unterlagen für Sie aufzubewahren oder Ihnen in anderer Weise behilflich zu sein«, sagte Josseline freundlich. Sie trat vor die Tür, blickte nach links und rechts in den Gang hinein. Dann winkte sie Majda zu. »Der Weg ist frei. Und schöne Tage noch in Cyber City Süd!«

Endlich konnte Majda die Tür hinter sich schließen, um diese seltsame Welt, in die sie geraten war, für einige Zeit auszusperren. Schon wollte sie zum Tresor laufen, um sich zu überzeugen, dass die Briefe noch da waren, doch dann besann sie sich: Offenbar konnte sie jeder, der es wollte, im Zimmer beobachten. So sah sie zuerst in die Schränke und in ihre Koffer, und erst dann öffnete sie den Tresor und tat so, als würde sie die dort deponierten Papiere prüfen, während sie unauffällig in den Spalt unterhalb des Tresors tastete und aufatmend feststellte, dass alles noch vorhanden war.

Erst jetzt wurde ihr klar, wie erschöpft sie war. Obwohl sie sich nach einem erfrischenden Bad gesehnt hatte, legte sie sich auf das Bett. Vorerst hatte sie kein anderes Bedürfnis, als mit geschlossenen Augen dazuliegen und an nichts zu denken. Ein paar Minuten lang genoss sie die körperliche Entspannung, doch je mehr sie sich erholte, desto stärker drängten sich ihr die Erlebnisse dieses Tages auf und ließen sie nicht schlafen.

Vor allem war es der Einbruch, der ihr nicht aus dem Sinn ging: die beiden Eindringlinge, wie sie das Zimmer durchsucht hatten. Nach was hatten sie gesucht? Sie besaß nichts, was einen Einbrecher oder Agenten interessieren könnte. Außer vielleicht ... Ja, das einzig Besondere in ihrem Besitz waren die Briefe des Vaters und – und die beigelegte Skizze. Dieser Einfall machte sie sehr nachdenklich, und je mehr sie grübelte, desto wahrscheinlicher erschien ihr diese Lösung. Eine neue Quelle für die Wasserversorgung der Stadt – die Kenntnis des Ortes war nicht mit Gold aufzuwiegen. Welches Glück, dass die beiden Einbrecher nichts gefunden hatten!

Aber wer wusste etwas von der Skizze? Sie hatte niemandem etwas davon gesagt. Oder doch ... was hatte sie Göran erzählt, als sie sich auf dem Weg zum Hotel befanden? Sie versuchte sich zu erinnern. Die Skizze hatte sie sicher nicht erwähnt, doch sie hatte davon gesprochen, dass ihr Vater eine Quelle gefunden hatte. Sollte der blonde Journalist dahinterstecken? Er handelte mit Nachrichten – das hatte er ihr verraten. Ging es ihm um eine Story? Interessierten ihn deshalb die Briefe?

Oder sollte der Einbruch von der Behörde inszeniert worden sein? Doch woher konnte die Polizei etwas von der Skizze wissen? Vielleicht ging es ihr eher um Informationen über ihre Person. Bestand da womöglich eine Verbindung zum Major? Hatte sie erwähnt, dass ihr Vater mit der Erschließung von Quellen beschäftigt gewesen war?

Und Josseline? Mit ihr hatte sie erst gesprochen, als die Eindringlinge schon in ihren Räumen waren. Trotzdem: Sie hielt es jetzt nicht mehr für ausgeschlossen, dass Josseline dahintersteckte. Vielleicht war es sogar deren Aufgabe gewesen, Majda von der Rückkehr in ihr Zimmer zurückzuhalten, bis ihre Mitarbeiter ihre Aufgabe zu Ende gebracht hatten. Aber warum sollte sich Josseline für die Briefe ihres Vaters interessieren? Majda war völlig verunsichert, sie wusste nicht, wem sie noch trauen konnte.

Einiges von dem, was sie an diesem Tag erlebt hatte, kam ihr wie ein böser Traum vor. Im Grunde genommen setzte sich damit nur fort, was diese Stadt ihren Gästen zu bieten hatte: diese merkwürdige Wanderung zwischen Wirklichkeit und Illusion, wobei sich die Grenzen verwischten. Sollten die Erlebnisse dieses Tages auch zu dem Spiel gehören, das man mit den Besuchern trieb? Doch diesen Gedanken verwarf Majda rasch. Einiges war harte Realität – und bezog sich auf alles, was mit ihrem Vater und dessen Beruf zusammenhing.

Die Suche nach einem alten Hotel, ihr Interesse für das Schicksal ihres Vaters ... Schwer vorstellbar, dass harmlose Fragen zu derart nachhaltigen Konsequenzen führen konnten. Sie hatte bereits einige Reisen gemacht und dabei auch einige der bekannten Fremdenverkehrszentren besucht, doch noch nie war ihr etwas Vergleichbares widerfahren wie heute. Andererseits: Bei ihren Aufenthalten an den Badestränden der Karibik, an den eisigen Küsten von Grönland, in den Ruinenstätten von Yukatan und in den Bergregionen von Nepal hatte sie sich stets damit begnügt, das Angebot an Unterhaltung und Sport zu nutzen. Sie hatte keinen Grund gehabt, hinter die Kulissen des Betriebs zu sehen, nach den Ureinwohnern dieser Gebiete zu fragen – nach deren Geschichte, nach deren Schicksal; vielleicht gab es auch dort eine zweite, von dem Terrain der Touristen getrennte Welt, in der die Besucher nichts zu suchen hatten. Wer weiß, wie man die Gäste dort behandeln würde, wenn sie die Grenzen zu überschreiten versuchten.

Majda richtete sich im Bett auf und raffte die Kissen an ihrem Rücken zusammen, um bequem sitzen zu können. Durch das Fenster hatte sie einen phantastischen Ausblick. Inzwischen war der Himmel dunkel geworden, wodurch aber das Meer der Lichter umso strahlender wirkte. Aber wieder waren es die Erinnerungen an die letzten Stunden, die es ihr unmöglich machten, den Anblick zu genießen. Es gab Fragen, die sie viel unmittelbarer betrafen als jene nach den Ureinwohnern. An erster Stelle sollte sie wohl an ihre Geldreserven denken. Was blieb übrig, wenn der Strafbetrag abgebucht wurde? Schon eine grobe Schätzung verriet ihr, dass ihr dann kaum etwas anderes übrig blieb, als den Urlaub umgehend abzubrechen und nach Hause zurückzukehren.

Dann würde die Frage, was mit ihrem Vater geschehen war, ungelöst bleiben. Nur einen winzigen Schritt war sie weitergekommen: Es war ihr bestätigt worden, dass er sich im angegebenen Hotel aufgehalten hatte – doch natürlich wollte sie mehr wissen. Was vorher nur ein bescheidenes Interesse war, war zu einem Problem geworden, das sie unbedingt lösen wollte. Diese Absicht hatte sich in ihrem Kopf festgesetzt, und sie ließ sich nicht so leicht von etwas abbringen, das sie sich vorgenommen hatte. Was konnte sie tun, um doch noch ans Ziel zu gelangen? Jetzt war sie sicher, dass die Antwort nicht im Ghetto der Touristen lag, sondern dort, wo sie nichts zu suchen hatte: in der alten Stadt, vielleicht auch in deren Umgebung, draußen, in der Wüste. Aber wie sollte sie dorthin kommen? Immerhin, ein kleiner Fortschritt war zu verzeichnen: Sie hatte ein wenig von diesen verbotenen Regionen gesehen, hatte ein Vorstellung davon gewonnen, wie es dort aussah. Sollte sie noch einen Versuch machen, dorthin zu gelangen, so verwegen es auch erscheinen mochte?

Alle möglichen Ideen schossen ihr durch den Kopf – doch keine schien ihr durchführbar. Die Beschäftigung mit absurden Plänen, das Abwägen der Gefahren und Chancen, das alles vertrieb immerhin ihre Müdigkeit, und sie erhob sich von ihrem Bett. Jetzt freute sie sich auf ein heißes Bad.

Sie ging in den luxusüberladenen Raum und drehte das Wasser für die Wanne auf. Dann kleidete sie sich aus, setzte eine Badehaube auf und suchte im Schränkchen nach einem Duschgel. Als sie sich wieder der Wanne zuwandte, stellte sie fest, dass das Wasser nur langsam, von Luftblasen durchsetzt, einfloss und außerdem eine schmutzig-braune Farbe hatte. Sie roch daran ... Es roch ein wenig dumpf, aber nicht unangenehm – wahrscheinlich ein wenig Erde oder Sand. Majda wollte sich ihr Bad nicht nehmen lassen und schüttete eine halbe Flasche Badeöl hinein. Allmählich füllte sich die Wanne, und dann begann mit sprudelndem Geräusch eine Wellenmaschine zu arbeiten. Innerhalb von Sekunden bildete sich trüber Schaum, der bald über den Wannenrand zu steigen drohte. Majda stieg ins Wasser und versuchte, das angenehme Gefühl und die Wärme zu genießen.

Das Bad vertrieb ihre Müdigkeit überraschend schnell. Sie konnte an sich selbst beobachten, wie ihre Stimmung umschlug: Vielleicht kam ihr diese Stadt nur deshalb so aufregend vor, weil sie bisher ausschließlich in einer rundum behüteten Umgebung gelebt hatte? Wie oft hatte sie sich danach gesehnt, aus dem Alltag auszubrechen – und nun hatte sich dieser Wunsch erfüllt. Sie musste es dankbar aufnehmen: als ein Abenteuer – etwas, an das sie sich ein Leben lang gern erinnern würde. Sie hielt die Augen geschlossen und träumte vor sich hin, als sie ein Geräusch an der Zimmertür hörte. Zuerst war es ein leises, dann ein lauteres Klopfen, und nach einer Pause begann ein Schleifen und Scharren. Ihr erster Impuls war, den Bademantel überzuwerfen und in den Vorraum hinauszulaufen, doch als die Geräusche aufhörten, lehnte sie sich wieder im Wasser zurück.

Der Vorfall erinnerte sie an den Einbruch. Sollte das wieder ein ungebetener Besucher gewesen sein? Nur gut, dass sie den Riegel vorgeschoben hatte!

Inzwischen war das Badewasser kühl geworden, das aufgeschlämmte Material hatte sich auf den Boden der Wanne gesenkt und kratzte an Rücken und Po. Majda stieg aus der Wanne, öffnete den Verschluss und trocknete sich ab. Dabei fiel ihr etwas ein. Sie streifte den Bademantel über, obwohl sie noch nicht ganz trocken war, und sah sich im Flur um: Hatte der Besucher Spuren hinterlassen? Und da fiel ihr auch schon ein Umschlag auf, den jemand unter der Tür hindurchgeschoben hatte. Sie öffnete ihn, ein bunt bedrucktes, kartoniertes Faltblatt fiel heraus. Sie hob es auf, es war die Einladung zu einem Empfang, den die Firma HOH-AG in dieser Nacht für Geschäftsfreunde und Mitarbeiter bereitete. Am Rand standen zwei Zeilen in Handschrift:

Darf ich Sie zu unserer Veranstaltung einladen?
Ich würde mich freuen.

Josseline.

Eine Party heute Nacht? Majda war nahe daran, eine solche Idee als absurd zurückzuweisen, doch dann sah sie sich die Einladung noch einmal an. Es schien eine vornehme Veranstaltung zu sein, offenbar war die gesamte Führungsmannschaft der Firma versammelt, und außerdem gab es ein festliches Dinner. Als sie das las, merkte Majda, dass sie ziemlich hungrig war. Dieser Tag war anstrengend gewesen, aber schließlich war sie kein altes Weib, das leicht aus der Fassung zu bringen war und dann, nach überstandener Aufregung, Ruhe brauchte.

Majda wunderte sich selbst darüber, wie rasch sich ihre Stimmung geändert hatte. Gewiss – noch vor einigen Minuten hatte sie Josseline zu den Verdächtigen gezählt, doch trotz einiger Verdachtsmomente schien diese eine freundliche Person zu sein, und außerdem war Majda neugierig geworden. Wenn sie sie an diesem Abend noch einmal traf, konnte sie vielleicht sogar ein wenig mehr über sie erfahren. Und außerdem: Mit derart feinen Kreisen hatte sie bisher nichts zu tun gehabt – es könnte eine neue Erfahrung für sie werden. Jetzt freute sich Majda auf das, was sie noch erleben würde.

Ort des Empfangs war der Ballsaal im Untergeschoss des Hotels. Als Majda die Treppe hinunterging, die vom Foyer in die Vorräume der Veranstaltung führte, sah sie vor sich einen Spiegel und blieb verwundert stehen: Diese fremde Frau im langen blauen Kleid, die ihr da entgegenblickte, das war sie selbst!

Die Kette mit Amethysten über dem tiefen Ausschnitt, der goldbesetzte Gürtel, die schmalen Schuhe mit den gläsernen Absätzen ... das alles hatte sie Josseline zu verdanken. Nur das silberne Armband war aus ihrem eigenen Besitz, sie hatte es zum zwanzigsten Geburtstag von ihrer Mutter bekommen, und mit seinem Amethyst passte es gut zu den Blautönen des Kleides und des Halsbands.

Josseline hatte angerufen, hatte gefragt, ob Majda der Einladung folgen würde. Und dann hatte sie Majda angeboten, ihr bei der Toilette auszuhelfen. Sie selbst hatte einen Schrankkoffer voller Kleider mitgebracht, und in Josselines Suite hatten sie in heiterer Stimmung einiges probiert und ausgesucht. Das Ergebnis, das gestand sich Majda ohne Selbstüberschätzung ein, war hervorragend, im großen Spiegel kam ihre Erscheinung noch besser zur Geltung als im Umkleideraum.

Sie wollte sich mit Josseline treffen, aber sie hatten versäumt, einen bestimmten Ort zu vereinbaren, und zuerst hatte sich Majda Gedanken darüber gemacht, ob es nicht schwierig sein würde, sie zu finden. Doch schon jetzt merkte sie, dass es weniger Gäste gab, als sie erwartet hatte, und eigentlich machte gerade das die Exklusivität der Veranstaltung deutlich ...

Als Majda durch das Tor trat und ihre Einladung vorwies, schien der kontrollierende Angestellte zu zögern, doch da trat Josseline hinzu und flüsterte ihm etwas zu ... Majda bekam einen unsichtbaren Stempel auf den Handrücken gedrückt, dessen Farbe nur bei UV-Beleuchtung sichtbar wurde, und durfte passieren.

Auch Josseline sah beeindruckend aus, doch als Majda eine

Bemerkung darüber machte, lachte sie und sagte: »Trotzdem bin ich im Dienst – das ist gewissermaßen meine Berufskleidung. Offiziell spiele ich an diesem Abend so etwas wie eine Empfangsdame.«

In dem Saal standen schon mehrere Gruppen beisammen, die meisten Männer in Schwarz, die dazugehörigen Damen in Abendkleidern – eine Ausstattung, die sich seit Jahrhunderten kaum geändert hatte. Hin und wieder sah man auch einen Mann in der Kleidung der Einheimischen, und Majda musste anerkennen, dass auch dieser Aufzug ins vornehme Bild passte.

»Dort gibt es etwas zu trinken«, sagte Josseline und wies auf einen langen, mit Flaschen und Gläsern bedeckten Tisch. »Bedien dich. Ich muss mich um die eintreffenden Gäste kümmern.«

Majda trat an den Tisch, der von hinten beleuchtet an einer Wand stand. Es standen ausnahmslos Flaschen mit dem HOH-Emblem darauf, und Majda besann sich nun erst richtig darauf, dass ihr diese bestens bekannt waren, man konnte sie überall sehen, wo es Mineralwasser gab – nur hatte sie bisher die Etiketten kaum beachtet. Die sechskantigen Flaschen, dem Bergkristall nachempfunden, standen, in eine Lage von Eiswürfeln eingebettet, in einer flachen Porzellanwanne und waren mit hellrosafarbenen Wasserrosen geschmückt. Die hier präsentierte Auswahl war allerdings weitaus größer, als es Majda bekannt war, denn neben den üblichen großen Flaschen gab es auch kleine, die bei den anwesenden Gästen offenbar recht beliebt waren. Alles drängte sich um den Tisch und griff danach. Auch Majda nahm eine Flasche. Das Wasser schmeckte erfrischend, obwohl es einen ungewohnten, wenn auch keineswegs unangenehmen Nachgeschmack hatte. Was konnte das sein? Es schmeckte ein wenig herb und erinnerte an Grapefruits und Limonen.

Majda fand nicht viel Zeit, sich umzusehen, denn vorn, auf einem leicht überhöhten Podest, stand nun ein junger Mann mit einem Abzeichen – wieder das Symbol der Wasserrose – und bat um Aufmerksamkeit. Als sich das Stimmengewirr gelegt hatte, kündigte er den Chef und Gründer der HOH-AG an. Dieser bewegte sich überraschend geschmeidig über die paar Stufen, die auf das Podest führten. So wie er sich gab und wie er sprach, wirkte er jünger, als seine weißen Haare und sein mit feinen Falten durchzogenes Gesicht vermuten ließen.

Zunächst lauschte Majda interessiert, denn sie erwartete nähere Angaben über die Tagung und ihre Hintergründe, doch es erfolgte eine lange Aufzählung und Begrüßung der Ehrengäste: darunter viele Angehörige der Regierung sowie Funktionäre des Handels und der Industrie. Majda staunte zuerst darüber, wie wichtig der Vertrieb von Mineralwasser hier offenbar war, aber dann erinnerte sie sich daran, dass diese Stadt von einer riesenhaften Trockenzone umgeben war und ihre Existenz der Tatsache verdankte, dass es hier durch eine Fügung der Natur in den Tiefen der Erdschichten Wasser gab, das die Stadt seit alters her inmitten einer lebensfeindlichen Umgebung zu einer Oase der Fruchtbarkeit machte. Wozu brauchte man dann aber eine Firma, die Wasser über weite Strecken hierher importierte?

Jeder der begrüßten Gäste wurde mit Applaus bedacht, und Majda hoffte, dass nun der informative Teil der Ansprache folgen würde, doch sie hatte sich getäuscht. Stattdessen erfuhr sie einiges über die Geschichte des Unternehmens, das sich aus einem kleinen Mineralwasservertrieb im Norden Europas zu einer Weltfirma entwickelt hatte. Und hier wurde es doch noch interessant, denn es stellte sich heraus, dass es längst nicht nur um die Abfüllung und die Anlieferung von Flaschen ging, sondern auch um die Erschließung von neuen Quellen, um Reinigung und Aufbereitung des Wassers, um den Bau von Verteilungszentralen und Versorgungsleitungen. Wenn es nötig war, wurden Flüsse aufgestaut und umgelenkt, eine ganze Flotte von Schleppschiffen war damit betraut, Eisberge aus der Arktis in südlichere Teile der Welt zu ziehen. Kaum zu glauben, dass bei einem solchen Transport trotz der starken Abschmelzungsprozesse noch genug Eis übrig blieb, um schließlich tropische Regionen mit eiskaltem Frischwasser zu versorgen.

Als die Begrüßungszeremonie zu Ende war und sich die Menschen um das Büfett drängten, fand Josseline ein wenig Zeit, sich mit Majda zu unterhalten. »Gott sei Dank – bisher ist alles glatt gegangen. Die absolutistische Staatsform hat doch ihre Vorteile.«

»Was meinst du damit?«, fragte Majda.

»In einigen anderen Ländern hatten wir Schwierigkeiten«, erklärte Josseline. »Es hat Protestaktionen gegeben, man wirft uns Eingriffe in die Natur vor, doch in Wirklichkeit neidet man uns nur das Monopol. Wir sind nun einmal das größte Unternehmen dieser Art, und manche wollen nicht begreifen, dass wir eine humanistische Aufgabe erfüllen, wenn wir die Menschen mit Wasser versorgen.«

»Es geht also auch hier nicht nur um den Handel mit Getränken.«

»Du sagst es«, bestätigte Josseline. »Man spricht nicht darüber, aber vielleicht hast du selbst schon bemerkt, dass es hier Schwierigkeiten mit der Wasserversorgung gibt. Dabei meine ich nicht das hochwertige Trinkwasser für die Touristen. Davon können wir beliebige Mengen liefern. Nein, es geht um das Gebrauchswasser, um die Wasservorräte, von denen diese Stadt lebt. Diese Vorräte nehmen ab, die Lager sind erschöpft, da nützt es auch nichts, noch tiefere Schichten anzubohren.«

»Ja, jetzt, wo du davon sprichst ... Es ist mir aufgefallen, aber ich habe nicht über die Zusammenhänge nachgedacht.«

»Komm jetzt«, forderte Josseline und wandte sich dem Büfett zu, wo sich die Reihen der Wartenden zu lichten begannen. »Ich empfehle dir den Quastenflosser. Nimm den Kapernsalat dazu.«

Majda war noch immer mit dem beschäftigt, was sie eben gehört hatte. »Und die HOH-AG will hier das Wasserproblem lösen«, stellte Majda fest.

»Darum geht es«, sagte Josseline. »Wir wissen noch nicht wie. Vielleicht bauen wir Entsalzungsanlagen am Meer. Wir werden einen Weg finden. Vorerst geht es eher um den Auftrag, und dabei sind politische Fragen und mögliche künftige Entwicklungen zu berücksichtigen.«

Jetzt standen die beiden am Tisch und füllten ihre Teller. Doch Majda war nicht schnell genug, und so schnappte sich eine Frau das letzte Stück Quastenflosser, Majda musste sich mit Haifilet begnügen. Entsalzungsanlagen für Meereswasser, dachte sie, eine Leitung über 200 Kilometer durch die Wüste ... eine schwierige Aufgabe. Wäre es nicht einfacher, hier in der Nähe einen bisher ungenutzten Wasserhorizont zu finden? Und mit einem Mal wurde ihr klar, dass sie – ob sie wollte oder nicht – mitten in diesem Spiel steckte. Es würde nicht schaden, das, was sie während der letzten Tage in Cyber City Süd erlebt hatte, noch einmal zu überdenken.

Der Hai war salzig, und so holte Majda sich noch ein Fläschchen Mineralwasser aus dem Eisbecken. Wieder fiel ihr der besondere Geschmack auf ... Irgendetwas Ungewöhnliches war dem Wasser beigemischt. War das der Grund dafür, dass sie sich leicht und beschwingt fühlte? Was sie heute erlebt hatte, erschien ihr plötzlich komisch, jetzt musste sie darüber lachen. Sie fühlte sich hier wohl, es war schön, dass sie ihre Befangenheit verloren hatte. War dieses Gefühl der Grund dafür, dass auch die anderen Gäste diesem Getränk so eifrig zusprachen?

Jemand hatte Josseline in ein Gespräch verwickelt, und deshalb stand Majda am Fuß einer ornamental verzierten Säule. Sie war unternehmungslustig und blickte sich um – was konnte sie tun? Sie sollte sich wohl unter die Leute mischen.

Glücklicherweise gab es kein Gedränge in dem Saal, für die rund dreißig Personen war er groß genug, die meisten schienen einander zu kennen, manche streiften Majda mit ihren Blicken, und speziell die Männer sahen sich nach ihr um. Sie fragte sich, welcher von ihnen sie wohl ansprechen würde, machte aber keine Anstalten, einen von ihnen dazu zu ermutigen. Und so war sie doch ein wenig überrascht, als es ein junger Mann war – jünger als sie, nicht älter als zwanzig.

»Sie sind die einzige Dame ohne Begleitung«, sagte er. »Darf ich Ihnen Gesellschaft leisten?« Das war nicht besonders originell, aber Majda merkte dem Unbekannten seine Unsicherheit an – er blickte sie ein wenig ängstlich an, als machte er sich auf eine Ablehnung gefasst.

Darum sagte Majda betont freundlich: »Das ist nett von Ihnen. Ich bin fremd hier.« Sie nannte ihm ihren Namen, dann fragte sie: »Und woher kommen Sie? Gehören Sie der HOH-AG an?«

»Nein, nein«, antwortete der Junge rasch, als gelte es, den falschen Eindruck schon im Keim zu ersticken. »Mein Name ist Khalid Hassan El Afifi.« Er sah sie an, als genügte das, um sie umfassend zu informieren.

»Entschuldigen Sie, ich kenne hier niemanden.« Majda lächelte ihn an. Es war ein hübscher Junge, zweifellos ein Einheimischer, obwohl seine Haut nur einen schwachen Braunton aufwies. Und er wirkte sympathisch und immer noch ein wenig ängstlich.

»Mein Vater ist Hassan El Afifi«, sagte er, dann besann er sich darauf, dass Majda wohl auch mit diesem Namen nichts anzufangen wusste, und setzte zu einer Erklärung an. Offenbar war er der Spross einer vornehmen und reichen Familie, und wenn Majda es richtig verstand, waren seine Angehörigen und damit auch er Besitzer oder Teilhaber mehrerer internationaler Unternehmen, die etwas mit Immobilien, Verkehrsmitteln und Energieversorgung zu tun hatten. Und natürlich waren sie auch am Geschäft mit dem Wasser beteiligt: Sie waren die Eigentümer der reaktorbetriebenen Pumpanlage, die das Wasser aus dem Untergrund hervorholte.

Auch Khalid wollte Näheres über Majda wissen, und diese zögerte kurz ... Sollte sie zugeben, dass sie bloß durch Zufall hierher gekommen war? Es lag ihr nicht, irgendwelche Phantasiegeschichten zu erzählen, doch schließlich war sie mehr als ein normaler Tourist. Ihr Vater hatte hier gearbeitet, und sie hatte sich auf seine Spuren begeben. Und so erzählte sie Khalid von ihm wie auch von ihren Schwierigkeiten, irgendetwas über ihn zu erfahren.

Jetzt strahlte sie der Junge an: »Da kann ich Ihnen sicher helfen«, sagte er, und er erzählte weiter von seiner Familie, von ihrem Einfluss, von ihren Besitztümern und vom Ansehen, das der Clan in diesem Land genoss. »Ich werde mir überlegen, was wir tun können, Sie können sich auf mich verlassen.«

Zunächst hatte Majda nicht vorgehabt, den Abend mit dem Jungen zu verbringen, doch nun merkte sie, dass sie an jemand geraten war, der sich hier bestens auskannte und ihr womöglich tatsächlich bei ihrer Suche behilflich sein konnte. Aber sie hätte sich jetzt sowieso nicht mehr von ihm trennen wollen, seine Gesellschaft war ihr angenehm, keineswegs nur wegen der versprochenen Hilfeleistung. Er hatte ein fein geschnittenes Gesicht, einen durchtrainierten Körper und wirkte anziehend auf sie.

Inzwischen hatten sich Musiker auf das Podium begeben, eine merkwürdige Zusammenstellung der Instrumente – arabische Lauten, Zimbeln und Trommeln, dazu ein Bläsersatz mit Trompeten und Saxophonen und als Leitinstrument ein Synthesizer mit einem Pianisten und einem Life-Programmierer. Zuerst spielten sie einige seriöse, aber langweilige Stücke, dann gingen sie zu populären Songs über, von der echtzeitgenerierten Stimme einer bekannten, wenn auch nicht persönlich anwesenden Sängerin begleitet, und das, was dabei herauskam, konnte sich hören lassen. Majda spürte den Rhythmus im Blut, und als Khalid schüchtern erwähnte, dass er schon in einer Disco gewesen sei und getanzt habe, zog ihn Majda auf das Parkett unterhalb des Podiums und wiegte sich mit ihm fast schwerelos im Takt der Musik.

Später, in einer Pause, standen sie ein wenig atemlos unter den anderen Gästen, die inzwischen merklich lebhafter geworden waren. Plötzlich merkte Majda, dass Khalid zusammenzuckte... Neben ihnen waren zwei bärtige Männer aufgetaucht, Araber, der eine in einem makellosen schwarzen Anzug, der andere in weißer Landestracht; er trug eine Sonnenbrille, was in dieser Umgebung sonderbar wirkte. Sie sahen einander ähnlich und mochten auch gleich alt sein. Die beiden blieben vor Majda und Khalid stehen und musterten sie.

Khalid hatte eine unterwürfige Haltung angenommen. »Vater«, sagte er. »Das ist Majda Barlach. Majdas Vater hat früher für uns gearbeitet.« Dann wandte er sich an Majda. »Das ist mein Vater Hassan El Afifi. Und das ist sein Bruder, mein Onkel Said.«

Hassan El Afifi nickte Majda zu, dann, als hätte er es vergessen, reichte er ihr die Hand und drückte sie kurz. Said dagegen blieb unbeweglich stehen.

»Wie war doch der Name?«, fragte Hassan. »Barlach ... Ich glaube, ich erinnere mich ... Es ist schon lange her. Hatte er nicht etwas mit dem Bau des Wasserspeichers zu tun?«

»Richtig«, bestätigte Majda. Sie wollte noch etwas hinzufügen, doch Khalid ließ sie nicht zu Wort kommen. »Er ist verschollen«, sagte er, »von einem Aufenthalt hier in der Stadt nicht zurückgekehrt. Damals, zur Zeit des letzten Krieges. Majda will versuchen, etwas über ihn in Erfahrung zu bringen. Sie hat ihn sehr verehrt.«

Khalids Vater hatte zugehört, doch er schwieg und ließ seinen Blick auf Majda ruhen. »Das wird schwierig sein«, sagte er. »Damals herrschte hier ein einziges Chaos, vieles von dem, was sich da zugetragen hat, ist bis heute nicht aufgeklärt. Eine üble, traurige Zeit, an die man sich nicht gern erinnert. Doch ich wünsche Ihnen trotzdem viel Erfolg.«

Er nickte ihr zu und trat einen Schritt zurück. Dann drehte er sich um und entfernte sich. Khalids Onkel, der kein Wort gesprochen hatte, ging mit ihm.

Khalid glaubte, etwas erklären zu müssen: »Mein Vater ist ein wenig altmodisch. Speziell Frauen gegenüber. Er kann sich nicht daran gewöhnen, dass sie sich in der Öffentlichkeit zeigen.«

Er schien so verlegen, dass Majda darüber lachen musste. »Und du?«, fragte sie.

Jetzt lachte auch Khalid. »Da denke ich ganz anders.« Und er fügte mit kaum unterdrücktem Stolz hinzu: »Ich war schon in London und Paris.«

»Dann ist ja alles gut«, sagte Majda. Ihre gute Laune war wieder da. Trotzdem wirkte die Begegnung mit den beiden Männern in ihr nach. »Ist dein Vater streng?«, fragte sie. Khalids Vater war eine ehrwürdige Erscheinung, schon seine Haltung und sein Gesichtsausdruck drückten das aus, und Majda traute ihm zu, dass er das, was er sich vorgenommen hatte, ohne Widerspruch zu dulden durchsetzte – auch bei seinen Söhnen.

»Er ist das Oberhaupt der Familie«, antwortete Khalid, und es klang kaum unterdrückter Stolz durch, als er bemerkte: »Ich bin sein ältester Sohn.«

»Und dein Onkel?« Der wortkarge Mann hatte Majdas Interesse erregt, wahrscheinlich gerade deshalb, weil er sich derart auffällig im Hintergrund gehalten hatte. So ähnlich sich die beiden Brüder sahen, so deutlich waren doch einige Unterschiede. Said war zweifellos der Ältere von beiden. Er hatte völlig unbewegt vor ihr gestanden, teilnahmslos, als befände er sich in einem Kokon, der die Einflüsse der Umwelt ausschloss. Seine Augen konnte sie durch die Sonnenbrille hindurch nicht sehen, doch als er sich am Schluss des kurzen Gesprächs abwandte, hatte Majda von der Seite her einen Blick hinter die dunklen Gläser werfen können – und sie hatte bemerkt, dass seine Augenlider gerötet und angeschwollen waren. Und seine Haut, wenn sie auch nur am Gesicht und an den Händen entblößt war, sah zwar hellbraun aus wie jene von Hassan, aber sie schien fahl und trocken.

»Said …«, sagte Khalid nachdenklich. »Er lebt nicht in unserer Stadt. Er kommt nur selten, von weit her. Ich kenne ihn kaum. Aber ich weiß: Er hat eine schwere Aufgabe übernommen. Dafür hat er alles andere aufgegeben – sein Familienleben, seine Position in der Gesellschaft. Es geht um die Zukunft von uns allen. Aber es ist ein Geheimnis. Selbst wenn ich es wollte, könnte ich nichts darüber sagen: Man hat es mir nicht anvertraut.«

Ein Geheimnis – das hörte sich merkwürdig an. Was konnte dahinterstecken? Und wieso fiel es diesem Mann ein, während einem seiner seltenen Besuche ausgerechnet an diesem Empfang teilzunehmen, den ein Lieferant von Mineralwasser gab? Aber, so besann sich Majda, die HOH-AG war eben mehr als eine Getränkefirma. Es war ein Unternehmen, das durch seine Aktivitäten Landstriche fruchtbar machen oder veröden lassen konnte. Gab es hier einen Zusammenhang? Und erst jetzt kam Majda in den Sinn, was Hassan über ihren Vater gesagt hatte: Er war der erste Mensch von allen, die etwas über ihn zu wissen schienen – der erste von allen, die sie hier getroffen hatte. Vielleicht sollte sie versuchen, ihm bei anderer Gelegenheit noch einige Fragen zu stellen?

»Was hast du?«, fragte Khalid und legte ihr die Hand auf den Arm. »Wollen wir tanzen?« Einen Augenblick lang war Majda verwirrt. Wo war sie mit ihren Gedanken gewesen? Und was wollte sie hier? Es fiel ihr schwer, sich zu konzentrieren. Aber sie brauchte sich ja gar nicht zu konzentrieren. Es führte zu nichts. Was war das nur für ein böser Geist in ihr, der sie immer dann zum Grübeln brachte, wenn sie sich einmal unbeschwert vergnügen wollte? Heute würde sie sich dagegen zur Wehr setzen.

»Warte einen Moment«, befahl sie Khalid – er ist Gehorchen gewöhnt, dachte sie und kicherte. Sie ging hinüber zum Getränketisch und holte noch zwei der kleinen Flaschen mit dem Wundergetränk. »Das wird uns gut tun«, sagte sie. Beide hatten Durst und tranken in tiefen Zügen. Dann liefen sie wieder hinüber zur Tanzfläche und genossen den Rausch, der sie mehr und mehr überkam.

Etwas später, als die ersten Besucher den Saal verließen, nahm Majda ihren Partner beiseite und flüsterte ihm ins Ohr: »Willst du mit mir kommen? Ich habe hier ein Zimmer, oben, in der zwanzigsten Etage. Da sind wir allein.«

Als sie den Saal verlassen hatten und im menschenleeren Vestibül standen, hielten sie sich umfangen, und Majda spürte, wie sein Herz klopfte. Wahrscheinlich hat er noch kein Mädchen gehabt, dachte sie. Und sie freute sich darauf, ihm einiges zu zeigen, was er noch nicht wissen konnte.

Wieder begann ein Tag mit strahlendem Sonnenschein. Majda hatte sich schon gefragt, ob diese blendende Helle nicht auch zu den optischen Tricks gehörte, mit denen die Besucher hier beglückt wurden. Aber mit dieser Annahme war ihre Phantasie wohl doch zu weit gegangen.

In ihrem Zimmer merkte Majda nicht viel vom Wetter, denn solange sie schlief, drang kein Licht durch die Scheiben, deren Tönung automatisch der Situation angepasst wurde. Erst wenn der Bewegungsmelder registrierte, dass sie im Begriff war zu erwachen, hellten sie sich etwas auf, so dass ein seltsam unwirkliches Bild der Außenwelt in Violett- und Brauntönen zu erkennen war.

Khalid war nicht mehr da, nur noch ein leichter Geruch nach Muskat hing in der Luft. Majda erinnerte sich nur dunkel daran, dass er sie irgendwann am frühen Morgen zu wecken versucht, es aber bald aufgegeben hatte. Sie würde von ihm hören – so meinte sie sich zu erinnern – hatte er ihr zugeflüstert, er hatte sie noch geküsst, doch da war sie bereits wieder eingeschlummert.

Majda brauchte eine Weile, bis sie sich an die Ereignisse des vergangenen Abends und der Nacht erinnerte. Sie spürte einen Druck im Kopf, der ihr keine Schmerzen bereitete, aber das Denken erschwerte, und sobald sie sich aufzurichten versuchte, stellte sich ein leichtes Schwindelgefühl ein. So blieb sie unbewegt liegen, am liebsten hätte sie weitergeschlafen, aber die Erinnerungen, die sich nach und nach einstellten, hielten sie wach.

Khalid ging ihr nicht aus dem Sinn. Es war schön gewesen, sie bereute nichts. Es gab auch niemanden, dem sie hätte treu sein müssen. Von einem langjährigen Freund hatte sie sich bereits vor Monaten getrennt, und vielleicht war das auch ein Grund für diese Reise gewesen. Sie gestand sich ein, dass sie auf dieses Abenteuer sogar etwas stolz war – eine Art Bestätigung ihrer eigenen selbstständigen Persönlichkeit, ein Akt der Befreiung, als hätten sich in der vergangenen Nacht die ihr gezogenen Grenzen erweitert. Normalerweise war es nicht ihre Art, sich auf solche Abenteuer einzulassen, ohne den enthemmenden Einfluss des Rauschmittels aus den kleinen Flaschen wäre sie wohl nicht dazu bereit gewesen. Sie würde Josseline darauf ansprechen.

Dann fielen ihr auch noch die anderen Ereignisse des vorhergehenden Tages ein, und diese ließen sich nicht so leichtfertig abtun. Sobald sie wieder einen klaren Kopf hatte, musste sie sich ernsthaft Rechenschaft darüber ablegen, was sie weiterhin unternehmen wollte. Ja, das würde sie tun, wenn sie nicht mehr so müde wäre … Und dann döste sie ein und versank noch einmal in tiefem Schlaf.

Der sanfte Akkord des ComSets weckte Majda, und auf ihren zustimmenden Laut hin wurde die Verbindung hergestellt. Es war Josseline, die sich meldete und Majda zu einem Drink einlud.

»Gibt es wieder etwas von eurem famosen Mineralwasser?« Majda konnte sich dieser Stichelei nicht enthalten, doch sie sagte zu. Es gab einige Fragen, die sie Josseline stellen wollte.

Josseline ging nicht auf ihre Anspielung ein. »In zehn Minuten auf der Terrasse des Dachcafés.«

Es war die Stunde des Sonnenuntergangs. Von ihrem luftigen Standort aus hatten die beiden Frauen einen guten Platz, um dieses Schauspiel zu verfolgen. Aus der Höhe des Wolkenkratzers konnte man da und dort, wo sich gerade keine Achterbahnen, Landetürme für die Schwebe-Cars oder Beleuchtungsmasten dazwischenschoben, bis in die Wüste hinaussehen, in die der feurige Ball des Zentralgestirns einzutauchen schien.

»... und das ist alles Natur«, bemerkte Majda. Zu dieser Zeit war das Restaurant fast leer, und sie saßen direkt an der Wand aus reflexfreiem Glas, das in der Durchsicht so gut wie unsichtbar war. Es war, als säße man ungeschützt an einem Abgrund.

»Früher gehörte es zu den Besonderheiten der Stadt«, erklärte Josseline. »Die Sonne, das Licht und in der Nacht die Sterne.« Sie wies nach Osten, wo durch das Kuppeldach ein einzelner Stern zu sehen war. »Die Venus«, sagte sie, »aber die gibt es bei uns auch.« Sie lächelte Majda zu.

»Und wie kam es dann zur Umwandlung in einen Vergnügungspark?«

»Du hast Recht, die Stadt galt auch vorher schon als ein Kleinod des Orients. Man nannte sie El Khadra; das heißt ›Die Grüne‹. Eine Oase inmitten einer leblosen Einöde. Palmen, Obstplantagen, Blumen – eine Stadt, die schon wegen ihrer Lage Reichtümer anhäufte. Karawanen kamen hier vorbei und versorgten sich mit Lebensmitteln und mit Futter für die Kamele. Und mit Wasser. Sie rasteten hier – und genossen die Ruhezeit vor der entbehrungsreichen Weiterreise. Es gab vornehme Gasthäuser und Herbergen für die Soldaten und Sklaven. Für die reichen Besucher gab es Bäder in heißen Quellen und schöne Mädchen, die sie bedienten. Die Fremden ließen Geld zurück und Waren. Und so entstanden Paläste und Moscheen, Spitzenleistungen orientalischer Architektur, in ihrem Inneren mit künstlerisch gestalteten Kacheln und Mosaiken aus edlem Stein ausgelegt. Das alles, der Reichtum und die Pracht, waren aber nur einem Glücksfall zu verdanken, einer einmaligen Gabe der Natur: dem Wasser, das aus ergiebigen Quellen zutage trat.«

Schon wieder sind wir beim Wasser angekommen, dachte Majda. »Heute muss es heraufgepumpt werden«, sagte sie.

Josseline nickte. »Damit kommen wir deiner Frage schon näher. Ja, es ist jetzt nicht mehr so einfach wie früher. Schon vor einem Jahrhundert gab es Anzeichen des Niedergangs, die Quellen versiegten, man musste Brunnen bohren, und das Wasser wurde eimerweise hinaufgezogen. Doch dann kam die moderne Technik zum Einsatz, mit Bohrmaschinen drang man immer tiefer in die wasserführenden Schichten hinunter, und mit der Kraft der Motoren wurde das Nass gefördert. Heute ist es ein Fusionsreaktor, der die Energie dafür liefert. Es sah so aus, als wären diese Wasserhorizonte unerschöpflich. Doch die Förderung war jetzt nicht mehr kostenlos, und es gab auch keine Karawanen mehr, die sich hier für ihre Wüstendurchquerungen ausrüsteten.«

»Aber damals war es doch das Öl, auf dem der Reichtum dieser Länder beruhte«, warf Majda ein.

»Das Erdöl ging zur Neige, es gab nur noch wenige erdölhaltige Regionen, in denen sich der Abbau lohnte. Die geringen Mengen, die noch zur Verfügung standen, wurden von der chemischen Industrie in Anspruch genommen. Das Öl war so teuer geworden, dass man es nicht mehr verheizen oder für den Autoverkehr nutzen konnte. Es ließ sich teuer verkaufen, aber bald waren die letzten Vorräte erschöpft. So war eine für die reichen arabischen Erdölstaaten bedenkliche Situation entstanden.«

»Deshalb also Cyber City Süd«, sagte Majda.

»So ist es – es ging um neue Geldquellen. Und die Idee war nahe liegend: Auch in anderen Teilen der Welt entstanden Städte inmitten von Ödland, die die Touristen aus aller Welt anlockten.«

»Du denkst an ›Atacama Park‹, ›Antarctica Tower‹ oder an ›Lodges in the Moon‹?«

»Genau. Es kam darauf an, so erfolgreich zu sein wie diese, sie womöglich noch zu überbieten. Und so hat man die letzten Einnahmen aus dem Ölgeschäft so angelegt, dass sie in den folgenden Jahren wieder Gewinn brachten. Eine dieser neuen Einnahmequellen sollte eine Vergnügungsstadt sein, in der Besucher aus aller Welt die Wunder des Orients erleben würden – dazu sollten die modernsten Mittel der Illusionstechnologie eingesetzt werden.«

»Und das ist gelungen.« Majda wies auf das Lichtermeer, das sich vor ihnen ausbreitete – ein bewegtes, ständig verändertes Gespinst mit Lichtfontänen, mit flatternden Farbvorhängen, mit in den Himmel greifenden Fächern aus Laserstrahlen.

»Es ist gelungen«, bekräftigte Josseline. »Nach dem letzten Krieg gelang es, hier ein weltoffenes Regime zu etablieren. So konnten europäische Konsortien die Sache organisieren. Und sie halten den Betrieb in Gang.«

Inzwischen hatte ein Kellner in Livree Tassen mit Kaffee, einen Teller mit sirupgetränkten Kuchenstücken und eine Flasche Mineralwasser gebracht. Josseline füllte die Gläser und schob eines davon Majda zu.

»Du bist doch nicht böse ... deswegen?« Josseline deutete auf die Flasche und lachte.

Majda verzog ein wenig das Gesicht. »Ich habe nichts davon geahnt – und es zu spät bemerkt.«

»Aber es gab keinerlei Nachwirkungen? Oder doch?«

»Wie man es nimmt«, antwortete Majda und konnte ein verstohlenes Lächeln nicht unterdrücken. »Es war nicht unangenehm – gestern. Heute, beim Aufwachen, war mir ein wenig schwindelig. Was habt ihr dem Getränk beigemischt? Ist es Alkohol? Habt ihr keine Angst vor Strafe?«

Josseline schien belustigt. »Es war eine geschlossene Gesellschaft«, sagte sie. »Die Leute, die unsere Veranstaltungen besuchen, schätzen diese Sonderabfüllungen sehr. Im Übrigen geschah nichts, was gesundheitlich bedenklich wäre. Der Schaden, den der Alkohol früher anrichtete, rührte vom Gehalt an Methylalkohol her, der sich in geringen Mengen bei der Gärung bildet. Deshalb sind nur die durch Gärung entstandenen Getränke verboten.«

»Und wie entstand euer Alkohol?«

»Es ist chemisch reiner Alkohol, der als Nebenprodukt beim Recycling von Kunststoffen abfällt. Er enthält keinen Methylalkohol, und deshalb verursacht er auch keinen Kater. Wir verdienen übrigens nichts daran: eine reine Dienstleistung für unsere Freunde und Kunden.«

Die Unterhaltung stockte ein wenig. Es lohnte sich, das Spiel der Lichter draußen zu beobachten, das die phantastische Architektur des Parkgeländes in immer wieder veränderter Ansicht wiedergab: Nun hing ein feurig leuchtender Wolkenschwarm über der tiefschwarzen Silhouette der Stadt, die von Lichtern durchsetzt war. Bald aber kam Majda mit ihren Gedanken wieder auf die aktuelle Situation zurück. Sie hatte sich schon einige Male gefragt, welcher besondere Anlass jener Konferenz zugrunde lag, die die HOH-AG einberufen hatte. Es konnte ja nicht nur um den Verkauf von Getränken gehen. Sie frage Josseline danach.

Diese löste sich von den Eindrücken der Aussicht und blickte Majda ein wenig nachdenklich an. »Es ergibt sich eigentlich von selbst, obwohl die Öffentlichkeit noch nicht Notiz davon genommen hat. Man ist mit dem Wasser verschwenderisch umgegangen, ohne Rücksicht auf Verluste. Bisher hat es immer genügt, die Bohrlöcher noch ein Stück weiter zu vertiefen, und dann hatte man neues Wasser zur Verfügung. Doch jetzt scheint das Ende erreicht zu sein. Wir fördern nur noch eine Brühe aus mineralischen Lösungen und aufgewühltem Sand, die sich kaum noch reinigen lässt.«

»Habe ich richtig verstanden: Das Wasser wurde von eurer Firma gefördert?«, unterbrach Majda.

»Ich sagte es doch bereits: Wir beschränken uns längst nicht mehr auf das Abfüllen von Flaschen«, sagte Josseline. »Der

Bau und Betrieb von Wasserwerken gehört schon seit langem zu unseren Arbeitsgebieten.«

»So ist die Tagung also eine Krisensitzung«, stellte Majda fest. »In Anbetracht dessen scheinen die Teilnehmer der Konferenz doch guter Dinge zu sein.«

»Es gibt keinen Grund zur Besorgnis«, sagte Josseline. »Für uns ist die Situation eine Chance. Sie bietet uns die Möglichkeit, unser Geschäft zu erweitern. Vielleicht bauen wir an der Küste Entsalzungsanlagen und leiten das gewonnene Süßwasser durch Leitungen hierher. Natürlich werden wir uns aber auch um die Erschließung neuer Wasserlager kümmern. Damit ist auch den Leuten hier geholfen – sie brauchen sich keine Sorgen um Cyber City Süd zu machen.« Josseline sprach völlig unbefangen, und Majda schoss es durch den Kopf: Wenn sie mit den Versuchen, an meine Briefe heranzukommen, etwas zu tun hat, dann ist sie eine ausgezeichnete Schauspielerin.

Ihre Plauderei wurde durch einen Bediensteten unterbrochen, der, das Peilgerät in der Hand, zielstrebig auf Majda zukam. Wie sie erfahren hatte, befand sich eine Antenne in ihrem Stirnband, so dass man ihren Standort jederzeit feststellen konnte.

»Eine Nachricht«, meldete er. »Jemand will Sie persönlich sprechen.«

Das muss Khalid sein, schoss es Majda durch den Kopf, und sie war froh, dass das Gespräch nicht einfach an den Tisch gelegt wurde.

»Ich sollte hören, worum es geht. Entschuldigst du mich?«

»Geh nur, ich trinke noch meinen Kaffee aus, dann muss ich zu einer Besprechung.« Josseline sah Majda nach, wie sich diese gewandt zwischen den Tischen hindurchbewegte, bis sie durch die Tür verschwand.

Das Gespräch war in eine Kabine im Hotelfoyer gelegt worden. Majda nahm den Schnellaufzug, und sie stellte höchste Geschwindigkeit ein. So fuhr sie durch die Mittelsäule des Gebäudes mit annähernder Fallgeschwindigkeit ins Erdgeschoss.

Als Majda erwartungsvoll ihren Namen nannte, meldete sich Major Galal und teilte ihr mit, dass sie morgen Früh zu einem Besuch des Gefängnisses abgeholt würde. Und er schärfte ihr ein, niemandem etwas über ihr Vorhaben zu verraten.

Man hatte die beiden modernsten Luftkissen-Busse der Regierung aufgeboten, um die Staatsgäste auf bequemste Art zum Gefängnis zu befördern. Die Piloten hielten sich nicht an die in leichten Kurven dahinlaufende Straße, die unten unter einer aufgewirbelten Staubwolke gelegentlich zum Vorschein kam, sondern zogen nebeneinander, in einem Abstand von 50 Metern, auf geradem Weg über die Wüste. Die Bewegung durch die Luft wurde von einem mächtigen Rauschen begleitet, war aber zugleich so sanft, dass der Eindruck entstand, in luftiger Höhe still zu stehen, während die darunterliegende Landschaft langsam dahinzog. Allerdings wirbelten die ausgestoßenen Luftmassen noch tief unter ihnen Staub auf, der nach hinten abzuziehen schien.

Majda saß in einer der hinteren Reihen neben einem älteren Herrn in indischer Tracht, der sich glücklicherweise nicht mit ihr unterhalten wollte, sondern nur kurz darauf hinwies, dass er die Zeit zum Meditieren nutzen wollte. Majda hatte allerdings den Eindruck, dass er mit dem Einschlafen kämpfte. Jedenfalls brauchte sie keine Tricks anwenden, um zu vertuschen, dass sie in dieser Gesellschaft nichts zu suchen hatte. Schlimmstenfalls würde sie Verständigungsschwierigkeiten vortäuschen und auf Ungarisch, der Sprache ihrer Mutter, antworten; zwar beherrschte sie nur wenige Worte, aber diese würden vermutlich so abschreckend wirken, dass nur besonders Hartnäckige den Kontaktversuch fortsetzen würden. Das Wichtigste war ihr Diplomatenpass in Form einer kleinen Plakette mit allen möglichen Siegeln und Gravierungen, die sie an einer Kette trug.

Der Major hatte Wort gehalten. Es war ihm gelungen, sie auf die Besucherliste zu setzen. Ihn selbst hatte sie nicht zu Gesicht bekommen. Ein Flugbegleiter hatte sie in Empfang genommen und ihr einige Anweisungen gegeben.

Majda fragte sich, weshalb sich der Major ihr gegenüber so hilfsbereit erwies. Im Moment war das nicht weiter wichtig, aber ... Majda wollte sich jetzt lieber nicht mit der Frage beschäftigen, was er dafür verlangen würde. Sie hatte einen gewissen Verdacht – sie erinnerte sich daran, wie eng er sich bei dem Verhör neben sie gesetzt hatte –, doch sie hoffte darauf, sich aus der Affäre ziehen zu können. Etwas leichtsinnig, klar, aber ein Gespräch mit dem Gefangenen war ihr das Risiko wert.

Majda saß zwar am Fenster, doch von hier hinten waren vor allem turbulente Staubwolken zu sehen, lediglich nach vorne zu lichtete sich der Ausblick gelegentlich ein wenig, aber auch dort war nur eine braune Sandfläche zu erkennen. Zwanzig Minuten dauerte die Fahrt, dann deutete sich mit einem leichten Schaukeln das Landemanöver an – nur einen Augenblick lang wurde die Sicht auf einen Block grauer Gebäude sichtbar. Dann setzten sie sanft auf. Man bat die Passagiere zu warten, bis sich der aufgewirbelte Sand gelegt hätte, dann endlich verließen sie den Bus und standen in einem von Betonmauern umschlossenen Areal.

Ein Polizeioffizier in Uniform nahm sie in Empfang und bat sie, ihm in das Gebäude zu folgen. Durch einen engen, von mehreren Posten bewachten Eingang ging es einwärts. Sie mussten sich anstellen, denn ein Beamter kopierte die Daten auf den Plaketten der Besucher mit einem Handscanner. Es dauerte eine ganze Weile; inzwischen waren auch die Fahrgäste des zweiten Schwebebusses eingetroffen und drängten sich zwischen die Wartenden.

Ein kurzer Gang führte in eine Halle, an der Rückwand hingen exotisch anmutende Fahnen mit aufgestickten arabischen Schriftzeichen, und davor waren einige primitive Holztische in einer Reihe aufgestellt, darauf Getränke und Schalen mit Honiggebäck.

Die heiße und trockene Luft in den Flugbussen hatte die Gäste durstig gemacht, doch sie mussten zuerst eine Begrüßungsrede des Gefängnisdirektors über sich ergehen lassen. Er sprach über die Ehre, die ihm der Besuch bedeutete, und über seine Freude, den Gästen alles zu zeigen, was sie zu sehen wünschten. Dann beschrieb er die Einrichtungen des Gefängnisses und die Schwierigkeiten, eine so große Zahl von Häftlingen unterzubringen und zu versorgen.

»Wir leiden unter einer katastrophalen Raumnot, und ich kann Sie nur bitten, auf diesen Umstand hinzuweisen, wenn Sie über diesen Besuch bei uns berichten. Trotzdem werden Sie sehen, dass wir allen von uns betreuten Männern und Frauen eine würdevolle Existenz bieten. Die meisten wohnen in Zwei-Personen-Zellen, nur vorübergehend bringen wir manchmal vier Männer in einem Gemeinschaftsraum unter. Die hygienischen Verhältnisse sind einwandfrei, jede Woche gibt es eine medizinische Routineuntersuchung. Wir geben drei warme Mahlzeiten täglich aus und wechseln die Bettwäsche zweimal in der Woche. Weiter gibt es Sportplätze zur Bewegung im Freien.«

Die Rede schien für den etwas beleibten Direktor eine Anstrengung zu bedeuten. Er sprach leise und von schnaufenden Atemzügen unterbrochen. »Wir werden Sie dann in den Vorführraum bitten, um Ihnen anhand von Bildmaterial einen Überblick zu vermitteln. In den Fragebögen haben Sie angegeben, was Sie besonders interessiert. Deshalb werden wir Sie danach in kleine Gruppen aufteilen und in jene Bereiche führen, die Sie angegeben haben. Zuerst aber darf ich Sie zu einer kleinen Erfrischung bitten.«

Majda hatte der Ansprache nur mit halbem Ohr zugehört. Sie würde ein Zeichen bekommen und sollte sich daraufhin von den übrigen Besuchern absetzen – man würde sie dann zu Sheik Mahmoud bringen. Unauffällig blickte sie sich nach allen Seiten um, konnte aber nichts feststellen, was als Zeichen für sie zu verstehen wäre. Schließlich griff sie auch nach einem

Glas Tee, in dem grünbeblätterte Minzstängel schwammen, und kostete von einem Stück honiggesüßtem Gebäck.

Anschließend begaben sich die Gäste in den Nebenraum und verteilten sich auf ein paar Sitzreihen. Majda hielt sich im Hintergrund und suchte sich einen Eckplatz auf einer der einfachen Bänke aus.

Es wurde dunkel, und vorn auf dem Schirm wurde ein lichtschwaches Bild sichtbar. Man sah das Hauptgebäude des Gefängnisses von oben, dann wurde ein Lageplan darüber geblendet. Majda versuchte eine Übersicht zu gewinnen und sich die Situation einzuprägen – es konnte ja nicht schaden, wenn sie sich zu orientieren vermochte. Doch das Gelände war weitläufig, und der Zweck vieler Abschnitte wurde nicht näher erläutert.

Die Vorführung lief schon mehr als zehn Minuten, als jemand neben ihr auftauchte und sie am Ärmel zupfte. Obwohl sie auf ein Zeichen gewartet hatte, zuckte sie zusammen, dann aber beeilte sie sich aufzustehen. Die in eine Uniform gekleidete Gestalt hatte sich bereits in Bewegung gesetzt und war in einer Seitentür verschwunden. Auf Zehenspitzen lief sie hinterher, trat durch die Pforte – dort wurde sie erwartet. In der Uniform steckte eine Frau. Am Gürtel trug sie ein kurzes Schnellschussgewehr und einen Schlüsselbund. Sie reichte Majda ein paar Kleidungsstücke: einen blauen Kittel und ein Kopftuch, das weitgehend ihr Gesicht verhüllte.

Dann bekam sie einen Eimer und einen Besen. »Nimm das und geh hinter mir her«, sagte die Polizistin. »So hält man dich für eine Putzfrau.« Sie warf einen letzten prüfenden Blick auf Majda. »Mach dich kleiner, und halt den Kopf gesenkt.«

Dann ging sie voran, einen endlosen, engen Gang entlang und dann durch eine Schwingtür in einen Hof, der nach drei Seiten von mit Stacheldraht überzogenen Zäunen begrenzt war. Sie gingen quer hindurch und gelangten an ein Gittertor, an dem drei Bewaffnete Wache standen. Die Polizistin sagte:

»Wieder ein Selbstmordversuch. Die übliche Sauerei – alles voll Blut.«

»Okay«, antwortet einer der Männer und winkte der Polizistin zu – sie durfte passieren, und die beiden anderen Männer gingen mit. Majda fiel auf, dass sie nicht arabisch gesprochen hatten, sondern englisch mit einem merkwürdigen Akzent. Offenbar wurden keine Einheimischen als Wachpersonal eingesetzt.

Der Anblick, den dieser Abschnitt bot, wirkte schockierend, vielleicht auch deshalb, weil er völlig überraschend kam – denn die Stacheldrahtbarriere wirkte auch als Sichtschutz. Dahinter erstreckte sich ein Gelände, das weithin mit eng aneinander angeordneten Behausungen primitivster Art bedeckt war, Zelte, mit Packfolie bezogen, aus Blechkanistern errichtete Wände mit darübergelegter Teerpappe, Gerüste, an denen ein paar Fetzen von Kleidern und Decken hingen. Überall lagen Abfälle herum. In der Luft lag ein widerlicher Gestank.

Und nun verstand Majda auch, warum sie Beschützer brauchten. Denn von allen Seiten kamen Menschen heran, ausgezehrte Gestalten, in Lumpen gekleidet, sie streckten die Arme aus ... Wollten sie betteln, oder waren sie darauf aus, einen Raub zu begehen? Die drei Polizisten hatten die Waffen gezogen und stießen mit den Läufen in die Menge, wenn sie sich zu nahe heranschob. Hier sah es aus wie in einem der Flüchtlingslager, die vom Fernsehen her bekannt waren, wenn es um Spenden für die Einwohner von Hungergebieten ging. Nur dass Majda hier der Anblick unterernährter Kinder erspart blieb.

In der Tat, es waren nur Männer, die hier zusammengepfercht lebten, wahrscheinlich hielt man sie von den Frauen getrennt. Jeder trug ein eng um das linke Handgelenk geschweißtes Metallband. Ein Erkennungszeichen? Ein Ausweis? Ein Empfangsgerät für Anweisungen? Majda hätte sich gern danach erkundigt, aber sie ging mit gesenktem Kopf hinter den anderen her und blinzelte nur verstohlen unter ihrem Tuch hervor.

Mit einem bitteren Lächeln erinnerte sich Majda an den Namen dieser Gegend: Rokn El Zein – angeblich sollte das »Die hübsche Ecke« heißen.

Sie hatten einen langen Weg zu gehen, bis sie an eine weitere bewachte Pforte kamen. Und wieder erwartete Majda eine Überraschung. Im Vergleich zu dem Elendsviertel hinter ihr war das, was nun folgte, geradezu eine Gartenlandschaft. Hierher schien die freundliche Bezeichnung der Gegend zu passen.

Die Polizistin und Majda gingen weiter, während ihre beiden Begleiter zurückblieben. Sie befanden sich am Eingang zu einem Tal, einer Senke, die eng begann, sich aber bald verbreiterte und mit leichtem Gefälle abwärts führte. Auch hier gab es Zelte, doch sie waren groß und stattlich, die Plätze davor mit Liegesesseln und Tischchen ausgestattet. Daneben waren Wiesenflächen, auf denen hier und da ein Kamel oder ein Esel weidete. Da und dort lagen Männer unter Sonnenschirmen. In einem der Vorgärten bemerkte Majda einen Falken, der auf einem Holzgestell hockte, und einen Bediensteten, der ihn fütterte. Es hätte das Zeltlager eines alten, wohlhabenden Hirtenvolks sein können, wenn nicht fast jedes Anwesen mit einer Empfangsantenne für Vidiphon und Television ausgestattet gewesen wäre.

Hier schien keine unmittelbare Gefahr mehr zu bestehen, und Majda beruhigte sich ein wenig. Dann wagte sie es, ein paar Fragen zu stellen. »Wo sind wir hier? Gehört das auch noch zum Gefängnis?«

Es sah so aus, als wäre auch ihre Führerin erleichtert, dass sie unangefochten durch das Elendslager gekommen waren. Trotzdem schien sie missgelaunt, denn sie wies Majda grob zurecht. »Frag nicht so blöd – du weißt doch, wozu du hierher gekommen bist.«

Majda war durch diese Abfuhr etwas irritiert, aber von nun an zog sie es vor zu schweigen. Doch schon wenige Minuten später verließ ihre Führerin den Weg und schlug die Richtung auf ein etwas abgelegenes Gebäude von merkwürdigem Aussehen zu: Es sah wie ein ungepflegter Pavillon aus, wie man ihn eher in einem Tiergarten erwartet hätte, denn man konnte in Kabinen hineinblicken, die nach außen durch Gitterstäbe verschlossen waren. Einige schienen leer zu sein, bei anderen waren Frauen zu erkennen, die dahinter standen oder saßen und neugierig aufblickten, als die Polizistin mit Majda herankam. Alle waren seltsam gekleidet – mit ihren Umhängen aus Netzstoff, mit ihrem Schmuck aus mehrfach geschlungenen, gold- oder silberglänzenden Ketten und mit ihren seidenen Pumphosen sahen sie wie einheimische Tänzerinnen aus.

Zu Majdas Überraschung packte sie die Polizistin am Arm und schob sie durch eine Seitentür ins Innere des Baus. Nun standen sie in einem spärlich beleuchteten Gang mit etwa einem Dutzend Türen, auf die mit schwarzer Farbe Nummern gepinselt waren. Die Polizistin zog einen Schlüssel aus der Jackentasche und sah sich forschend um. Sie suchte offenbar nach einer bestimmten Zimmernummer. Dann schien sie das Gesuchte gefunden zu haben. Sie winkte Majda heran, steckte den Schlüssel ins Schloss, sperrte auf und öffnete die Tür. »Da hinein«, befahl sie. Als Majda zögerte, stieß sie sie rücksichtslos hinein. Dann fiel die Tür mit einem Krach ins Schloss.

Majda musste sich erst an das Halbdunkel gewöhnen. Sie stand im hinteren Teil einer jener Kabinen, die sie von außen gesehen hatte. Sie bemerkte zwei Liegen, einen schmalen Tisch vor einer Bank und einen schmalen Wandschrank. Auf einem Regal waren ein paar Teller gestapelt, dazu Tassen und eine Papierschachtel mit Besteck. An einem Haken hingen einige Kleidungsstücke, darunter lagen Sandalen und Pantoffeln, auf dem Tisch stand ein schmutziger Teller neben einem Blechbesteck. In einer Ecke bemerkte Majda schließlich noch einen Wasserhahn mit Waschbecken und unter diesem einen Plastikeimer. Was hatte das zu bedeuten? Sollte sie hier warten?

In der Öffnung, die den hinteren Teil mit dem vorderen verband, war lautlos eine Gestalt aufgetaucht. Es war eine junge, vollschlanke Frau, die Majda beobachtete.

»Hallo«, sagte Majda. »Tut mir Leid, dass ich da so hineinplatze. Ich weiß nicht, was ich hier soll.«

Die andere sah sie immer noch forschend an, dann hob sie einen Arm und zeigte auf eines der Betten. »Das ist deines«, sagte sie. Sie sprach das einfache Basic-Englisch, und selbst das mit einem starken Akzent.

»Ich glaube nicht, dass ich mich hier länger aufhalten will«, sagte Majda.

Die Einwohnerin der Kammer blickte Majda groß an. »Und hier, diese Schrankhälfte, die kannst du haben.«

»Hör zu«, sagte Majda, »hier scheint ein Irrtum vorzuliegen. Wir sollten das kurz besprechen. Mein Name ist Majda.« Sie zog sich einen der Stühle heran und deutete auf den andern. »Setz dich doch. Und sag mir deinen Namen. Wie heißt du?«

»Ich heiße Raghed.«

Raghed zog es vor, in einiger Entfernung von Majda auf der Bettkante Platz zu nehmen.

»Wo bin ich?«, fragte Majda. »Bist du eine Strafgefangene?« Sie hatte einen schlimmen Verdacht, den sie gar nicht weiter zu überdenken wagte. Diese käfigartigen Verliese, diese merkwürdige Kleidung ... Sollten hier die weiblichen Sträflinge zur Prostitution gezwungen werden?

»Nein«, sagte Raghed. »Ich bin hier beschäftigt.«

»Als was?«

Raghed schien über diese Frage nachdenken zu müssen. »Als Unterhalterin«, antwortete sie dann. Und als sie merkte, dass Majda nicht verstand, fügte sie hinzu: »Für die Herren, die hier wohnen. Wenn ihnen danach ist, kommen sie und suchen sich eine von uns aus. Sie nehmen uns dann in ihre Häuser mit.«

Es schien wirklich so zu sein, wie Majda befürchtet hatte.

»Und ihr seid alle freiwillig hier?«

»Es sind auch Inhaftierte dabei, die hier ihre Strafen abarbeiten. Ich nehme an, du bist eine von denen.« Aus der Art, wie Raghed das aussprach, wurde ein Anflug von Verachtung deutlich.

»Nein«, erklärte Majda. »Ich bin mit einer Gruppe von Besuchern hierher gekommen. Dann hat mich diese Polizistin zum Mitkommen aufgefordert. Ich weiß nicht, was ich hier soll.«

Raghed schien nicht überzeugt. »Gib es doch zu«, sagte sie. »Irgendetwas wirst du schon angestellt haben. Du bist eine Fremde, hattest du vielleicht Schwierigkeiten mit der Ausländerbehörde?«

»Wie kommst du auf das Ausländeramt?«

»Na ja, das ist ganz einfach. Es wurden schon einige von dort hierher gebracht, um ihre Strafe abzubüßen. Das ist immer noch angenehmer, als in einer Massenzelle eingesperrt zu sein. Die meisten erklärten sich gern damit einverstanden.«

»Aber ich nicht!«, rief Majda empört. »Für was hältst du mich?«

Raghed reagierte ärgerlich. »Du bist wohl sehr vornehm, wie? Du kannst dich ja in den Gefängnistrakt bringen lassen, vielleicht ist dort noch etwas frei. Da lebst du dann mit zwanzig anderen zusammen. Dort wirst du deine Meinung rasch ändern.«

Majda merkte, dass sie sich ungeschickt verhalten hatte. Raghed war vorderhand der einzige Mensch, mit dem sie reden, von dem sie etwas erfahren konnte. Zuerst hatte die Einwohnerin dieser Zelle einen beschränkten Eindruck gemacht, aber jetzt, wo sie eine gewisse Scheu abgelegt hatte, stellte sich heraus, dass Raghed durchaus imstande war, die Situation von ihrem Standpunkt aus richtig zu beurteilen. Majda durfte ihren Zorn nicht an Raghed auslassen.

»Entschuldige«, sagte sie in versöhnlichem Ton. »Ich bin nur vollkommen ratlos. Was die Ausländerbehörde betrifft ...

du hast Recht, man hat mir eine unerlaubte Tätigkeit vorgeworfen –«

»Das war bei den anderen auch so«, fiel ihr Raghed ins Wort.

»Du verstehst mich falsch«, sagte Majda. Sie zeigt ihre Kette mit der Plakette. »Damit kann ich mich ausweisen.«

»Offenbar weißt du nicht, dass das Tragen von Schmuck verboten ist – außerhalb der Dienststunden. Du kannst die Kette herumzeigen – aber dann bist du sie schnell wieder los.« Raghed riet, allen Schmuck abzunehmen und irgendwo in den Kleidern zu verstecken, und Majda folgte ihr. Nach kurzem Überlegen wickelte sie die Kette und ein Armband in ein Taschentuch und steckte sie in eine angenähte Tasche ihrer Jacke. Allmählich wurde ihr klar, dass sie in eine Falle geraten war. Umso wichtiger war es, das Vertrauen der jungen Frau zu gewinnen. Sie war auf ihre Hilfe angewiesen. Als sie weitersprach, war ihr Tonfall erheblich weniger selbstbewusst.

»Ich habe nach meinem Vater gesucht – das ist die unerlaubte Tätigkeit, die man mir verbieten will.« Und sie entschloss sich, Raghed das zu erzählen, was ja auch schon andere wussten – die Geschichte, die in die Zeit des Krieges zurückführte und Majda schließlich dazu gebracht hatte, gerade hier, im Gefängnis, nach Informationen über den Verschollenen zu suchen. So zumindest stellte es Majda dar – weil sie hoffte, Raghed dadurch milde zu stimmen. »Das war alles, was ich verbrochen habe«, schloss sie ab, »und es war auch keine Rede von Arrest – ich sollte lediglich eine Strafgebühr bezahlen.«

Majdas Kalkül schien aufzugehen, denn nun glaubte sie Verständnis und Anteilnahme in der Miene von Raghed zu erkennen.

»Das hat nichts zu sagen«, meinte diese. »Es gibt hier eben einen Mangel an weißen Mädchen, und bei einigen Männern ist helle Haut äußerst begehrt. Wenn jemand Europäerinnen besorgt, dann wird er gut bezahlt. Du hast Pech gehabt und bist an jemand geraten, der etwas hinzuverdienen wollte. Aber nach ein paar Monaten werden sie dich wieder freilassen. Und vielleicht kriegst du sogar noch einen kleinen Teil von dem, was die Männer für dich bezahlen müssen.«

Raghed stand auf, holte zwei Gläser vom Regal und füllte sie aus einem Krug mit schalem Wasser. Nach all den Aufregungen verspürte Majda plötzlich ihren Durst und trank das Glas in einem Zug aus.

Raghed setzte sich und begann zu erzählen. »Auch ich bin ohne Vater aufgewachsen«, sagte sie. »Mein Vater und zwei seiner Brüder sind im letzten Krieg umgekommen. Meine Mutter hatte niemanden, der für sie sorgte. Dabei musste sie mich und meine jüngere Schwester aufziehen. Wir haben in großer Armut gelebt. Erst jetzt geht es uns etwas besser. Meine Schwester geht in eine Schule. Sie wird eines Tages Verkäuferin sein oder in einem Büro arbeiten.«

Majda musste sich eingestehen, dass sich eine solche Situation ihrem Vorstellungsvermögen entzog. Und der Vergleich, den Raghed gebraucht hatte, beschämte sie ein wenig: Für diese hatte der Verlust des Vaters geradewegs ins Elend geführt, während ihr Leben nicht nennenswert beeinträchtigt worden war. Fast war ihr so, als hätte sie einen üblen Trick angewandt, um das Mitleid der jungen Frau zu erschwindeln.

Trotzdem war Majda entschlossen, alles daranzusetzen, um diesen Ort so schnell wie möglich wieder verlassen zu können. Dazu sollte sie sich wohl einen etwas genaueren Überblick über die Verhältnisse schaffen. Und sie bat Raghed, ihr ein wenig mehr zu erzählen. War dieses Tal, wie sie vermutete, tatsächlich eine Enklave innerhalb des Gefängnisses, in der sich die wohlhabenden Gefangenen einen erträglichen Aufenthalt sichern konnten?

»Ja«, sagte Raghed, »hier hausen die reichen Häftlinge. Es sind die, die genug Geld haben, um sich alles, was sie wollen, zu beschaffen. Es sind Angehörige der vornehmen Familien, die in der früheren Regierung meist hohe Ämter innehatten und denen man jetzt Kriegsverbrechen vorwirft. Einige haben ganze Häuser mit Dienstpersonal – damit verdienen sich die armen Häftlinge, die in Massenquartieren leben, etwas Geld oder Essen. Das Geld müssen sie freilich beim Wachpersonal abliefern, das es ihnen ermöglicht, dieses Gelände zu betreten.«

»Und auch ihr müsst das Geld abliefern?«, erkundigte sich Majda.

Raghed nickte. »Es ist überall das Gleiche. Eigentlich dürfen wir keine Geschenke annehmen, und Trinkgelder werden von der Verwaltung eingezogen. Natürlich ist das alles nicht offiziell. Offiziell existieren wir nicht, und es gibt auch keine Sonderregelungen für die Begüterten. Die Leute, die das Gefängnis besuchen, werden nicht hierher gebracht.«

»Du meinst die Delegationen aus dem Ausland?«

»Solche kommen nur selten, und natürlich werden sie nur im Musterbau im östlichen Teil des Geländes herumgeführt. Nein, ich meine die Neugierigen aus der Cyber-Stadt, die Touristen. Und diese kommen natürlich vor allem wegen der Spektakel – hast du noch nichts davon gehört?«

Majda schüttelte den Kopf.

»Zweimal in der Woche gibt es eine Freilichtaufführung. Nach einem Rundgang durch das Gefängnis können die Gäste von den Tribünen aus den Ablauf einer Revolte verfolgen. Das Ganze ist realistisch inszeniert, als würden die Besucher tatsächlich in einen Aufstand geraten. Aber natürlich ist das alles nur Theater. Da wird geschossen und gekämpft, die Gefangenen versuchen zu fliehen und werden wieder eingefangen. Am Ende siegt das Gute.« Die Art und Weise, wie Raghed die Inszenierung schilderte, verriet, was sie davon hielt.

Majda interessierte sich für die Lage der Frauen, die hier interniert waren, und was sie da zu hören bekam, zerrte heftig an ihren Nerven. Für die Männer, denen sie zu Willen sein mussten, schien es keine Grenzen des Anstands und der Rücksichtnahme zu geben.

»Hast du nie daran gedacht zu fliehen?«, fragte Majda. Gleich darauf sah sie die Sinnlosigkeit dieser Frage ein, denn es war ja die Zwangslage, in der sich Raghed befand, die sie hier ungeachtet aller persönlichen Wünsche ausharren ließ. Und so war Majda ein wenig überrascht, als die junge Frau erst überlegen musste.

»Doch, einmal war ich nahe daran. Meine Schwester litt an einer Blutvergiftung – ich bekam die Nachricht, dass sie in Lebensgefahr schwebte. Aber ehe ich etwas unternehmen konnte, hatte sich ihr Zustand gebessert, und ich verzichtete drauf, es zu versuchen.«

»Es gibt also eine Möglichkeit hinauszukommen? Was wolltest du tun?«

Raghed zögerte ein wenig, denn sie konnte sich ja denken, warum Majda diese Frage stellte, doch schließlich verweigerte sie ihr die Auskunft nicht und schilderte ihr den Plan.

Ein schriller Klingelton unterbrach das Gespräch der beiden Frauen. Majda blickte Raghed fragend an.

»Kein Grund zur Besorgnis«, sagte diese. »Es ist nur das Zeichen für die zwei Stunden, die wir im Freien verbringen dürfen – im Hinterhof, mit den anderen zusammen. Willst du mitkommen?«

Majda wehrte ab – sie wollte möglichst wenig Aufsehen erregen.

»Ich gehe trotzdem«, kündigte Raghed an. »Vielleicht kann ich etwas für dich tun.«

Majda hatte sich auf dem Bett ausgestreckt und war ein wenig eingedöst. Sie war aber sofort hellwach, als die Tür sich öffnete und Raghed hereinkam. »Ich habe es«, verkündete diese. »Und du willst es wirklich tun? Es ist alles andere als angenehm.«

»Ich möchte so schnell wie möglich fort von hier«, antwortete Majda und richtete sich auf. Sie hatte nicht damit gerechnet, dass sie so rasch eine Entscheidung würde treffen müssen, aber es gab kein Zögern. Denn wenn sie blieb ... Am Abend kamen die Männer, um sich die Frauen auszusuchen. Und wenn einer auf die Idee kam, sich für die hellhäutige Europäerin zu entscheiden? Was dann geschehen würde, wollte sie sich lieber gar nicht erst ausmalen.

»Ich kann nicht bis morgen warten«, sagte sie deshalb und bemühte sich, ihrer Stimme einen entschlossenen Klang zu geben. »Es muss noch heute sein.« Raghed verstand sie auch ohne Erklärungen.

Raghed hielt ein Päckchen im Ärmel verborgen, das sie nun hervorzog. Es war ein Plastiktütchen, und Majda konnte darin trockene, zerkleinerte Blätter erkennen.

»Sieht aus wie Tee.«

»Es ist ja auch ein Tee«, meinte Raghed. »Nur die Wirkung ist etwas ungewöhnlich.« Sie schaltete eine Kochplatte ein und stellte einen Topf mit Wasser darauf. Die beiden Frauen warteten schweigend, bis Blasen aufzusteigen begannen, dann nahm Raghed den Topf von der Platte, stellte ihn auf einen Teller und streute den Inhalt des Tütchens hinein. Sie warteten fünf Minuten, dann goss sie die Flüssigkeit in eine Tasse ab. Im Raum verbreitete sich ein unangenehmer, an Fäulnis erinnernder Geruch. Majda holte ein wenig von dem Sud mit einem Löffel heraus und kostete vorsichtig, um die Temperatur zu prüfen. »Ich glaube, es ist so weit«, sagte sie. »Wirkt es rasch?«

»Ich glaube schon«, antwortete Raghed.

Majda setzte die Tasse an die Lippen und trank mit kleinen Schlucken. Es schmeckte widerlich, weit widerlicher als sie erwartet hatte, doch sie trank tapfer die ganze Tasse aus.

»Du wirst dich elend fühlen«, sagte Raghed, »aber denk daran: Es schadet nicht.«

Majda machte sich auf das, was da kommen sollte, gefasst. Dann fiel ihr noch eine Frage ein – wer weiß, ob sie später noch imstande war, sie zu stellen.

»Ist dir Sheik Mahmoud Al Hamouda bekannt? Er ist es,

bei dem ich mich nach meinem Vater erkundigen wollte – schade, dass ich ihn nicht befragen konnte.«

»Ich kenne ihn – er hält sich selten hier auf, für ihn ist es nicht schwer, Sonderurlaub zu bekommen.«

»Und jetzt? Ist er da?« Majda musste sich zusammennehmen, denn von ihrem Magen aus verbreitete sich eine schwindelerregende Übelkeit in ihrem Körper.

»Nein«, antwortete Raghed. »In dieser Woche habe ich ihn noch nicht gesehen. Er dürfte im Urlaub sein, denn sonst kommt er regelmäßig hierher.«

Bei Majda begannen jetzt die Krämpfe, die Raghed vorausgesagt hatte. Wer weiß, wie lange ich noch denken kann, fragte sich Majda. Sie griff in die Jackentasche, holte ihr silbernes Armband heraus und reichte es Raghed. »Ich möchte dir danken ...«, flüsterte sie. Und als Rhaged das Geschenk zurückweisen wollte, ergriff Majda ihre Hand, legte es hinein und schloss Ragheds Hand mit sanfter Gewalt darüber.

Raghed besann sich kurz, dann nahm sie das Geschenk an. »Möge Gott dich beschützen«, sagte sie.

Majdas Zustand verschlimmerte sich zusehends, doch Raghed wartete noch eine Weile; Majda kam die Zeit unendlich lang vor, in Wirklichkeit waren es nur zehn Minuten. Erst als Majda zu würgen begann, trat Raghed an die Tür, schlug darauf und rief nach der Aufsicht. Als dann zwei bewaffnete Beamte kamen und die Tür öffneten, lag Majda am Boden, aus Mund und Nase rann eine bräunliche Flüssigkeit, und ihre Gesichtsfarbe war olivgrün. Dieser Anblick war überzeugend, und einer der beiden Polizisten forderte über das Mobiltelefon einen Krankenwagen an.

An das, was in den nächsten Stunden geschah, konnte sich Majda nur bruchstückhaft erinnern – glücklicherweise, wie sie sich eingestand, denn auf das Wenige, was im Gedächtnis haften geblieben war, hätte sie gern verzichtet. Jedenfalls wusste sie noch, dass ihr unbeschreiblich übel war – eine Übelkeit, die alle anderen Gefühle und Gedanken erbarmungslos unterdrückte. Das Schwanken der Bahre, als man sie aus dem Frauenhaus getragen hatte, das Innere des Krankenwagens, der holpernd über Unebenheiten fuhr, ein dunkles Stiegenhaus, ein Lift, ein Krankenzimmer … Jede Bewegung verschlimmerte die Schmerzen, die sich in ihrem ganzen Körper ausgebreitet hatten. Zudem hatte sie ständig Anfälle von Brechreiz – denen jedoch keine Erleichterung folgte, da ihr gemarterter Magen nichts mehr abzusondern hatte. Als sie schließlich auf einem Bett lag, war sie derart geschwächt, dass sie in eine wohltuende Ohnmacht fiel.

Ein paar weitere verwischte Eindrücke hatte ihr Geist festgehalten: das Gesicht eines Arztes, ganz nah über ihr, seine Hände an ihrem Körper, und wieder dieses Gesicht, das eingefallen war wie das eines Toten. Dann war da noch eine Krankenschwester, die ihr einen Schlauch in den Mund steckte, tief hinein bis in den Hals, und sie spürte, wie er immer tiefer in ihr Innerstes eindrang und ein Panik verursachendes Gefühl von Abwehr gegen die Gewalt auslöste, die ihr angetan wurde. Schließlich wurde ihr Magen von einer warmen Flüssigkeit überschwemmt, und das war der erste Moment in dieser Reihe von Torturen, der eine Entspannung hervorrief … die Schmerzen ließen nach, die Übelkeit verringerte sich auf ein erträgliches Maß, und ihre verzweifelte Abwehrhaltung all dem gegenüber, was da mit ihr geschah, machte einer Erleichterung Platz, verbunden mit zunehmender Müdigkeit … Und wieder begann eine Zeitspanne, an die ihr keinerlei Erinnerungen geblieben waren.

Nach einer Phase tiefer Dunkelheit erwachte Majda wieder. Sie spürte gleich, dass sich ihr Zustand verändert – verbessert! – hatte. Jetzt bin ich wieder ein Mensch, dachte sie. Als sie sich aufzusetzen versuchte, stellte sie jedoch rasch fest, dass sie noch weit von ihrem normalen Zustand entfernt war. Ächzend sank sie wieder auf das harte Kissen zurück.

Und wieder schwebte dieses markante, unheimliche Gesicht über ihr, graue Haut, straff über die Backenknochen gespannt, und – ein erstaunlicher Gegensatz – lebendige dunkelbraune Augen.

»Ich bin Dr. Fawas«, sagte der Arzt. »Es ist ein Verhängnis mit euch leichtsinnigen Mädchen. Reich werden um jeden Preis – dafür ist euch jedes Mittel recht. Und wenn es ein wenig unangenehmer wird als erwartet – dann schnell wieder weg.«

»Sie irren sich«, sagte Majda, doch es war eher ein Flüstern, und es kostete sie größte Mühe, diese paar Worte hervorzubringen.

»Das sagen sie alle«, widersprach der Arzt. »Weißt du eigentlich, auf welches Risiko du dich eingelassen hast! Die Alkaloide, die du geschluckt hast, hätten dich umbringen können.«

»Werde ich wieder gesund?« Jetzt fiel ihr das Sprechen schon eine Spur leichter.

Der Arzt hatte aus der Frage die Angst herausgehört, und seine Miene wurde freundlicher. Er strich Majda mit der Hand über die Stirn.

»Aber ja. Es ist alles in Ordnung – du bist ja auch nicht die Erste, die man als heulendes Elend zu mir gebracht hat. Du wirst dich wundern, wie schnell du dich erholen wirst.«

»Wie lange wird es dauern?«

»Nicht lange, ein paar Tage. Dann kannst du wieder arbeiten.«

Nun regte sich Majdas Widerspruchsgeist, und das gab ihr die Energie zu einem weiteren Versuch, den Irrtum des Arztes aufzuklären. Mit aller Kraft, die sie hatte, richtete sie sich auf. »Ich bin keines von den Mädchen, die hier für Geld arbeiten. Ich bin als Touristin nach Cyber City Süd gekommen und nur durch eine Reihe von Missverständnissen in diese Lage geraten.«

Der Arzt erhob sich, er schüttelte abweisend den Kopf. »Solche Geschichten habe ich schon oft gehört. Ich bin bereit, den Mädchen, die aus einer Notsituation heraus hier landen, zu helfen. Die andern aber, die aus Habgier freiwillig hierher kommen, sollen sehen, wie sie mit der Situation fertig werden. Du wirst hier bleiben, bis du wiederhergestellt bist.«

Er drehte sich um und verließ den Raum. Majda sank erschöpft auf ihr Lager zurück. Sie war verzweifelt und konnte sich nicht gegen die hervorquellenden Tränen wehren.

Die folgenden Stunden verbrachte Majda zwischen einem dämmernden Wachzustand und einem von schreckhaften Träumen geplagten Schlaf. Sie bekam etwas zu trinken und musste einen faden Brei hinunterwürgen.

Die Nacht brach herein, was am Wechsel des Lichtes zu bemerken war, das durch ein Deckenfenster einfiel. Majda lag in einem durch Stellwände gebildeten Verschlag. Geräusche, die von außerhalb hereindrangen, ließen darauf schließen, dass sie sich in einem größeren Krankensaal befand.

Während der kurzen Zeitspannen, in denen sie sich wach und aktiv fühlte, dachte sie darüber nach, wie sie den Arzt davon überzeugen konnte, dass sie die Wahrheit gesagt hatte. Und dann fiel ihr etwas ein. Zum Aufstehen fühlte sie sich noch zu schwach, doch sie bat die Schwester, die ihr Fladenbrot und Tee zum Frühstück brachte, ihr die Kleider zu reichen; man hatte sie Majda abgenommen und sie in ein schmuckloses Leinenhemd gesteckt. Es war noch alles da, und in der Jackentasche fand Majda auch, was sie suchte: die Plakette, die sie als offizielle Besucherin legitimierte.

Als Dr. Fawas am nächsten Morgen zur Visite kam, hielt sie ihm die Plakette vors Gesicht und sagte: »Würden Sie bitte einen Blick hierauf werfen?«

Zuerst handelte sie sich damit einen ärgerlichen Blick ein, doch dann griff der Arzt doch danach und sah sich die Prägung an. »Was ist das?«, fragte er.

»Es ist das Abzeichen, das ich als Angehörige einer Delegation bekommen habe. Ich werde nicht noch einmal versuchen, etwas zu erklären, doch ich wäre dankbar, wenn Sie das überprüfen könnten.«

Dr. Fawas blickte Majda erstaunt, aber auch verunsichert an. Er nahm die Kette mit dem Anhänger an sich und entfernte sich.

Schon nach fünf Minuten erschien er wieder und setzte sich an Majdas Bett. »Ich glaube, ich muss mich entschuldigen. Es tut mir sehr Leid, dass ich so abweisend war. Wie sind Sie denn in diese Lage gekommen?«

»Ich kann gut verstehen, dass Sie mir nicht geglaubt haben. Ich weiß selbst, dass das, was mit mir passiert ist, Ihnen höchst unwahrscheinlich erscheinen muss.« Nun endlich hatte sie Gelegenheit, ihre Geschichte zu erzählen. Sie berichtete, wie sie sich zu der Reise nach Cyber City Süd entschlossen hatte, wie in ihr der Entschluss gereift war, nach ihrem Vater zu suchen, und was sie bisher unternommen hatte. Sie erzählte es so, wie es sich zugetragen hatte, ohne etwas zu verschweigen oder zu beschönigen. Irgendetwas, das ihr selbst nicht erklärlich war, brachte sie dazu, dem Arzt gegenüber schlicht die Wahrheit zu sagen.

Majda erzählte detailliert und ausführlich, und sie merkte, dass sich die Einstellung von Dr. Fawas ihr gegenüber änderte. Endlich kam sie zum Schluss. »Ich bedauere, dass ich Ihnen Mühe bereitet habe, doch ich möchte Sie dringend darum bitten, mir auch weiterhin zu helfen. Man hat mir erzählt, dass Sie schon einigen Frauen die Flucht ermöglicht haben. Sie werden verstehen, dass ich so schnell wie möglich wieder in die Stadt zurückkommen möchte. Ich glaube aber nicht, dass ich das auf offiziellem Weg versuchen sollte. Wer weiß, was geschieht, wenn Major Galal erfährt, was sich ereignet hat! Für mich besteht kein Zweifel, dass er dahintersteckt.«

»Da haben Sie gewiss Recht. Wir müssen Sie auf einem anderem Weg hinausbringen.« Der Arzt dachte nach und ersann dann einen Plan. »Übermorgen findet wieder eine der Freilichtaufführungen statt, bei denen auch ein großer Teil des Wachpersonals mitwirkt. Da sind die Ausgänge nicht so streng bewacht. Das ist eine gute Gelegenheit, um sich von dieser traurigen Gegend zu verabschieden. Und bis dahin sollten Sie wieder so weit bei Kräften sein, um den Anstrengungen gewachsen zu sein.«

Der Arzt warf Majda noch einen prüfenden Blick zu, dann legte er die Plakette auf die Kiste, die als Nachtkästchen diente, und verließ den Raum.

Wieder hatte sich Majdas Situation geändert und diesmal sogar in einem positven Sinn. Von diesem Moment an fühlte sie auch wieder jene Zuversicht, die sie sonst auszeichnete, und sie spürte, dass sie sich auch körperlich erholte.

Am darauf folgenden Tag konnte sie aufstehen. Sie stellte fest, dass sie sich tatsächlich in einem Krankensaal befand, und fühlte die neugierigen Blicke der in den Betten liegenden Frauen auf sich ruhen. Sie beeilte sich, den Raum zu verlassen, Dr. Fawas hatte sie aufgefordert, zu ihm zu kommen, um den Fluchtplan in allen Einzelheiten zu besprechen.

Sein Arbeitszimmer war mit wenigen altertümlichen Möbeln ausgestattet, darunter ein breiter Schrank und eine Ottomane; unter einer Kamelhaardecke schaute Bettwäsche hervor. An den Wänden waren Regalbretter angebracht, auf denen silberne Gefäße, mit Einlegemustern verzierte Holzschächtelchen und verschiedene andere Dinge standen, deren Sinn Majda nicht ohne weiteres erraten konnte: Eine Wasserpfeife? Ein Nussknacker? Daneben war eine Reihe filigran ummantelter Fläschchen aufgestellt, wahrscheinlich zur Aufbewahrung von Parfüms gedacht, hier aber ein Schmuck oder Andenken.

Dr. Fawas bemerkte, dass Majda die Stücke gefielen, nahm einzelne davon vorsichtig herunter und erklärte ihren Sinn. »Mein ganzer Besitz«, sagte er mit einem Lächeln, das Majda traurig vorkam.

»Leben Sie hier? Haben Sie kein anderes Zuhause?«

»Nehmen Sie doch Platz«, bat sie der Arzt und goss Tee in kleine, auf silbernen Sockeln stehende Gläser. »Sie vermuten richtig: Ich entferne mich selten von hier. Doch das ist eine lange Geschichte.«

»Wollen Sie sie mir erzählen?«, fragte Majda. Ihr Verhältnis zu diesem Arzt hatte sich völlig geändert. Zunächst war sie durch seine abweisende Art gekränkt gewesen, und nun schätzte sie ihn ganz anders ein. Und sie war neugierig zu erfahren, was ihn hierher gebracht hatte.

»Eigentlich sollte ich gar nicht mehr leben«, sagte der hagere Mann mit der grauen Haut und den ausdrucksvollen Augen. Er sagte es ganz ruhig, als ginge es um eine unwichtige Kleinigkeit. Er machte eine kleine Pause und fuhr dann fort. »Während des Krieges war ich Militärarzt. Als der Reaktor eines Atomkraftwerks von einer Bombe getroffen wurde, war ich in der Nähe, und als wir uns zwischen den Trümmern zu einigen Verwundeten durcharbeiteten, geriet ich in einen stark verstrahlten Raum. Man gab mir nur noch einige Monate, und ich versuchte, mich mit Hilfe von Blutkonserven am Leben zu erhalten. Außerdem bekam ich eine Injektion mit frischem Knochenmark. Aber ich starb nicht, und ich lebe heute noch – es ist wie ein Wunder. Aber ich bin auf Blutkonserven und Medikamente angewiesen, und ich bin darauf gefasst, dass es jeden Tag zu Ende gehen kann.«

»Da brauchen Sie doch nicht mehr zu arbeiten«, sagte Majda.

»Vielleicht ist es gerade die Arbeit, die mich am Leben hält. Sie gibt mir das Gefühl, etwas Nützliches zu tun.«

Wieder erging es Majda so, wie sie es hier schon ein paar Mal erlebt hatte: Sie war voll Mitleid mit diesen Menschen, die der Krieg um ihr Lebensglück gebracht hatte. Sie hätte das dem Arzt gern gesagt, aber sie fand keine Worte. Dennoch war sie sicher, dass ihr Gastgeber wusste, was sie empfand.

Sie schwiegen für einen Moment, dann erläuterte Dr. Fawas, wie sie am nächsten Tag vorgehen würden, um Majda zu befreien.

Majda bekam eine Kammer zugewiesen, eher einen Abstellraum, aber darin stand ein Bett, und alles andere war ihr gleichgültig. In dieser Nacht schlief sie unruhig, denn sie musste immer wieder an den Fluchtplan denken und ging in Gedanken alle Einzelheiten durch, die ihr Dr. Fawas eingeschärft hatte. Trotzdem fühlte sie sich am nächsten Morgen wohl, sie war nicht müde und zweifelte nicht daran, dass sie allen Anforderungen gewachsen sein würde.

Die nachfolgenden Stunden schienen sich endlos zu dehnen, und Majdas Geduld wurde auf eine harte Probe gestellt. Endlich rückte der Abend heran, und der Arzt kam selbst, um sie abzuholen. Er brachte sie in eine Kleiderkammer und holte aus einem Kasten einen weißen Kittel heraus, den er Majda gab.

»Während der Vorführungen sind auch wir Ärzte aktiv: Wir müssen einen Sanitätsdienst organisieren. Bei diesen Spielen wird mit Waffen und Feuer hantiert. Dabei kommt es manchmal zu Verletzungen, und gelegentlich sind auch die Zuschauer betroffen – zum Beispiel wenn Hülsen von Feuerwerkskörpern auf den Tribünen niedergehen. Auf manche Zuschauer wirkt die Vorführung so stark, dass sie Herzinfarkte erleiden. Wir haben Erste-Hilfe-Stationen eingerichtet und Schwebeboote für den Transport ins Krankenhaus bereitgestellt. Das hat mich auf die Idee gebracht, Sie als Sanitäterin zu verkleiden – auf diese Weise können Sie sich in den für die Zuschauer geöffneten Teilen des Geländes frei bewegen. Und dabei wird sich gewiss eine Gelegenheit für Sie ergeben, sich unter die Besucher zu mischen und nachher mit einem der Transporte in die Stadt zurückzukommen.«

Inzwischen hatte er Majda noch eine Armbinde gereicht, auf der das Symbol des Roten Halbmonds aufgedruckt war. »Ziehen Sie den Kittel über Ihre Kleidung und legen Sie auch die Binde an. Und unter diesem Kopftuch verbergen Sie Ihre blonden Haare – ziehen Sie es sich bis über das Gesicht.«

Majda tat wie ihr geheißen. Der Arzt begutachtete ihr Aussehen und nickte dann zufrieden. »Kommen Sie – ich mache Sie mit dem Team bekannt, das sich um Sie kümmern wird.«

Es war eine kleine Gruppe, die schon im Bereitschaftsraum wartete: ein Hilfsarzt und zwei Sanitäterinnen. »Die Leute sind verlässlich. Ibrahim wird Ihnen alles Nötige erklären.«

Sie nickte dem jungen Hilfsarzt zu, er sah klug und freundlich aus. »Wir können gehen«, sagte er.

Majda trat zu Dr. Fawas. »Wie kann ich mich revanchieren?«, fragte sie.

Der Arzt winkte ab. »Sie schulden mir nichts. Ich wünsche Ihnen Glück und Erfolg. Und seien Sie bitte vorsichtig.«

Majda hätte ihn gern umarmt, aber das wäre vor seinen Mitarbeitern wohl nicht zu empfehlen gewesen. So reichte sie dem Arzt lediglich die Hand und dankte ihm noch einmal. Dann machte sie sich mit den andern auf den Weg.

Sie verließen das Gebäude. Majda sah, dass es ein etwas abseits stehender Bau war, der eher einer Maschinenhalle glich als einem Krankenhaus. Es war von einem Zaun umgeben, und um den Hof zu verlassen, mussten sie eine Sperre passieren. Dabei gab es keinerlei Schwierigkeiten, durch ihre Kleidung schienen sie ausreichend legitimiert. Und auch bei weiteren Sperren ging alles glatt.

Schließlich kamen sie in den Bereich der Tribünen, die sich mit Zuschauern zu füllen begannen; das große Spektakel schien unmittelbar bevorzustehen. Unterhalb der Aufbauten waren mehrere Geräteschuppen aufgestellt, aus einigen liefen Leitungen und Röhren hinaus, und dort standen auch zwei Mini-Schweber mit dem Symbol des Roten Halbmonds. Dieser Platz war durch einen Durchgang mit einer schmalen Plattform verbunden, von der aus es einen guten Überblick über das Spielfeld wie auch über die Tribünen gab. Dort stand eine Bank, auf der die Sanitäter ihr Gepäck abstellten.

Majda trat an das Geländer, das den Standort gegenüber der für die Gäste bestimmten Zone abtrennte, und sah sich um. Auf den Tribünen drängten sich die Nachzügler unter den Besuchern und versuchten, noch günstige Plätze zu ergattern. Auf einer großen Projektionsfläche wurde Reklame für verschiedene Attraktionen von Cyber City Süd gemacht, aus den Lautsprechern dröhnte Musik. Bis zum Beginn konnte es nicht mehr lange dauern, auf den Rängen war es ruhig geworden, und eine gespannte Erwartung lag wie eine elektrisch geladene Wolke über den Sitzreihen.

Dann wurde der Bildschirm dunkel und die Musik verstummte. Ein paar Sekunden lang war noch das Gemurmel ausklingender Gespräche zu vernehmen, dann herrschte Stille. Unwillkürlich blickte auch Majda gespannt auf den in der Abenddämmerung nur schwach erhellten Platz, der als Bühne dienen sollte. Von dem überhöhten Standpunkt sah man über einige Gebäude, die durch Zäune voneinander getrennt waren. Dazwischen erhoben sich Masten mit Antennen und kreisenden Kameras – die Szenerie eines Gefängnisses inmitten eines echten Gefangenenlagers, absurdes Theater wie so vieles, was den Touristen geboten wurde.

Das Spektakel begann mit einem Knalleffekt: Im Zentrum der bisher nur undeutlich sichtbaren Bühne stieg eine Feuersäule hoch, und einen Augenblick später dröhnte ohrenbetäubender Donner über die Zuschauer hinweg. Im Schein der feurigen Fontäne wurde der Schauplatz des Geschehens mit allen Einzelheiten deutlich, und als das Feuer erloschen war, flammten in unregelmäßiger Folge die Scheinwerfer auf – aus der Logik des Spiels heraus als Folge eines Alarms, akustisch von grellen Sirenentönen begleitet. Zugleich dienten die Scheinwerfer aber auch als Bühnenbeleuchtung für die jäh aus ihrer gespannten Ruhe gerissenen Zuschauer, auf die der Lärm und die gleißenden Lichter wie ein Schock wirkten und den erwünschten Adrenalinausstoß auslösten.

Unten waren Menschen aufgetaucht, zwei Gruppen, die für das Publikum anhand ihrer Kleidung – rot-weiß gestreifte Overalls und andererseits schwarz-silberne Uniformen – als Sträflinge beziehungsweise als Gefangenenwärter zu erkennen waren. Sie liefen hin und her, beschossen ihre Gegner mit Ionenstrahlern, warfen sich zu Boden, sprangen wieder auf und stürmten aufeinander zu. Der Luftraum über ihnen war von einem Gewirr umherirrender Lichtpfeile erfüllt.

Allmählich zeichnete sich in dem anfänglichen Chaos eine Ordnung ab, der Plot der Aufführung wurde deutlich: Eine Gruppe von Gefangenen zettelt einen Aufstand an und bringt dazu eine der Baracken in ihre Hand. Sie nimmt Geiseln und verhindert dadurch einen Angriff auf das besetzte Gebäude. Eine Einheit der Wächter versucht, die Geiseln zu befreien, was unter Inkaufnahme von Opfern auf beiden Seiten auch gelingt. Zuletzt geht das besetzte Gebäude in Flammen auf, und die daraus fliehenden Aufständischen werden gefangen genommen oder erschossen. Das glückliche Ende wird mit Ordensverleihung und Gesang gefeiert.

Eine eindrucksvolle Aufführung, das musste Majda widerwillig anerkennen. Auch sie – obwohl sie so viel anderes im Kopf hatte – konnte sich der Spannung nicht entziehen. Das, was da unten gespielt wurde, war präzise inszeniert, wie die Aufstände in den Filmen, und es entsprach ganz und gar den Erwartungen des Publikums. Durch die real scheinende Kulisse war dieses in viel intensiverer Weise ins Geschehen einbezogen als im Kino oder vor dem Fernsehschirm. Es atmete den Rauch von Pulver ein, der unten, vor den Tribünen, in die Luft geblasen wurde, und gelegentlich streute ein Mitarbeiter von einem Schwebeboot aus aufgewärmte Ascheteilchen über die Tribünen. Um die Anteilnahme weiter zu steigern, wurden auf dem großen Bildschirm zusätzlich vorgefertigte Szenen gezeigt, in denen einzelne Menschen in Großaufnahmen zu sehen waren. Auf diese Weise wurden die Zuschauer darüber informiert, was sich – fiktiv – im Innern der Gebäude abspielte, in den Zellen, in den Aufenthaltsräumen der Wärter und im Labyrinth der Gänge. Noch wichtiger aber war es, auch Helden, gute und böse, zu personifizieren, und dem Publikum dadurch die Möglichkeit zu geben, sich für die eine oder andere Seite zu entscheiden – natürlich stellte man letzten Endes die Tapferkeit und Pflichterfüllung der Vollzugsbeamten heraus und hob den Abschluss des Geschehens – das Gute trägt den Sieg davon – als Happy End hervor.

Das Schauspiel war zu Ende, der Sanitätstrupp hatte nur zweimal eingreifen müssen – einmal mussten die Wunden zweier Zuschauer verarztet werden, die im Streit um ein Sitzkissen aneinander geraten waren, und einmal hatte man eine Frau gebracht, die einen allergischen Anfall erlitten hatte. »Das ist eine Wirkung der Chemikalie, die den Pulvergeruch vortäuscht«, erklärte Ibrahim. Es kommt immer wieder vor – manche reagieren darauf mit schockartigen Zuständen. Ich schätze, es liegt an dem Quäntchen Quecksilber, das dabei verdampft wird.« Die Frau bekam eine Spritze und erholte sich rasch.

Draußen entstand das übliche Chaos, das für das Ende von Massenveranstaltungen typisch ist. Die Zuschauer erhoben sich von den Plätzen, drängten möglichst rasch zum Parkplatz, auf dem die Busse standen.

»Ich glaube, jetzt wird es Zeit für mich«, sagte Majda und wollte schon ihren Sanitätermantel ablegen, doch Ibrahim hinderte sie daran. Er stand an der Brüstung und schien etwas zu beobachten. Nicht weiter beunruhigt stellte sich Majda neben ihn und folgte seiner Blickrichtung. »Was gibt es?«

»Sehen Sie, dort, am Ende der Treppe ... und auch dort drüben...« Er wies mit der Hand die Richtung. Majda bemerkte nur, dass sich an diesen Stellen die Menschen nicht so zügig fortbewegten wie anderswo.

»Dort gibt es Kontrollen ... das ist ungewöhnlich ... Sie sollten noch etwas warten.«

Nun fiel auch Majda auf, dass überall dort, wo die Menschen Engstellen zu überwinden hatten, Überprüfungen vorgenommen wurden.

»Was hat das zu bedeuten?«, fragte Majda.

»Ich weiß es auch nicht«, antwortete Ibrahim, »am besten, Sie warten noch ein wenig.«

Ein Ruf von hinten riss beide aus ihrer auf die Vorgänge im

Tribünenraum gerichteten Konzentration. Sie drehten sich um, und unwillkürlich zog Majda das Kopftuch tiefer ins Gesicht. Hinter ihnen waren zwei Uniformierte aufgetaucht, Angehörige der Polizei.

Der eine trat zu Ibrahim und zeigte ihm etwas. »Haben Sie vielleicht diese Frau gesehen?«

Majda konnte Ibrahims Antwort nicht mehr hören, denn nun stand der zweite, etwas jüngere Polizist vor ihr und hielt ihr eine Blopp-Screen im Miniformat vor die Augen. Darauf war eine Frau zu sehen. Majda glaubte, ihr Herz müsse stillstehen ... Auf dem Bild war sie selbst zu sehen.

Der Polizist sah sie etwas ungeduldig an – vor Aufregung hatte sie seine Frage nicht gehört, aber sie war geistesgegenwärtig genug, um den Kopf zu schütteln und irgendetwas zu murmeln, was als Verneinung zu verstehen war. Glücklicherweise dauerte der Moment des Schreckens nicht an, denn der Polizist nickte, drehte sich um und verließ mit seinem Kollegen den Platz.

Als die beiden verschwunden waren, blickte Majda den jungen Arzt ratsuchend an, doch dieser machte nicht den Eindruck, als habe er eine Lösung parat.

»Man sucht Sie«, flüsterte er ihr zu.

»Was ist mit unserem Plan?«, fragte sie. »Den können wir wohl vergessen. Oh verflucht –«

Majda sah so bestürzt aus, dass Ibrahim an sie herantrat und ihr den Arm tätschelte. »Beruhigen Sie sich«, sagte er. »Wir finden schon einen Ausweg.«

Er dachte eine Weile nach – für Majda schien es eine kleine Ewigkeit zu dauern. »Den offiziellen Weg können Sie nicht nehmen. Sehen Sie – ich hatte schon einen Ausweis für Sie besorgt.« Er holte eine Anstecknadel mit einer Prägung aus seiner Manteltasche und fügte hinzu: »Von der Allergikerin – ich habe ihn unauffällig an mich genommen.«

»Und diese wird nun Schwierigkeiten haben«, vermutete Majda mit schlechtem Gewissen.

»Aber nein«, beruhigte sie Ibrahim. »Wir haben sie bereits abtransportiert – sie konnte doch nicht in dieser für sie schädlichen Atmosphäre bleiben.« Ibrahim dachte noch einen Moment nach, dann hellte sich seine Miene auf. »Ich glaube, jetzt habe ich die Lösung. Es geht ganz einfach: Von hier aus gelangen wir aus dem für die Gäste bestimmten Platz hinaus. Ich werde mit Ihnen kommen und sie an einen Teil der Absperrung führen, der nur aus Stacheldraht besteht. Und mit dem werde ich fertig.« Er öffnete seine Instrumententasche und holte eine Schere heraus.

»Wenn wir die Kontrollstellen umgehen ... könnte ich mich da nicht einfach unter die Gäste mischen und mit ihnen in einen Bus einsteigen?«

»Das würde ich Ihnen nicht raten. Es ist anzunehmen, dass auch dort kontrolliert wird.«

Nach kurzem Überlegen stimmte Majda zu.

»Wir sollten gleich aufbrechen«, forderte Ibrahim. »Jetzt herrscht hier noch ziemliches Durcheinander, und ein Großteil der Wachposten ist eingeteilt, um den Abtransport der Besucher zu regeln. Diese Gelegenheit müssen wir nutzen.«

Er sprach kurz mit seinen beiden Kolleginnen, die zustimmend nickten, und wandte sich wieder an Majda. »Bleiben Sie hinter mir.«

Inzwischen war es dunkel geworden, und als sie den beleuchteten Raum der Tribünen verließen, standen sie in schwarzer Nacht. Ibrahim schien trotzdem gut zu sehen, doch bei Majda dauerte es eine Weile, ehe sie sich an die Dunkelheit gewöhnt hatte.

Sie schritten eilig dahin, der Weg war holprig, und Majda wurde durch ihren weiten Mantel behindert, den sie über ihre westliche Kleidung gezogen hatte. Dazu kam, dass sie durch den Schlitz ihres Kopftuchs nur schlecht sehen konnte, doch Ibrahim hatte angeordnet, dass sie diese Kleidungsstücke zunächst anbehalten sollte. Sie begann stark zu schwitzen, und es wurde noch schlimmer, als sie vom Weg abwichen und über steiniges Gelände gingen. Mehr und mehr machte sich nun die Schwäche bemerkbar, die sie überwunden zu haben glaubte, und oftmals, wenn sie wieder über einen aufragenden Stein stolperte und zu stürzen drohte, glaubte sie aufgeben zu müssen. Aber sie zwang sich durchzuhalten – wenn nötig bis zum Zusammenbruch.

Dann tauchte vor den beiden eine dunkle Masse auf, die sich als Stacheldrahtumzäunung entpuppte. Bedauerlicherweise war es kein einfacher Zaun, sondern eine zwei Meter hohe Rolle aus fest verknäueltem Draht.

Ibrahim wies sie an, stehen zu bleiben, und sah sich das Hindernis genauer an. Schließlich winkte er Majda heranzukommen. »Am besten, Sie setzen sich und ruhen ein wenig aus.«

Majda folgte dieser Anweisung gern. Sie legte sich der Länge nach und tief atmend auf eine mit feinem Grus bedeckte Stelle. Ibrahim hatte die Schere zur Hand genommen und versuchte, damit die stacheligen Drahtstränge durchzuzwicken.

Als es Majda ein wenig besser ging, setzte sie sich auf, um den Arzt zu beobachten. Sie hatte ihre Zweifel, ob ihm sein Werk mit der kleinen medizinischen Schere gelingen würde, doch dann war sie erstaunt darüber, wie geschickt er mit seinem Werkzeug umzugehen verstand.

Schließlich richtete Ibrahim sich auf und streckte mit leisem Ächzen seinen Körper. Dann spähte er in die Umgebung. »Niemand zu sehen – wir sind unentdeckt geblieben, Gott sei Dank!« Er griff in die Brusttasche und holte einen Umschlag heraus. »Hier, das nehmen Sie mit. Es ist eine Bestätigung des Hospitals, dass Sie dort wegen eines Schlaganfalls in Behandlung waren. Das brauchen Sie, um in das Touristenviertel zurückgelassen zu werden; zeigen Sie auch ihre Plakette vor, die Sie als Mitglied einer Delegation ausweist.«

Ibrahim hatte Gummihandschuhe angezogen – ein schwacher Schutz beim Umgang mit Stacheldraht, aber besser als nichts. Nun schob er seinen Arm unter die in Bodennähe verlaufenden Stränge und schlang eine Mullbinde mehrfach darum herum. Dann zog er an den Enden – das Bündel ließ sich ein Stück in die Höhe heben, darunter wurde eine Spalte frei.

»Legen Sie sich auf den Boden«, befahl Ibrahim, »und rutschen Sie unten durch. Wenden Sie sich dann nach links, dort verläuft die Straße. Können Sie die Lichter sehen? Es ist nicht weit. Dort legen Sie die Sanitäterkleidung ab, damit man Sie als Europäerin erkennt. Halten Sie ein Fahrzeug an, am besten ein privates.«

»Und Sie meinen, dass mich jemand mitnimmt? Und dass mir nichts geschieht?«, fragte Majda.

Der junge Mann sah sie ein wenig vorwurfsvoll an. »Bei uns hat die Hilfsbereitschaft einen hohen Rang. Und der größte Teil unserer Bevölkerung ist durchaus ehrenhaft. Sie können sicher sein: Es wird Sie jemand mitnehmen, Sie werden nicht lange warten müssen.«

Majda befürchtete, Ibrahim, der für sie so viel gewagt hatte, beleidigt zu haben. Sie entschuldigte sich und versuchte ihm zu danken, doch er unterbrach sie.

»Ich habe es gern getan – schließlich hat man Ihnen übel mitgespielt. Es tut mir Leid, dass Ihnen das in unserem Land passieren musste. Und jetzt beeilen Sie sich – und auch ich muss von hier weg, zurück zu meiner Arbeit.«

Majda hätte gern noch etwas gesagt, aber dann legte sie sich auf den Boden und begann, sich mit Hilfe der Ellbogen und der Füße vorwärts zu schieben. Zu ihrer Überraschung gelang ihr das rasch und ohne Schwierigkeiten. Als sie sich wieder erhob, war sie allerdings erneut außer Atem. Sie versuchte, über die Stacheldrahtumzäunung hinwegzublicken, um Ibrahim noch einmal zuzuwinken, doch er war nicht mehr zu sehen. Sollte sie die Kleidung des Sanitätsdienstes hier noch weiter tragen? Die weiße Farbe machte sie in der Nacht von weitem sichtbar. So warf sie Kopftuch und Mantel ab und versteckte diese in einer Grube. Sie legte ein paar Steine darauf, so dass nichts mehr davon zu sehen war. Würde man sie jetzt noch aufgreifen, dann sollte kein Verdacht auf die Sanitäter oder auf Dr. Fawas fallen.

Und so begann Majda die Wanderung durch die Wüste, die sie zu der Straße führen sollte. Es sei nicht weit, hatte Ibrahim gesagt, und sie konnte die Lichter der Fahrzeuge sehen. So hatte sie das Ziel vor Augen, und das gab ihr Kraft. Diese Kraft brauchte sie allerdings, denn der Weg schien immer länger und unwegsamer zu werden, je weiter sie kam, und sie wurde unsagbar müde. Hatte sie sich zuerst noch nach allen Seiten umgeblickt, ob sich vielleicht ein Suchtrupp näherte, so schaute sie jetzt nur noch zu Boden, um nicht zu stolpern. Wenn du fällst, bleibst du einfach liegen, raunte ihr eine unhörbare Stimme aus ihrem Inneren zu.

Eine letzte Bodenwelle galt es noch zu überwinden, dann lag direkt vor ihr die Straße, darauf Busse, Personenwagen, Motorräder, von Eseln gezogene, mit Petroleumlampen beleuchtete Wagen. Majda lag im Straßengraben und keuchte vor Anstrengung, aber sie war glücklich. Sie hatte es geschafft.

Schließlich war es ein alter Mann auf einem Motorrad, der sie bemerkte und stehen blieb. Sie versuchte, ihm ihre Lage zu schildern, doch er sagte etwas auf Arabisch und deutete an, dass er kein Englisch spreche. Er wies auf den Rücksitz, und so fuhr Majda schließlich, an den nach Tabak riechenden Alten geklammert, in die Stadt ein. Ohne Aufforderung brachte er sie an einen der Durchgänge zwischen dem alten Stadtteil und dem Touristenviertel und fuhr mit einem freundlichen Lächeln davon. Die Polizisten, an die sich Majda wandte, widmeten ihre ganze Aufmerksamkeit einem auf dem Fernseher laufenden Fußballspiel, und der junge Mann, dem sie nach einer Weile des Wartens schließlich ihre Plakette zeigte, schien nicht zu verstehen, was Majda ihm zu erzählen versuchte, und wies ihr freundlich winkend den Weg – zurück in die Stadt der Überraschungen und der Wunder.

Am nächsten Tag hatte Majda keine Lust, etwas zu unternehmen. Sie blieb einfach im Bett liegen, und als sie merkte, dass die Müdigkeit nachließ und sich die Erinnerungen an die letzten Tage meldeten, wehrte sie sich dagegen. Sie schloss die Augen, sie wollte weiterhin müde sein, sie wollte schlafen – und da ihr die enormen Anstrengungen noch in den Knochen steckten, schlief sie in der Tat wieder ein.

Später, als sie hungrig erwachte, ließ sie sich von der Minibar ein Brötchen rösten und aß es mit Erdnussbutter und Akazienblütensalat. Dann aber konnte sie die quälenden Gedanken nicht mehr unterdrücken. Wie würde es mit ihr weitergehen? Hatte sie vom Major etwas zu befürchten?

Es war bereits spät am Nachmittag, als das Summen des ComSets sie aus chaotischen Träumen riss. Auf dem Bildschirm erschien Khalid, der auch diesmal unsicher und verlegen zu sein schien und Majda versicherte, dass das Zusammensein mit ihr das Schönste war, was er bisher erlebt hatte. Er entschuldigte sich, dass er aufgrund familienbedingter Verpflichtungen so lange nichts von sich hatte hören lassen. Das war Majda gerade recht: So brauchte sie ihm nichts über die letzten vier Tage vorzuflunkern – denn sie hatte nicht vor, ihm von ihrem missglückten Unternehmen im Staatsgefängnis zu berichten.

Doch Khalid wollte gar nicht wissen, was sie während der letzten Tage unternommen hatte, sondern fuhr fort, ihr seine Zuneigung und seine Bewunderung zuzusichern. Majda hörte nur mit halbem Ohr zu. Doch dann horchte sie auf: Khalid teilte ihr mit, dass er ihren Wunsch erfüllen könne … ihren Wunsch … was meinte er damit? Dann fiel es ihr ein: Sie hatte ihm gegenüber angedeutet, dass sie sich gern in der Innenstadt umsehen wollte. Doch es gelang Khalid, ihre Erwartungen zu übertreffen.

»Du bekommst eine Aufenthaltserlaubnis für die Erledigung von Familienangelegenheiten«, kündigte er an. »Ich habe meinem Vater von deinem Problem erzählt. Die Familie übernimmt eine Bürgschaft für dich.«

Wenn Majda nur wüsste, was sie ihm noch alles erzählt hatte! Wahrscheinlich von ihrem Vater, das ließ sich ohnehin nicht mehr geheim halten. Aber sollte sie auch etwas von der Planskizze erwähnt haben?

Nach kurzer Überlegung schloss sie diese Möglichkeit aus: Zwar hatte sie sich in einem euphorischen Zustand befunden, doch sic war stets bei klarem Bewusstsein gewesen. Also konnte sie sich wohl vorbehaltlos darüber freuen, dass sich nun doch eine Möglichkeit gefunden hatte, in die alte Stadt zu kommen, und sie bedankte sich herzlich.

»Da können wir uns wiedersehen«, sagte Khalid, und es war Majda, als könnte sie in seinem Tonfall die Sehnsucht hören, von der er vorhin gesprochen hatte. Warum nicht, dachte Majda, und sie bemerkte mit Überraschung, dass sie sich darauf freute. Ich werde mich doch nicht in diesen Jungen verlieben, schalt sie sich.

Khalid beschrieb einige Sehenswürdigkeiten, die er ihr in der Altstadt zeigen könnte, darunter den Basar – dort wollte er ein Andenken für sie aussuchen. Noch während er sprach, meldete der Summer, dass ein Anrufer für Khalid in der Leitung sei. Es musste etwas Wichtiges sein, denn er entschuldigte sich eilig: Er müsse das Gespräch beenden.

»Sobald ich etwas Näheres weiß, melde ich mich wieder«, fügte er noch hinzu, dann war die Verbindung unterbrochen.

Nach langer Zeit waren der Alte und der Junge wieder hinaus zu den Dünen geritten. Sie hatten ihre Kamele in der Mulde abgestellt und stiegen jetzt den Hang hinauf. Dem Alten fiel das Gehen schwer, in den ständig abrutschenden Sandmassen kam er nur langsam voran und blieb mehrmals tief atmend stehen. Der Junge, von Neugier getrieben, merkte nichts davon, er bewegte sich geschickt und schnell, als könnte er über den Sand schweben, ohne ihn zu berühren. Oben angekommen wandte sich sein Blick sofort wieder der Stadt zu, die ihn gleichermaßen faszinierte und abstieß. Aus der Ferne näherte sich am Himmel eine silbern glänzende Scheibe, bewegte sich auf die Stadt zu und kam über ihr schwebend zur Ruhe. Dann senkte sie sich scheinbar langsam hinab, bis die graue Front der merkwürdig geformten Gebäude die Sicht versperrte.

Nun erst gelangte der Alte auf dem Kamm der Düne an. Als er sich neben dem Jungen im Sand niederließ, beobachtete er mit Missbilligung, dass dieser einen Feldstecher aus seiner Umhängetasche zog und ihn dorthin richtete, wo das Zentrum seiner Wissbegier und seiner Unruhe lag.

»Wozu brauchst du diesen Gegenstand?«, fragte der Alte. »Sind deine Augen nicht mehr scharf genug, um in die Ferne zu blicken?«

»Sie sind scharf«, antwortete der Junge, »aber sie sind nicht scharf genug, um mir die Ferne so nahe heranzuholen, wie es mit diesen Gläsern möglich ist.«

»Sie stammen von den Fremden«, murmelte der Alte, aber er wusste längst, dass dieses Argument inzwischen an Wirkung eingebüßt hatte. Denn der Junge wusste genau, woher der Feldstecher stammte: Sie hatten ihn in einem versteckten, aus dem letzten Krieg stammenden Waffenlager gefunden –

zusammen mit Schnellfeuergewehren, Minen, Granaten und auch jenen Rauchgeneratoren, die sie einsetzten, sooft sie hierher kamen. Mit ihnen erzeugten sie die Nebelwolke, mit der sie sich bei ihren Kundschaftergängen vor der Beobachtung durch Flugzeuge schützten.

Nun wandte sich der Junge dem Alten zu und sah ihm fest in die Augen. »Sie sind intelligenter, sie wissen mehr als wir«, sagte er, und es klang wie ein Vorwurf.

Der Alte schüttelte den Kopf. »Sie wissen auch nicht mehr als wir. Schau dir doch an, wozu sie dieses Wissen verwenden – schau hinüber, was aus der alten Stadt geworden ist! Sie haben keine Ahnung von den Regeln, nach denen der Mensch sein Leben gestalten soll. Wir dagegen wissen das. Wir wissen, was wirklich wichtig ist, um ein Leben in Anstand zu führen.«

»Sie haben das Öl aus dem Boden geholt, aus diesem unfruchtbaren Boden, auf dem nur arme Hirten lebten, und damit Reichtum geschaffen. Sie wissen, wie man das Wasser aus den Quellen holt, selbst wenn diese längst versiegt sind, und wie man fruchtbare Gärten daraus gewinnt. Und –«, der Blick des Jungen hing wieder weit draußen, wo jetzt eine silberne Scheibe aufstieg, für kurze Zeit schräg in der Luft verharrte und sich dann nach einer eleganten Wendung in Richtung Nordwesten schwang, »… und sie können sich sogar vom Boden lösen, sie können fliegen.«

»Und wozu soll das gut sein?«, wandte der Alte wieder ein. »Es sind einfach andere Dinge, die wir wissen und sie nicht. Glaubst du, dass sie die 37 Farben des Sandes unterscheiden wie wir? Glaubst du, dass sie das Alter eines Kamels an seinem Geruch erkennen?«

»Und was nützt es uns, das Alter der Kamele an ihrem Geruch erkennen zu können, wenn unsere Kamele verdurstet sind?«

Der Junge war ein paar Jahre älter geworden, und es war nicht zu verheimlichen, dass er sich über einige Dinge eigene Gedanken machte.

»Merkst du nicht, dass das Wissen der Fremden frevelhaft ist? Überall dort, wo sie es anwendeten, hatte dies Unheil zur Folge. Haben sie das Öl zu aller Wohl eingesetzt? In einigen Jahrzehnten waren die Vorräte aufgebraucht, und die Armut wurde schlimmer als zuvor. Und ist dir nicht bekannt, was sie mit dem Wasser machen? Gewiss, sie holen es aus Tiefen, die wir nicht erreichen können – und dann verschwenden sie es. Sie holen so viel davon heraus, dass selbst unsere Quellen versiegen – und am Ende wird kein Wasser mehr da sein, nicht für sie und nicht für uns. Was nützt es da, fliegen zu können? Der Mensch ist kein Vogel. Sein Platz ist auf der Erde. Der Mensch braucht dieses Wissen nicht, das ihn lediglich ins Verderben führt.«

Der Junge drehte sich um, er wollte erkunden, ob der Alte, sein Lehrer und Vorbild, verärgert war... Aber er stellte nur so etwas wie Trauer in seiner Miene fest. So nahm er allen seinen Mut zusammen und sagte, was er dachte: »Gott hat uns die Augen gegeben, um zu sehen, und die Ohren, um zu hören. Und er hat uns den Verstand gegeben, damit wir denken sollen und Erkenntnisse erwerben. Wäre es nicht in seinem Sinn, diese zum Wohl aller Menschen zu nutzen?«

Es war das erste Mal, dass er es gewagt hatte, dem Alten so entschieden zu widersprechen, und kaum war es geschehen, da erschrak er über seine Kühnheit – und seine Taktlosigkeit.

Der Alte antwortete nicht. Mit seinen in den letzten Jahren trüb gewordenen Augen blickte er an einen unbestimmten Punkt in der Weite des Raums, wo er etwas sehen mochte, was kein anderer außer ihm sah. Doch er schwieg. Und er schwieg noch immer, als sie sich schließlich auf den Rückweg machten.

4

Wieder einmal schnitt der ohrenbetäubende Pfeifton in die Stille der Nacht, und wie immer, wenn Alarm gegeben wurde, hatten die zehn Angehörigen des mittleren Führungskorps nur fünf Minuten Zeit, um sich an ihre Plätze zu begeben und Informationen über die Situation einzuholen. Auch diesmal ging es um die immer wieder neu gestellte Aufgabe: die Besetzung von Häusern und Häuserblöcken, eine Aktion, die diesmal durch die Annahme einer mit Gas vergifteten Luft erschwert wurde. Wie immer wurde die Übung im Fitness-Saal abgehalten, und Ghory hatte höchste Eile, dort noch vor jenen Soldaten einzutreffen, die unter seinem Befehl standen. Die Holo-Schirme flackerten schon, und nun tauchte auch die Szenerie auf, in der sich die Simulation abspielen würde. Es war eine Trümmerlandschaft, Haufen von zerborstenen Ziegeln, Bombentrichter, Lachen mit Schlamm, da und dort Reste von Mauern, und dazwischen grüngelbe Schwaden – das vom Feind eingesetzte Gas. Das hatte zunächst nur die Konsequenz, dass die Soldaten wie auch die Befehlshaber der Trupps Gasmasken aufsetzen mussten.

Fahim, von dem die Lernprogramme stammten, hatte alles dafür getan, um einen möglichst wirklichkeitsgetreuen Eindruck zu erwecken. Die Szenerie war beweglich, und die Art und Weise, wie sich die Perspektive veränderte, hing davon ab, wie sich die Soldaten auf ihren trapezförmigen Bodenplatten verhielten. Diese waren mit einem Rasen von borstenförmigen Sensoren besetzt, und die Soldaten konnten darauf stehen, laufen und sich, wenn es, beispielsweise beim Schießen, nötig war, auch niederknien. Rückwärtsbewegung war dagegen ebenso verboten wie jede Art von Bodenberührung außerhalb der Platte. In den Holo-Bildern tauchten immer wieder Feinde auf, mit allen möglichen Waffen ausgerüstet, die sie auf die Angreifer richteten, und es kam nun darauf an, diese Gegner kampfunfähig zu machen, ehe sie selbst schießen konnten. Auch die Zielsicherheit der Soldaten wurde automatisch geprüft – wenn einem ein Treffer gelungen war, ging der feindliche Schütze zu Boden oder wurde in der Luft zerrissen, wenn dagegen der Soldat zu langsam war, dann wurde ihm als Folge gegnerischer Treffer vom Helm aus ein Stromstoß in den Schädel gejagt, manchmal so stark, dass er das Bewusstsein verlor.

Die Truppführer, darunter auch Ghory und Bastan, hatten die Aufgabe, die Aktion so zu leiten, dass sie koordiniert und zielgerecht ablief. Über Mikrophone gaben sie ihre Befehle, die die Angehörigen ihres Trupps über Lautsprecher an den Helmen aufnahmen. Dabei waren sie ebenfalls dem feindlichen Feuer ausgesetzt oder wurden, bei Misslingen der Aktionen, mit Stromstößen bestraft.

Der Gebrauch der Gasmasken war eine zusätzliche Schikane, die die Verständigung ebenso erschwerte wie der Lärm, der das Kampfgeschehen begleitete. Die zugrunde liegende Situation war perfekt simuliert – allein diese Geräuschkulisse wirkte überaus beängstigend, wenn man nicht an sie gewöhnt war. Das Schlimmste war allerdings das erschwerte Atmen, und schon nach wenigen Minuten waren alle Männer, die da mit vollem Einsatz ihre wirklichkeitsgetreuen Schattengefechte führten, in Schweiß gebadet und rangen keuchend nach Atem.

Derartige Übungen zogen sich oft über mehr als vierundzwanzig Stunden hin – auch das ein Mittel, um die Situation trotz der äußerst eingeengten Bedingungen möglichst realistisch zu simulieren. Sie forderten von den Teilnehmern das Letzte, aber waren sie deshalb realistisch? Das fragte sich Ghory in einer der wenigen Ruhepausen. Aber vielleicht kam es darauf gar nicht an, wichtig war, dass alle Beteiligten hundertprozentig von ihrer Überlegenheit überzeugt waren. Und das waren sie natürlich insbesondere dann, wenn sie die bei den Manövern gestellten Aufgaben befehlsgerecht ausführten. Mit der Zeit war das immer besser gelungen, jetzt waren sie perfekt.

Unter normalen Umständen wäre Ghory auch diesmal mit dem Ausgang zufrieden gewesen, aber an diesem Tag kamen merkwürdige Zweifel in ihm auf. Bei einer Simulation ließen sich die Randbedingungen immer so einrichten, dass die Ergebnisse gut oder auch schlecht waren, und so gesehen war die Selbstzufriedenheit, der er sich beinahe schon überlassen hätte, nichts anderes als eine Selbsttäuschung. Es war genau dieser Effekt, den jene, die die Simulation eingerichtet hatten, anstrebten: Die Überzeugung, der Bessere zu sein, führt dazu, dass sich jeder bedenkenlos in die Schlacht wirft.

Zum ersten Mal in seinem jungen, auf extrem reduzierte Verhältnisse ausgerichteten Leben kamen in Ghory Zweifel auf. Denn wenn der Feind seine Truppen – wenn auch vielleicht mit anderen Mitteln – im selben Sinn erzieht, dann sollte es bei nüchterner Betrachtung keinen Besseren geben, dem der Sieg sicher ist, vielmehr käme es auf äußere Bedingungen an, auf die Truppenstärke, auf die überlegenen Waffen und auf die Vertrautheit mit den äußeren Bedingungen. Und da erhob sich schon wieder die Frage: War eine Übung, wie sie eben zu Ende gegangen war, nicht bedenklich weit von den wirklichen Bedingungen entfernt?

Gedanken solcher Art hatte Ghory bisher nicht gekannt, und als er sich dessen bewusst wurde, stellte er mit Betroffenheit fest, dass das Gebäude seiner Überzeugungen am Bröckeln war. Er empfand geradezu ein Bedauern über einen unwiederbringlichen Verlust – als hätte man ihm den Boden unter den Füßen weggezogen. Trotzdem hätte er den Wandel in seiner Haltung um keinen Preis rückgängig machen wollen.

Unter den gegebenen Umständen musste er sich gedulden, bis er endlich wieder mit Bastan sprechen konnte. Hatte dieser einen ähnlichen Prozess durchgemacht wie er selbst? War auch er der Überzeugung, dass man in einer Situation, wie sie sich durch das gefälschte Testament ergeben hatte, unbedingt eingreifen musste?

Nach dem Einsatz, der gute achtzehn Stunden gedauert hatte, war Ghory völlig erschöpft, und er war froh, dass er sich im Medikamenten-Depot die von Bastan empfohlene Fettcreme besorgt hatte, denn es war kein Vergnügen, die Nächte auf dem Hocker oder im abgelassenen Tank zu verbringen, wenn man den Schwebezustand im Auftrieb der Lösung gewöhnt war. Als er sich in die körperwarme Flüssigkeit gelegt hatte, fragte er sich, ob ihn die Skrupel, die ihn plagten, überhaupt schlafen lassen würden, doch nur eine Minute später schlief er bereits einen Schlaf, der tief und traumlos war wie eine Ohnmacht.

Am nächsten Morgen, nach der Manöverkritik im Kreis der Führungskräfte, fand sich endlich Zeit für ein Gespräch zwischen den beiden Freunden. Wieder saßen sie in der Kabine von Bastan und hatten alle Vorkehrungen getroffen, um nicht abgehört zu werden.

Ghory kam auf sein Erlebnis in der Kommandozentrale zurück, und er schloss: »Kannst du dir vorstellen, dass wir uns auf einer Raumstation befinden?« Doch schon als er es aussprach, meldeten sich Zweifel – er brauchte sich dazu nur den Ausdruck in Bastans Gesicht anzusehen. Ein wenig Spott war dabei, und auch ein Anflug von Mitleid.

»Und wie entstünde dann die Schwerkraft?«, fragte Bastan.

»Ich habe einen Teil des Gehäuses gesehen, es ist ein Ring, der sich um eine Achse bewegt. Durch die Fliehkraft –«

»Ach was, die Fliehkraft ... Auf einem rotierenden Körper tritt nicht nur die Fliehkraft auf, sondern es entstehen Kräfte senkrecht zur Rotationsachse. Man spürt sie nur, wenn man sich aus der Drehrichtung herausbewegt. Hast du jemals etwas von solchen Kräften gespürt?«

»Nein«, antwortet Ghory zögernd. Er dachte kurz nach. »Gib zu, du hast dich schon mit diesem Problem beschäftigt.«

Bastan nickte ein wenig selbstzufrieden. »Gewiss. Wenn man bei klarem Kopf ist, dann drängt sich diese Möglichkeit doch auf. Aber sie trifft nicht zu.«

»Und was hast du herausgefunden? Na, so rede doch endlich!«

Bastan ließ sich mit der Antwort Zeit, offenbar wollte er Ghorys Spannung anstacheln. Dann sagte er: »Wir befinden uns im Innern der Erde, das ist die einzige vernünftige Erklärung.«

»Und woraus schließt du das?«

»Es gibt mehrere Indizien. Die Temperatur bleibt über das Jahr hinweg konstant – das deutet auf das Erdinnere. Ich kann es dir sogar genauer angeben: Wir können nicht allzu weit in der Tiefe sein, denn die Luft, die wir atmen, ist frisch, und dasselbe gilt für das Wasser. Und wir befinden uns in einer äquatornahen Zone, denn wir haben keine Heizung, und die Luft wird offenbar gekühlt, denn sie ist kälter als die Wand – du kannst es selbst fühlen.«

Nun war Ghory sprachlos. Erst nach einer Pause sagte er: »Und was sagst du zu dem, was ich in der Kommandozentrale gesehen habe?«

»Was soll ich schon dazu sagen? Entweder ist Edris tatsächlich bereits so senil, dass er nicht mehr zwischen Märchen und Wahrheit unterscheiden kann. Oder, und das erscheint mir wahrscheinlicher, er hat dich an der Nase herumgeführt und lacht sich ins Fäustchen, weil ihm das so gut gelungen ist.«

»Und warum hast du mir nichts darüber gesagt ... über das, was du herausgefunden hast?«

»Warum sollte ich darüber sprechen, du interessierst dich doch erst seit wenigen Tagen für Fragen dieser Art. Im Hinblick auf unsere Aufgabe ist es auch ganz nebensächlich, wo wir uns befinden. Es geht um diese Stadt, die wir erobern sollen, und wenn es so weit ist, werden wir dieses Verlies verlassen. Was auch immer dahintersteckt: Ich freue mich schon darauf, endlich hinauszukommen und mehr von der Welt zu sehen.«

Ghory konnte die Gleichgültigkeit seines Freundes nicht verstehen. »Aber willst du denn nicht wissen, worum es eigentlich geht? Um das zu verstehen, müssen wir etwas über unsere Vergangenheit wissen.«

»Wir werden es noch rechtzeitig erfahren. Ich nehme an, dass man unsere Gedächtnisblockade aufheben wird, sobald es nötig ist. Dann wird sich aufklären, was in der Vergangenheit geschah. Aber ist das so wichtig? Wichtig ist doch nur, was nachher aus uns werden soll.«

»Ich glaube, du hast eines vergessen«, sagte Ghory, und er sagte es so ernst, dass Bastan erstaunt aufsah. »Wenn wir die Umstände nicht kennen, dann können wir ja auch nicht prüfen, ob das, was man von uns erwartet, richtig ist: die Eroberung der Stadt, ihre Zerstörung, die Schlacht, die dem Guten zum Sieg verhelfen soll. Das alles könnte auch falsch sein, ein Irrtum oder eine verrückte Idee, und uns alle ins Verderben führen.«

Nach einer Weile sagte Bastan: »Ich glaube, damit könntest du sogar Recht haben.«

Während der folgenden Tage fanden Ghory und Bastan nur wenig Gelegenheit, sich mit der Fülle von Fragen auseinander zu setzen, denen sie nun gegenüberstanden. Aber durch einige Worte zwischendurch, ein paar Bemerkungen während der Essensausgabe oder auf dem Weg zu den Stätten ihrer üblichen Pflichten, die ihnen der Tagesplan auferlegte, bekräftigten sie ihren Willen, sich von nun an nicht mehr als willfährige Werkzeuge dubioser Machtansprüche missbrauchen zu lassen.

Erst kürzlich waren für die Angehörigen der mittleren Führungsriege neue Direktiven ausgegeben worden. Von einem Tag auf den anderen war der Unterricht das Wichtigste im Tagesplan geworden, Leibesübungen und Gefechtsübungen mit den Soldaten traten zurück.

Die zehn Angehörigen des mittleren Führungskaders waren tagsüber voll damit beschäftigt, dieses neue Wissen aufzunehmen und zu verarbeiten, und selbst die Essenspause, die als Zeit der Erholung genutzt wurde, war auf die Hälfte verkürzt worden.

Das Auffälligste daran war, dass sie im Unterricht erstmals etwas über die Vorgeschichte der Ereignisse erfuhren, die zu ihrer jetzigen Situation geführt hatte, und sie begannen einiges von dem zu begreifen, was sie bisher als gegeben hatten hinnehmen müssen.

Trotz ihrer intensiven Beanspruchung führten Bastan und Ghory weiterhin ihre heimlichen Abhöraktionen durch und fanden darüber hinaus immer wieder Gelegenheit, die Aufzeichnungen abzuhören. Bisher hatten sie nichts in Erfahrung bringen können, was in irgendeiner Weise aufschlussreich gewesen wäre, bis eines Abends Bastan kurz in Ghorys Kabine hineinschaute und ihm ein Zeichen gab: Es gäbe etwas zu hören, es würde sich lohnen. Zwar hatte die Nachtruhe schon begonnen, und sie hätten ihre Schlafstellen nicht verlassen dürfen, aber die Neugierde überwand alle Bedenken, und Ghory folgte Bastan in dessen Arbeitsraum.

Sitzung Nr. 1266

Anwesend: Kasem, Harres, Aref, Fahim, Zaky und Edris (als Gast)

Automatisch erstelltes Protokoll

Kasem: Ich eröffne die von mir einberufene Sondersitzung. Ich stelle die Anwesenheit aller Ratsmitglieder fest. Speziell begrüße ich Edris, der wegen der Wichtigkeit des Themas an der

Sitzung teilnimmt. Ausgangspunkt unserer Beratung ist eine Feststellung von Zaky. Bitte, Zaky.

Zaky: Zu den technischen Einrichtungen, für deren Funktion ich verantwortlich bin, gehört auch die Wasserversorgung. Bisher hat sie keinen Anlass für Beanstandungen gegeben. Die mit einer Plutoniumbatterie betriebene Pumpanlage, die seinerzeit von einem unserer ausländischen Spezialisten eingerichtet wurde, hat klaglos funktioniert. Hin und wieder gab es unvermeidliche Störungen, die mich zwangen, die Anlage kurzzeitig abzuschalten, doch sie konnten stets einwandfrei behoben werden ...«

Aref: Was waren das für Störungen? Entstanden sie durch mangelnde Aufsicht oder gar infolge von Pflichtverletzungen?

Zaky: Keineswegs. Meist handelte es sich um Ablagerungen von Kalk an den Austrittsstellen des Wassers am Ende der Leitung. Einige Male mussten die Filter im Reinigungssystem ausgewechselt werden, aber wir haben noch genügend Vorräte –

Harres: Was ist denn nun eigentlich vorgefallen?

Zaky: Die Qualität des Wassers sinkt. Der Anteil von Schwefel- und Phosphorsalzen nimmt zu, und immer mehr aufgeschlämmtes Material verstopft die Siebe. Was aber noch schlimmer ist: Die Fördermenge nimmt ab. Immer öfter ist das Wasser mit Luftblasen durchsetzt, und dann ist die Wasserzufuhr für einige Zeit unterbrochen. Und diese unergiebigen Phasen werden immer länger.

Aref: Bis jetzt haben wir nichts davon bemerkt.

Zaky: Wir haben einen großen Wasserspeicher, der es uns ermöglicht, einige Wochen auch ohne Zufuhr von außen auszukommen ... wenn wir den Verbrauch einschränken, sogar länger. Aber irgendwann, in absehbarer Zeit, ist Schluss.

Kasem: Wie lange noch?

Zaky: Maximal drei Monate, bei äußerster Sparsamkeit.

Aref: Und dann?

Zaky: Was soll ich sagen? Wir brauchen Wasser. Und wir sind auf diese Zulieferung angewiesen. Es gibt keine andere Möglichkeit.

Kasem: Das verändert unsere Situation entscheidend. Es zwingt uns zum Handeln. Es ist doch ganz unsicher, wie lange wir überhaupt noch Wasser abzapfen können.

Harres: Das sehe ich auch so. Es bleibt uns gar nichts anderes übrig als zu handeln.

Kasem: Normalerweise hätten wir noch ein Jahr mit unserer Aktion gewartet. Aber was spricht dagegen, bereits früher loszuschlagen? Wenn wir unverzüglich mit den letzten Vorbereitungen beginnen, brauchen wir uns über das Wasser keine Gedanken zu machen.

Harres: Nichts hindert uns daran, das Ultimatum schon jetzt zu stellen.

Zaky: Ich glaube, dass wir bei diesen Überlegungen etwas Wichtiges außer Acht lassen: Die Stadt hängt am selben Quellhorizont wie wir.

Harres: Und was hat das zu bedeuten?

Zaky: Um Wasser zu gewinnen, haben wir eine der Leitungen, die die Stadt versorgen, angezapft. Bei den Mengen, die dort gebraucht werden, fällt das nicht weiter auf. Aber daraus ergibt sich, dass die Stadt vor demselben Problem steht wie wir: Wenn uns das Wasser ausgeht, dann sitzen auch die da oben auf dem Trockenen.

Harres: Und wie wirkt sich das auf unseren Plan aus?

Kasem: Müssen wir uns überhaupt darum kümmern?

Harres: Diese neue Situation ist doch günstig für uns – die Stadt ist dann doppelt bedroht. Durch den Wassermangel wird ihre Verteidigung behindert.

Aref: Aber unser Angriff ebenso.

Harres: Es ist fraglich, ob es überhaupt noch einen Sinn hat, die Sprengungen durchzuführen. Diese Situation eröffnet uns doch die Chance, dass sie uns unbeschädigt in die Hände fällt. Wenn die Bevölkerung nicht mit Wasser versorgt werden kann, dann muss sie aus der Stadt geschafft werden. Wenn wir Glück haben, brauchen wir nur zu warten, bis sie evakuiert ist, um sie ohne Gewaltanwendung zu besetzen.

Edris: Die Stadt muss zerstört werden!

Harres: Auch wenn es nicht nötig ist?

Edris: Ich bin empört darüber, dass eine solche Idee überhaupt aufkommt. Das ist ein Verrat an unserem Glauben, an unseren Überzeugungen. Zwanzig Jahre haben wir hier ausgeharrt, um unseren Plan durchzuführen. Alle unsere Kraft haben wir dem großen Ziel gewidmet.

Harres: Das Ziel ist es, die Stadt zu erobern und die Herrschaft zu übernehmen, doch nicht die Zerstörung aller –

Edris: Unser Ziel ist die Strafe! Unser Ziel ist die Rache! Unsere Feinde, die uns für so lange Zeit aus unserer Heimat vertrieben haben, müssen vernichtet werden.

Harres: Aber das Ultimatum –

Kasem: Ich war immer schon gegen das Ultimatum. Und das gilt jetzt erst recht. Es würde uns wertvolle Zeit kosten, und es würde dem Gegner helfen, seine Abwehr zu organisieren. Nein, wir müssen ohne Ultimatum zuschlagen, das ist die beste Methode. Alles andere könnte uns den Sieg kosten.

Aref: Ich sehe es auch so. Die sich jetzt da oben befinden, haben keine Schonung verdient. Sie haben sich mit unserem Feind verbündet, sie sind seine Handlanger, sie sind Verräter an unserem Volk.

Kasem: Wir brauchen einen neuen Anfang. Und dazu muss zu Beginn alles zerstört werden. So haben wir uns das vorgenommen. Und so werden wir es in die Tat umsetzen.

Harres: Was sollen wir mit einer Stadt anfangen, in der die Quellen versiegt sind? In der es kein Wasser gibt?

Fahim: Dann müssen wir eben noch tiefer bohren. Doch das sind sekundäre Fragen. Zuerst legen wir die Stadt in Schutt und Asche. Wenn wir erst einmal gesiegt haben, wird sich ein Weg finden, um das zu tun, was nötig ist. Das ist meine Meinung.

Harres: Wir werden von vorn anfangen und eine völlig neue Stadt aufbauen. Aus aller Welt werden die Angehörigen unseres Volkes zurückkehren und beim Wiederaufbau helfen. Wenn erst die Fremden vertrieben sind, kann es aufwärts gehen.

Kasem: Ich bin ganz dieser Meinung. Und darum befehle ich, ohne zu zögern mit den konkreten Vorbereitungen für den Ausbruch zu beginnen, so wie es von Anfang an vorgesehen war. Die Sprengsätze, die im Untergrund der Stadt deponiert sind, müssen gezündet werden. Du, Zaky, brauchst dich nicht mehr um das Wasser zu kümmern. Für die kurze Zeit, in der wir uns hier noch aufhalten, wird der Vorrat im Speicher noch reichen. Von nun an bist du für die Sprengsätze verantwortlich. Wie lange wirst du brauchen?

Zaky: Zunächst müssen wir überprüfen, ob die Verbindungsleitungen zu den Sprengsätzen intakt sind. Doch das haben wir alle drei Monate getestet, und bisher war stets alles in Ordnung. Ich kann damit in ein paar Stunden fertig sein.

Kasem: In Ordnung. Wie lange brauchen wir für die weiteren notwendigen Maßnahmen? Wie steht es mit dem Material?

Zaky: Wir müssen das Marschgepäck für die Soldaten zusammenstellen und die Waffen ausgeben. Alles ist bestens vorbereitet und kann innerhalb eines Tages geschehen.

Kasem: Und im personellen Bereich?

Fahim: Die Soldaten sind seit langem auf ihren Einsatz vorbereitet. Trotzdem empfehle ich, die erste Phase der Besetzung noch einmal unter realistischen Bedingungen durchzuspielen. Etwas mehr Zeit ist allerdings nötig, um die Mitglieder des mittleren Führungskaders so weit über die Hintergründe der Situation zu informieren, dass sie zweckdienliche Entscheidungen treffen können. Da ihnen aus Sicherheitsgründen bisher nichts darüber mitgeteilt wurde, ist eine kurze, konzentrierte Schulung nötig, mit der wir aber schon begonnen haben: über die Geschichte der Stadt, über ihre Einwohner, über den letzten Krieg und so fort. Dazu hatten wir ursprünglich acht Wochen vorgesehen; wenn es sein muss, können wir in sechs Wochen so weit sein.

Edris: Unsinn, so viel Zeit haben wir nicht. Auch Offiziere brauchen nur zu wissen, gegen wen sie kämpfen müssen und wie man die Gegner am besten unschädlich macht. Wenn sie keinen unnötigen Ballast im Kopf haben, kämpfen sie am besten. Fahim, du stellst ein Kurzprogramm zusammen. Für die Schulung gebe ich dir zwei Wochen. Dann werden die Bomben ohne weiteren Zeitverlust gezündet – das Ultimatum entfällt. Die erste Staffel besteht aus Sprengbomben, die die Gebäude zum Einsturz bringen. Drei Minuten danach zünden wir Splitterbomben, die alles niedermähen, was sich zwischen den Trümmern noch herumtreibt. Und noch einmal drei Minuten später folgen die Thermitsätze, die alles, was nicht aus Stahl und Stein ist, niederbrennen.

Harres: Damit zerstören wir alles, was wir später sicher dringend brauchen ...

Edris: Das ist schon allein aus hygienischen Gründen nötig: Dadurch wird das Gelände gesäubert. Denk doch nur an die Toten! Wenn der Einsatz der Bomben und Brandsätze beendet ist, brauchen wir nur noch zu warten, bis die Brände erloschen sind. Es dauert also noch etwa drei Wochen, dann ist der Tag der Befreiung gekommen. Wir öffnen die vorbereiteten Schleusen, steigen auf und marschieren ein. Dann werde ich bestimmen, was weiter zu geschehen hat. Jetzt gibt es nichts mehr zu besprechen. An die Arbeit!

Kasem: Damit ist die Sitzung beendet.

Was sie da gehört hatten, stimmte Ghory und Bastan äußerst nachdenklich. Sie konnten sich nicht dazu entschließen, jetzt die Schlafräume aufzusuchen, sondern sie versuchten vielmehr, ihre neuen Erkenntnisse zu deuten.

»Am meisten erstaunt es mich, dass sie sich nicht einig sind – ich habe gedacht, dass alles längst bis ins Kleinste festgelegt ist«, sagte Bastan. Ghory nickte.

»Es geht um das Ultimatum. Für die einen ist es eine reine Formsache, auf die man ebenso gut verzichten kann, für die anderen eine Chance, das Ziel zu erreichen, ohne die Stadt zerstören zu müssen.«

»Für Edris gibt es nur den ersten Weg. Bei ihm ist das Mittel zum Ziel geworden. Was nachher geschieht, ist ihm gleichgültig.«

»Vielleicht liegt es an seinem Alter? Denn was hat er schon von einer friedlichen Lösung? Ich meine, es geht ihm um Vergeltung. Oder sogar um mehr: um ein Zeichen, einen symbolischen Akt. Das ist es, was ihn zwanzig Jahre lang aufrecht gehalten hat. Und jetzt glaubt er, dass seine Stunde endlich gekommen ist.«

»Auch alle anderen mussten zwanzig Jahre lang warten.«

»Ja, aber für die anderen, also auch für uns, ist das, was jetzt kommen soll, nicht das Ende, sondern ein neuer Anfang. Und da lohnt es sich, die Folgen der eigenen Vorhaben genau zu überdenken.«

»Es gibt zwei Gruppen, die verschiedene Meinungen vertreten. Ich glaube, Harres und Zaky mit ihren gemäßigten Ansichten sind in der Minderheit. Sie haben keine Chance, sich gegen die anderen durchzusetzen.«

»Wahrscheinlich hätte sich Gaber für den vorsichtigen Weg entschieden, aber er –«

Die Diskussion der beiden Männer wurde jäh unterbrochen: Harres stand an der Tür und sagte: »Ich habe den letzten Teil eures Gesprächs mitangehört. Ihr seid außerordentlich unvorsichtig. Da hätten auch noch andere lauschen können. Mit eurem Leichtsinn habt ihr euch bereits verdächtig gemacht. Kommt mit, ich möchte mit euch reden.«

Die beiden Freunde waren so betroffen, dass sie nicht wussten, was sie sagen sollten. Ohne Widerspruch folgten sie dem Älteren. Er führte sie in jenen Trakt, in dem die technischen Einrichtungen untergebracht waren, und betrat einen Raum, in dem sich mit leisem Rauschen ein großes Schwungrad drehte. »Hier sind wir sicher«, sagte er. Er lehnte sich an die Wand und gebot den beiden, auf einer großen Kiste Platz zu nehmen.

»Ich habe euch aufgesucht, weil ich euch etwas mitteilen möchte«, sagte er. »Seit du zu mir ins Zimmer gekommen bist«, – er wandte sich an Ghory –, »habe ich dich beobachtet. Du und dein Freund haben eine ganze Reihe von Vorschriften durchbrochen, und das ist umso bemerkenswerter, als man euch allen heimlich psychogene Substanzen verabreicht hat, die die Eigeninitiative vermindern und dadurch den Gehorsam steigern.«

Ghory wollte etwas dazu sagen, doch Harres brachte ihn durch einen Blick zum Schweigen. »Ich muss mich kurz fassen, Details sind jetzt unwichtig. Kurz und gut, ich fühle mich bedroht. Ich wusste schon damals, als wir uns über den Betrug hinsichtlich Gabers letzten Willen unterhielten, dass da etwas nicht mit rechten Dingen zugegangen war. Denn Gaber hatte mir einen Tag zuvor mitgeteilt, dass er mich zu seinem Nachfolger bestimmen würde. Allerdings wusste ich nicht, auf welche Weise der Betrug zustande gekommen war. Erst du, Ghory, hast mir die Augen geöffnet.«

»Es war Bastan, der es herausgefunden hat«, warf Ghory ein, doch Harres ging darüber hinweg.

»Wie auch immer: Ich weiß inzwischen, dass ihr Menschen seid, die etwas gegen Verrat und Betrug haben. Ich kenne hier niemanden anderen, dem ich trauen kann, und so setze ich auf euch. Denn es gibt einiges, das darf nicht vergessen werden, falls mir etwas zustoßen sollte.«

Harres schwieg einen Moment und beobachtete die Reaktion auf seine Andeutung. Aber er verlor keine Zeit. »Es ist ernst«, setzte er fort, »ich mache mir nichts vor, und ihr werdet mich verstehen, wenn ich euch mitteile, dass Gaber keines natürlichen Todes gestorben ist: Er wurde vergiftet. Ich habe inzwischen den Beweis.«

Wieder war er kurze Zeit still und blickte auf eine leere Stelle an der Wand. Doch er fing sich rasch wieder. »Man hat euch lange Zeit nicht darüber informiert, wo wir uns befinden. Man wollte damit verhindern, dass jemand auf die Idee kommt auszubrechen. Denn wir sind ja ganz nahe an der Stadt, nicht mehr als zweihundert Meter von ihr entfernt – allerdings nicht in horizontaler Richtung, sondern in vertikaler. Und wir sind auch keineswegs völlig abgeschieden, sondern es gibt Verbindungen nach außen. Eine dieser Verbindungen führt senkrecht nach oben und mündet in einer um den Palast herumführenden Mauer. Es ist ja schon aus strategischen Gründen unerlässlich, stets auf dem Laufenden darüber zu sein, was in der Stadt, die wir erobern wollen, geschieht. Ich selbst habe mich jedes Jahr einige Tage oben aufgehalten.«

Für die beiden jungen Männer war dies eine erstaunliche Eröffnung, und Ghory konnte seine Neugier nicht zurückhalten und wollte Näheres wissen.

»Das Wichtigste war, den richtigen Zeitpunkt für den Ausbruch festzulegen. Unsere Kampfgruppe ist zwar bestens bewaffnet, aber relativ klein, und deshalb mussten wir so lange warten, bis niemand mehr mit einem Angriff rechnet. Und mir persönlich war es auch noch wichtig, für die Zeit nach der Besetzung vorzusorgen. Im Gegensatz zu den anderen liegt mir daran, möglichst rasch ein funktionierendes System zu erstellen, in dem Regierung, Militär und Industrie so gut zusammenarbeiten, dass der Wiederaufbau in Ruhe erfolgen kann. Aber –«, er unterbrach sich, »jetzt dürfen wir keine Zeit mehr verlieren.«

Harres stand auf, und seine beiden Zuhörer folgten ihm. Er führte sie in einen wenig benutzten Teil der Anlage, zwischen einigen technischen Aufbauten hindurch, deren Zweck nicht ohne weiteres erkennbar war, und blieb vor einer halb im Dunkeln liegenden Wand stehen. Dort stand ein Schrank, der mit einem Ziffernschloss versperrt war. Harres tippte eine Zahl ein, und die Tür glitt auf. Sie blickten in eine enge aufwärts führende Röhre, in der zwei Seile hingen. An einem war ein Drahtkorb befestigt, in dem Platz für ein halbes Dutzend Menschen war.

Harres stieg in den Korb und wies auf einen Hebel. »Es ist ganz einfach«, erklärte er. »Wenn man den Hebel hinunterdrückt, setzt sich der Aufzug in Bewegung. Man braucht oben nur noch auszusteigen.« Er trat wieder heraus und drückte Ghory ein Stück Papier in die Hand. »Hier die Code-Nummer. Lernt sie auswendig und vernichtet den Zettel.«

Sie verließen den Schacht, Harres schloss die Schranktür.

»Und was sollen wir tun?«, fragte Ghory.

»Ich habe vor, das Ultimatum auch entgegen einem Verbot Kasems auszusenden. Wenn mir etwas passieren sollte und ich nicht mehr dazu in der Lage bin, dann muss es einer von euch übernehmen, die Bevölkerung der Stadt zu warnen.«

»Wir werden es tun«, sagte Ghory, und nach kurzem Zögern nickte auch Bastan. Beide verstanden, dass man die Menschen oben nicht ohne Warnung der Vernichtung preisgeben durfte.

»Und wo ist der Sender?«, erkundigte sich Bastan.

»Er steht bereit«, antwortete Harres. Er ging mit den beiden in den Maschinenraum zurück und wies auf ein Fach. Dort stand eine grau gestrichene Kiste. Harres öffnete sie und erklärte, wie der Sender betriebsbereit gemacht werden konnte und wie er zu bedienen war.

Sie standen noch eine Weile beisammen, und Harres beantwortete einige der drängenden Fragen Ghorys, die die Stadt betrafen. »Sie ist längst wieder aufgebaut«, sagte er abschließend, »aber sie ist in der Hand fremder Mächte, die hier nichts zu suchen haben und kein gottgefälliges Leben führen. Unabhängig davon, wie man mich hier behandelt, sehe ich es als meine Aufgabe an, dies zu ändern. Es wird sich nicht ohne Gewalt machen lassen, aber ich will jedes unnötige Opfer vermeiden. Die Gewalt ist nicht Selbstzweck – es muss schließlich weitergehen.«

Ghory erinnerte sich an etwas, das Harres vorhin angedeutet hatte. »Gibt es außer dem Liftschacht noch einen anderen Weg nach draußen?«

»Richtig –«, sagte Harres, »fast hätte ich es vergessen: Ich muss euch noch den zweiten Weg zur Oberfläche beschreiben. Es könnte ja sein, dass Kasem auf die Idee kommt, den Zugang durch den Schacht zu sperren.« Er besann sich kurz, als müsse er zunächst seine Erinnerungen sammeln.

»Für den Ausbau unseres Bunkers zogen wir seinerzeit einen ausländischen Fachmann heran, einen Spezialisten für den Wasserbau. Er war es, der die Leitungen angezapft hat, und er baute auch das Speicherwerk. Als wir uns hierher zurückzogen, mussten wir ihn mitnehmen – schon deshalb, weil er unser Geheimnis kannte und weil wir ihn noch für einige ergänzende Arbeiten brauchten: Wir haben ihm die Aufgabe übertragen, die Wasserversorgung in Gang zu halten. Einige Wochen später war er verschwunden. Es gab da eine Möglichkeit zu entkommen, die nur *er* kannte – wir haben erst später herausgefunden, wie ihm die Flucht gelungen ist. Er war undankbar – schließlich haben wir ihn ja in Sicherheit gebracht und so sein Leben gerettet.«

Wieder legte Harres eine kurze Pause ein, dann fuhr er fort: »Zur Speicherung des Wassers benutzten wir einen natürlichen Hohlraum, eine Halle, in der sich früher, vor Tausenden von Jahren, ein unterirdischer See befunden hat. Das sei ein ideales Reservoir, das nicht extra abgedichtet zu werden brauchte – so erklärte er es uns. Und dann senkte er eines Tages den Wasserspiegel auf ein Drittel des normalen Standes, ohne dass wir es merkten. Er hatte einfach die Frischwasserzufuhr gedrosselt. Dadurch legte er eine im Bereich einer tief hängenden Decke einmündende Felsspalte frei, durch die er sich davonmachte.«

»Was ist mit ihm geschehen, ist er ins Freie gelangt?«, erkundigte sich Bastan.

»Das weiß niemand«, antwortete Harres. »Ich habe nichts mehr von ihm gehört. Einige der wenigen Freunde, die noch in der Stadt leben und unser Geheimnis kennen, haben nach ihm gefahndet, aber er ist verschwunden. Das war unser Glück, denn er hätte uns verraten können.«

Bevor sie den Maschinenraum verließen, blickte sich Harres erst noch vorsichtig um, dann gab er den beiden anderen einen Wink. Sie trennten sich und suchten ihre Schlafräume auf.

In dieser Nacht lag Ghory noch lange wach. Was er an diesem Tag erfahren hatte, ging ihm im Kopf herum, und gegen den Aufruhr der Gedanken, die sie in ihm entfesselten, vermochte er sich nicht zu wehren.

Zwanzig Jahre lang war das Leben in den unterirdischen Räumen gleichförmig verlaufen, und nun genügten ein paar Tage, um eine Unruhe zu erzeugen, die sich in allen Lebensbereichen auswirkte. Das war nicht weiter verwunderlich, denn es nahte der Tag, an dem sie ihre Isolation beenden würden, der Tag des Ausbruchs, der Tag, auf den sie all ihr Tun und Trachten ausgerichtet hatten – und den sie mit Ungeduld erwarteten.

Wahrscheinlich lag die Ursache aber auch bei jenen Personen, die ihre leitende Funktion bisher mit absoluter Souveränität ausgeübt hatten und keinen Anflug von Unsicherheit oder Zweifel zugelassen hatten. Das war ihnen gelungen, weil sie sich alle in dem, was sie wollten, zumindest nach außen hin einig gewesen waren. Diese Eintracht war jetzt durchbrochen, und obwohl die heftigen Diskussionen in geschlossenen Räumen stattfanden, so übertrug sich die Spannung doch nach außen und führte dazu, dass die Stundenpläne nicht mehr eingehalten und die gestellten Aufgaben nur noch halbherzig erfüllt wurden.

Besonders stark wirkte sich der Zerfall der Ordnung in der mittleren Führungsschicht aus. Es sah so aus, als hätten diese zehn Leute im Alter zwischen fünfundzwanzig und dreißig Jahren plötzlich entdeckt, dass die genaue Befolgung von Befehlen keineswegs selbstverständlich war, dass man ihnen widersprechen konnte, darüber diskutieren oder sich schlicht verweigern.

Zunächst machte sich das nur in der Gruppe selbst bemerkbar, es gab Meinungsverschiedenheiten, die oft in heftigem Streit ausarteten und bis zu Handgreiflichkeiten führten. Auch das, was die Lehrautomaten zu vermitteln hatten, wurde nicht mehr ohne weiteres akzeptiert – in einigen Fällen wurden diese einfach ausgeschaltet, und die Aufrührer verlangten von ihren Vorgesetzten eine Klärung der offenen Fragen und Unstimmigkeiten, die sie entdeckt zu haben glaubten.

Es dauerte geraume Zeit, bis den Männern an der Spitze etwas einfiel, um sich gegen solche Verletzungen der Disziplin zu wehren. Sie stellten eine Art Polizeieinheit aus Soldaten zusammen, rüsteten sie mit elektrischen Schockpistolen aus und ließen einige der übelsten Störenfriede festnehmen und in einem Abstellraum einsperren. Dabei kam ihnen zugute, dass sich die Soldaten als unempfindlich gegenüber allen Störfaktoren erwiesen – sie schienen von der veränderten Situation nichts wahrzunehmen. Man hatte ihnen beigebracht, wer die höchste Befehlsgewalt hat, und so gingen sie auch gegen ihre bisherigen Gruppenführer vor, wenn der Befehl dazu von oben kam.

Damit gelang es zumindest vorübergehend, den Tagesablauf wieder in die vorgesehenen Bahnen zu lenken, und Kasem tat noch ein Übriges dazu. Er erinnerte sich an die Art und Weise, wie er seine Untergebenen früher im Zaum gehalten hatte – damals, als noch niemand an psychische Unterdrückung gedacht hatte –, nämlich durch einen wohldosierten Wechsel von Aufmunterung und Strafe.

So rief er den mittleren Führungskader zu einer Versammlung in den großen Saal und hielt eine mitreißende Rede – so wie er es früher getan hatte. Und es gelang ihm, die meisten seiner Zuhörer zu beeindrucken und zu überzeugen. Er sprach von der bevorstehenden Eroberung der Stadt, von den Kämpfen, bei denen jeder seine Fähigkeiten unter Beweis stellen würde, und – zum ersten Mal – von der Zeit danach, da sie den Lohn ihres Einsatzes zu erwarten hätten. Er sprach von der Organisation des Neuaufbaus der Stadt, aber auch von den Genüssen, die der kommenden Führungselite zugute kommen würden – von Mahlzeiten, bei denen die feinsten Speisen angeboten wurden, von Getränken, die unglaubliche Lebenslüste weckten, und von wunderschönen Frauen, die ihnen alle Wünsche von den Augen ablesen würden. Und er verstand es, gerade diese Seite des Lebens, von der seine Zuhörer keine Ahnung hatten, als das Herrlichste anzupreisen, was ihnen die wiedergewonnene Freiheit zu bieten hatte.

Unter den jungen Leuten, die nun wieder zufrieden gestellt und gut gestimmt den Saal verließen, waren auch Ghory und Bastan. Vielleicht hatten sie den andern schon etwas voraus, denn sie waren die Einzigen, die von Kasems Ansprache nicht begeistert waren; sie hatten bemerkt, was er damit bezweckt und offenbar auch erreicht hatte.

Die nächsten Tage liefen etwas ruhiger dahin, bis dann doch wieder Unruhe aufkam. Diesmal waren es Gerüchte, die die Runde machten – es war von Auseinandersetzungen auf der höchsten Führungsebene die Rede, von Befehlsverweigerung, Sabotage und Verrat. Die neu gegründete, aus willfährigen Soldaten bestehende Polizeitruppe hätte eingreifen müssen, Harres und Zaky stünden unter Hausarrest – sie durften ihre Räume nicht verlassen.

»Da könnte etwas Wahres dahinterstecken«, sagte Bastan, als sie in der Kantine beisammensaßen; das fiel jetzt viel weniger auf als früher – auch einige von ihrer Kollegen schwänzten den Unterricht und diskutierten miteinander. »Vielleicht haben sich die beiden zu offenem Widerstand hinreißen lassen – wir wissen ja, dass sie eigene Meinungen vertreten.«

Ghory sagte: »Wir sollten uns nicht auf Gerüchte verlassen. Wir sollten herausfinden, worum es geht.«

Ohne Zeit zu verlieren gingen sie in Bastans Arbeitskabine und versuchten, Harres durch das ComSet zu erreichen, aber die Verbindung blieb tot. Bei Zaky erging es ihnen nicht anders. Auch ein Erkundungsgang zu jenen Räumen, in denen die Vorgesetzten untergebracht waren, brachte sie nicht weiter: Schon von weitem sahen sie vor der Tür zu Harres' Kammer zwei bewaffnete Soldaten stehen. Eilig zogen sie sich in Bastans Arbeitskabine zurück. Vielleicht konnten sie Gespräche abhören, aus denen Näheres hervorging?

Die beste Aussicht bestand bei Kasem, aber in seinem Raum wurde nicht gesprochen, und ähnlich erging es ihnen bei Aref und Fahim. Sie versuchten es immer wieder, und als sie schon aufgeben wollten, merkte Bastan, dass das ComSet aktiviert worden war, und schaltete sich unverzüglich ein. Und so belauschten sie eine Unterhaltung zwischen Aref und Fahim.

Fahim: ... der Tag, auf den wir so lange gewartet haben. Seit der Countdown läuft, gibt es kein Zurück mehr.

Aref: Ich bin gar nicht sicher, ob uns ein Ultimatum, so wie es zunächst geplant war, die Sache nicht erleichtert hätte.

Fahim: Damit hätten wir einen großen Vorteil aus der Hand gegeben, nämlich das Überraschungsmoment. Keiner von denen da oben ist auf ein derartiges Ereignis gefasst. Unser Auftauchen nach so vielen Jahren wird für sie völlig unerwartet sein. In den ersten Jahren nach dem Krieg haben viele damit gerechnet, dass die so geheimnisvoll verschwundene Elitetruppe plötzlich wieder auftauchen und Rache nehmen könnte. Inzwischen aber sind wir völlig in Vergessenheit geraten. Es wäre widersinníg, wenn wir unsere Gegner vorzeitig alarmieren würden. So haben wir die besten Voraussetzungen.

Aref: Trotzdem mache ich mir Gedanken. Es ist erschreckend, wie in den letzten Tagen die Disziplin nachgelassen hat. Das war bisher kein Problem, weil wir die jungen Männer mit Betäubungsmitteln ruhig gestellt haben. Es war aber riskant, diese psychogene Sperre ohne besondere Vorsichtsmaßnahmen plötzlich aufzuheben. Gedankenfreiheit – das war schon immer etwas Gefährliches. Die Leute wissen mit der wiedergewonnenen Freiheit nichts anzufangen, sie geraten außer Rand und Band. Wir hätten alles so lassen sollen, wie es bisher war – ich habe rechtzeitig darauf hingewiesen, doch man hat mich überstimmt –

Fahim: Wir mussten es tun. Denk an die unvorhersehbaren Situationen, die sich während des Kampfes um die Stadt ergeben können. So etwas lässt sich nur bewältigen, wenn die Leiter der Trupps selbstständig denken und handeln können.

Aref: Aber sie tun es bereits jetzt und kommen auf alle möglichen dummen Gedanken.

Fahim: Kasem hat sie mit seiner Rede wieder auf Vordermann gebracht. Ich fand es ausgezeichnet, wie ihm das gelungen ist.

Aref: Das mag sein. Trotzdem habe ich den Eindruck, dass nicht alle mitziehen. Und das ist es, was wir am allerwenigsten brauchen können: dass sich Widerstandsnester bilden, von denen ein zersetzender Einfluss auf die anderen ausgeht.

Fahim: Das müssen wir unterbinden, radikal und unerbittlich. Aber wie soll das geschehen? Wir kennen diese heimlichen Abweichler nicht.

Aref: In den letzten Tagen habe ich die jungen Leute beobachtet und einige Verdachtsmomente gefunden, denen ich nachgehen werde. Ich habe schon zwei oder drei im Auge.

Fahim: Hoffentlich hast du Erfolg. Und halt mich auf dem Laufenden.

Das grüne Licht auf dem Monitor erlosch, das Gespräch war zu Ende. Unter dem Eindruck des Gehörten saßen Ghory und Bastan wie betäubt auf ihren Hockern. Sie wussten beide, dass nun die Zeit des passiven Widerstands beendet war: Abwarten hatte keinen Sinn mehr.

»Ich bin sicher, dass ich es bin, den er verdächtigt«, bemerkte Ghory.

»Wie kommst du drauf?«, fragte Bastan.

»Es sind nur Kleinigkeiten. Einige Male hatte ich das Gefühl, dass mich Aref merkwürdig ansah. Einmal tauchte er hinter mir auf, als ich unterwegs war, und ich hatte den Eindruck, dass er mich verfolgte. Nach dem, was er gesagt hat, bin ich umso sicherer, dass ich mich nicht getäuscht habe.«

»Was sollen wir machen?«, fragte Bastan. Ghory merkte an dem Gesichtsausdruck des Freundes, dass diesem nicht wohl zumute war.

»Beruhige dich«, sagte er. »Ich bin sicher, dass du nicht verdächtigt wirst. Aber für mich könnte es unangenehm werden.«

»Und das bedeutet?«

»Das bedeutet, dass ich mich davonmachen muss. Das Problem löst sich gewissermaßen von selbst.«

Bastan schaute Ghory mit großen Augen an. »Du willst also

wirklich –?« Es hatte den Anschein, als schrecke er davor zurück, es auszusprechen. Du hast Angst, dachte Ghory, du bist so klug, viel klüger als ich, aber du weißt mit deinem Wissen nichts anzufangen, und ich muss allein handeln. Aber er war Bastan nicht böse deshalb – er empfand sogar einen Anflug von Mitleid.

»Du hast ja gehört, was geschehen ist«, sagte Ghory. »Der Countdown läuft, und niemand kann die Stadt mehr retten. Aber man kann etwas für die dort lebenden Menschen tun. Ich werde das tun, um was uns Harres gebeten hat. Willst du mit mir kommen?«

Ghory brauchte die Antwort nicht abzuwarten. Es fiel ihm nicht schwer, den Ausdruck in den Augen des Freundes zu deuten. Er wartete nicht auf eine Antwort. »Das ist schon in Ordnung, Bastan, du bleibst hier. Und wenn wir Glück haben, sehen wir uns bald wieder.«

Und sie taten etwas, was ihnen noch nie eingefallen war: Sie umarmten sich – mit einem Gefühl der Rührung und etwas verlegen.

Ein weiteres Mal innerhalb kurzer Zeit hatte sich für Ghory die Lage entscheidend geändert. Diesmal betraf es nicht nur seine Denkweise, sondern seine ganze Existenz. Seit er sich erinnern konnte, war er Teil einer Gemeinschaft gewesen, in der jeder Schritt, ja sogar jeder Gedanke vorgeschrieben gewesen war, und auf einmal war er aus diesem schützenden Käfig von Zeitplänen und Vorschriften ausgebrochen und fand sich als Abtrünniger wieder. Aber dafür spürte er eine Ahnung von Freiheit, eine Freiheit, die für ihn ungemein erregend, aber auch beängstigend war.

Solche Gedanken gingen ihm am Abend dieses ereignisreichen Tages durch den Kopf, als er in einem dunklen Vorratsraum saß und die Nacht abwartete. Er hatte sich zu dieser Wartezeit entschlossen, weil er nicht riskieren wollte, im letzten Moment noch Zaky in die Hände zu fallen. Hier, hinter den Stapeln von Kisten mit Vorräten, fühlte er sich einigermaßen sicher.

Ein wenig hatte er sich schon auf sein Unternehmen vorbereitet. Er hatte den Kampfanzug angezogen, ein Helm mit Kopflampe und dicksohlige Stiefel für die Bewegung im rauen Gelände der Außenwelt lagen bereit. Dazu kam ein fertig gepackter Tornister mit der Überlebensausrüstung, mehreren Packungen Lebensmittel-Notrationen und Kunststoffbeuteln mit Katalyt-Getränken. All das lag in den Regalen bereit. Dazu hatte er sich aus der Waffenkammer auch noch eine Mehrzweckspistole geholt.

Er blickte auf die Digital-Uhr, die man ihm als Truppführer ausgehändigt hatte: neun Uhr abends. Trotz seiner Ungeduld musste er noch ein paar Stunden ausharren. Vor Mitternacht wollte er nicht aufbrechen. Da könnten außer den wachhabenden Soldaten auch Angehörige des Führungskaders unterwegs sein.

Er hielt seinen Zeitplan penetrant ein: Er beobachtete, wie auf dem Display seiner Uhr die Ziffern wechselten, viel langsamer, als er es erwartet hatte. Die Zeit schien sich unerträglich zu dehnen. Bis endlich das Zeichen zum Aufbruch erschien: 03.00.00. Jetzt, da es so weit war, musste er sich einen Ruck geben, um sich zu erheben und sein Versteck zu verlassen.

Zunächst bewegte er sich unwillkürlich mit schleichenden Schritten, bis ihm die Sinnlosigkeit dieser Maßnahme klar wurde. Wenn er einem Soldaten begegnete, musste er selbstbewusst und sicher erscheinen, dann hatte er eine gute Chance, unbehelligt weitergehen zu können. Und für den Fall, dass ihn jemand aufhalten wollte, trug er die Pistole unter der Jacke versteckt.

Ghory kam ungehindert durch die Gänge, und er fand auch die Tür zum Maschinenraum unverschlossen. Er trat ein … niemand hier. Er atmete auf. Jetzt kam der erste entscheidende Unsicherheitsfaktor in seinem Plan: Würde er den Sender noch an jener Stelle finden, die ihm Harres gezeigt hatte? Er trat an das Regal heran und leuchtete hinein ... die graue Kiste stand noch so da, wie sie sie zurückgelassen hatten. Der Deckel ließ sich leicht emporheben; erst kam die zusammengeschobene Antenne zum Vorschein und dann der Sender in seiner Aluminiumhülle.

Ghory hob die Box heraus und nickte zufrieden. Sie war nicht schwer und würde der Form und Größe nach in den Tornister passen. Zuvor aber musste er noch einen Akku einsetzen. Davon fand er mehrere im Schrank, grüne Kontrolllämpchen zeigten an, dass sie frisch geladen waren. Am Gehäuse des Senders suchte er das Fach für den Akku und schob diesen ohne Schwierigkeiten in die vorgesehene Vertiefung. Im Grunde genommen waren das einfache Handgriffe, die sich rasch bewältigen ließen, und trotzdem wurden sie unter den besonderen Umständen zur unerträglichen Geduldsprobe. Endlich war auch das erledigt.

Nun noch ein Stück in den Gang hinein, bis zur Tür zum Schacht. Die Code-Nummer wusste Ghory auswendig, und er tippte sie sogleich ein ... keine Reaktion. Hatte er sich in der Zahl geirrt? Er versuchte es noch einmal ... ohne Erfolg. Er wurde unruhig, er drückte und zerrte an der Tür, doch sie bewegte sich nicht. Wahrscheinlich hatte Kasem oder einer seiner Gehilfen die Energiezufuhr unterbrochen oder den Code verändert. Jedenfalls war dieser Weg derzeit verschlossen, das stand eindeutig fest.

Diese Erkenntnis kam für Ghory keineswegs überraschend, er hatte mit diesem Umstand gerechnet, und er hätte die Chance, seinen Plan ausführen, erheblich geringer eingeschätzt, wenn er sich nicht von vornherein auch mit der Möglichkeit beschäftigt hätte, den anderen Weg einzuschlagen. Es war der Weg, den der ausländische Techniker benutzt hatte, ein Weg, der seither viele Jahre hindurch verschlossen gewesen war. Denn nach seiner Flucht hatte man die Drosselung des Wasserzuflusses, mit deren Hilfe er den Wasserspiegel abgesenkt hatte, natürlich unverzüglich wieder aufgehoben. Aber genau derselbe Effekt war nun von selbst eingetreten: Es lag am Wassermangel, der nicht nur die Ereignisse der letzten Tage ausgelöst, sondern auch den Spiegel des Wasserspeichers gesenkt hatte. Das bedeutete aber, dass der Weg wieder offen war – und genau diese Tatsache konnte sich Ghory zunutze machen, um seine Aufgabe zu lösen.

Um diesen anderen, so abenteuerlichen Weg kreisten Ghorys Gedanken, als er die einsamen Gänge nun wieder in anderer Richtung durchquerte.

Dabei fiel ihm einiges ein, was das Gelingen verhindern könnte – etwa so primitive Dinge wie unliebsame Begegnungen mit wachhabenden Soldaten oder Türen, die sich als abgeschlossen erwiesen. Hatte er womöglich ganz falsche Schlussfolgerungen gezogen, etwas Entscheidendes übersehen? Doch er ging unbeirrt weiter – wenn es irgendwo ein Hindernis zu überwinden galt, würde er es rechtzeitig feststellen.

Die Tür zur Pumpanlage war offen, und auch die Verbindung zum Wasserreservoir war frei. Ghory stand am Beckenrand und blickte ins Dunkel. Er schaltete seine Kopflampe an und brauchte ein paar Sekunden, um den eng gebündelten Lichtkegel in die richtige Richtung zu lenken ... Und da blinkte etwas, da zeigte sich ein Spiegelbild der Felsdecke, die sich über die schmale Halle wölbte, düster und glatt. Das Wasser, von keinem Zufluss gestört, war völlig unbewegt, und als Ghory nun den Platz direkt vor seinen Füßen ausleuchtete, sah er die Schlammschicht am Grund und musste sich bücken, um zu sehen, dass doch noch etwas Wasser darüberstand.

In der Tat, das Becken war fast leer, am Rand konnte man trockenen Fußes weiterkommen, und etwas weiter hinten, wo sich der Raum verengte, musste man zwar ins Wasser steigen, doch es war nicht allzu tief.

Ghory merkte erst jetzt, als sich sein Puls beruhigte, wie stark sein Herz geschlagen hatte. Obwohl das, was er seit dem Aufbruch aus seinem Versteck hinter sich hatte, keine besonderen Anstrengungen erfordert hatte, spürte er doch ein Bedürfnis, sich auf die gemauerte Einfassung zu setzen und auszuruhen.

Natürlich gab er diesem Drängen nicht nach, er brauchte auch keine körperliche Ruhepause – es war eher die ungewohnte psychische Anspannung, die ihn erschöpft hatte. Er atmete tief und wandte sich wieder dem geheimnisvollen Dunkel zu, in dem sich die Fortsetzung des Raumes verbarg. Es war ein besonderes Gefühl, das ihn jetzt überkam – Rührung, Ergriffenheit, die Ahnung einer schicksalhaften Bedeutung. Es ist das Dunkel, das man überwinden muss, um das Licht zu erreichen ... Etwas in dieser Art kam ihm in den Sinn, ohne dass er es in Worte fasste.

Jetzt zögerte Ghory nicht länger. Er schwang sich über die Stufe hinunter und schritt vorwärts, die Wand entlang. Der Schein der Lampe vor ihm sprang hektisch hin und her ... er musste es erst lernen, ihn durch die Haltung seines Kopfes dorthin zu lenken, wo er ihm nützlich sein sollte.

Zunächst brauchte sich Ghory in der Tat nicht einmal die Füße nass zu machen, bald aber, als der Raum sich stark verengte, musste er ins Wasser steigen, das bald so tief wurde, dass es ihm in die Stiefel hineinlief. Doch das war nicht weiter schlimm, die Temperatur war angenehm, nur die Art der Fortbewegung wurde beschwerlich, denn an einigen Stellen senkte sich die Decke unter Kopfhöhe. Ghory musste sich bücken, sein Rucksack schrammte an der Höhlendecke entlang.

Von einem See konnte jetzt keine Rede mehr sein, immer deutlicher nahm der Raum den Charakter eines unterirdischen Bachlaufs an, in dem sich das Wasser aufgestaut hatte. Der Boden war uneben, hin und wieder stießen Ghorys Füße auf Gesteinsbrocken – er konnte sie nicht sehen, da das Wasser in Bewegung geraten war und der aufgewühlte Schlamm die Sicht behinderte, und er geriet mehrmals ins Straucheln.

Noch ein paar Schritte, der Raum verengte sich mehr und mehr, an einigen Stellen musste er sich hindurchzwängen, und bald stellte sich ein bedrückendes klaustrophobisches Gefühl ein. Und dann war beim besten Willen kein Durchkommen mehr möglich – beim Versuch, in die letzte Engstelle einzudringen, wäre Ghory beinahe stecken geblieben.

Ich habe mich zu früh gefreut, sagte er sich und versuchte, die in ihm aufsteigende Panik zu unterdrücken. Er dachte an denjenigen, der diesen Fluchtweg schon vor langer Zeit erfolgreich benützt hatte … oder – er erschrak, als ihm das einfiel: Sollte ihm die Flucht misslungen sein? War er womöglich hier, in diesem einsamen dunklen Raum, umgekommen – ertrunken oder verhungert? Hatte er sich verirrt – war er in eine Sackgasse geraten? Unwillkürlich blickte sich Ghory um, ob er irgendwelche Anzeichen dafür finden konnte: Kleiderreste, Knochen? Doch er bemerkte nichts dergleichen.

Er zwang sich zur Ruhe. Was hatte Harres berichtet? Da war von einem Cañon die Rede gewesen, von einem von oben kommenden Rinnsal. Hatte er, Ghory, sich vielleicht zu sehr auf seine Fortbewegung konzentriert und die Deckenpartie außer Acht gelassen? Er leuchtete nach oben: Da gab es etliche dunkle Löcher, und warum sollte sich nicht eines davon weiter nach oben fortsetzen? Also beschloss er, umzukehren und die Decke in Augenschein zu nehmen.

Es dauerte geraume Zeit, bis Ghory den Durchstieg fand – er war einfach darunter hindurchgegangen. Von unten sah die Öffnung nicht anders aus als die vielen anderen dunklen Winkel in diesem Gang, doch im Schein der Helmlampe war sofort zu erkennen, dass sie sich fortsetzte. Und da bemerkte Ghory in Schulterhöhe einen Streifen auf einer Felsleiste, eine lehmbedeckte Stelle, über die etwas hinweggeglitten war, und daneben war – Ghory hätte jubeln wollen – sogar der Abdruck einer Schuhsohle zu erkennen. Jetzt war er sicher: Er hatte die Schlüsselstelle gefunden.

Wie konnte er die Deckenöffnung erreichen? Ghory suchte einen Felsvorsprung auf der einen Wand und einen zweiten an der andern und stieg langsam hinauf, wobei er sich mit den

Ellbogen rechts und links aufstemmte. Es fanden sich weitere Vorsprünge, Felsstufen und -leisten, manche überaus schmal und abschüssig, aber wenn er die Hände zu Hilfe nahm, gewann er so viel Halt, dass er Stufe für Stufe höher kam. Bald gelangte er in eine Röhre, und ein kurzes Stück danach ging die Strecke in einen schmalen, mäßig ansteigenden Kluftraum über.

Es war eine Erholung, sich wieder auf die Füße zu stellen, festen Boden unter sich zu spüren. Ghory blickte sich um, er bemerkte die Spuren von fließendem Wasser, eine Rinne an der tiefsten Stelle, abgerundete Steine, glatt geschliffene Wandpartien. Natürlich war jetzt alles trocken, keine Spur mehr von fließendem Wasser, das vermutlich vor langer, langer Zeit den unterirdischen See gespeist hatte. Und dann bemerkte er noch etwas, was ihm im Moment wichtiger war: Fußspuren, hier und dort, wo sich lehmiges oder sandiges Material am Boden gesammelt hatte, und – das war das Erfreulichste daran – die Spuren markierten den Weg, den er gehen musste.

Die Örtlichkeit, durch die er jetzt kam, hatte nichts Unheimliches mehr an sich. Der Gang war geräumiger geworden, es ging nur noch mit mäßiger Steigung aufwärts, die Wände bestanden aus weißgrauem Fels, und da sich Ghorys Augen dem schwachen Licht angepasst hatten, konnte er gut sehen und fühlte sich sicher.

Zwei Stunden lang war er dahingewandert, nun ließ er sich zu einer kurzen Rast nieder. Er hatte Durst und trank gleich eine ganze Flasche des mineralischen Getränks, erst dann packte er ein wenig von seinen Vorräten aus und aß davon. Er merkte, dass seine nassen Hosenbeine inzwischen getrocknet waren, und an die Feuchtigkeit in seinen Stiefeln hatte er sich gewöhnt.

Er war gut ausgeruht, als er sich nach einer Viertelstunde wieder auf den Weg machte. Die Dimension der Räume nahm zu, er befand sich in einem geräumigen Gang, dessen Boden aus einer in Kacheln zersprungenen, verhärteten Lehmschicht bestand. Wenn er darauf trat, verursachten seine Füße klirrende Geräusche.

Die Szenerie wurde abwechslungsreicher, an den Seitenwänden waren die Einmündungen von Nebengängen zu erkennen, und manchmal waren diese so groß, dass schwer zu entscheiden war, welcher der Hauptast war, dem er folgen sollte, und welcher andere ihn stattdessen in unbekannte Tiefen des Labyrinths führen würde. Doch immer noch waren Fußspuren zu sehen, nach denen er sich richten konnte und die ihn davor bewahrten, sich zu verirren. Die Abdrücke waren so deutlich, als wären sie erst vor wenigen Minuten entstanden.

Plötzlich empfand er eine tiefe Dankbarkeit jenem Unbekannten gegenüber, der hier vor zwei Jahrzehnten dahingewandert war. Die Spuren, die er hinterlassen hatte, waren ein Geschenk. Ghory war es, als stünde ihm dieser Mann ganz nahe, als könnte er hinter der nächsten Biegung auf ihn warten, und sie würden ihren Weg gemeinsam gehen …

Über drei Stunden hatte der Marsch gedauert, Ghory schätzte, dass er mehr als zehn Kilometer zurückgelegt hatte, als sich der Charakter der Räume änderte. Die Wände wirkten verwittert, auf dem Boden lag Gesteinsschutt, und dann spürte Ghory einen schwachen, bald stärker werdenden Luftzug. Hier waren die Spuren seines Vorgängers nicht mehr zu erkennen, sie verloren sich im Schutt, nun aber konnte Ghory dem frischen Wind folgen, der ja nur von außen kommen konnte, und einige Minuten später sah er, dass eine Ansammlung weit vorn liegender Felsen von einem weißen Lichtsaum umgeben war. Einen Moment lang dachte er unwillkürlich an eine geheimnisvolle Lichtquelle im Innern der Höhle, dann aber wurde ihm klar, dass es das Tageslicht war. Das helle Licht der Sonne, vielfach an den Wänden gebrochen und abgeschwächt, aber doch noch stark genug, um diese wundervolle Leuchterscheinung an den Felsen hervorzurufen. Das Tageslicht, das er noch nie zu Gesicht bekommen hatte.

Ghory beschleunigte seine Schritte, es ging nun steiler bergauf, der Raum hatte die Form einer Schlucht angenommen, die zunächst noch von Fels überdeckt war, doch wurde nun im leichten Dunst der Halle ein Lichtkeil sichtbar, ein Stück Himmel von blendendem Weiß.

Ghory umrundete die Felsbarriere, an der er zuvor den ersten Schimmer von Tageslicht bemerkt hatte, ein schmaler Steg an einer Wand führte ihn höher hinauf. Die Helligkeit wurde geradezu unerträglich, und Ghory hielt sich die Hand vor die Augen und setzte diese erst allmählich der Lichtfülle aus.

Langsam und vorsichtig ging er weiter, Schritt für Schritt höher über Schutt und Geröll, dann stand er vor einem Berg ihm entgegenquellenden Sands. Es war mühsam, gegen diese Massen anzukämpfen, und als er schließlich oben stand, war er vollkommen erschöpft. Er ließ den Rucksack zu Boden fallen und setzte sich in die weiche Masse aus Tausenden von Körnchen, die zwischen seinen Fingern hindurch rieselten, als er sich mit der Hand am Boden abzustützen versuchte. Von seinem leicht überhöhten Standort blickte er weit ins freie Land hinaus. Linker Hand breitete sich eine bis zum Horizont reichende sandbedeckte Ebene aus, und rechter Hand, wieder über eine Sandfläche hinweg, sah er einen dunklen Streifen, der gegen den Himmel durch eine gezackte Silhouette abgehoben war. Das war sie, ja, das musste sie sein: die Stadt!

Ghory betrachtete sie lange und versuchte, Einzelheiten zu erkennen. In der Mitte ragten einzelne Türme auf, zu Moscheen gehörige Minarette. Auf der linken Seite bemerkte er merkwürdige Aufbauten aus einem Material, das in der Sonne farbige Reflexe abgab; ihren Zweck konnte er sich nicht erklären. Auf der rechten Seite ragte ein Hügel empor, auf dem ein mächtiges, mit einem goldenen Dach versehenes Gebäude stand.

Ghory hatte das Bild der Stadt schon während des Unterrichts zu sehen bekommen, und so war es ihm nicht völlig fremd. Mit dem Anblick verbanden sich aber weitere Eindrücke, die aus tiefen Winkeln seines Bewusstseins emporstiegen, als würden sie durch das Gesehene erst geweckt. Schemenhaft, doch eindeutig sah er Menschen in weißen Gewändern, schattige Gassen mit Tischen, auf denen Waren ausgebreitet lagen, offene Plätze inmitten prächtig verzierter Gebäude, Wege entlang von Palmenreihen. War dies der Stoff, der ihm während des Schlaflernens beigebracht worden war und jetzt aus seinem Innersten herausbrach? Oder waren dies uralte Erinnerungen aus seiner Kindheit? Hatte es da nicht eine in Tücher verhüllte Frau gegeben, die zärtlich zu ihm sprach? Einen Mann, ernst und liebevoll, der sich zu ihm herabbeugte? Diese zusammenhanglosen Fragmente eines verstümmelten Gedächtnisses, oder worum auch immer es sich handelte, brachten ihn in eine seltsame Stimmung. Sie verband sich mit Begriffen wie Trauer, Heimweh, Zuneigung, Angst und Hoffnung.

Ghory hatte sein Ziel erreicht, und diese Erkenntnis erschien ihm in einer nicht weiter beschreibbaren Weise unfassbar, etwas wie ein Wunder, das sich jeden Moment als Täuschung herausstellen könnte. Aber zu den Gedanken, die in seinem Kopf einen verwirrenden Reigen bildeten, kam nun immer stärker das Moment der Verantwortung. Diese Stadt – seine Heimat? – war bedroht. Das Unheil schwebte wie eine Unwetterwolke darüber, die er nicht sehen, aber doch wahrzunehmen vermochte. Er, Ghory, so unglaublich das auch schien, war als Einziger in der Lage, diese Bedrohung abzuwenden. Deswegen war er hierher gekommen, wie konnte er da noch zögern?

Ghory kniete sich hin, zog den Tornister zu sich heran und öffnete ihn. Aus einem Haufen von Flaschen und Päckchen zog er den Kasten mit dem Sender heraus. Er öffnete den Deckel, ließ den Hebel für die Energieversorgung hinunterschnellen – das grüne Lämpchen leuchtete auf. Das, was zu tun war, war ganz einfach: Er schwenkte die Antenne aus, stellte sie in Richtung auf die Stadt ein und drückte den Knopf, der die Automatik in Funktion setzte. Zwar konnte er nicht hören, was gesendet wurde, aber er beobachtete die pulsierenden grünen Zacken auf dem Display.

Fünf Minuten oder auch zehn vergingen, dann sackten die Ausschläge zu einer unbewegten, horizontalen Linie in sich zusammen, die Botschaft war hinausgegangen, es war geschafft. Ghorys Blick ruhte noch immer auf der Stadt, und da war etwas, aus der Ferne nicht im Einzelnen erkennbar ... ein hellroter Lichtpunkt, der zu einer Kugel anschwoll, noch immer eine stille Erscheinung, die nur einen winzigen Ausschnitt des Blickfeldes in Anspruch nahm. Dann lag plötzlich ein Donner in der Luft, nur einige Sekunden lang, doch mit zahlreichen, allmählich leiser werdenden Echos im Gefolge ...

Es war dort geschehen, wo sich noch vor kurzem der Turm einer Burgruine erhoben hatte, auf dem Hügel im südlichen Teil der Stadt. Jetzt war dort nur noch eine dunkelgraue Wolke zu sehen, und als sie der Wind verwehte, sah Ghory, dass das alte Bauwerk verschwunden war.

Eine unbestimmte Zeit lang blieb er wie erstarrt sitzen. In seinem Kopf gähnte eine schwarze Leere. Dann stand er auf, hob den Rucksack auf und kehrte zurück in den Schutz der Höhle. Am Fuß einer Wand fand er eine Mulde im Sand. Dort legte er sich nieder und schloss die Augen. Er war am Ende eines langen Weges angekommen. Was geschehen sollte, war geschehen.

Ultimatum

Nach langen Jahren des Schweigens meldet sich die »Bruderschaft der Befreier« wieder. Viele Angehörige unseres Volkes haben nicht mehr an das Versprechen geglaubt, das in den letzten Tagen des Krieges gegeben wurde: dass der Widerstand im Verborgenen weitergehen wird mit dem Ziel, den Feind zu schlagen und aus unserer

Heimat zu vertreiben. Es hat lange gedauert, doch nun ist es so weit, wir sind gerüstet, der Gegenschlag steht unmittelbar bevor.

Und so wenden wir uns mit einer Botschaft an die Regierung der so genannten Freien Republik Aghib, die in Wirklichkeit ein unter Fremdherrschaft stehendes Provisorium ist: ein gegen alle Regeln der Menschlichkeit besetztes Land. Die von den Eroberern nach der Besetzung der altehrwürdigen Stadt El Anwar groß angekündigte Übergabe der Befehlsgewalt ist bis heute nicht erfolgt. Wir bieten euch die Chance, euer armseliges Leben zu retten. Wir fordern bedingungslose Kapitulation. Ihr habt fünf Tage Zeit, um die Stadt und das Land zu verlassen.

Die Botschaft gilt aber auch dem Volk des Aghib. Brüder und Schwestern: Die Zeit der Unterdrückung geht zu Ende. Wir hoffen, dass unser Ultimatum befolgt wird, dann kann sich alles rasch zum Guten wenden. Dann werden wir gemeinsam darangehen, die Spuren der Fremdherrschaft zu beseitigen und einen neuen Staat aufzubauen. Sollte man unser großzügiges Angebot dagegen in den Wind schlagen, dann steht uns der letzte Kampf bevor, der viele Opfer kosten wird, nicht nur auf der Seite unserer Gegner, sondern auch in unseren Reihen. Doch setzen wir voraus, dass alle bereit sind, solche Opfer zu erbringen, wenn es darum geht, dem Recht und der Freiheit erneut zur Geltung zu verhelfen.

In den sechzehn Jahren des Bestehens dieses so genannten Staates kam es zu einer umfassenden Ausbeutung des Landes und seiner Einwohner. Landwirtschaft und Industrie gerieten in die Hände ausländischer Firmen, denen es um finanziellen Gewinn geht. Unsere Ölvorräte sind erschöpft, die ehemals reichen Kupferminen ausgebeutet. Die Einwohner dieses einst so wohlhabenden Landes sind der Armut preisgegeben, sie wurden von den Quellen der Bildung abgeschnitten, und sie haben keine ausreichende Krankenversorgung.

Besonders zu bedauern ist der haltlose Sittenverfall, der in schrecklicher Weise um sich greift. Ein ganzer Stadtteil wurde zu einem Zentrum der Haltlosigkeit und des Lasters ausgebaut – unter dem Namen Cyber City Süd wurde er zu einem Begriff für gottloses Vergnügen und Hemmungslosigkeit. Aus aller Welt kommen Touristen, die sich hier der Völlerei, der Sinnlichkeit und dem Spiel hingeben. Diesen Platz der Schande werden wir der Erde gleichmachen, nichts soll an die verwerflichen Dinge erinnern, die da geschehen sind. Für jeden anständigen Menschen sind sie ein Gräuel.

Es gibt allerdings auch eine kleine Gruppe von Einheimischen, die sich mit den Feinden verbündet haben und schamlos davon profitieren. Diese wenigen leben im Überfluss und unterdrücken ihre Landsleute. Auf deren Kosten häufen sie Reichtümer an, wobei sie sich an ihren Häusern und ihrem Grundbesitz vergriffen haben. Diese Abtrünnigen wird unser voller Zorn treffen, wir werden sie verfolgen und vor Volksgerichte stellen.
Sie werden ihre Verbrechen sühnen.

Volk des Aghib: Die Stunde der Befreiung naht. In spätestens einer Woche, vom Datum dieser Nachricht an gerechnet, wird dieses Land wieder selbstständig sein und unter der Leitung von Angehörigen einer neuen rechtmäßigen Regierung stehen. Wir können die erfreuliche Mitteilung machen, dass zu ihrer Führung noch rechtmäßige Repräsentanten der ehemaligen Regierung zur Verfügung stehen, der letzten Regierung, die auf legalem Weg eingesetzt wurde und die dem Gesetz gemäß immer noch mit der Regierungsgewalt betraut ist. Es handelt sich um Raiess El Gad Abu Ibrahim, den Chef des Geheimdienstes; Sheik Nabih Ben Shahid, den Führer des Eliteregiments der Streitmacht; Sheik Salama El Zaki, den Minister für Sicherheitsfragen. Diese ehrwürdigen Männer haben nahezu zwei Jahrzehnte ihres Lebens der Vorbereitung auf die Wiedereroberung der Hauptstadt geopfert und dabei in jahrelangem Bemühen die Pläne für die Neuorganisation des Staates nach der Befreiung ausgearbeitet.

Wir wiederholen es: Es gibt nur zwei Möglichkeiten – entweder die Fremden und alle mit ihnen kooperierenden Verräter ziehen sich innerhalb von fünf Tagen aus den widerrechtlich angeeigneten Gebieten zurück. Sollten sie dagegen hier bleiben und Widerstand leisten, dann werden sie den Mut und Kampfeswillen unserer Soldaten sowie die Vernichtungskraft unserer Waffen zu spüren bekommen.

Wir können nur hoffen, dass unser Ultimatum befolgt wird. Sollte das nicht geschehen, dann werden wir ohne Rücksicht auf Mensch und Material durchgreifen. Deshalb raten wir auch unseren loyalen Landsleuten, sich zur Zeit der Kampfhandlungen aus der Gefahrenzone im Bereich der Stadt und ihrer Umgebung zurückzuziehen. Sollte es zu Zerstörungen von Wohnraum kommen, dann haben alle loyalen Flüchtlinge das Recht auf Entschädigung. Sie können zurückkehren und sich am Wiederaufbau beteiligen. Und in kurzer Zeit werden sie neue Häuser beziehen.

Wer Gewalt sät, wird Gewalt ernten, und so wird es alle Unbelehrbaren treffen, so oder so. Zum Beweis, dass wir es ernst meinen und auch die Macht haben, jedes Bollwerk des Feindes in Schutt und Asche zu legen, sprengen wir zur Zeit der Aussendung dieses Ultimatums den *Turm der Niedertracht*, der vor Jahrhunderten während einer zweijährigen Belagerung von feindlichen Angreifern gebaut wurde und ein Mahnmal der Schande ist, das in unserem neuen Staat nichts zu suchen hat. Genau fünf Tage, nachdem der Turm in die Luft gejagt wurde, schlagen wir los. Die Feinde mögen ihre letzten Gebete anstimmen – sie müssen sich auf einen Sturm gefasst machen, der sie vernichtet.

Uchwad Al-Dahir

Die Bruderschaft der Befreier

5

Zwei Tage waren vergangen, und für Majda hatte sich eine erstaunliche Wendung ergeben: Sie hatte den Vergnügungspark und damit auch das Touristenhotel verlassen und befand sich nun mitten in der alten Stadt. Der Umzug war etwas unvermittelt in Szene gesetzt worden – so ließ es sich am besten ausdrücken, denn was da geschah, mutete wie eine exakt durchdachte Inszenierung an; in einer Art des Vorgehens, die keinen Widerspruch zuließ.

Ein Schwebe-Car auf dem Hoteldach, eine kleine Abordnung von bewaffneten Männern in Uniform; man hatte sie abgeholt unter Berufung auf ein Dokument in arabischer Schrift, das sie nicht lesen konnte, mit dessen Hilfe sich aber alle Formalitäten ihres Auszugs im Handumdrehen erledigen ließen.

Zunächst dachte Majda an eine Ausweisung oder eine Verhaftung, doch der Leiter des Trupps, der ein schwer verständliches Englisch sprach, benahm sich so höflich und ehrerbietig, dass sich Majda etwas beruhigte. Dann bewegte sich die Abordnung mit ihr zum Lift, zwei Bewaffnete fuhren mit ihr zur Landestelle auf dem Dach, ihr Gepäck wurde mit dem Dienstbotenaufzug befördert und in eines der beiden wartenden Schwebe-Cars eingeladen. Sie selbst stieg mit dem Leiter und der Wache in ein anderes, gleich darauf begann die Pressluft zu zischen, und die Vehikel hoben vom Dach ab, hielten sich noch ein paar Sekunden unbewegt im Schwebezustand und stiegen dann steil empor, weit über die Dächer der umliegenden Bauwerke. Unten breitete sich die Stadt aus, und Majda hatte einen Überblick, der weit über das Parkgelände hinausreichte. Die Grenzlinie war unverkennbar: diesseits das bunte, dynamische Durcheinander der futuristischen Architektur der Cyber City, jenseits das geschachtelte Mosaik aus alten Flachbauten, dazwischen ein Quadratraster aus engen schattigen Wegen und nur da und dort breite Straßen: Fremdkörper in der Geschlossenheit des Stadtkerns, Brüche oder Risse, als hätte man die Gebäude gewaltsam getrennt und auseinander geschoben, um Platz für die wenigen Autos und Motorräder zu schaffen, die dort unterwegs waren.

Dann senkte sich der schwebende Flugkörper, glitt mit sanft wiegenden Schwankungen abwärts. Das Gelände, auf das sie hinuntersanken, erinnerte an die Schilderungen aus ›Tausendundeine Nacht‹. Ein Areal, von ockerfarbenen Gebäuden und Mauern umgeben, nach außen geschlossen und abweisend, nach innen offen und heimelig. Und Wege, die von Gebäude zu Gebäude führten, in geraden Linien, aber vielfach gewinkelt, um Blumenbeete, Palmenhaine, Liegewiesen und Wasserbecken herum. Auf einer etwas abseits angelegten Fläche setzten sie auf, und nun erst wurde Majda darüber aufgeklärt, was da mit ihr geschah. Der Direktor des Hotelkomplexes erwartete und begrüßte sie.

Jetzt erst merkte sie es: Sie befand sich im »Bier-El-Salama-Hotel«, in dem seinerzeit ihr Vater gewohnt hatte. Der Direktor, dem ihre freudige Überraschung nicht verborgen geblieben war, erzählte ihr ein wenig von der Geschichte des Hotels: Es bestand schon so lang, dass man sein Alter nicht mehr feststellen konnte. Im Laufe des Krieges war es von einigen Bomben getroffen worden, aber da es ungewöhnlich weitläufig gebaut war, war der größte Teil des Anwesens verschont geblieben. Erst in den letzten Jahren war der zerstörte Teil wieder aufgebaut worden, nur hinter dem Hauptgebäude gab es noch eine größere, mit Schutt bedeckte Fläche. Im Großen und Ganzen hatte sich das alte Bild wieder ergeben, das dieses Hotel schon seit Hunderten von Jahren als besondere Adresse für Kenner bekannt gemacht hatte.

Majda war so überrascht über die Freundlichkeit, mit der

sie hier empfangen wurde, dass ihr die Worte fehlten. »Es ist wunderbar hier«, stammelte sie, »aber ist es nicht ein Irrtum? Ich fürchte, meine finanziellen Mittel –«

Der Direktor hatte den Hilfskräften, die sich im Hintergrund gehalten hatten, ein Zeichen gegeben, und sie fuhren Majdas Koffer und die beiden Taschen mit Handkarren zu einem der kleineren Gebäude, die romantisch hinter einer steinumkleideten Wasserfläche lagen. »Das braucht Sie nicht zu kümmern«, erklärte er. »Sie sind Gast des El-Afifi-Clans.«

»Ich möchte nicht, dass jemand für mich bezahlt«, gab Majda zurück.

»Niemand braucht zu bezahlen«, sagte der Direktor und lächelte. »Hassan El Afifi ist der Besitzer des Hotels.«

Nun saß Majda auf einer Ottomane, inmitten eines Berges aus Kissen, die Jalousien waren heruntergelassen, und ein Fächerrad trieb ihr kühle Luft zu. Der Raum lag im Halbdunkel, aber sie konnte wertvolle, holzgeschnitzte Möbel erkennen, ein breites, seltsam hohes Bett, die Liegestatt unter einem Vorhang verborgen, und Kacheln an der Wand, die hier keine eingebrachten Schmuckgegenstände waren, sondern Teil einer alten Mauer, die man bei der Restaurierung geschont, erhalten und in die Ausstattung einbezogen hatte.

Allmählich fing sie sich wieder und begann, klarer zu denken. Sollte Hassan El Afifi hinter dieser Überraschung stecken? Oder hatte das Khalid ohne die Erlaubnis seines Vaters veranlasst? Geriet sie da nicht in eine Abhängigkeit, die man auch missdeuten konnte?

Majda spielte mit dem Gedanken, rasch wieder auszuziehen, aber schon kurze Zeit darauf war ihr klar, dass sie diesen radikalen Schritt nicht machen würde. Sie wusste zwar nur wenig über die Sitten und Gebräuche, an die sich die Bevölkerung hier noch immer zu halten schien, aber hier ging es um Gastfreundschaft, und da war es nicht angeraten, etwas falsch zu machen und jemanden, der es gut mit ihr meinte, durch eine Zurückweisung zu beleidigen. Gastfreundschaft, das wusste sie, hatte hier einen ganz anderen Stellenwert als in ihrer Heimat Europa.

So packte sie ihre Sachen aus und verteilte sie auf Schränke und Regale. Dann holte sie die Briefe aus der Reisetasche, in der sie die Papiere während des Umzugs untergebracht hatte. Sie nahm sich noch einmal den Plan vor, auf dessen Hinterseite die Adresse notiert war, die ihr vielleicht weiterhelfen konnte. Sie kopierte sie auf einem Memorex-Block, der auf ihrem Nachttischchen lag, denn sie würde sich hüten, irgendjemandem den Plan selbst zu zeigen.

Kopfzerbrechen bereitete ihr die Frage, wo sie das Dokument, das in den letzten Tagen so überraschende Bedeutung gewonnen hatte, verstecken sollte. Zunächst dachte sie an den Tresor, an ein Versteck an dessen Unterseite, wie es sich bisher gut bewährt hatte. Aber hier gab es keinen Tresor, und so verstaute sie die Briefe samt dem Plan zunächst wieder in ihrer Handtasche.

Was sollte Majda als Erstes tun? Nachdenklich machte sie es sich wieder auf der Ottomane bequem und zog eine Schale mit Nüssen heran, die in Reichweite auf einem niedrigen Tischchen stand. Dann schenkte sie sich Tee aus einer daneben bereitgestellten kunstvoll gehämmerten Kupferkanne ein. Das Glas hatte eine einfache Form, und sie hielt es ins Licht, um es besser betrachten zu können. Es lag schwer in der Hand, und sie stellte fest, dass es leicht blau getönt und unregelmäßig geformt war; es musste sehr alt sein. Sie süßte das Getränk, in dem grüne Blätter schwammen, mit braunem Zucker aus einem Schälchen und trank langsam und vorsichtig einige kleine Schlucke von der heißen Flüssigkeit, die nach Kräutern schmeckte. Als sie das Glas in den Schatten stellte, sah es aus, als ob es mildes grünes Licht ausstrahlte.

Doch gleich kam sie wieder ins Grübeln. Die Rücksicht auf die Landessitten war sicher nicht der einzige Grund, der sie bewog, die Einladung zumindest fürs Erste anzunehmen – es gab noch andere Gründe dafür. Vor allem gehörte dazu ihre prekäre finanzielle Situation – es wäre ihr ja sonst nichts anderes übrig geblieben, als sofort nach Hause zurückzukehren. Andererseits war sie nun endlich in der Altstadt angekommen und konnte nach der Adresse auf der Rückseite der Skizze forschen: nach den Leuten, die ihren Vater gekannt hatten. Und noch dazu war sie sogar in jenem Hotel gelandet, in dem ihr Vater über ein Jahr lang gewohnt hatte. Sie hatte es Khalid erzählt, und er hatte es offenbar nicht vergessen.

Plötzlich war sie wieder von Tatendrang erfüllt. Wenn sie Glück hatte, so mochten hier noch einige Bedienstete beschäftigt sein, die ihren Vater gekannt hatten. Sie musste sich also besonders bei den alten Leuten des Personals umsehen. Zuerst war es aber sicher angeraten, sich mit der neuen Umgebung vertraut zu machen. Erst sah sie sich ihr Zimmer an, das ganz im alten Stil gehalten war. Das Badezimmer dagegen wies allen Komfort auf, den man in einem Fünf-Sterne-Hotel erwarten durfte.

Majda fühlte sich in der Enge ihres verdunkelten Zimmers nicht mehr wohl. Sie trat vor die Tür und schlenderte kreuz und quer durch den Garten, sah sich die öffentlich zugänglichen Teile des Hotels an, holte sich einige dürftige Informationsschriften, die im Foyer angeboten wurden, und beobachtete die wenigen Gäste, die sich dort aufhielten. Einige von ihnen, in Landestrachten aus aller Welt, saßen mit Getränken versorgt auf Liegesesseln unter den Palmen, ein paar Leute in Phantasieuniformen hatten sich auf einer Terrasse versammelt und unterhielten sich in einer Sprache, die Maja nicht einzuordnen vermochte. Die Kellner und Dienstboten hielten sich unaufdringlich im Hintergrund, aber Majda bemerkte doch einige ältere Leute darunter, meist in untergeordneten Positionen – Gepäckträger, Türsteher, Boten. Da diese Personen oft mit den Gästen zu tun hatten, durfte Majda hoffen, dass sie sich mit ihnen verständigen konnte.

Majda verließ den zentralen Teil des Gartens, die Umgebung des Swimming-Pools mit den darum herum angeordneten Reihen von Liegestühlen und Sonnenschirmen, und folgte einem der Wege, der in eine exotische Gartenlandschaft führte. Palmen mit seltsam geformten Früchten, Agaven, aus denen kandelaberartige Auswüchse mit gelbweißen Blütenständen herauswuchsen und eine Fülle stark duftender bunter Blumen. Der Weg wurde immer enger, oft wurde er vom Blätterwerk der Büsche versperrt, Majda musste sich an einigen Stellen regelrecht hindurchzwängen. Hierher schienen nur selten Menschen zu kommen.

Schließlich hielt sie vor einer Mauer, die einen weiten Bogen beschrieb: Auf einem Sockel stand ein kunstvoll geschmiedetes Gefäß, darum herum war ein Damm aus verschiedenfarbigen Steinen errichtet, die einst zur Begrenzung eines kleinen Teiches gedient haben mochten. Heute war kein Wasser mehr zu sehen. Gedankenverloren hob Majda eine weiß und rostbraun gestreifte Steinplatte aus der Umfassung auf – dieses Stück hätte gut als Unterlage auf das alte Regal gepasst, das zu den Erbstücken ihrer Mutter gehörte. Es sah aus wie Marmor, die Seiten waren grob beschnitten, und eine Ecke war abgebrochen, der Stein konnte also nicht von besonderem Wert sein. Sollte sie jemand fragen, ob sie ihn mitnehmen durfte? Dann aber fiel ihr etwas ganz anderes auf: Unter der Platte war ein schmaler Hohlraum zum Vorschein gekommen, es hatte den Anschein, als läge dieses Stück Fels schon seit Jahrhunderten unberührt an dieser Stelle, und während dieser Zeit wäre niemand auf die Idee gekommen, es aufzuheben. War das nicht ein ideales Versteck für ihre Briefe?

Majda überlegte nicht lang. Viel eiliger als auf dem Weg hierher legte sie jetzt die Strecke zu ihrem Zimmer zurück und holte die Briefe. Sie sah sich noch einmal um, ob auch niemand in der Nähe war ... Und so legte sie den Umschlag in die Mulde und legte die Steinplatte wieder darüber.

Durch diese eilig vollzogene Maßnahme war sie wieder in

die Gegenwart zurückgeworfen worden. Sie hatte sich einiges vorgenommen und wollte so bald wie möglich mit ihren Nachforschungen beginnen. Eilig kehrte sie in die belebteren Teile des Hotelgeländes zurück.

Als sie gerade einen weißhaarigen Diener ansprechen wollte, der sich in einem Nebenraum des Foyers mit einem Staubwedel an schmuckgefüllten Vitrinen zu schaffen machte, bemerkte sie Khalid, der an der Rezeption stand – wahrscheinlich erkundigte er sich nach ihr. Sie ging zu ihm hinüber, und als sie einander wieder gegenüber standen, waren beide ein wenig befangen, obwohl sie es zu verbergen suchten. Sie gingen hinaus in den Garten und setzten sich etwas abseits auf eine der Bänke.

Es dauerte eine Weile, bis sie die Scheu überwanden, die sich plötzlich eingestellt hatte. Es war Majda, die sich als Erste fing und eine Unterhaltung begann. Sie sprach über das Hotel und warf die Frage auf, ob sie die Gastfreundschaft der Familie so ohne weiteres in Anspruch nehmen dürfte. Khalid versuchte ihre Bedenken zu zerstreuen, er wies darauf hin, dass das Hotel ohnehin halb leer sei, er deutete den Reichtum der Familie an und ließ durchblicken, dass Geldeswert keine Rolle spielte. Wichtiger sei, dass sein Vater einverstanden war – Khalid hatte Majdas Nachforschungen erwähnt, und sein Vater hätte selbst angeregt, ihr behilflich zu sein. Und Khalid fügte hinzu, dass sie offenbar auch bei seinem Vater einen bleibenden Eindruck hinterlassen hatte. »Für ihn ist es immer noch ein wenig ungewohnt, Frauen in der Öffentlichkeit zu treffen. Aber in diesem blauen Kleid hast du nun einmal unglaublich gut ausgesehen.«

Majda trug wieder ihre Alltagskleidung, einen kurzen Rock und eine einfache Zello-Moll-Jacke, und es fiel ihr ein, dass Khalid sie heute zum ersten Mal so einfach gekleidet sah.

»Und in diesem Aufzug würde ich ihm nicht mehr gefallen?«, antwortete Majda mit einem herausfordernden Lächeln, aber Khalid versicherte ihr rührend ernsthaft, dass sie die schönste Frau sei, die er je gesehen hatte, was auch immer sie trage.

Dann unterhielten sie sich einige Zeit darüber, auf welche Weise Majda von hier aus aktiv werden könnte. Majda wollte sich beim Hotelpersonal umhören, ob sich jemand an ihren Vater erinnern könnte, vor allem aber gedachte sie nun endlich der Adresse nachzugehen, die sie von der Rückseite des Plans kopiert hatte. Sie holte den Memorex-Block und rief die Kopie der Adresse auf.

Khalid versuchte die leicht verwischte Schrift zu entziffern. »Der Name ist kaum noch leserlich, doch ist zu erkennen, dass er mit einem S beginnt. Aber ich glaube, ich weiß, welche Straße gemeint ist – eigentlich eine enge Gasse nur für Fußgänger. Da ist auch eine Hausnummer.«

»Dort muss ich auf jeden Fall hingehen«, kündigte Majda an.

»Da wirst du dich allein nicht zurechtfinden«, warnte Khalid. »Es ist ein abgelegener Bezirk, Fremde kommen dort nicht hin. Also werde ich dich begleiten.«

Khalid hatte in einer Nebengasse vor dem Hotel ein Auto geparkt, einen neuen deutschen Sportwagen, und er benutzte ihn, um Majda zunächst in die Kasbah zu bringen – um nicht zu sehr aufzufallen, sollte sie sich einheimische Kleidung besorgen. Sie suchten einen Basar, und Khalid gab Majda einige Ratschläge für den Einkauf, bevor sie in der Abteilung für Frauenkleider verschwand. Die Sachen, die man ihr zeigte, widerstrebten Majda, weil sie sie derart verhüllten, dass man nur noch ihre Augen sah. Doch wahrscheinlich war diese Kleidung für ihr Vorhaben sinnvoll. Khalid schien mit dem Ergebnis zufrieden zu sein und beglich die Rechnung, ohne auf Majdas Protest zu hören.

Sie mussten zu Fuß gehen. Je weiter sie sich vom Zentrum entfernten, desto enger wurden die Gassen, Autos kamen hier nicht durch. Die Gegend wurde ärmlich, die Häuser trugen noch zahlreiche Spuren der Zerstörung aus dem Krieg. Ein großer Teil des Lebens schien sich auf der Straße abzuspielen. Dort wurde gekocht, dort saßen Handwerker, die hämmerten und sägten, Autoteile zerlegten, an alten Radio- und Fernsehgeräten herumschraubten und aus Gummireifen Schuhsohlen schnitten.

Es gab keinerlei Straßenschilder, Khalid musste immer wieder nach dem Weg fragen, und Majda begann einzusehen, dass sie hier ohne Hilfe tatsächlich völlig verloren gewesen wäre.

Sie verließen die Gasse mit den Handwerkern und kamen in ein Gewirr von engen Wegen, Stiegen und Brücken, die über Müllhaufen und Tümpel führten. Sie begegneten nur wenigen Menschen, die sie misstrauisch beäugten und ihnen verstohlen nachsahen. Hier war es schwer, eine Person zu finden, die brauchbare Auskunft geben mochte.

»Ich hätte nicht erwartet, dass es in dieser reichen Stadt so viele Arme gibt«, flüsterte Majda.

»Der größte Teil der Einnahmen geht an ausländische Investoren«, sagte Khalid, und auch er dämpfte unwillkürlich die Stimme. »Zunächst muss sich unsere Wirtschaft erholen.«

Wieder erkundigte sich Khalid nach dem Weg, diesmal bei einer Frau, die sich neugierig aus einem Fenster beugte, als die beiden vorübergingen. Sie antwortete in arabischer Sprache. Khalid dankte ihr. »Nur noch um die nächste Ecke«, verkündete er.

Sie gingen ein wenig zögernd voran, als müssten sie jederzeit mit unangenehmen Überraschungen rechnen ... Da war auch schon die angekündigte Ecke, dahinter ein dunkler Eingang, eigentlich eher ein Loch in der Mauer. Es roch nach angesengtem Gummi.

Je weiter sie kamen, desto dunkler wurde es, sie tappten vorwärts, standen vor einer angelehnten Tür. Khalid klopfte, sie traten ein. Sechs oder sieben Menschen befanden sich in einem engen Raum, halb Wohnzimmer, halb Küche: eine dicke Frau am Herd, ein alter Mann, dem ein Arm fehlte, in einem

Schaukelstuhl aus Bambusrohr, zwei Halbwüchsige, einige Kinder. Alle hatten sich umgedreht und starrten die Besucher an.

Khalid sprach ein paar Worte, die Frau antwortete offenbar mit einer Frage, und Khalid antwortete etwas, wobei er auf Majda deutete. Einen Moment war es still, dann begann die Frau mit erhobener Stimme zu zetern, wobei sie immer aufgeregter und lauter wurde, sie gestikulierte, hob drohend die Arme. Die zwei Halbwüchsigen stellten sich neben sie, als wollten sie mit ihr gemeinsam zum Angriff übergehen. Nur der Einarmige blieb starr sitzen, als verstünde er nicht, was um ihn herum vor sich ging. Und nun kam die Frau auf Khalid zu und versuchte, sich an ihm vorbeizudrängen und die seitlich hinter ihm stehende Majda zu schlagen.

»Komm«, rief Khalid Majda zugewandt und schob die Frau zurück, »es hat keinen Sinn!« Er drehte sich um und zog Majda mit sich, hinaus in den engen Gang, wobei er versuchte, die Tür zu schließen, was ihm aber nicht gelang. Die ganze Familie drängte nach, und es blieb ihnen nichts anderes übrig, als schleunigst die Flucht zu ergreifen.

Erst als sie merkten, dass ihnen niemand folgte, blieben sie stehen. Etwas außer Atem fragte Majda: »Was ist denn in diese Leute gefahren?«

»Es war mir nicht ganz klar, ob die Alte deinen Vater kannte. Sie hat über die damals im Land lebenden Ausländer geschimpft, sie sagte, diese seien am Tod ihres Mannes schuld. Mehr habe ich nicht verstanden.«

»Das war ein Schuss in den Ofen«, meinte Majda, und als sie Khalid erklärte, was ein Schuss in den Ofen bedeutete, war der erste Schreck überwunden, und sie lachten wieder.

»Du hast Recht«, sagte Khalid, »da kriegen wir keine Auskunft – obwohl die Leute etwas wissen. Schade! Aber da ist nichts zu machen.«

Bei ihrem überhasteten Rückzug hatten die beiden die Orientierung verloren. Jetzt blickten sie sich nach dem Weg um, als sie plötzlich eine Stimme hörten: »Nicht so eilig, Sie sollten nicht so rasch aufgeben.« Aus dem Dunkel trat der einarmige Mann hervor, den sie in der Wohnküche gesehen hatten. Womöglich führte ihre Suchaktion doch noch zu einem Erfolg?

Der Alte hatte in gut verständlichem Basic-Englisch gesprochen, und so konnte sich Majda auch beteiligen. »Haben Sie verstanden, um was es geht?«, fragte Majda, und sie fuhr gleich mit einer Erklärung fort: »Mein Vater war zur Zeit des Krieges hier beschäftigt, und er ist nie zurückgekehrt. Sein Name ist Frits Barlach. Ich möchte wissen, was mit ihm geschehen ist.«

Der Alte lehnte an einer Wand und schien zu überlegen. »Was ist euch die Auskunft wert?«, fragte er, und er wandte sich damit an Khalid.

Der dachte kurz nach. »Zehn Dollar.«

»Hundert Dollar«, antwortete der Mann.

Khalid nickte. »Einverstanden.«

»So reden Sie doch!«, forderte Majda ungeduldig, doch Khalid sagte: »Ganz ruhig – auf ein paar Minuten kommt es nicht an.« Er wandte sich an den Einarmigen. »Bitte, sagen Sie uns, was Sie wissen.«

»Zuerst das Geld.« Der Mann streckte die Hand aus, und Khalid legte ein paar Scheine hinein, die er aus der Tasche seines Umhangs zog. Der Alte prüfte sie genau. Dann fragte er: »Barlach sagten Sie? Ein Europäer? Ein schlanker grauhaariger Mann?«

»Genau«, sagte Majda.

Der Alte schien nachzudenken. »Es ist lange her«, murmelte er, dann begann er stockend zu sprechen. »Meine Schwägerin hat sich sehr aufgeregt. Sie ist ein wenig verwirrt, seit sie ihren Mann verloren hat. Er war Sprengmeister. Ein paar Monate vor Ausbruch des Krieges bekam er einen Auftrag. Es ging um Vorbereitungen, um den Bau von Bunkern oder etwas Ähnlichem. Die Verantwortlichen hatten sich auf den Kampf eingestellt und taten nichts, um ihn zu vermeiden. Sie hätten verhandeln können ... doch ich glaube, sie wollten den Krieg. Weiß der Teufel, warum ...«

»Was hatte mein Vater damit zu tun?«, unterbrach ihn Majda.

»Lass ihn einfach reden«, flüsterte ihr Khalid zu.

»Sie wussten genau, was da auf uns zukam«, fuhr der Einarmige fort. »Bombenangriffe, Minen, Brandsätze, Giftgas, Bakterien ... Aber sie wussten natürlich auch, wie man sich dagegen schützt. Sie ließen diese Bunker für sich selbst bauen – und für ihre Freunde, das Gesindel aus dem Ausland ... Als es so weit war, verkrochen sie sich unter der Erde, während wir –«

Majda vermochte ihre Ungeduld nicht mehr zu zähmen. »Mein Vater war für Wasserleitungen zuständig und nicht für den Bau von Bunkern.«

Jetzt schwieg der Alte, warf Majda einen Blick von der Seite zu und schien wieder in seinen alten starren Zustand gefallen zu sein.

»Wir wollen etwas über Frits Barlach wissen. Kommen Sie bitte zur Sache«, forderte Khalid. Er wartete eine Weile, dann griff er in die Tasche und reichte dem Alten noch ein paar Scheine. Dieser begann wieder zu sprechen. »Mein Schwager ist umgekommen bei einem Bombenangriff. Seither –« Er sprach nicht weiter, verfiel in hartnäckiges Schweigen. Da trat Khalid auf ihn zu, packte ihn an den Schultern und schüttelte ihn. Dabei sagte er etwas auf Arabisch. Es klang wie eine Drohung.

Diese Behandlung schien den Einarmigen erstaunlich wirksam zu beleben. »Ja, in der Tat, ich kannte ihn. Frits Barlach, gewiss, so hieß der Mann. Er war einige Male in unserem Haus, er besuchte meinen Neffen Salah. Der wohnte im oberen Stockwerk.«

Majda horchte auf: der Name, den der Alte nannte ... er fing mit S an – das galt auch für den Namen, der auf die Rückseite der Skizze gekritzelt war. War dies Khalid auch aufgefallen? Sie nahm es an, auch wenn er sich nichts anmerken ließ.

»Er wohnte? Wo ist er jetzt?« Khalid hielt den Alten noch immer am Ärmel fest, und seiner Stimme war anzumerken, dass er sich nicht länger hinhalten lassen wollte.

»Ich weiß es nicht«, antwortete der Alte jammernd. »Ich habe ihn schon lange nicht mehr gesehen.«

»Was macht Ihr Neffe? Was hatte er mit Frits Barlach zu tun?«

»Wie soll ich das wissen?«, jammerte der Alte. »Er ist Fotograf und Zeichner. Er hat für Architekten und zuletzt auch für das Katasteramt gearbeitet. Und er ist auch ein Künstler. Er malt Bilder, vor allem von der alten Stadt.«

Deutete sich da ein weiterer Zusammenhang an? Womöglich war das kein Zufall: Wenn der Neffe des Einarmigen für das Katasteramt gearbeitet hatte, konnte er doch auch Zeichnungen für Majdas Vater angefertigt haben. Damit hatte sich zum ersten Mal eine verheißungsvolle Spur ergeben. Majda spürte so etwas wie Jagdfieber.

Wahrscheinlich war Khalid auf denselben Gedanken gekommen, Majda merkte ihm seine Anspannung an. Er überlegte kurz. Dann sagte er: »Du wirst ihn suchen, und du wirst ihn finden. Und dann wird er sich bei dieser Adresse melden. Er braucht nur seinen Namen zu nennen. Man wird mich rufen.« Khalid kritzelte einige Schriftzeichen auf einen Zettel. »Wenn das nicht in den nächsten drei Tagen geschieht, lasse ich dich einsperren. Und jetzt verschwinde!«

Erstaunt hatte Majda beobachtet, wie sich Khalid verwandelt hatte, welche Autorität plötzlich aus diesem sanften Jüngling sprach. Bisher hatte sie sich ihn nicht als Oberhaupt eines Clans vorstellen können, zu dem er ja eines Tages berufen werden würde, aber jetzt hatte sie sich davon überzeugen können, dass er durchaus imstande war, Härte zu zeigen und seinen Willen durchzusetzen. Sein bisheriges Benehmen, seine Zurückhaltung und Schüchternheit, hatte er wohl speziell ihr gegenüber an den Tag gelegt, und sie war fast betroffen darüber, wie sehr er sich vor ihr zurücknahm. Khalid ist nett, angenehm im Umgang, offen in seiner Art, dachte Majda, aber ich möchte ihn nicht enttäuschen. Ich möchte ihm nicht wehtun. Aber es könnte leicht kommen, wenn ich es zulasse, dass er sich noch stärker an mich bindet.

Inzwischen war es merklich dunkel geworden, und Khalid mahnte, sich rasch auf den Rückweg zu machen. Es war ihm gelungen, sich so weit zu orientieren, dass er zumindest die Richtung bestimmen konnte, und tatsächlich erreichten sie bald eine der großen Straßen, die eine Bresche durch die Häusergruppen schlug und sie geradewegs zum Hotel führte.

»Meinst du, dass sich der Mann melden wird, der Fotograf, wie heißt er doch ...«, fragte Majda.

»Salah«, sagte Khalid. »Er wird sich melden. Ganz gewiss.«

»Was macht dich so sicher?«

»Ich habe die Adresse der Polizeizentrale aufgeschrieben. Da weiß jeder, dass es gut ist zu gehorchen.«

»Wieso die Polizeizentrale? Was hast du damit zu tun?«

»Ein Angehöriger meiner Familie ist Polizeichef«, sagte Khalid – so als ob das selbstverständlich wäre.

Sie hatten sich in das Restaurant des Hotels gesetzt und einen kleinen Imbiss eingenommen. Und dann, nach einem kurzen Gang durch den Garten, kam der Moment, vor dem sich Majda ein wenig gefürchtet hatte. Sie standen zwischen Blumenbeeten, eingehüllt von Rosenduft. Auch Khalid wirkte plötzlich wieder verlegen. Majda legte ihm die Hand auf den Arm und sagte: »Es war ein anstrengender Tag, und du hast viel für mich getan. Ich danke dir sehr. Jetzt bin ich etwas müde. Bist du mir böse, wenn ich mich auf mein Zimmer zurückziehe?«

Majda hatte mit einer enttäuschten oder unwilligen Reaktion gerechnet, aber Khalid lächelte ihr zu. »Ich darf dich hier in der Öffentlichkeit nicht umarmen«, sagte er. »Ich mag dich sehr. Das sollst du wissen.«

»Ich weiß es«, sagte Majda. Sie reichte ihm die Hand, und es kostete sie einige Mühe, konsequent zu bleiben. Betont entschlossen drehte sie sich um und schlug den Weg zum Gebäude ein, in dem ihr Zimmer lag. Sie brauchte sich nicht umzudrehen, um zu wissen, dass er ihr nachschaute. Es war ihr, als fühlte sie seinen Blick wie eine sanfte Berührung an Hals und Rücken.

Ein neuer Tag begann, der Himmel war blau, die Sonne schien, und doch war es ganz anders – nicht zu vergleichen mit jenem anderen Teil der Stadt, dem Vergnügungsviertel, das unendlich weit entfernt wirkte. Die Frühstückstische im Garten waren längst gedeckt, die freundlichen Kellner ließen sich Zeit, aber das machte nichts, denn auch die wenigen Gäste hatten es nicht eilig.

Majda fühlte sich wohl. Sie hatte sich in den Schatten gesetzt und wartete, bis ihr das Tablett mit einem honiggesüßten, klebrigen Gebäck gebracht wurde, dessen Namen sie nicht kannte, dazu Kaffee, den sie sich anstatt des hier üblichen Tees bestellt hatte. Sie blickte auf eine mit Blumenbeeten umrahmte Wiesenfläche, in deren Mitte ein säulengeschmücktes Türmchen aus verschiedenfarbenen Steinen stand.

Hier könnte man sich in der Tat wohligem Nichtstun hingeben, dachte sie, aber sie wusste selbst, dass sie dazu nicht imstande war. Sie musste die Zeit nützen, jetzt konnte sie nicht mehr zurück, sie fühlte sich dazu verpflichtet, ihre Suche fortzusetzen. Eine Suche, die sie zunächst nur halbherzig betrieben hatte, weil sie sich nur geringe Chancen ausgerechnet hatte. Aber nun war sie doch Schritt für Schritt vorangekommen, und die Hinweise der letzten Stunden, so vage sie auch schienen, ließen sogar unerwartete Hoffnung in ihr aufkeimen.

Das, was sie im Moment am meisten interessierte, waren die Auskünfte, die sie sich von Salah, dem Fotografen, erhoffte. Ob er sich melden würde? Bis dahin gab es einiges zu tun, was sie aus eigener Initiative unternehmen konnte, beispielsweise endlich nach einem von jenen Bediensteten zu suchen, die in diesem Hotel schon in der Zeit vor dem Krieg beschäftigt waren. Statt die milde Wärme des Morgens weiter zu genießen, sprang Majda auf, kaum dass sie ihre Tasse Kaffee ausgetrunken hatte, und machte sich auf die Suche. Es stand ja genug Personal herum, das offenbar nur darauf wartete, sich nützlich zu machen.

Majda sprach einige der Leute an, doch sie konnten ihr nicht helfen. Schließich fand sie einen Mann in blauem Kittel, der sich an den Blumenbeeten zu schaffen machte, offenbar ein Gärtner. Er mochte fünfzig oder auch sechzig Jahre alt sein – an den Schläfen war er bereits ergraut. Ein Versuch könnte sich lohnen.

Majda begann mit einigen unverfänglichen Fragen, ehe sie auf ihren Vater zu sprechen kam.

»Frits Barlach?«, wiederholte der Gärtner. Er stand in gebeugter Haltung vor Majda und schien überrascht. »Die Namen der Gäste kenne ich nicht. Aber Barlach … den habe ich schon gehört. Wie sah er denn aus?«

Majda versuchte ihm eine Beschreibung zu geben, doch erst als sie erwähnte, dass er sich noch in den letzten Tagen vor dem Krieg hier aufgehalten hatte, als sich andere Gäste längst auf der Flucht befanden, dämmerte es ihm, und er konnte einige Einzelheiten nennen, die Majdas Herz zum Klopfen brachten – jetzt war sie sicher: Endlich hatte sie eine konkrete Spur.

»Ja, er war der letzte ausländische Gast hier im Haus«, sagte der Mann. »Das war eine schlimme Zeit, alle wussten, dass es Angriffe geben würde. Es wurden Barrikaden errichtet und Gräben ausgehoben. Dort hinten im Garten wurde ein Unterstand gebaut, angeblich für die Gäste und Angestellten des Hotels. Dort habe ich Ihren Vater zuletzt gesehen, damals, als es ernst wurde.«

Majda horchte auf: Ihr Gesprächspartner hatte das Wort »angeblich« eigenartig betont.

»Was war mit diesem Unterstand? Wurde er benützt? Waren Sie auch dabei?«

Der Gärtner erhob sich und stützte sich auf den Spaten, den er ins Erdreich gesetzt hatte. »Ich war hier, aber man hat uns nicht in den Schutzraum gelassen. Nur wenige Gäste durften hinein, und auch ein paar Leute, die von außen kamen – von drüben, aus dem Ministerium. Soldaten haben den Eingang bewacht.«

»Und mein Vater war dabei?«

Doch der Mann gab sich jetzt seinen Erinnerungen hin und antwortete nicht. »Es kam zu schlimmen Szenen. Man hörte schon die Bombeneinschläge, zuerst aus der Ferne, doch bald lauter. Dann krachte und donnerte es ringsherum. Wir hatten Angst. Einige von uns versuchten, mit Gewalt einzudringen, doch die Soldaten gingen mit Gewehrkolben auf jeden los. Dann wurde das eiserne Tor von innen geschlossen, und die Soldaten waren selbst ausgesperrt. Die waren plötzlich ganz friedlich. Sie warfen die Gewehre weg und rannten davon. Ich habe mich damals in einem Keller verkrochen und bin so mit dem Leben davongekommen.«

Majda merkte, dass sie eine empfindliche Saite zum Klingen gebracht hatte. Sie wartete eine Weile, doch dann erkundigte sie sich noch einmal nach ihrem Vater.

»Er war dabei, ich erinnere mich noch, dass zwei Soldaten bei ihm waren. Sie schoben ihn vorwärts. Ich erinnere mich deshalb daran, weil er sich wehrte.«

»Und wie ging die Sache aus? Haben die Leute im Bunker den Angriff überlebt?«

Ihre Frage schien den Gärtner wieder in die Gegenwart zurückzuholen. »Das weiß ich nicht«, sagte er. »Zuerst trauten wir uns längere Zeit nicht aus den Verstecken heraus. Als es still geworden war, sahen wir uns um. Es war nicht ganz so schlimm, wie wir befürchtet hatten. Nur einer von uns, der

Koch, war von einem herabstürzenden Balken getroffen worden. Auf dem Hotelgelände waren nur wenige Bomben niedergegangen, ein paar Gebäude waren eingestürzt, die meisten beschädigt, aber sonst alles intakt.«

»Und was war mit dem Bunker?«

»Da ist nichts passiert ... soweit ich weiß. Aber es war seltsam –«

»Was war seltsam?«, drängte Majda, die zunächst aufgeatmet hatte, aber jetzt wieder beunruhigt war. »Die Leute dort unten ... was ist mit ihnen passiert?«

»Das ist ja das Merkwürdige. Sie sind verschwunden. Der Angriff war schon lange vorbei, doch es rührte sich nichts, die Tür blieb verschlossen. Wir wussten zuerst nicht, was wir tun sollten. Dann haben wir die Eisentür aufgebrochen – was nicht einfach war. Und dann ... kein Mensch zu sehen, der Bunker war leer.«

Majda war bestürzt: War ihr Vater bei diesem Angriff umgekommen? »Was war geschehen? War der Bunker eingestürzt?«, fragte sie hastig.

»Ich selbst habe ihn nie betreten. Ich habe es nur gehört: Er war unbeschädigt. Doch es gab keine Spur von den Eingeschlossenen.«

Majda versuchte, ihre Erregung zu unterdrücken und klar zu denken. Sie holte aus ihrer Börse einige Dollarscheine heraus und drückte sie dem Gärtner in die Hand. Dabei fragte sie: »Gibt es diesen Bunker noch? Ich würde ihn gern sehen. Darf man ihn betreten?«

Der Mann steckte die Scheine ein. »Das weiß ich nicht. Doch es gibt einen Kollegen, Mustafa. Es ist ein Maurer, der hier im Haus kleinere Arbeiten erledigt. Der kennt sich mit diesen Dingen aus und kann Ihnen sicher helfen. Er ist heute hier. Wenn Sie wollen, schicke ich ihn zu Ihnen.«

»Das wäre schön«, sagte Majda und gab ihm ihre Zimmernummer. »Ich werde auf ihn warten.« Sie bedankte sich für die Auskunft und ging ins Haus zurück. In ihrem Zimmer legte sie sich auf die Ottomane und dachte über das Gehörte nach. Sollte sie am Ende ihrer Nachforschungen angekommen sein? Musste sie sich auf etwas Schlimmes gefasst machen? Oder würde die Ungewissheit zum Dauerzustand werden?

Für Majda war es eine ungewohnte Situation: Obwohl sie nichts Unrechtes tat, hatte sie doch ein schlechtes Gewissen. Hier, in dieser Ecke des Geländes, war es dunkel, und Mustafa hatte ihr geraten, auf die Taschenlampe zu verzichten, solange sie sich im Freien befanden. So waren sie auf das Licht der Sterne angewiesen, doch es dauerte keine halbe Minute, und dann konnte Majda überraschend gut sehen. Auf diesem Teil des Grundstücks standen Ruinenreste herum, auf den Flächen dazwischen wucherte das Unkraut. Ein Bereich wurde als Ablageplatz benutzt, und Majda wunderte sich darüber, welche Menge an Gerümpel sich hier angesammelt hatte.

Es hatte sie einige Mühe – und einige Dollarscheine – gekostet, den Maurer zu diesem Unternehmen zu überreden. Er war ein dunkelhäutiger Mann mittleren Alters mit einer schwarzen Rasta-Frisur, ein Riese, den man sich auch als Boxer oder Ringer hätte vorstellen können. Glücklicherweise wusste er ein wenig mehr über die unterirdischen Schutzräume als der Gärtner. Als junger Mann war er an den Ausschachtungsarbeiten beteiligt gewesen, im Stadtgebiet waren mehrere unterirdische Schutzräume dieser Art angelegt worden. Zuletzt allerdings waren die damit beschäftigten Arbeitstrupps von anderen abgelöst worden, die unter militärischem Oberbefehl standen.

»Sie gingen mit modernen Maschinen ans Werk – Gesteinsfräsen, die den Fels zerstäuben. Sie errichteten einen Schornstein, aus dem wochenlang Fontänen von Staub aufstiegen. Die Gegend ringsherum war fingerhoch mit einer grauen Schicht bedeckt. Niemand durfte in die Nähe kommen, und was das alles zu bedeuten hatte, war streng geheim.« Erst nach dem Krieg sei das Gelände wieder frei zugänglich gewesen, die Hotelleitung habe ein neues Schloss einsetzen lassen und den Zugang versperrt gehalten. Doch soweit es Mustafa bekannt war, hatte sich nie jemand für die unterirdischen Räume interessiert. Auch er selbst war nie dort unten gewesen, aber er wusste, wo der Schüssel aufbewahrt wurde, und hatte ihn für den heimlichen Besuch an sich genommen.

»Vorsicht, hier ist ein Bombentrichter!« Er wies auf ein Loch im Boden, das inzwischen offenbar zur Entsorgung von Müll benutzt wurde. »Da sind einige Bomben heruntergekommen. Sie haben tiefe Risse im Boden verursacht, aber der Schutzraum liegt ziemlich tief, und ich glaube nicht, dass er davon betroffen war.«

Jetzt waren sie vor einer schmalen Treppe angekommen, die ein paar Meter in die Tiefe führte, der erste Teil der Strecke noch unter freiem Himmel, der zweite überdacht. Da war, wie angekündigt, eine Eisentür, und jetzt kam es darauf an, ob das Schloss noch intakt war. Mustafa steckte den Schlüssel hinein und hatte dann einige Mühe, ihn umzudrehen, doch es gelang ihm. Noch immer klemmte die Tür, und Mustafa musste mehrmals mit seinem schweren Hammer gegen das Metall schlagen, wobei er sich bemühte, möglichst wenig Lärm zu machen. Danach konnten sie die Tür immerhin einen Spaltbreit aufdrücken. Sie ließ sich nur schwer bewegen, doch als sie sich mit vereinter Kraft dagegenstemmten, öffnete sie sich, und der Weg war endlich frei. Jetzt erst schalteten sie die Taschenlampen ein ... Hinter der Tür setzte sich die Treppe weiter in die Tiefe fort, und sie stiegen vorsichtig abwärts. Unter den Füßen knirschte es, tote Käfer lagen hier herum, und wenig später stießen sie auf das Skelett einer Schlange, ansonsten aber waren Boden und Wände bemerkenswert sauber.

Und dann blieben sie wie auf ein Kommando stehen: Beide hatten es gehört – eine Reihe dumpf stampfender Laute ... Zweifellos kamen sie von unten.

Was mochte das sein? Es könnte von marschierenden Menschen kommen oder von einer schweren Maschine? Oder sollten es Schüsse sein?

Langsam stiegen sie abwärts, und je tiefer sie kamen, desto lauter wurde es, und dazwischen mischten sich nun auch schrille Töne – Schreie von Menschen oder das Kreischen von Tieren …

»Es ist Musik«, sagte Majda, und als sie die ungläubige Miene Mustafas sah, fügte sie hinzu: »Techno. Das war vor einiger Zeit modern. Noch nie gehört?«

Ihr Begleiter schüttelte den Kopf, dann sagte er: »Dann ist es zumindest nichts Gefährliches! Da werde ich doch gleich einmal sehen, wer sich hier eingeschlichen hat.«

Noch ein paar Stufen, dann standen sie vor einer weiteren Tür, die sich leicht öffnen ließ. Sie kamen in einen schmalen Schleusenraum, der auch auf der anderen Seite mit einer Tür abgeschlossen war. Jetzt war die Musik schon besser als solche zu erkennen, da hier neben den tiefen Frequenzen auch die hohen Töne gut zu hören waren. Mustafa trat vor und riss ohne Zögern die Tür auf – er schwang drohend seinen schweren Hammer. Mit einem wehklagenden Misston brach die Musik ab.

Sie waren an ihrem Ziel, dem Schutzraum, angekommen, der kleiner war, als sie erwartet hatten. Er war durch eine Reihe bunter LED-Lampen erleuchtet, Mustafa und Majda blickten in die erschreckten Gesichter von fünf oder sechs Jugendlichen, die an ihren Instrumenten saßen, nach ein paar Sekunden der Erstarrung aber aufsprangen und in eine Ecke des Raumes flüchteten. Dort ragte durch einen Riss an der Decke eine Leiter herunter, vor der sich die Musikanten drängten, um möglichst schnell aufzusteigen und dem bedrohlich wirkenden Mustafa zu entkommen. Es war kaum zu glauben, wie schnell sie aus dem Raum verschwanden.

Majda und Mustafa blickten einander verwundert an, um dann in Lachen auszubrechen.

»Ein guter Platz um zu proben«, bemerkte Majda.

»Es gibt noch einen weiteren guten Grund dafür, sich hier zu verstecken«, sagte Mustafa. »Westliche Musik ist hier verboten, aber die junge Generation ist ganz scharf auf alles, was von dort kommt.«

»Na, jedenfalls können wir uns hier jetzt in Ruhe umsehen – die trauen sich nicht so rasch wieder herunter.«

Die Instrumente lagen noch herum, und, was noch wichtiger war: Die Lampen brannten nach wie vor und lieferten eine ausreichende Beleuchtung.

Was hatte Majda zu finden gehofft? Der Raum war leer, es gab nicht einmal Bänke oder Stühle, auf denen sich die Schutzsuchenden hätten niederlassen können, geschweige denn irgendwelche Einrichtungen für deren Bequemlichkeit oder Versorgung. Insgeheim hatte sich Majda auf erschreckende Funde gefasst gemacht, Mumien, Knochen, verkohlte Kleider, aber von alledem keine Spur. Umso besser, sagte sie sich, aber wo waren die Menschen geblieben, die diesen Raum seinerzeit, vor zwanzig Jahren, aufgesucht hatten?

»Es gibt keinen zweiten Ein- oder Ausgang«, meinte Majda. »Diese Öffnung an der Decke kommt wohl nicht in Frage.«

»Die gab es damals noch nicht«, sagte Mustafa, der sich dort umgesehen hatte. »Es handelt sich wahrscheinlich um eine der Spalten, die die Bomben aufgerissen haben. Sie wurde erst später künstlich erweitert, das ist gut zu erkennen. Wahrscheinlich von diesen verrückten Musikanten.«

»Vielleicht haben die Leute damals den Raum auf demselben Weg verlassen, auf dem sie hereingekommen sind?«

»Unmöglich, das hätten wir bemerkt.«.

»Es muss also noch eine weitere Möglichkeit geben hinauszugelangen.« Majdas Schlussfolgerung hörte sich logisch an.

»Dann suchen wir danach.« Mustafa holte sich eine der batteriebetriebenen LED-Lampen und sah sich den Raum genauer an. Er ging einmal rundherum, die Wände entlang. Diese bestanden aus natürlichem Fels – nirgends die Andeutung eines dahinter liegenden Hohlraums.

»Dann bleibt nur noch der Boden«, sagte Majda. Dieser bestand aus gestampftem Lehm, der es jedem leicht machte, darunter die Spuren von etwaigen früheren Öffnungen zu verbergen. Die beiden untersuchten die Lehmdecke Abschnitt für Abschnitt, und Mustafa schlug in regelmäßigen Abständen mit dem Hammer auf den Boden in der Hoffnung, dass sie darunter verborgene Öffnungen am hohlen Klang erkennen würden.

Es war eine langwierige Arbeit, die ihre Geduld auf eine harte Probe stellte, doch schließlich hatten sie Erfolg: Das Geräusch, das der aufschlagende Hammer verursachte, änderte sich deutlich, es klang dumpf, als läge darunter eine überdimensionale Trommel. Jetzt schlug Mustafa rücksichtslos zu, die Lehmkruste zerbarst und die Bruchstücke schlitterten in alle Richtungen davon. Innerhalb von zwei Minuten war ein Betondeckel freigelegt, Mustafa griff in die zwei einander gegenüberliegenden Vertiefungen und hievte die schwere Scheibe empor. Er ächzte und schnaufte, doch es gelang ihm, sie langsam anzuheben, Zentimeter für Zentimeter, bis er sie mit dem Knie abstützen und zur Seite fallen lassen konnte. Darunter öffnete sich ein Hohlraum mit zylindrischem Querschnitt, er führte etwa zwei Meter nach unten. Dann war der Schacht durch große, mit einer glasigen Masse miteinander verkitteter Felsbrocken versiegelt. Es sah so aus, als wäre das erst kürzlich geschehen.

Der nächtliche Erkundungsgang hatte bis lange nach Mitternacht gedauert. Majda hatte sich bei Mustafa bedankt, ihm einige Dollarnoten in die Hand geschoben und war ungestört in ihr Zimmer zurückgekehrt. Danach lag sie wieder einmal lange wach und versuchte, die neuen Erkenntnisse zu verarbeiten. Das Wichtigste und Erfreulichste daran war, dass sich ihr Vater nicht bei jenem Konvoi befunden hatte, der bei einem Fliegerangriff in Grund und Boden gebombt worden war. Aber sonst war das, was sie herausgefunden hatte, doch recht dürftig. Sie versuchte es zusammenzufassen: Nur Privilegierte durften den Schutzraum aufsuchen, und ihr Vater schien dazugehört zu haben. Aber warum hatte er sich dagegen zu wehren versucht? Und – ein noch größeres Rätsel – wohin waren die Leute gebracht worden, die sich im Schutzraum verkrochen hatten? Der einzige Hinweis auf eine Antwort war der Schacht: Es hatte also eine zweite Möglichkeit gegeben, den Bunker zu verlassen, vielleicht ein Fluchtweg für den Fall, dass der obere Eingang verschüttet wurde. Aber warum war er benutzt worden? Es hatte keinen Anlass dafür gegeben, keine unmittelbare Gefahr. Und wodurch war der Schacht verschlossen worden? War das Absicht gewesen oder ein Unglücksfall? Waren die Eingeschlossenen schließlich doch noch umgekommen?

Fragen über Fragen und wenig Aussicht darauf, sie zu beantworten, jedenfalls nicht jetzt, ohne weitere Anhaltspunkte – es hatte wenig Sinn, weiter zu grübeln. Vielleicht gab es noch andere Möglichkeiten, das Geheimnis zu lösen ... Endlich, als sich der neue Tag schon mit einem fahlen Lichtschein ankündigte, schlief sie ein.

Am nächsten Tag wachte Majda erst kurz vor Mittag auf und war froh, dass sie noch ein Frühstück bekam. Schade, dass es hier keine der üblichen ComSets gab, sie war es gewohnt, bei ihren Mahlzeiten den Videotext und die Stundenberichte laufen zu lassen. Doch schon während ihres Aufenthalts im Cyber-Park hatte das, was sie sonst bewegte, an Bedeutung verloren, und dieses merkwürdige Aufweichen der Bezugsebene setzte sich hier, in der Altstadt, verstärkt fort. Im Moment konnte sie sich nicht mehr vorstellen, wieder im Büro zu sitzen, Akten zu studieren und an tödlich langweiligen Besprechungen teilzunehmen. Hier war sie in Dinge hineingeraten, die eine ganz andere Bedeutung hatten – internationale Geschäftsbeziehungen, Ereignisse von historischer Dimension. Sie stellte fest, dass sie ihre neue Rolle zu genießen begann.

Wahrscheinlich trug zu diesem positiven Lebensgefühl auch ihre neue Umgebung bei: ein Ort, der zeitlos schien und keine

Spur der in der übrigen Welt unvermeidlichen Hektik aufkommen ließ. Aber es lag natürlich auch an der Unsicherheit ihrer Situation, die ihr Sorgen bereitet hatte und jetzt geklärt schien. So hatte sie festgestellt, dass ihr Kreditkonto ohne ihr Zutun merklich aufgebessert worden war. Sie vermutete, dass Khalid dahintersteckte, und hatte auch keine Hemmungen mehr, diese Vergünstigung anzunehmen. Ihre gesicherte finanzielle Lage hatte auch das Problem des verlängerten Aufenthalts und der Rückreise in den Hintergrund treten lassen. Doch es war nicht nur der finanzielle Rückhalt, der zu ihrer Beruhigung beitrug, noch viel mehr war es das Gefühl, unter mächtigem Schutz zu stehen.

Am Nachmittag kam Khalid mit der Nachricht, dass sich Salah gemeldet hatte – wenn Majda einverstanden sei, könnten sie ihn gemeinsam aufsuchen. Er hätte einen kleinen Laden in der Kasbah.

Wieder mussten sie zu Fuß gehen, und wieder lernte Majda einen interessanten Teil der Altstadt kennen. Sie hätte nicht gedacht, dass es irgendwo auf der Welt noch ein solches Verkaufszentrum gab, dessen Bild sich vermutlich seit Jahrhunderten nicht geändert hatte: enge Gassen zwischen alten, brüchig scheinenden Häusern, gesäumt von einer Unzahl von Läden, penibel nach Sparten geordnet: Lebensmittel, Kleidung, Schmuck, Glas, Kupfer, Handwerk im alten Sinn des Wortes: Hier wurden die Dinge tatsächlich mit den Händen angefertigt. Doch so faszinierend diese neue Erfahrung auf Majda auch wirkte, so war sie doch höchst gespannt auf das, was Salah ihnen mitzuteilen hatte, und sie hielt Khalid davon ab, ihr verschiedene reizvolle Dinge zu zeigen: silberne Kettchen, edelsteinbesetzte Armbänder, elegante Kleider und seidene Teppiche …

So gelangten sie rasch in die »Straße der Maler«, wo in Kistendeckeln gestapelt und auf Pappwänden aufgepinnt unzählige Bilder ausgestellt waren. Khalid hatte keine Mühe, Salah zu finden. Er war ein stattlicher Mann mit einem langen grau gesprenkelten Bart, bekleidet mit Turban, Burnus und Sandalen. Er saß an den Türpfosten seines Ladens gelehnt auf einem Hocker. Als sich Khalid vorstellte, stand er auf und sagte: »Sie kommen sicher nicht wegen meiner Bilder. Was kann ich für Sie tun?«

Majda atmete auf, als sie hörte, wie gut er das Basic-Englisch beherrschte. So konnte sie das Gespräch selbst führen.

Salah hörte ihr aufmerksam zu. »Ich habe Ihren Vater gut gekannt«, sagte er und bat die beiden Besucher, ihm in den Laden zu folgen. Hier herrschte Halbdunkel, und es war eng, doch sie fanden Platz auf Kissen, die um einen niedrigen Tisch herumlagen. Salah brachte eine Kanne mit Minztee und goss jedem von ihnen etwas davon in goldgeränderte Gläser ein. Dann wollte er wissen, wie Majda auf seine Spur gekommen war, und als sie ihm von den Briefen erzählte, erinnerte er sich wieder. »Es stimmt: Als wir uns das letzte Mal vor seinem Verschwinden sahen, hat er mir noch einen Brief an seine Frau in die Hand gedrückt. Ich habe ihn einem vertrauenswürdigen Bekannten mitgegeben, der mit anderen Flüchtlingen vor dem Aufbruch nach Europa stand. Bis heute wusste ich nicht, ob der Brief sein Ziel erreicht hat.«

Jetzt sah sich Majda am Ziel ihrer Wünsche angekommen: Da saß ihr jemand gegenüber, der ihren Vater gut gekannt hatte – wahrscheinlich besser, als es ihr selbst vergönnt gewesen war.

»Wie sind Sie mit ihm zusammengetroffen?«, fragte sie.

»Ich habe ihn kennen gelernt, als er sich einer neuen Aufgabe zuwandte. Vorher hatte er die Bohrungen geleitet, mit denen man die Wasservorräte tieferer Horizonte erschließen wollte, und das ist ihm auch gelungen. Frits hat jedoch immer wieder betont, dass damit das Problem nicht gelöst sei, denn das unmittelbar neben der Stadt liegende Reservoir würde bald erschöpft sein. Aber«, nun blickte er Majda an, »das dürfte Ihnen ja bekannt sein.«

»Ich weiß recht wenig darüber«, sagte Majda. »Damals

war ich noch ein kleines Mädchen. Meine Mutter ist früh gestorben und hat mir nicht viel erzählt. Aber ich weiß, dass mein Vater zur Zeit des Krieges hier war und seither verschollen ist. Ich möchte gern wissen, was mit ihm geschehen ist.«

Salah nahm einen Schluck Tee – Majda kam es vor, als wolle er dadurch Zeit gewinnen, um weit zurückliegende Erinnerungen heraufzubeschwören.

»Frits war ein Freund«, sagte er. »Ich wüsste selbst gern, was mit ihm geschehen ist. Es ist richtig: Er ist verschwunden. So wie eine ganze Reihe von Leuten aus dieser Stadt, über deren Verbleib man nichts weiß. Es gibt viele Gerüchte, aber Tatsache ist, dass niemand die Wahrheit kennt.«

Waren sie hier auch schon am Ende ihrer Recherche angelangt? Majda gab noch nicht auf. »Erzählen Sie doch, was für Arbeiten Sie für meinen Vater gemacht haben!«

Salah lehnte sich zurück und blickte auf irgendeinen Punkt im Hintergrund des Raums. Dann begann er zu erzählen. Er hatte damals oft Aufträge für das Zeichnen von Landkarten übernommen und Frits Barlach kennen gelernt, als die neuen Bohrtürme für die Wassererschließung vorbereitet wurden. Dabei ging es um Planzeichnungen.

»Später, als Frits mit der Suche nach neuen Quellen beschäftigt war, war ich oft längere Zeit mit ihm in verschiedenen Camps in der Wüste. Wir arbeiteten gemäß dem Prinzip des Echolots. An der Oberfläche werden Detonationen ausgelöst, und mit Messgeräten wird festgestellt, wie lange es dauert, bis reflektierte Wellen zurückkommen. Daraus lässt sich die Tiefe der Schichten berechnen. An bestimmten Merkmalen bei den Wellen kann man erkennen, ob es sich um trockene Gesteinsschichten handelt oder um wasserführende Horizonte.«

Salah blickte auf, und er schien sich auf das zu besinnen, was Majda von ihm wissen wollte. »Kurz und gut, ich habe die geologischen Karten gezeichnet und jene Positionen eingetragen, an denen wir die Sprengungen auslösten. Das ist eine Voraussetzung für die Auswertung.«

»Haben Sie Wasser gefunden?«, fragte Khalid, den die langen Ausführungen ungeduldig zu machen schienen.

Salah sah ihn abwägend an. »Haben Sie denn etwas von neu erschlossenen Quellen gehört?«, fragte er, an Khalid gewandt. Dieser schüttelte den Kopf.

»Na also«, sagte Salah. »Wenn es so wäre, hätten wir hier einige Probleme weniger. Und doch ...« – er sprach nun wieder zu Majda, »... wir waren schon nahe dran.«

Erneut legte er eine gedankenvolle Pause ein. Fragte er sich womöglich, ob er alles, was er wusste, preisgeben dürfte? Dann schien er seine Bedenken überwunden zu haben. »Zunächst hatten wir keinen Erfolg und waren nahe dran aufzugeben. Doch dann, an einer Stelle, die anfangs gar nicht aussichtsreich schien, gab es Anzeichen für unterirdisches Wasser. Aufgrund der ersten Messungen schien es sich um ein reichhaltiges Lager zu handeln. Doch da kam uns der Krieg dazwischen, wir mussten die Arbeiten abbrechen. Die ausländischen Gäste durften die Stadt nicht mehr verlassen. Und kurz vor den ersten Angriffen ist Frits verschwunden. Ich habe nichts mehr von ihm gehört.« Nach einer kleinen Pause nickte er Majda zu und fügte hinzu: »Es tut mir Leid.«

Sie saßen noch längere Zeit beisammen und unterhielten sich. Majda wollte noch mehr über ihren Vater wissen, und Salah erzählte ihnen einiges über das Leben im Wüstencamp. Als Khalid sich nach Salahs jetzigem Beruf erkundigte, berichtete dieser, dass er keine Aufträge vom Vermessungsamt mehr erhalten habe und deshalb ein ruhiges, wenn auch bescheidenes Leben als Künstler und Fotograf führe. »Die wissenschaftlichen und technischen Aktivitäten liegen jetzt bei den Ausländern«, ergänzte er, und seine Gäste merkten, dass er diesen Umstand bedauerte.

Während der letzten Minuten des Gesprächs hatte Majda in Erwägung gezogen, Salah etwas von der Planskizze mitzuteilen, aber dann hätte auch Khalid davon erfahren, und das wollte Majda nicht riskieren; er war zu sehr von seiner Familie abhängig. Diese aber schien am Geschäft mit dem Wasser interessiert zu sein – das hätte Khalid in Gewissensnot gebracht. Jedenfalls entschloss sie sich, fürs Erste zu schweigen.

Salah schien nun regelrecht Freude an seinen Erinnerungen zu gewinnen, er schilderte Einzelheiten der Feldarbeit, sprach über Geländeformen, über Sprengseismik, über die Schallgeschwindigkeiten in verschiedenen Medien, aber auch über die Schwierigkeiten ihrer Arbeit, über die in der Umgebung lebenden Bauern und Hirten, die sich über den Lärm beschwerten, über eine Polizeipatrouille, die sie wegen unerlaubtem Besitzes von Sprengstoff verhaften wollte. Für Majda war es die erste Gelegenheit, eine Vorstellung davon zu entwickeln, wie ihr Vater gearbeitet und gelebt hatte. Das war keine Arbeit am Schreibtisch gewesen, am Computer oder im Labor, sondern ein abenteuerliches Leben in fremden, einsamen Gegenden. War es das gewesen, was ihren Vater immer wieder dazu bewogen hatte, die Heimat und die Familie zu verlassen und in exotische Länder zu gehen? Es war die Ursache dafür, dass sie praktisch ohne Vater aufgewachsen war, aber sie konnte ihn verstehen. Vielleicht hatte sie dieses Fernweh, das sie schon mehrmals zu weiten Reisen getrieben hatte, von ihm geerbt? Zum ersten Mal spürte sie ein brennendes Bedauern darüber, dass sie ihn nicht näher kennen gelernt hatte.

Salah hatte sich als Freund ihres Vaters bezeichnet, und er konnte sicher noch viel über die Zeit erzählen, in der sie zusammen gewesen waren. Und Majda hätte gern alles gehört. Aber hatte ihr diese Begegnung auch neue Erkenntnisse über das Schicksal von Frits Barlach gebracht? Die Frage ließ sich leicht beantworten: Sie war kein Stück weitergekommen. Immerhin bestand die Hoffnung, dass sich aus Salahs Erinnerungen Anhaltspunkte ableiten ließen, vielleicht vermochte er Personen zu nennen, die sie befragen könnte.

Dann kam ihr eine Idee: »Ist es möglich, einmal in die Wüste hinauszufahren?«, fragte sie. »Ich würde mir die Gegend gern anschauen, in der sich mein Vater während der letzten Tage vor seinem Verschwinden aufgehalten hat.«

»Das wird kaum möglich sein«, antwortete Salah. »Die Wüste ist militärisches Sperrgebiet. Ich selbst war nicht mehr dort – seit damals.«

»Ich kann es ermöglichen«, mischte sich Khalid ein. Er sprach es aus, als wäre es eine Kleinigkeit für ihn. War es ihm ernst? »Am besten wäre ein Flug mit dem Schwebeboot.« Er wandte sich an Salah: »Sie müssen mitkommen und uns den Weg zeigen.« Es war keine Einladung oder eine Bitte, sondern schlicht ein Befehl. Majda beobachtete, wie in den Gesichtszügen des Zeichners für einen Augenblick Verärgerung aufflackerte, und sie erwartete schon, dass er ablehnte.

Doch Salah sagte nur: »Ich werde gern dabei sein«, und er blickte Majda dabei in die Augen.

Khalid wollte sich verabschieden, doch Salah lud ihn und Majda ein, sich noch einige der Bilder und Zeichnungen anzusehen, die er in seinem Laden anbot. Es waren Gemälde nach dem Geschmack des einfachen Publikums, Familienszenen, Moscheen, Kinder und Tiere, aber auch Tuschezeichnungen, hauptsächlich von Landschaften, und Salah erwähnte, dass das seine eigenen Werke seien und dass er leider nur wenig davon verkaufe.

»Gefallen Ihnen die Zeichnungen?«, fragte er, und als Majda nickte, wählte er zwei Motive aus und schenkte sie ihr. »Das ist die Gegend, die ich mit Ihrem Vater besucht habe. Hier haben wir einige Tage biwakiert, und hier, in diesem Tal, haben wir unsere Vermessungen abgeschlossen.« Salah blickte sich nach Khalid um, der gerade eine Mappe mit farbigen Drucken durchblätterte, und schien noch etwas sagen zu wollen, doch da wandte sich Khalid bereits um und trat wieder zu ihnen heran. »Wir sollten jetzt gehen«, forderte er Majda auf.

Salah hatte aus einem Fach eine Kachel hervorgeholt, ein schönes Stück mit einer eingebrannten ornamentalen Musterung in Blau und Grün. Er reichte sie Khalid. »Zum Andenken.«

Khalid bedankte sich und nickte Salah zum Abschied flüchtig zu. Was den Flug in die Wüste betraf, so würde er ihm Bescheid geben.

Khalid hatte nicht zu viel versprochen – schon für den nächsten Tag hatte er den Flug in die Umgebung der Stadt organisiert. Außer Majda und ihm war, wie vorgesehen, tatsächlich auch Salah dabei, dazu kam noch ein Pilot in Uniform. Es war nicht zu erkennen, ob er dem Militär oder der Polizei angehörte, doch als Majda danach fragte, lachte Khalid und sagte, der Mann stünde im Dienste der Firma.

Von der Flugscheibe aus, auf der letzten Strecke des Flugs, knapp vor der Landung, hatte Majda schon einen Blick auf die Wüste werfen können. Sie hatte Formationen von schwarzen und braunen Hügeln gesehen, dazwischen lehmbraune Ebenen, das Gleichmaß nur da und dort durch Reihen sichelförmiger Dünen unterbrochen, und dabei hatte sich ihr vor allem der Eindruck der Endlosigkeit eingeprägt. Jetzt, von dem Schwebeboot aus, sah die Landschaft ganz anders aus. Sie war viel abwechslungsreicher, als es aus einigen Kilometern Höhe erschien, selbst die weiten Sandflächen waren da und dort durch aufragende Felsplatten durchbrochen, und an anderen Stellen gab es Vertiefungen, die an ein trockenes Flussbett erinnerten. Selbst der Eindruck von Bewegungslosigkeit hatte nur so lange Bestand, bis Majda plötzlich Strähnen in den vom Wind aufgewirbelten Massen entdeckte, ein auf- und abschwingendes Muster, das sich immer wieder neu bildete, sich umformte und die Wüste mit pfeilschnell bewegten Streifen und Flechtwerk überzog. Auch die Hügelketten bekamen aus dem Schwebeboot heraus ein anderes Gesicht: Es waren keine mäßig hohen, flach gedrückten Erhebungen mehr, sondern stattliche Berge mit scharfen Spitzen und Graten.

Der Pilot sagte etwas auf Arabisch, und Salah antwortete

ebenso, wobei er bedauernd die Schultern hob. Dann ging er zu Englisch über. »Es kann dieses Tal sein oder das nächste oder das dahinter. Eins sieht wie das andere aus. Ich weiß es nicht mehr – seit ich hier war, sind nahezu 20 Jahre vergangen.«

Es folgte ein ratloses Schweigen, doch dann fuhr Salah fort: »Im Übrigen ist dort nichts zu sehen. Selbst die Spuren unserer Sprengungen sind sicher längst vom Sand verweht. Aber ich kann euch zu unserem zentralen Lagerplatz bringen. Er lag unter einer überhängenden Felswand, an einer windgeschützten Stelle. Dort dürfte sich nichts verändert haben. Wahrscheinlich liegen dort noch einige Werkzeuge und Behälter mit Dauerkonserven herum. Der Vermessungstrupp musste damals überhastet aufbrechen.«

»Das würde mich interessieren«, sagte Majda. »Können wir dort landen?«

Salah bat um eine Landkarte und brauchte nicht lang, um den alten Lagerplatz zu finden; er zeigte dem Piloten die Stelle.

Sie stiegen wieder ein Stück höher, überquerten zwei Hügelketten, dann deutete Salah hinunter. Der Pilot verminderte erneut die Flughöhe, und für kurze Zeit sah es aus, als könnten sie jeden Moment über emporragende Felsspitzen schrammen, dann ging es ein Stück den Hang entlang, manchmal in bedrohlicher Nähe zerklüfteter Felswände. Das Tal erweiterte sich, noch konnte man es von Hügelkette zu Hügelkette überblicken, doch als sie schließlich an einer Felswand niedergingen, erstreckte sich die Sandfläche weithin ins Ungewisse, der am frühen Morgen noch tief stehenden Sonne entgegen. Schließlich begann sich die Luft um sie herum zu trüben, und sie setzten inmitten einer Wolke aus aufgewirbeltem Sand auf.

Zwei Minuten mussten sie sich noch gedulden, dann klärte sich die Luft um sie herum so weit, dass sie aussteigen konnten.

Für Majda war es ein besonderes, geradezu aufregendes Gefühl, an einer Stelle zu stehen, an der ihr Vater so viele Nächte verbracht hatte. Auch Salah war Rührung anzumerken, für ihn war es ein Ausflug in die Vergangenheit. Khalid sah sich neugierig um und schien dann eher enttäuscht: die Reste einer Feuerstelle, eine vermoderte Matte, ein paar eingebeulte Dosen – das alles war nicht weiter aufregend. Der Pilot hatte sich eine schattige Stelle gesucht und es sich dort mit einer selbst gedrehten Zigarette gemütlich gemacht.

Salah zeigte auf einen riesigen Felsblock, der sich wohl vor langer Zeit irgendwo oben auf dem Berg gelöst hatte und herabgestürzt war. Darüber erstreckte sich das natürliche Dach einer Felsleiste.

»Dort hinten liegt eine windgeschützte Stelle, an der haben wir es uns gemütlich gemacht. Kommen Sie!« Er ging voran, Majda und Khalid folgten ihm.

»Sehen Sie diese Felsspalte? Das war unsere Vorratskammer.«

Er trat an die Felswand, bückte sich und räumte ein paar angehäufte Steine beiseite.

»Hier sind sie ja, die Konserven! Das Metall ist etwas oxidiert, aber ich wette, sie sind noch in Ordnung. Da: Dosen mit Fleisch und Fisch … und da: Obst und Gemüse! Hat jemand Appetit?«

Es war scherzhaft gemeint, denn diese Lebensmittelpackungen sahen nicht gerade einladend aus. Zum ersten Mal merkte man Salah Freude an – dieser Fund schien ihn an bessere Zeiten zu erinnern, Zeiten, die er mit Frits Barlach verbracht hatte. Doch dann war dieser Anflug von Emotionen auch schon vorbei. Salah schichtete die Steine wieder übereinander auf, als gelte es, die Vorräte weiterhin zu schützen.

Inzwischen hatte Majda weitere Spuren des Lagerlebens entdeckt. »Was ist das?«, fragte sie und wies auf ein paar nebeneinander angeordnete natürliche Mulden im Sand.

»Hier haben wir damals unsere Schlafsäcke ausgebreitet«,

erklärte Salah. »Und da sind auch noch ein paar Sachen von uns, die wir zurückgelassen haben.« Es waren Reste von Gegenständen, die man an einem solchen Lagerplatz braucht, eine leere Schachtel, ein paar Papierbecher, eine zerrissene, halb mit Sand bedeckte Zeitung. Majda buddelte sie aus – die Schrift war noch zu erkennen: Es war Englisch, auf der Titelseite eine Schlagzeile:

Truppen im Anmarsch – steht der Aghib vor einem Krieg?

Salah war hinzugetreten, er blickte Majda über die Schulter und zeigte auf das Datum. »Das war nur wenige Tage, bevor die Arbeit endgültig abgebrochen wurde. Ich selbst war schon eine Woche vorher in die Stadt zurückgekehrt. Ja, ich erinnere mich, hier hatte es sich Ihr Vater eingerichtet, das war sein Schlafplatz. Er war der Einzige, der sich englische Zeitungen kommen ließ.«

Einige Minuten blieben sie noch hier und sahen sich nach weiteren Erinnerungsstücken um. Dabei bewegten sie sich vorsichtig, als gelte es, einen archäologischen Fundplatz für die Nachwelt zu erhalten. Doch sie fanden nichts Besonderes – einen Löffel, eine Taschenlampe und einige leere Schächtelchen für Foto-Chips. Das Wertvollste war ein Taschenmesser, das Majda als Andenken einsteckte. Und Salah nahm die Taschenlampe mit. Es war unglaublich: Als er den Knopf drückte, begann sie schwach zu leuchten.

Salah blickte sich nach den beiden anderen Männern um: Khalid stand neben dem Piloten und unterhielt sich mit ihm. Beide blickten in die Wüste hinaus.

Salah beugte sich zu Majda und flüsterte ihr etwas zu, was sie nicht gleich verstand. Erst verzögert wurde ihr die Bedeutung seiner Mitteilung klar. »Sie sollten vorsichtig sein«, hatte Salah gesagt, und er fuhr nun fort: »Wissen Sie, dass die Familie El Afifi die Rechte am Handel mit Wasser besitzt? Die Leute sind rücksichtslos.«

Majda blickte ihn entgeistert an, sie wollte etwas fragen, doch er brachte sie mit einer Geste zum Schweigen.

»Wir müssen miteinander sprechen.« Salah flüsterte, ohne den Kopf zu heben, »Kommen Sie in mein Geschäft – aber allein!«

Wieder lag Majda eine Frage auf den Lippen, doch Salah mahnte sie mit einer Kopfbewegung zur Vorsicht; er bückte sich, kniete nieder und wühlte im Sand, als gäbe es dort etwas auszugraben.

Jetzt sah auch Majda, dass sich Khalid näherte, und kurz darauf trat er zu den beiden, die sich am Boden zu schaffen machten. »Na, noch etwas gefunden?«

Majda musste sich eisern zusammennehmen, um sich nichts anmerken zu lassen. »Ein paar Kleinigkeiten«, berichtete sie. »Sie helfen mir nicht weiter, aber es sind Andenken.« Sie zeigte ihm das Messer. Die Klingen ließen sich noch ausklappen.

»Ist das alles? Bist du damit zufrieden?«

»Es berührt mich mehr, als du dir vorstellen kannst«, antwortete Majda. Sie sagte es auch zur Erklärung für ihren Gemütszustand, den man ihr ansehen mochte: Sie fühlte sich fassungslos, als hätte man ihr den Boden unter den Füßen weggezogen. »Ich möchte noch ein bisschen hier in der Wüste bleiben. Für mich ist es etwas Besonderes.«

»Dort drüben gibt es eine tiefe Schlucht«, bemerkte Salah, »und man kann auch ein Stück in eine Höhle hineingehen. Es sind Tropfsteine darinnen, sehr hübsche Gebilde.«

»Das würde mich interessieren«, meldete sich Majda. »Ist es weit?«

»Wir könnten fliegen«, antwortete Salah, »aber man kann natürlich auch zu Fuß hinkommen, es sind vielleicht zwanzig Minuten oder auch nur eine Viertelstunde.«

»Wir wollen zu Fuß gehen«, rief Majda betont munter. »Einverstanden?« Insgeheim tat sie es in der Hoffnung auf eine Gelegenheit, Salah noch weitere Fragen zu stellen. Sie hatte noch immens viel zu fragen.

»Gut, gehen wir«, sagte Khalid freundlich. Majda stellte fest, dass sie sich jetzt nicht mehr unbefangen über seine Mühe, ihr gefällig zu sein, freuen konnte.

Der Weg war beschwerlicher, als sie es sich vorgestellt hatten – mit Ausnahme von Salah natürlich, der Märsche über Sandflächen gut kannte und mit stapfenden Schritten überraschend zügig vorankam. Der Pilot blieb zurück, er wollte das Schwebeboot nicht unbewacht zurücklassen.

Majda folgte Salah so gut es ging. Sie lauerte auf eine Gelegenheit, noch ein paar Worte ungestört mit ihm sprechen zu können. Aber auch Khalid strengte sich an, den Anschluss nicht zu verlieren.

Einmal vergönnte Salah seinen Begleitern eine kurze Verschnaufpause, und sie setzten sich auf eine Felsenstufe.

»Ihr werdet es mir nicht glauben«, sagte er, »aber in dieser Gegend gibt es überall Spuren, die das Wasser vor vielen tausend Jahren hinterlassen hat. Dort drüben, diese Linie, die zur Talsohle zieht ... sie ist die Spur eines uralten Gerinnes, der letzte Rest aus einer Zeit, als es hier ein regenreiches Klima gab. Der Bach floss dort hinüber, nach links, der Stelle entgegen, wo man den Einschnitt einer Schlucht erkennen kann. Früher muss dort ein imposanter Wasserfall gewesen sein, man sieht noch die Spuren am glatt geschliffenen Gestein.«

Nach einer Viertelstunde erreichten sie die bewusste Stelle. In der Tat, es war ein Wunder der Natur, es hätte eine weithin bekannte Sehenswürdigkeit sein können – wenn nur Menschen hierher gekommen wären. Unversehens stand man vor einem Abgrund, von dem aus man einen Schwindel erregenden Blick in einen Kessel hinunter hatte. Es war leicht sich vorzustellen, wie das Wasser einst donnernd in die Tiefe stürzte. Wahrscheinlich hatte es unten einen mächtigen See gebildet. Doch wo war der Abfluss? Majda erkundigte sich bei Salah.

»Dort, im Hintergrund ... Sehen Sie den Einschnitt? Ihr Vater und ich, wir haben uns einmal an einem Seil hinuntergelassen. Dort beginnt ein Cañon, der in eine riesenhafte unterirdische Halle führt und in der Tiefe verschwindet.«

Sie nahmen sich viel Zeit, um diesen Anblick auszukosten, dann wies Salah zu einem Teil der Felswand, der schon unterhalb der dachartigen Überdeckung lag. »Das ist der Eingang zur Höhle, wir können ein Stück hineingehen, so weit das Licht einfällt. Ich habe nicht damit gerechnet, dass wir hierher kommen, sonst hätte ich eine Lampe mitgenommen. Doch zur Not muss die genügen, die ich gefunden habe. Gehen wir!«

Der Eingang war niedrig, und sie mussten sich bücken, um hindurchzukommen. Es war so dunkel, dass sie zunächst kaum etwas sehen konnten, doch langsam schälten sich bizarre Formen aus dem Dunkel heraus. Es waren Tropfsteine, die Majda bisher nur aus Lehrbüchern kannte, Kegel und Säulen, einige glatt, andere von Falten überworfen, dazwischen weite, von Kalk überkrustete Bodenflächen.

Salah deutete auf ein Becken aus weißem Kalk, das mit spitz aufragenden Kristallen ausgekleidet war. »Auch das sind vom Wasser gebildete Formen. Es sickerte an den Tropfsteinen herab und rann in die Becken.« Er hockte sich nieder, griff nach etwas, das wie ein flacher Steinsplitter aussah. »Eine Tonscherbe«, sagte er. »Sie stammt von den Menschen, die sich hier früher Wasser geholt haben.« Er reichte sie Majda.

Normalerweise wäre Majda von diesem Zeichen einer längst vergangenen Kultur beeindruckt gewesen, doch jetzt warf sie nur einen flüchtigen Blick auf das Stück gebrannten Ton und legte es dann dorthin zurück, wo es Salah entnommen hatte. Sie konnte ihre Gedanken nicht von dem lösen, was ihr der Freund ihres Vaters zugeflüstert hatte. Fühlte er sich ihr verpflichtet, oder war er selbst an der Position des Wasserlagers interessiert? Sie hatte das Gefühl, dass er es ehrlich mit ihr meinte, aber sicher konnte sie natürlich nicht sein.

Sollte an Salahs Verdacht gegenüber Khalids Familie etwas Wahres dran sein? Aus dem Hintergrund ihres Denkens drängte sich ein schockierender Gedanke auf, den sie unwillkürlich zu unterdrücken versuchte: Was hatte Khalid mit all dem zu tun? Er war so jung, dass er nicht persönlich beteiligt gewesen sein konnte, aber zweifellos vertrat er die Interessen seiner Familie. Gab es für sein Interesse an ihr auch noch eine andere Erklärung als die von ihm immer wieder betonte Zuneigung?

Majda musste sich unbedingt ausführlicher mit Salah unterhalten. Dieser sprach immer noch über den Formenschatz der unterirdischen Höhlenräume, aber sie hörte nicht zu und glaubte ihm anzumerken, dass auch er gar nicht ganz bei der Sache war.

Als sich die kleine Gruppe schließlich auf den Rückweg ans Tageslicht machte, ging Khalid vor, und Majda, die hinter ihm kam, verlangsamte ihre Schritte und tat so, als hätte sie Mühe, über einige auf dem Weg herumliegende Felspartien zu klettern. Als Khalid verschwunden war, drehte sie sich zu Salah um, doch bevor sie ihn ansprechen konnte, flüsterte ihr dieser zu: »Ich erwarte Sie –«

Majda hörte Khalid draußen rufen, und deshalb nickte sie Salah nur kurz zu und verließ dann mit ihm die Höhle.

Khalid mahnte zur Eile. Er habe über Funk eine Nachricht erhalten, es ginge wieder einmal um Politik, und er müsse sich so rasch wie möglich im Palast melden. Kurz darauf befanden sie sich auf dem Rückflug.

Nachdem das Schwebeboot auf einem Hof hinter dem Palast gelandet war, drückte Khalid Salah einen Umschlag in die Hand, und damit war dieser entlassen. Majda hatte keine Gelegenheit mehr, mit ihm zu sprechen.

»Hoffentlich habe ich morgen etwas mehr Zeit für dich«, sagte Khalid. »Ich würde dich gern in die alte Koranschule führen; dort gibt es wunderbare Fresken. Willst du mich abholen? Am besten gleich um neun Uhr am Morgen.«

Majda willigte ein, Khalid verabschiedete sich eilig von ihr, und sie wurde von einem Chauffeur mit Khalids Auto zum Hotel gebracht.

Majda sollte es recht sein. So konnte sie die Eindrücke, die sie von dieser Fahrt mitgenommen hatte, in Ruhe bedenken. Das, was Salah über Khalid angedeutet hatte, beschäftigte sie mehr als alles andere. So bald wie möglich würde sie ihn aufsuchen und ihm ein paar Fragen stellen.

In der Nacht konnte Majda lange keine Ruhe finden. Am Morgen erinnerte sie sich an wirre Träume, von denen sie sich nur ein paar Einzelheiten ins Bewusstsein zurückrufen konnte. Die reichten aber schon aus, um ein unbestimmtes Gefühl von Unheil zurückzulassen.

Nach dem Frühstück brach sie unverzüglich auf. Sie legte die kurze Strecke zum Palast zu Fuß zurück, es ging ja nur darum, um den Häuserblock herumzulaufen, der sowohl das Hotel wie auch den Palast umfasste.

Was da als Palast bezeichnet wurde, war eigentlich eine Gruppe von mehreren Gebäuden, darunter einige, die tatsächlich prächtig waren, aber auch viele niedrige, eng aneinander gebaute Behausungen, vermutlich für die Dienstboten. Das Ganze war von einer alten, aber gut instand gehaltenen Steinmauer umschlossen, die einzige Möglichkeit hineinzukommen schien das große Tor des Hauptgebäudes zu sein.

Wie nicht anders zu erwarten, wurde Majda von den Wachen angehalten. Zwei Männer traten auf sie zu, die mit bunten Edelsteinen geschmückte Krummschwerter trugen – es schien, als seien sie hier nur zur Dekoration postiert –, doch etwas weiter hinten, unauffällig im Schatten stehend und mit Maschinengewehren bewaffnet, waren einige Soldaten zu sehen.

»Ich möchte zu Khalid El Afifi«, verlangte Majda und fürchtete schon, grob abgewiesen zu werden, doch man schien sie zu kennen und bat sie lediglich, einen Moment zu warten. Einer der Männer verschwand in einem Seitenraum, wahrscheinlich telefonierte er.

Majda hatte Gelegenheit, sich ein wenig umzusehen. Durch den Torbogen konnte sie in eine große Halle blicken, in deren

Mitte ein Brunnen stand. Aus mehreren kleinen Öffnungen an einer schrägen Steinwand trat Wasser aus, das über blaue Kacheln abfloss und sich weiter unten in einem Becken sammelte. Darum herum waren große runde Lederkissen als Sitzgelegenheiten verteilt. Auf kleinen Tischchen standen Kupfergefäße und Schalen mit Früchten.

Der Wächter kam aus dem Seitenraum zurück, hinter ihm ein Diener mit Turban und Umhang; an einem verzierten Riemen trug er ein Kurzschwert. Unter den Bediensteten musste er einen hohen Rang bekleiden. Er bedeutete ihr, ihm zu folgen, und ging voran. So bekam Majda Gelegenheit, noch mehr vom Inneren des Prunkgebäudes zu sehen. Sie durchquerten die Halle, deren Wände mit Ornamenten in der Form geflochtener Bänder verziert waren. Die Farben waren bunt, aber nicht grell und sorgfältig aufeinander abgestimmt, es handelte sich zweifelsohne um Kunstwerke von erlesenem Geschmack. Von hoch oben fielen Lichtstreifen durch schmale Fenster. Trotz all diesem Pomp wirkte der Raum eher abweisend als einladend.

Durch einen Gang kamen sie zu einer Tür, die in einen Innenhof führte. Auch hier gab es alle Zeichen von Luxus, aber die Anmutung war eine völlig andere. Vielleicht lag es an den Pflanzen: gelbe und orangerot gesprenkelte Blumen mit spitzen braunen Blättern, Palmen mit Trauben blassweißer Beeren und einige kugelförmige Büsche, die nur aus Blüten zu bestehen schienen. Auch hier bestand Gelegenheit sich zu setzen, die Polstersitze waren ausladend genug, um sich hineinsinken zu lassen. Und überall gab es grüne Flächen mit frischem, kurz geschnittenem Gras.

Der Diener brachte Majda zu einer der Sitzgruppen und rückte ein flaches Kissen ein wenig vom dazugehörigen Tischchen ab, so dass sie sich bequem darauf niederlassen konnte. Majda fragte ihn nach Khalid, doch er deutete stumm an, dass er sie nicht verstehe. Er entfernte sich, kam aber dann gleich wieder mit einer Kanne Tee, einem Napf mit Honig und einer

Schale mit Nüssen zurück. Dazu stellte er ein Glas, in das er die grüne Flüssigkeit fließen ließ. Er tat dies in einem so langen Strahl, dass es geradezu wie ein Kunststück wirkte.

Es war still hier, das lauteste Geräusch kam von den kleinen Vögeln, die zwischen den Palmenblättern umherflatterten. Nun war Majda allein. Mit einem goldenen Löffelchen ließ sie Honig in ihr Teeglas fließen und verrührte ihn langsam. Sie kostete von dem heißen Getränk, das stark nach Minze roch, und sie versuchte die geräucherten Mandeln von zart bitterem Geschmack. Das ist der richtige Platz, um alles das zu vergessen, was irgendwo weit draußen in der Welt vor sich ging. Eigentlich hätte sie sich darüber ärgern müssen, dass man sie warten ließ, aber es gelang ihr nicht. Und als dann ein Mann in einem eleganten Anzug westlicher Machart auf sie zutrat und einen Handkuss andeutete, schien das zur Szene zu gehören.

»Ich bin ein Freund der Familie«, sagte er, als wäre damit alles erklärt. Und er fragte lächelnd: »Darf ich bei Ihnen Platz nehmen?«

»Aber gern«, antwortete Majda. Es blieb ihr ja nichts übrig als zuzustimmen, sie war ja hier nur Gast und hätte gar kein Recht gehabt, es ihm zu verwehren, selbst wenn sie gewollt hätte: Sie blickte ihn an ... es kam ihr vor, als hätte sie ihn schon irgendwo gesehen.

Auf den ersten Blick hätte sie ihn auf 40 oder 50 Jahre geschätzt, doch aus der Nähe sah man, dass er schon an die 60 alt sein musste. Hellbraune Hautfarbe, ein Einheimischer, aber so wie er sich benahm, hätte er auch aus London, Paris oder New York kommen können. Er erzählte einige Belanglosigkeiten – dass er Majda von seinem Zimmerfenster aus gesehen hätte, dass er erstaunt sei, hier eine junge Dame vorzufinden, und dass er neugierig sei und sie kennen lernen wolle. Und er fügte hinzu, dass es dort, wo er in letzter Zeit gelebt hatte, keine Frauen gäbe und schon gar keine von so blendendem Aussehen.

Was mochte er damit andeuten? Eine Forschungsreise? Ein Kloster? Ein – Gefängnis … und da fiel es ihr wieder ein: Sie hatte ihn in dem Gerichtssaal gesehen, bei dem Kriegsverbrecherprozess, als Angeklagten! In der westlichen Kleidung sah er anders aus, aber jetzt war sie sicher: Es war der Politiker des alten Regimes, den sie im Gefängnis hatte aufsuchen wollen! Jetzt hatte sie der Zufall zusammengebracht.

Merkwürdigerweise machte es ihr nichts aus, sich in Gesellschaft eines Verbrechers zu befinden. Aber war er ein Verbrecher? Er sah keineswegs danach aus, und er war wohl auch noch nicht verurteilt.

Majda war nahe daran, ihm all die Fragen zu stellen, die ihr am Herzen lagen, doch dann besann sie sich. Es war besser, auf eine günstige Gelegenheit zu warten oder unauffällig eine Wendung des Gesprächs herbeizuführen. War dieser Sheik Mahmoud … wie war noch der ganze Name? – stolz darauf, aus dem Gefängnis zu kommen, oder schämte er sich dessen? Würde er überhaupt bereit sein, mit ihr über die Vorkommnisse der Vergangenheit zu sprechen? So ging sie zunächst nicht auf das sie bedrängende Thema ein, sondern wich auf etwas Harmloses aus. Gehörte er zu Familie El Afifi, oder war er ein Gast?

»Mein vollständiger Name ist Sheik Mahmoud Al Hamouda. Vielleicht haben Sie ihn schon gehört?« Er wartete auf eine Reaktion Majdas, doch diese blickte ihn nur aufmerksam an. So fuhr er fort: »Ich bin hier nur zu Besuch. Die Familie El Afifi ist sehr freundlich. Sie gibt mir Gelegenheit, hier einen Urlaub zu verbringen. Ich nutze ihn, um mich ein wenig zu erholen.«

Also hatte er nicht die Absicht, Näheres über sich mitzuteilen, dachte Majda, aber damit gebe ich mich nicht zufrieden …

»Jetzt ist mir eingefallen, woher ich Sie kenne: Ich habe Sie bei Ihrem Auftritt gesehen, vor vierzehn Tagen – bei Ihrer Verhandlung vor Gericht.« Und sie lächelte ihn weiter freundlich an. Damit hatte sie den Spieß umgedreht, und sie freute sich darüber, dass sie ihn einen kurzen Moment aus der Fassung gebracht hatte. »Wurden Sie freigesprochen?«

Sofort hatte er sich wieder gefangen. »Nein, natürlich nicht.« Aus seiner Jackentasche zog er einen flachen silbernen Behälter und ein Feuerzeug. Er holte eine Zigarette hervor und zündete sie umständlich an. Dabei behielt er Majda im Auge, als gälte es, ihr gegenüber wachsam zu sein. Er nahm einen tiefen Zug, dann erst fuhr er fort: »Sie halten dieses Theater doch nicht für einen fair geführten Prozess? Immerhin: In den ersten Jahren nach dem Überfall auf unsere Stadt bemühte man sich noch, den schönen Schein zu wahren. Die Verhandlungen fanden weltweite Beachtung, und viele hofften auf eine ehrliche Aufklärung dessen, was da geschehen war – sogar einige naive Landsleute von mir glaubten daran. Doch in Wirklichkeit ging es natürlich um die Zuweisung von Schuld.«

Sheik Mahmoud sog angestrengt an seiner Zigarette und stieß den Rauch heftig aus. Das war das einzige Zeichen dafür, dass ihn die Thematik erregte. »Aber es kam noch schlimmer. Zunächst erlahmte die Anteilnahme an den Prozessen, und die Verantwortlichen bemühten sich, das weltweite Interesse an den Verhandlungen wieder zurückzugewinnen. Das geschah mit Hilfe von so genannten Medienberatern, und Sie haben wohl bemerkt, was die da geleistet haben: Sie machten aus den Prozessen eine Show – wobei es nicht mehr um Recht oder Unrecht ging, sondern um die Wirkung auf das Publikum und die Presse. Und als dann vier Jahre nach dem Krieg der Cyber Park eröffnet wurde, wurde es noch schlimmer: Man machte die Prozesse zur Publikumsattraktion. Sie gehören zum Unterhaltungsangebot. Das Fernsehen stieg groß ein, im Vordergrund standen nun Besucherzahlen und Quoten. Man baute ein eigenes Theater, in dem die Angeklagten vorgeführt werden. Man lässt schauspielerisch begabte Richter, Ankläger und Zeugen gegen sie antreten und belegt ihre Schuld mit gefälschten Dokumentationen. Dazwischen gibt es Musik. Es geht auch nicht mehr um die rasche Aburteilung der Angeklagten, sondern eher darum, publikumswirksame Verhandlungen möglichst in die Länge zu ziehen, um das Spektakel noch lange fortsetzen zu können.«

»Da besteht also wenig Hoffnung, dass Ihr Prozess bald zu Ende ist. Hat man Ihnen deshalb Urlaub gegeben?«

Sheik Mahmoud räusperte sich leise, es wirkte verlegen. »Mein Urlaub ... er ist gewissermaßen inoffiziell. Wenn man die nötigen Verbindungen hat ... Ich musste jemand finden, der an meiner Stelle einsitzt – so lässt sich das regeln, ohne dass es weiter auffällt. Das kostet natürlich eine Kleinigkeit, aber die Polizeikräfte im Gefängnis werden sehr schlecht bezahlt.«

»Dann kommen Sie also nur, wenn Verhandlungen anstehen, ins Gefängnis zurück«, konstatierte Majda, und Sheik Mahmoud widersprach nicht.

»Auch ich habe mich über die merkwürdige Art der Prozessabwicklung gewundert«, bemerkte Majda. »Aber ich wusste natürlich nichts über die Hintergründe.«

»Gehören Sie vielleicht auch zu denen, die das, was dort geschieht, als Unterhaltung empfinden?« Vom leichten, freundlichen Ton, mit dem das Gespräch begonnen hatte, war nun nichts mehr in Sheik Mahmouds Stimme zu hören.

»Nein«, antwortete Majda, und nun lächelte auch sie nicht mehr. »Für mich ist es keine Unterhaltung. Ich weiß sehr wohl, dass es um ernste Dinge geht, um Leid und Tod, um Schmerz und Trauer. Was da geschieht, ist erschütternd, und die Art, wie es geschieht, noch viel mehr.«

Sheik Mahmoud sah Majda forschend an. »Und warum haben Sie sich das angesehen?«

»Es gibt einen Grund«, antwortete Majda. Jetzt waren sie dort angekommen, wo sie hin wollte ... Von jenem Moment an, da sie ihren Gesprächspartner erkannt hatte, hatte sie auf diese Wendung des Gesprächs gewartet. »Ich bin auf der Suche nach meinem Vater. Er befand sich seinerzeit, während des Krieges, hier in der Stadt. Die Verbindung mit ihm brach ab, und wir, meine Mutter und ich, haben nie wieder etwas von ihm gehört. Ich bin hier, weil ich herausfinden möchte, was mit ihm geschah – und Khalid will mir dabei helfen«, fügte sie hinzu.

»Das konnte ich nicht wissen«, sagte Sheik Mahmoud. »Was hatte Ihr Vater hier zu tun?«

Majda erzählte ihm, was sie über die Tätigkeit ihres Vaters wusste. Und sie setzte hinzu: »Sie werden verstehen, dass mich die Verhandlung interessiert hat, bei der es um die damals in diesem Land beschäftigten Ausländer ging. Was ich da gehört habe ... Ich nehme an, dass Sie meinen Vater gekannt haben?«

Sheik Mahmoud brauchte nicht lange zu überlegen. »Doch, ich erinnere mich. Er spielte eine wichtige Rolle im wissenschaftlich-technischen Programm, das ich betreute. Ich hatte einige Male mit ihm zu tun.«

»Im Prozess waren über das Schicksal der Wissenschaftler schreckliche Dinge zu hören. Da war von einem Konvoi die Rede, der mit Bomben angegriffen wurde –«

Sheik Mahmoud unterbrach sie. »Ich habe eine gute Nachricht für Sie – mit allen Vorbehalten –«

»Und was bedeutet das? Vorbehalte?«

»Ihr Vater befand sich nicht im bewussten Konvoi«, sagte Sheik Mahmoud. Er sprach jetzt leise und beruhigend. »Sie müssen wissen, dass ich der Leiter einer zivilen Dienststelle war, es ging um mehrere Projekte, mit denen die Lebensumstände der Bevölkerung verbessert werden sollten –«

»Ging es nicht auch um Waffen?«, warf Majda ein.

»Das ist die alte Legende von den Waffen«, sagte Sheik Mahmoud. »Diese Lügen werden auch nach vielen Jahren nicht zur Wahrheit. Wir brauchten keine neuen Waffen zu entwickeln oder zu bauen. Denn solche wurden uns von allen möglichen Seiten zum Kauf angeboten. Entsprechend den bei Ihnen geltenden Regeln des Kapitalismus, was nur ein anderes Wort für Eigennutz ist. Und wir verfügten damals noch über die Einnahmen aus dem Ölgeschäft. In den letzten Jahren war es ein begehrter Rohstoff für die chemische Industrie – und dementsprechend hoch die Preise. Nein, es ging um Städtebau, um Verkehrssysteme, um Energie und, natürlich, um Wasser. Das ist die Grundlage – ohne Wasser haben auch alle anderen Planungen keinen Sinn.« Sheik Mahmoud unterbrach sich und blickte Majda an. »Haben Sie auch etwas mit Wassertechnik zu tun?«

»Nein«, antwortete Majda, »aber ich weiß inzwischen, wie wichtig das ist.«

Sheik Mahmoud nickte. »Das war es damals schon und ist es auch noch heute. Das gilt für alle Lebensbereiche und natürlich auch für die Verteidigung. Kurz und gut: In den letzten Wochen war Ihr Vater nicht mehr für meine Dienststelle tätig. Ich musste ihn ans Militär abgeben.«

Das war eine überraschende Information – war sie positiv oder negativ zu werten? »Was soll das bedeuten? Er war doch Ausländer, was hatte er mit dem Militär zu tun?«

»Diese Frage kann ich Ihnen nicht beantworten. Es ging um ein Projekt, das unter höchster Sicherheitsstufe stand. Auch ich weiß nichts Näheres darüber. So viel ich gehört habe, sollte es um ein Überlebenssystem gehen, vielleicht um Schutzräume und die dafür nötige Versorgung – eine Maßnahme, um die Elitetruppen, die ihrer Ehre halber nicht außer Landes fliehen durften, vor der Vernichtung zu schützen. Ich habe nichts mehr von Frits Barlach gehört. Aber –«, er blickte Majda eindringlich an, »verstehen Sie doch: Er war nicht bei jenen, die man außer Landes bringen wollte und die beim Transport umkamen. Mehr kann ich darüber nicht sagen, ich weiß nicht, ob Ihr Vater noch lebt, aber – und das ist die gute Nachricht für Sie – mir ist auch nichts darüber bekannt, dass er ums Leben gekommen wäre. Es ist durchaus möglich, dass er sich in Sicherheit bringen konnte.«

Er schwieg und ließ Majda Zeit, über das Gehörte nachzudenken. Sie saßen noch eine Weile beisammen, Sheik Mahmoud rauchte, und Majda trank ihren Tee. Was sie da gehört hatte ... nach so vielen langen Jahren gab es kaum noch Hoffnung, dass sie ihren Vater noch einmal lebend sehen würde. Das sagte ihr der Verstand. Aber tief im Innern blieb ein Funken Hoffnung lebendig, und das machte sie für kurze Zeit ruhig und zufrieden.

Dann betrat Khalid den Innenhof, blickte sich um und trat zu den beiden heran. Verwundert bemerkte Majda, dass er eine Uniform trug, und den Abzeichen entsprechend musste er sogar einen höheren Rang einnehmen. Er begrüßte sie mit einer knappen Verbeugung, Sheik Mahmoud dagegen mit einer Umarmung. Dann wechselten sie ein paar Worte auf Arabisch. Majda zeigt auf einen der Sitze, doch Khalid schüttelte den Kopf.

»Ich habe nur ein paar Minuten Zeit – wie du siehst, wurde ich zu den Truppen eingezogen.«

»Was ist passiert?«, fragte Majda beunruhigt.

»Ich kann nichts darüber sagen«, antwortete Khalid ausweichend. »Bis jetzt sind es nur Gerüchte. Es könnte Anschläge geben, vielleicht auch einen Angriff fremder Mächte. Aber niemand weiß etwas Genaues.« Und er fügte an Majda gewandt hinzu: »Komm, ich begleite dich hinaus.« Er entschuldigte sich bei Sheik Mahmoud, wartete ab, bis sich Majda bei diesem verabschiedet hatte, und verließ dann mit ihr den Hof.

»Entschuldige bitte«, sagte er. »Ich habe einige wichtige Aufgaben bekommen. In der Altstadt herrscht das Chaos, es könnte leicht in Panik übergehen. Noch schlimmer ist es im Vergnügungspark. Man versucht zwar, den Betrieb aufrechtzuerhalten, doch die Fremden haben das Interesse daran verloren und wollen möglichst rasch in die Heimat zurückkehren.«

»Ich hätte gern mit dir gesprochen«, sagte Majda, doch Khalid erklärte ihr, dass es tagsüber nicht möglich sei. Aber er wolle ihr seinen Wagen und seinen Chauffeur zur Verfügung stellen. Und dann, am Abend, würde er sie gern sehen. Er würde sich bei ihr melden ... Majda nahm sein Angebot an.

Sie waren am Tor angekommen, unter den Blicken des

Wachpersonals verabschiedeten sie sich kurz und förmlich. Majda war nicht böse darüber, dass die Aussprache mit Khalid auf den Abend verschoben war – es war gewiss von Vorteil, wenn sie sich dann gefasst haben würde.

Es war Mittag, als Majda wieder in ihr Hotel kam, die Sonne stand fast senkrecht über der Stadt, ihr blendendes Licht lag wie eine Flüssigkeit auf den Wegen und Rasenflächen und füllte jeden Winkel aus. Im Gegensatz dazu erschienen die Innenräume dunkel, ein paar Diener standen untätig herum, von den Gästen war niemand zu sehen.

Majda fühlte sich ungewohnt müde. Bei jeder Bewegung schmerzten ihre Muskeln, eine Folge des anstrengenden Fußmarsches durch den Sand am Tag zuvor. Sie suchte ihr Zimmer auf, in dem sich an der Decke das Flügelrad eines Ventilators drehte. Die Blätter waren aus vielfach durchbrochenem Metall gefertigt. Sie wirbelten die Luft auf, ohne echte Kühle zu erzeugen. Majda wunderte sich darüber, dass man hier, in diesem Luxushotel, den Gästen den einfachsten technischen Komfort vorenthielt, doch dann fand sie im Schrank einen Wärme-Absorber, den sie neben ihrem Bett aufstellte. Innerhalb von wenigen Minuten wurde es angenehm kühl, und sie stellte den Ventilator ab, weil sie den über ihren Körper strömenden Luftzug als unangenehm empfand. Das Ding war wohl allenfalls zur Verzierung gut.

Majda legte sich auf das Bett und döste ein; merkwürdige, unerklärliche und auch beängstigende Traumbilder stellten sich vor ihrem inneren Auge ein.

Irgendwann später schreckte sie auf ... sie war doch noch fest eingeschlafen. Sie blickte auf die Uhr, es war später Nachmittag, kurz vor der Dämmerung. Höchste Zeit für den Besuch bei Salah. Sie legte ihre arabische Kleidung an und war diesmal sehr froh darüber, dass der Umhang ihren Körper verbarg und unter dem Kopftuch nur ihre Augen unbedeckt blieben – man würde sie nicht als Fremde erkennen.

Majda verließ das Hotel durch den Seiteneingang, der normalerweise vom Personal benutzt wurde – so konnte sie der draußen in seinem Wagen sitzende Chauffeur nicht bemerken. Sie ging zu Fuß, wobei sie eine geduckte, demütige Haltung annahm, wie es von den Frauen erwartet wurde. Merkwürdig: In diesem Winkel der Welt, in unmittelbarer Nachbarschaft zum schillernden Technikpark, hatte sich ein Stück Mittelalter erhalten.

Es bereitete ihr Mühe, sich im Labyrinth der engen Gassen zurechtzufinden. Sie kam an Läden vorbei, die unter anderen Umständen mit ihrer bunten Vielfalt ihre Aufmerksamkeit auf sich gelenkt hätten. Es gab nicht nur vielerlei Waren zu bestaunen, neben Kleidung, Werkzeug und Geschirr auch technisches Material – uralte Radio- und Fernsehgeräte, altmodische Schreib- und Nähmaschinen, Taschenrechner und klobige Mobiltelefone, und das alles derart ausgebreitet und übereinandergetürmt, dass man vergeblich nach einem Ordnungsprinzip suchte.

Die Gasse der Teppichhändler, die Gasse der Duftstoffe und Gewürze, die Gasse der Porzellanwaren ... und endlich, als sie um eine Ecke bog, auch die Gasse der Papierwaren- und Buchhändler. Und da entdeckte sie auch schon den Laden von Salah. Sie wollte schon darauf zugehen, da sah sie einen Mann, der den Laden betrat. Da sie sich lieber ungestört mit Salah unterhalten hätte, beschloss sie abzuwarten, bis dieser das Geschäft wieder verließ. Also ging sie mit gesenktem Haupt an den Stapeln von Bildern und Drucken vorbei, die vor Salahs Laden ausgelegt waren. Sie folgte der verwinkelten, engen Gasse ein Stück, bevor sie wieder umkehrte.

Im Innern des Geschäfts schien man lange zu verhandeln, denn der Kunde kam nicht wieder heraus. Stattdessen beobachtete Majda zwei weitere Männer, die vor dem Laden stehen blieben, sich kurz umsahen und dann eintraten. Offenbar hatte sie für ihren Besuch eine ungünstige Zeit gewählt. Sie beschloss, noch ein wenig abzuwarten, und blieb vor den Ständen mit Papierwaren stehen, Briefpapier, Umschläge, klobige Bleistifte, Ölfarben in Marmeladengläsern …

Endlich schien sich dort drüben bei Salah etwas zu rühren, ein älterer Mann, den sie vorher noch nicht gesehen hatte, verließ das Geschäft und verschwand zwischen den Menschen, die erst jetzt, in den Abendstunden, in den Basar zu strömen schienen.

Majdas Überlegungen wurden jäh unterbrochen. Ohne Vorwarnung wurde ihr ein feuchtes Tuch aufs Gesicht gepresst, zugleich wurde sie hochgehoben und festgehalten. Sie rang nach Luft, doch atmete sie dadurch den Dunst einer Flüssigkeit ein, mit der das Tuch getränkt war. Sie spürte noch, dass sie die Besinnung verlor …

Als Majda erwachte, hatte sie rasende Kopfschmerzen. Sie lag auf einer Strohmatte auf dem Boden und bemühte sich, den Kopf zu heben. Er schien unendlich schwer zu sein.

Sie hörte Stimmen. Jemand sagte: »Es ist eine Fremde«, und ein anderer: »Was hat die hier zu suchen?«

Endlich konnte sich Majda ein wenig aufrichten. Um sie herum standen einige Männer. Einheimische in Jeans und T-Shirts, einige auch in hemdartigen Gewändern. Ältere und junge.

»… wir könnten Unannehmlichkeiten haben«, sagte jemand, und ein anderer: »Wir müssen sie loswerden.«

Majda richtete sich mühsam auf – die Männer sahen ihr schweigsam und reglos zu. Endlich kniete sie etwas schwindelig auf der Matte und merkte, dass sie sich langsam erholte. Jetzt erst konnte sie ihre Umgebung mustern. Sie befand sich in einem Kellerraum, der nur durch ein paar Kerzen matt erleuchtet war. An der Wand war ein Regal befestigt, in den Fächern lag Papier in verschiedenen Formaten, an der anderen Seite standen Maschinen, deren Zweck sie nicht erkannte.

Jetzt trat ein Mann auf sie zu. »Was hast du hier zu suchen?

Warum hast du spioniert?« Er sprach ein holpriges Basic-Englisch.

Majda bemühte sich zu antworten, aber ihre Stimmbänder waren belegt, und sie brachte nur ein Ächzen hervor. Endlich gelang es ihr, sich verständlich zu machen. »Ich habe nicht spioniert. Das ist ein Irrtum, ihr müsst mich freilassen.«

»Gib es doch zu, wir haben dich beobachtet. Du hast den Laden beobachtet. Was wolltest du da?« Einer der jüngeren Männer beugte sich zu ihr hinab, riss ihr das Kopftuch herunter, griff ihr in die Haare und schüttelte sie, doch ein anderer packte ihn am Arm und zog ihn zurück.

»Ich wollte zu Salah«, sagte sie, vor Aufregung zitternd. »Ich bin mit ihm verabredet.«

Ein Mann mit struppigem schwarzem Bart, der sich bisher im Hintergrund gehalten hatte, mischte sich ein. »Vielleicht haben wir uns geirrt«, sagte er. »Wir sollten Salah fragen.«

»Ja, ruft ihn«, forderte sie. »Er wird es bestätigen.«

Auf einen Wink des Bärtigen verließ einer der Jungen den Raum, die andern warteten. Einer half Majda aufzustehen und führte sie zu einer Matratze, auf der man ihr sofort Platz machte, als wäre sie eine Aussätzige. Majda fühlte sich mitgenommen und war froh, dass sie sich hinhocken konnte. Für sie war es eine ungewohnte und nicht sehr bequeme Ruhestellung, doch das schien hier so üblich zu sein.

Endlich hatte Majda Zeit, sich genauer umzusehen. Der Raum war zwar etwas düster, nur durch zwei von der Decke herabhängende Lampen mit grünen Glasschirmen beleuchtet, doch er war sauber und sah so aus, als würde er oft benutzt. In einer Ecke stand ein Wasserbehälter in Form einer großen Glasflasche, in dem ein Schöpflöffel lehnte, daneben einige ineinander gestülpte Trinkgläser aus Pappe, auf einem kleinen Tisch war ein Gegenstand aufgebaut, von dem mehrere Schläuche mit abschließenden Mundstücken ausliefen – das musste eine Wasserpfeife sein.

Und die Männer, die um Majda herum hockten oder standen ... eigentlich sahen sie nicht wie Wegelagerer aus, eher wie ärmlich gekleidete Intellektuelle. Jetzt hatte es fast den Anschein, als sähen sie ein, mit dem Überfall auf Majda einen Fehler begangen zu haben. Einer brachte ihr ein Glas Wasser, ein anderer ein Kissen, so dass sie sich anlehnen konnte.

Und dann öffnete sich die Tür aus Eisenblech, und Salah trat ein.

»Ich habe gehört, was geschehen ist«, sagte er noch etwas atemlos; es sah aus, als sei er den Weg hierher gelaufen. »Es tut mir ja so Leid.« Dann begann eine Debatte in arabischer Sprache, von der Majda nichts verstand, doch wurde ihr dennoch deutlich, dass er den anderen Vorhaltungen machte. Der Mann mit dem wirren Bart, der der Anführer der Gruppe zu sein schien, trat dann auf Majda zu und entschuldigte sich. »In diesen Tagen sind wir alle etwas nervös«, fügte er hinzu. »Bitte haben Sie Verständnis für unsere Situation.«

Majda hätte gern gewusst, welche Situation er meinte, doch Salah fragte, ob sie sich einigermaßen erholt hätte, und als sie bejahte, bat er sie, ihm zu folgen. Sie verließen den Raum und folgten einem engen Gang, der überdies so niedrig war, dass man sich an einigen Stellen bücken musste. Hier gab es auch keine Lampen, sondern Salah leuchtete den Weg mit einer Petroleumlampe aus. Schließlich standen sie vor einer kurzen Leiter, über der eine Falltür zu sehen war. Salah klappte den Deckel zurück und stieg hinauf. »Alles in Ordnung«, meldete er. »Bitte, folgen Sie mir.«

Auf diesem ungewöhnlichen Weg gelangten sie wieder in Salahs Geschäft. Er bat Majda, sich zu setzen, und entfachte ein kleines Feuer in einer Schale mit wachsartigen Körnern, die mit intensiv gelben Flammen brannten. Darüber, an einem Haken, hängte er eine Kanne mit Teewasser auf. Dann setzte er sich Majda gegenüber und entschuldigte sich noch einmal für das Missverständnis seiner Freunde.

»Sicher sind Ihnen die Druckmaschinen aufgefallen«, sagte

er. »Wir betreiben da einen kleinen Nachrichtendienst. Illegal natürlich, denn alles, was man als Pressearbeit bezeichnen könnte, ist der Regierung vorbehalten.«

»Worum geht es?«, fragte Majda. Jetzt fühlte sie sich schon wieder einigermaßen wohl, nur ein pulsierender Kopfschmerz hatte sich fest in ihrem Schädel eingenistet.

»Nun ja, es hängt alles miteinander zusammen.« Ohne aufzustehen griff Salah nach den Gläsern mit dem Goldrand, die Majda schon kannte, und stellte zwei davon auf den Tisch. Er schien sich dadurch ein wenig Zeit zum Überlegen zu verschaffen. »Sie sind die Tochter eines Freundes«, sagte er dann betont, »und ich habe Vertrauen zu Ihnen. Ich glaube, ich bin Ihnen ein paar Erklärungen schuldig.«

»Sie haben mich gestern sehr erschreckt«, konstatierte Majda. »Was haben Sie gegen den Afifi-Clan?«

Salah warf getrocknete Blätter in eine Teekanne und goss kochendes Wasser darüber. »Wir stehen auf verschiedenen Seiten – der Clan und ich. Ich bin heute noch der Überzeugung, dass diese Familie etwas mit denen zu tun hat, die Informationen über die Position des Wasserlagers aus mir herauspressen wollten.«

Majda blickte ihn erstaunt an. »Das kann ich nicht glauben ... Wie kommen Sie zu diesem Verdacht?«

Salah sprach hastig weiter: »Ich kenne einige Angehörige der Familie von früher. Es war die Zeit nach dem Krieg. Eines Tages wurde ich festgenommen und eingesperrt. Nach einer schlaflos verbrachten Nacht in einer schmutzigen Zelle brachte man mich in einen anderen, etwas größeren fensterlosen Raum. Wieder musste ich lange warten, und dann kam eine Gruppe von Leuten herein, die sich auf Bänke setzten. Ich musste stehen. Den Wortführer kannte ich: Es war Hassan El Afifi. Er fragte mich nach der Fundstelle, ich sollte die Lage beschreiben. Und als ich nichts darüber sagen wollte, hat man mich verhört – auf äußerst unangenehme Weise ...«

»Und Sie haben die Daten nicht verraten?«

»Ich habe sie nicht verraten. Ich konnte es gar nicht – weil ich sie nicht kannte. Gewiss, ich selbst habe die Landkarte gezeichnet, und Frits hat dann die Messwerte eingetragen, aber sie mussten erst ausgewertet werden, und dazu blieb keine Zeit. Und wie hätte ich mir diese vielen Zahlen, die mir nichts sagten, merken sollen? Weiß Gott, halten Sie mich nicht für tapfer oder willensstark: Ich hätte alles verraten, was ich gewusst habe. Schon am ersten Tag hätte ich alles verraten.«

In seinem Gesicht konnte Majda lesen, wie sehr ihn die Erinnerung an die furchtbare Situation bewegte. Sie hatte Mitleid mit Salah, und trotz ihrer Neugier wartete sie geduldig ab, bis er weiterreden konnte. Majda lag noch eine Frage auf der Zunge, die sie sich kaum zu stellen getraute, aber sie musste es wissen.

Mit vor Aufregung heiserer Stimme sprach sie es aus: »War Khalid dabei?«

Salah blickte kurz auf, dann sagte er so leise, dass es Majda kaum verstehen konnte: »Der Junge? Nein, der war ja damals noch ein kleines Kind.«

Jetzt entstand ein längeres Schweigen, Majda musste das, was sie da erfahren hatte, erst verdauen. Nach einer Weile hatten sich beide so weit gefangen, dass sie das Gespräch fortsetzen konnten.

Natürlich interessierte sich Majda für die Hintergründe des Geschehens, und ganz besonders für die Rolle, die die Familie dabei spielte, deren Gast sie derzeit war.

»Ich muss dazu ein wenig weiter ausholen. Von unserer Tradition her ist Wasser etwas Heiliges, etwas, das Gott den Menschen geschenkt hat, damit sie überleben können.« Salahs Blick schien irgendwo außerhalb des Raumes in verborgenen Weiten zu hängen. »Es ist das Eigentum von allen. Sogar der Gegner, mit dem man demnächst kämpfen wird, hat Zugang zur Quelle.«

Salah machte eine Pause und schenkte den Tee ein. Er hatte wieder in die Gegenwart zurückgefunden. »Auch Menschen aus anderen Klimazonen haben das einst so gesehen. Inzwischen aber ist es dort mit Hilfe der Technik gelungen, Wasser für alle im Überfluss verfügbar zu machen. Sie fangen das Wasser ihrer Gletscher in Speichern auf, verteilen es auf die Haushalte. Sie sammeln das Regenwasser und gießen damit ihre Felder. Sie reinigen das Wasser ihrer Flüsse und speisen damit ihre Bäder. Sie schleppen Eisberge aus den Eisfeldern der Arktis in Trockengebiete und verkaufen es. Wasser ist zu einem Handelsartikel geworden, Kapital, mit dem man schachert, Objekt der Börsenspekulation. So wie früher das Öl. Und, was das Schlimmste daran ist: Einige unserer Landsleute machen dabei mit. Sie verraten das Wertvollste, das wir besitzen. Sie vergeuden es, um daran zu verdienen, und sie erzeugen dadurch Engpässe, mit denen sie ihre Macht verstärken.«

Salah schenkte den Tee ein, eine angenehm duftende, dampfende Flüssigkeit. Aber Majda hatte jetzt keinen Sinn dafür.

»Der El-Afifi-Clan ist an diesem Geschäft beteiligt. Er hat sich mit dem HOH-Konzern verbündet. Und allen Anzeichen nach bereiten diese beiden Gruppen hier einen großen Coup vor. Wir wissen nicht, was sie beabsichtigen, um das Geschäft in die Hand zu bekommen. Denn sie haben einen starken Konkurrenten: die Regierung unseres Staates, die freilich völlig unter amerikanisch-britischem Einfluss steht.«

»Und die HOH-Gruppe?«

»... unter französischem, der Sitz liegt in Kanada. Und das bedeutet, dass ihre Macht weitaus geringer ist. Das ist das Geheimnis: Wie wollen sie die Amerikaner vertreiben? Und doch mehren sich die Gerüchte, dass irgendetwas im Gang ist, irgendetwas Entscheidendes, das die Marionettenregierung für immer aus diesem Land vertreiben wird.«

Ja, auch Majda hatte etwas von der Unruhe bemerkt. Eine ungreifbare Gefahr, die sich wie eine Krankheit ausbreitet – zuerst noch harmlos, ohne eindeutige Symptome, aber später ... Nun, Majda würde das Rätsel nicht lösen. Aber dennoch war auch sie von diesen Wirren betroffen, war hineingeraten, ohne es zu wollen …

»Und was kann man dagegen tun?«, fragte sie.

»Schon Ihr Vater hat es versucht – indem er immer wieder darauf hinwies, dass sich die Wasservorräte in erschreckender Weise erschöpfen. Der Bevölkerung ist das nicht bewusst. Und so sehen wir unsere Aufgabe: Wir legen den Finger auf die offene Wunde: Wir klären auf. In unserer kleinen Druckerei erzeugen wir Handzettel, die wir in der Stadt verteilen. Und nun werden Sie auch verstehen, dass wir uns in Acht nehmen müssen. Wir kämpfen gegen zwei übermächtige Gegner. Wir dürfen uns nicht erwischen lassen. Es würde uns übel ergehen.«

Das Wichtigste war gesagt. Der Tee war so weit abgekühlt, dass man davon trinken konnte, ohne sich die Lippen zu verbrennen.

Dann sagte Majda nachdenklich: »Ich glaube, mein Vater wäre auf Ihrer Seite.«

»Davon bin ich überzeugt«, bekräftigte Salah.

Nun setzte Majda ihr Teeglas ab und richtete sich auf. »Jetzt ist mir einiges von dem, was ich hier erlebt habe, klar geworden. Ich weiß zwar nicht, wie es geschehen ist, aber irgendjemand muss etwas von jenem Plan erfahren haben, den mein Vater hinterlassen hat.«

Es war so, als hätte Salah nicht verstanden, er blickte sie mit großen Augen an. Und nun entschloss sich Majda, ihm zu berichten, was sie in den letzten Tagen in dieser Stadt erlebt hatte. Und sie erzählte auch von der Skizze, die sie bisher vor allen Zugriffen gerettet hatte.

»Nun, ich will nicht, dass der Plan in die Hände skrupelloser Geschäftemacher gerät«, sagte Majda. »Und ich weiß jetzt auch, was ich damit machen werde: Ich werde ihn an Sie weitergeben. Ich bin davon überzeugt, dass Sie das Richtige damit tun werden.«

»Wo ist der Plan?«, fragte Salah.

»An einer sicheren Stelle. Ich habe ihn versteckt.«

Salah blickte sie lange schweigend an. »Und Sie haben sich das gut überlegt? Sie sind sicher, dass Sie es nicht bereuen werden? Es gibt wohl keinen Zweifel daran, dass Sie mit diesen Informationen eine Menge Geld verdienen könnten.«

»Ja«, bestätigte Majda. »Das ist mir klar. Aber, sehen Sie: Der Plan gehört mir ja gar nicht, und schon gar nicht das Wasser, das mit seiner Hilfe erschlossen werden kann. Es gehört den Menschen, die hier leben, und es muss vernünftig angewandt werden. Und Sie wissen besser als jeder andere, was zu geschehen hat, damit dieses Ziel erreicht werden kann.«

Sie saßen noch eine Weile beisammen. Majda versprach, dass sie am nächsten Tag kommen würde, um ihm den Plan zu übergeben.

Es war spät geworden. Majda erhob sich, um sich zu verabschieden, und auch Salah stand auf.

»Und was wollen Sie weiterhin tun?«, fragte er.

»Ich werde so rasch wie möglich nach Hause zurückkehren«, antwortete sie.

»Und die Suche nach Ihrem Vater?«

»Ich rechne mir keine Chancen mehr aus. Ich glaube aber, dass mir doch etwas Bedeutendes gelungen ist. Ich habe sein Vermächtnis erfüllt. Das ist mehr, als ich hoffen durfte.«

Salah begleitete sie bis nahe an den Eingang zum Hotel. Dann reichte ihm Majda die Hand und ging hinein. Inzwischen war es dunkel geworden, nur die Sterne spendeten Licht, und alles sah sehr friedlich aus.

Es war ein Donner, gefolgt von einem lang anhaltenden, fast ebenso lauten Grollen, der Majda aus dem Schlaf riss. Es hörte sich an wie eine Explosion, eine Explosion in unmittelbarer Nähe, und Majda rechnete schon damit, Hals über Kopf die Flucht ergreifen zu müssen. Sie lief zum Fenster und sah draußen einige aufgeregte Menschen, die ratlos umherblickten. Sonst war nichts Beunruhigendes zu erkennen.

Das Hotel und seine engere Umgebung waren also nicht unmittelbar betroffen, und Majda konnte aufatmen. Trotzdem blieb eine dumpfe Ahnung unheilvoller Ereignisse bestehen.

Majda war hellwach und hatte keine Lust, wieder ins Bett zu gehen. Sie machte sich eilig fertig und trat hinaus ins Freie. An der Rezeption erkundigte sie sich, was geschehen war. Die junge Angestellte, die gerade Dienst hatte, führte sie an ein Fenster mit Aussicht nach Süden und fragte: »Fällt Ihnen etwas auf?« Sie wies in eine bestimmte Richtung: Ostsüdost.

Zuerst wusste Majda nicht, was ihr auffallen sollte, es war nichts Besonderes zu sehen. Erst als sie den Horizont genauer durchmusterte, fiel ihr ein diffuser grauer Schleier auf, weit draußen außerhalb der Stadt. Sollte das gemeint sein? Das Mädchen half ihr: »Die Ruine ...« Und jetzt erst fiel es Majda auf: Es gab keine Ruine mehr, keine Spur mehr von dem hoch aufragenden Turm auf der Kuppe des höchsten Berges im Süden, weithin bekannt als Wahrzeichen aus der wechselhaften Geschichte der alten Stadt.

»Was ist passiert?«, fragte sie fassungslos.

»Wir wissen es nicht ... Es gibt Gerüchte: ein Vulkanausbruch, ein Meteoriteneinschlag ... Nur eines ist sicher: Was von der Burg noch übrig war, hat sich in Staub aufgelöst.«

Majda nickte dem Mädchen zu. Sie würde noch erfahren, was geschehen war. Gerade weil niemand Genaues wusste, kam bei allen ein Gefühl von Unheil auf. Nachdenklich ging Majda hinaus in den Garten, wo die gedeckten Tische auf die Gäste warteten, die an diesem Tag nur spärlich eintrafen. Es gab warmes Fladenbrot, verschiedene Sorten von Marmelade und exotische Früchte, dennoch war Majda mit ihren Gedanken woanders. Sie beschloss, Salah unverzüglich den Plan zu bringen, ein unbestimmtes Gefühl trieb sie zur Eile. Wer weiß, was noch geschehen mochte – vor allem anderen wollte sie ihr Versprechen halten.

Sie legte ihre arabische Kleidung an, holte den Plan aus seinem Versteck – es schien unangetastet – und machte sich auf den Weg. Es gelang ihr wider Erwarten gut, die Gasse mit den

Papierwaren zu finden, und dort vorn musste auch schon Salahs Laden sein. Was ihr aber schon von weitem auffiel, waren zwei bewaffnete Uniformierte, die davor Wache hielten. Keine Waren in den Körben, keine Stöße bunt bedruckter Bildchen. Die in grünstichigem Blau gestrichene Tür hing schief in den Angeln und wies die Spuren von Axtschlägen auf. Ein rot und weiß gestreiftes Band versperrte den Eingang, an der Mauer daneben hing ein Zettel. Im Vorbeigehen warf sie einen Blick darauf: ein Formular in arabischer Schrift und dem Abdruck eines Stempels. In einiger Entfernung hatte sich eine Gruppe von Neugierigen zusammengefunden. Sie diskutierten aufgeregt und sahen immer wieder zu Salahs Laden hinüber.

Das konnte nichts Gutes bedeuten. Majda musste gleich an die geheime Druckerei denken. War sie entdeckt worden? Was war mit Salah geschehen?

Sie spürte ein Zupfen an ihrem Gewand und sah einen kleinen Jungen. Er streckte ihr die Hand mit einem Stück Papier entgegen und lief wieselflink davon, nachdem Majda es zögernd angenommen hatte.

»Treffpunkt am Brunnen« stand da, darunter eine Unterschrift, ein Schnörkel, für Majda ebenso wenig zu entziffern wie die amtlich anmutende Mitteilung an der Tür. Welcher Brunnen konnte gemeint sein? Sie erinnerte sich, dass sie an einem solchen bei ihrer Suche am ersten Tag vorbeigekommen war, es konnte nicht schaden, sich dort umzusehen. In weniger als fünf Minuten war sie dort, sah aber niemanden, den sie kannte. Da löste sich ein Mann aus einer dunklen Ecke, ging an ihr vorbei und flüsterte: »Mitkommen!«

Er ging voran, Majda folgte ihm mit tief über die Augen gezogenem Kopftuch. Endlich blieb der Unbekannte stehen und zog sie ins Dunkel eines Hauseingangs. »Ich muss vorsichtig sein«, flüsterte er. »Salah ist verhaftet worden, und einige seiner Freunde mit ihm. Mehr weiß ich auch nicht.« Er nickte ihr zu und machte sich davon. Nach wenigen Sekunden war er in der Menge verschwunden.

Majda blieb nicht anderes übrig, als ins Hotel zurückzukehren. Nun hatte sie unmittelbar vorgeführt bekommen, dass Salahs Befürchtungen berechtigt gewesen waren. Konnte sie etwas für ihn tun?

Heute stand ihr noch die Aussprache mit Khalid bevor. Sie rief ihn von der Rezeption aus an, doch er teilte ihr mit, dass er an diesem Abend wider Erwarten keine Zeit für sie hatte. Doch er bat sie, am nächsten Morgen in den Palast zu kommen. Dann könne er sich eine Stunde freinehmen.

Am nächsten Morgen war Majda früh erwacht und hatte darüber nachgedacht, wie sie sich Khalid gegenüber verhalten sollte. Doch sie kam zu keinem eindeutigen Ergebnis. Das Beste würde es sein, die Aussprache auf sich zukommen zu lassen.

Schon kurz nach neun Uhr brach sie auf und ging zum Palast. Wieder wurde sie in den malerischen Innenhof geführt, und diesmal brauchte sie nicht zu warten: Khalid kam ihr entgegen, auch an diesem Tag in Uniform, und sie ließen sich in derselben Ecke nieder wie am Vortag. Von Sheik Mahmoud Al Hamouda war nichts zu sehen.

Khalid sah mitgenommen aus, als hätte er die Nacht über nicht geschlafen, und er wirkte auf seltsame Weise verändert.

Eigentlich hatte sich Majda vorgenommen, mit ihm ein sehr persönliches Gespräch zu führen. Sie wollte sich danach erkundigen, was mit Salah geschehen war. Vor allem aber wollte sie ihm den Abend ins Gedächtnis zurückrufen, an dem sie sich kennen gelernt hatten, und sie wollte ihn fragen, ob es tatsächlich ein Zufall gewesen war, der sie zusammengeführt hatte. Bisher hatte sie keinen Grund gehabt, daran zu zweifeln, doch seit sie von Salah mehr über seine Familie erfahren hatte, drängte sich eine andere Erklärung auf: dass er die Verbindung mit ihr im Auftrag des Clans gesucht hatte, um etwas über ihre Absichten zu erfahren und ihr den Plan abzunehmen. Aber sie war sich nicht sicher ... So, wie sie ihm näher gekommen war, mochte sie das nicht glauben, und hinter der Auskunft, die sie von ihm forderte, steckte in Wahrheit die Hoffnung, dass er ihren bösen Verdacht entkräften würde.

Da Khalid schwieg, musste sie etwas sagen, und sie begann mit einer anderen nahe liegenden Frage: Was war am frühen Morgen geschehen?

»Da ist etwas schrecklich schief gelaufen«, sagte Khalid und schwieg erneut.

»Was meinst du damit?«, fragte Majda. »Diese Explosion, die Vernichtung der Burg ... weißt du etwas darüber?«

Mit einer Handbewegung verscheuchte Khalid einen Bediensteten, der sich nach ihren Wünschen erkundigte. Er blickte Majda traurig an und sagte: »Die Explosion war nur eine Begleiterscheinung. Sie sollte die Ernsthaftigkeit der Botschaft belegen, die zur gleichen Zeit gesendet wurde.«

Wieder musste ihn Majda zu weiteren Erläuterungen auffordern.

»Es war die nüchterne Mitteilung, dass ein Angriff auf die Stadt bevorsteht. In genau fünf Tagen wird sie in Schutt und Asche gelegt.«

Majda glaubte, nicht richtig verstanden zu haben. »... in Schutt und Asche – was soll das heißen? Ist es eine Prophezeiung? Oder eine Drohung von religiösen Spinnern?«

»Nein, leider nicht. Es sind –« Khalid stockte, als wüsste er nicht, wie er es ausdrücken sollte. »Es sind militärische Kräfte, eine Untergrundarmee, die Rache nehmen will. Rache an den Fremden, die die Stadt erobert und sich hier eingenistet haben. Und Rache an den Einwohnern, die sich zur Zusammenarbeit mit den Eroberern verleiten ließen.«

»Aber der Krieg liegt doch zwanzig Jahre zurück!«

»Sie haben so lange gewartet. Gewartet, bis sich die Verantwortlichen in Sicherheit wiegten. Unterdessen haben sie sich auf den Angriff vorbereitet. Und nun ist es so weit. Kein Mensch rechnet noch mit ihnen, und so ist der Zeitpunkt gekommen. Man hätte es vorhersehen können.«

Es fiel Majda schwer, das zu verstehen. »Was hätte man vorhersehen können?«

»Seinerzeit, als der letzte Krieg zu Ende war, sind einige der bekanntesten Leute des öffentlichen Lebens spurlos verschwunden. Offiziere, Angehörige des Geheimdienstes, Führungskräfte der Regierung. Sie wurden nie wieder gesehen, aber es gab Gerüchte ... Einiges von dem, was man sich erzählte, schien phantastisch: Da war die Rede von einer Art Auferstehung, von einem heiligen Akt, der der Stadt wieder zu ihrer alten Geltung verhelfen würde, einer Heilung mit Feuer und Schwert –«

»Das kann doch niemand ernst nehmen!«, wandte Majda ein, doch Khalid ging darüber hinweg.

»Irgendwann einmal musste ein Umschwung kommen. Es hat Gerüchte gegeben, man flüsterte sich dies und jenes zu, Nachrichten aus verborgenen Quellen, von Leuten, die über geheimes Wissen verfügen –«

Majda schoss ein Verdacht durch den Kopf. »Gehört dein Vater auch dazu – zu diesen Leuten, die über geheimes Wissen verfügen?«

Khalid schien überrascht. Er schüttelte nachdenklich den Kopf. »Mein Vater weiß viel«, sagte er. »Und es ist sicher, dass er manches für sich behält. Und wenn er etwas erzählt, dann vor dem Rat der Alten. Dem gehöre ich nicht an.«

»Du kannst mir doch nicht weismachen, dass du keine Ahnung von dem hast, was sich da zusammenbraut. So sag schon – um was geht es?«

Sie hatte Khalid in die Ecke getrieben. Er setzte zu reden an, überlegte es sich wieder ... Schließlich sagte er: »Wir haben ein Ultimatum erwartet, also eine Warnung, die zu einem Rückzug der Gegner führen sollte. Wir haben damit gerechnet, dass patriotische Kräfte früher oder später die Stadt besetzen. Es hätte ein friedlicher Neubeginn sein sollen. So aber ... Wenn das wirklich geschieht, was uns da angedroht wurde, dann bedeutet das das Ende.«

»Du nimmst die Botschaft also ernst?«, fragte Majda.

»Ich nehme sie ernst«, sagte Khalid.

»Und was wirst du tun?«

»Mein Vater wird es bestimmen. Ich denke, wir müssen die Stadt verlassen, was bleibt uns denn sonst übrig?«

Gegenüber dem, was sich da anbahnte, schienen Majda ihre eigenen Probleme plötzlich nebensächlich. Und trotzdem: Sie hatte etwas wissen wollen, etwas, das anderen vielleicht unwichtig erscheinen mochte, für sie aber von entscheidender Bedeutung war ...

»Ich möchte dich trotzdem etwas fragen«, sagte Majda.

Nachdem sie Khalid die bewusste Frage gestellt hatte, wirkte er für einen Moment wie erstarrt. Doch dann sagte er: »Ist es so wichtig, ob wir uns zufällig kennen gelernt haben oder ob mich jemand auf dich aufmerksam gemacht hat?« Jetzt sah Khalid nicht mehr starr und teilnahmslos aus, sondern ängstlich und erregt.

»Also hat dich jemand angewiesen, mit mir Kontakt aufzunehmen.« Majda stellte es äußerlich ruhig fest. Im Inneren aber war sie tief getroffen.

Khalid blickte zu Boden. »Es war mein Vater ... Normalerweise nimmt er mich zu derartigen Veranstaltungen gar nicht mit. Ich war selbst erstaunt. Und dann ...«

»Du hast mich angesprochen, weil er es dir befohlen hat.«

Jetzt war Khalid sichtlich aus der Fassung gebracht. Er trat nahe an Majda heran, streckte den Arm aus und legte sie auf Majdas Hüfte, um sie an sich heranzuziehen. »Ja, anfangs war das der Grund«, stammelte er. »Aber dann, es ging so schnell ... Du hast mir vom ersten Augenblick an gefallen. Du weißt es doch, Majda: Ich habe mich in dich verliebt. So etwas habe ich noch nie erlebt.«

Majda schob ihn von sich weg und unterbrach ihn. »Du hast mein Vertrauen erschlichen und deinem Vater alles berichtet, was du von mir erfahren hast.«

Dieser Vorwurf tat weh, der Schmerz war auf Khalids Gesicht geschrieben. Er schien außer sich. Er kniete vor Majda nieder, versuchte ihre Hände zu fassen. Er beschwor die Ehrlichkeit seiner Gefühle, verwies auf seine besondere Situation. Er beteuerte ihr seine Liebe, aber Majda wehrte ihn ab. Für sie gab es nichts mehr zu sagen.

Beide hatten nicht bemerkt, dass ein Mann in einer bunten Uniform neben ihnen stand. Er räusperte sich und wandte sich dann, als die beiden auseinander gefahren waren, an Majda: »Eine Einladung meines Herrn: Hassan El Afifi möchte Sie sprechen.«

Das kam unerwartet – und zu einem denkbar unpassenden Zeitpunkt. »Schönen Dank, aber ich fühle mich jetzt nicht in der Lage –«

Khalid richtete sich hastig auf und sah sie erschrocken an. »Du darfst nicht ablehnen«, flüsterte er. »Du musst der Einladung folgen!«

Majda merkte, dass sie nahe daran gewesen war, ein Sakrileg zu begehen. Was Hassan El Afifi wünschte, hatte zu geschehen. Es war keine Einladung, sondern ein Befehl. Sie gab dem Bediensteten ein Zeichen voranzugehen und folgte ihm wortlos. Khalid schloss sich ihnen an.

Sie gelangten in einen Teil des Palastes, den Majda noch nicht betreten hatte. Die Böden waren mit Teppichen bedeckt, die Wände mit Intarsien ausgelegt, an der Decke ein Mosaik aus kunstvoll zugeschnittenen pastellfarbenen Achatsteinchen. In den Ecken standen Kessel, aus denen üppig duftender Dampf aufstieg. Hier hörte man nicht einmal die Geräusche der Schritte, es herrschte totale Stille.

An der Tür am Ende des Ganges standen zwei Soldaten, die stumm beiseite traten, als der Uniformierte mit seinen zwei Begleitern herankam. Sie traten ein: eine Halle, so groß, dass man glaubte, ins Freie gekommen zu sein. Die Wände waren dunkel und schienen weit entfernt, auf dem mit einem kreisrunden Teppich bedeckten Boden waren Blüten verstreut. Trotzdem herrschte hier der Eindruck von Leere.

Ganz hinten, auf einer Empore, saß Hassan El Afifi. Khalid und Majda durchquerten den Saal, der hochrangige Diener, der sie geführt hatte, war draußen geblieben. Hassan blickte Khalid an und sagte: »Du wartest vor der Tür«, und sein Sohn verließ wortlos den Raum. Majda bekam einen Wink, sich gegenüber dem Oberhaupt des Clans auf einem Hocker niederzusetzen.

»Ich habe Ihnen etwas mitzuteilen. Die Umstände zwingen mich dazu, das schon früher als beabsichtigt zu tun. Es geht um meinen ältesten Sohn, um Khalid. Sie sollten wissen, dass eine Verbindung zwischen ihm und Ihnen nicht in Frage kommt.«

Für einen Augenblick war Majda sprachlos. Doch sie fing sich sofort wieder und sagte kühl: »Sie waren es doch selbst, der ihn dazu gebracht hat, meine Gesellschaft zu suchen.«

»Was wollen Sie damit sagen? Ich konnte nicht ahnen, dass Sie derart rasch bereit waren, so weit zu gehen. Ich hatte nun einmal nicht die richtige Vorstellung von dem bei Ihnen auftretenden Sittenverfall.«

»Ist es nicht viel verwerflicher, dass Sie sich Ihres eigenen Sohns bedienen, um an die Aufzeichnungen meines Vaters heranzukommen?«

»Nun gut, damit wären wir beim zweiten Punkt unserer Unterhaltung angekommen.«

Er klatschte in die Hände, worauf der Diener wieder eintrat. Hassan sagte etwas auf Arabisch, und der Mann in der Livree zog sich wieder zurück. Und dann tauchte Josseline aus dem Hintergrund auf. Sie begrüßte Majda, als handelte es sich um eine alltägliche Begegnung, und setzte sich neben sie.

»Unsere Partner vom HOH-Konzern kennen sie ja bereits«, erklärte Hassan. »Es geht um das Geschäft – ein Geschäft, das für uns alle sehr wichtig ist.«

»Es geht um die Sicherung der Wasserversorgung«, warf

Josseline ein, und Hassan blickte sie an, als hätte sie etwas Ungehöriges getan.

»Sie, Majda, sind im Besitz eines Plans, der uns den Zugriff zu großen, unerschlossenen Quellen ermöglichen würde. Dieser Plan ist widerrechtlich in Ihrem Besitz. Ich fordere Sie also auf, ihn freiwillig herauszugeben.«

Wieder mischte sich Josseline ein: »Ihr Vater stand im Dienst der damaligen Regierung, und er wurde für seine Arbeit gut bezahlt.«

Jetzt erst kam Majda zu Wort. »Wieso kommst du darauf, dass es einen solchen Plan gibt? Ich habe etwas Derartiges nie erwähnt.«

»Es gibt einen Plan, daran haben wir keinen Zweifel. Hier kann man alle Informationen kaufen und beschaffen, das hättest du beachten müssen.«

Hier kann man alle Informationen kaufen und beschaffen – hatte Majda nicht erst kürzlich etwas über einen Handel mit Informationen gehört? Sie hatte jetzt keine Zeit, darüber nachzudenken. Es galt, sich aus der Klemme zu ziehen, jetzt kam es auf ihr Verhandlungsgeschick an. Jedenfalls schien es sinnlos, die Existenz des Plans weiterhin zu leugnen.

»Und wenn es so wäre: Du hast kein Recht auf diesen Plan, und Hassan ebenso wenig. Jedenfalls weigere ich mich, ihn herauszugeben. Das Wasser gehört den Menschen dieses Landes, aber euch geht es nur ums Geschäft. Da mache ich nicht mit.«

»Das ist sehr edel gedacht«, sagte Josseline süffisant, »aber du vergisst, dass unterirdische Wasservorräte nicht ohne weiteres zugänglich sind. Es bedarf aufwändiger technischer –«

»Schluss jetzt!«, schrie Hassan. Aus irgendeinem Grund war er wütend. »Wir haben keine Zeit für Debatten. Um es kurz zu machen: Josseline hat ein gutes Wort für Sie eingelegt, und wir sind bereit, einen guten Preis für den Plan zu bezahlen: zehn Millionen Inter-Dollars. Das geschieht freiwillig, es wäre mir ein Leichtes, den Plan beschlagnahmen zu lassen. Und Sie werden uns auch verraten, wo Sie ihn versteckt haben – ansonsten gibt es Methoden, Leute zum Reden zu bringen.«

Majda brauchte nicht lange nachzudenken: Auf diesen Handel würde sie sich niemals einlassen, daran konnte auch die Höhe des angebotenen Betrags nichts ändern. War sie wirklich so edel? Nein, das war es nicht, sie gestand sich ein, dass der Hauptgrund ein ganz anderer war: Es war Trotz, der unbedingte Wille, sich gegen jeden Zwang zu wehren. Sie war nicht bereit, sich kaufen zu lassen.

Schon wollte sie ablehnen, doch dann fiel ihr wieder ein, dass dann unangenehme Dinge auf sie zukommen würden. Vermutlich war es klüger, auf Zeit zu spielen. Aber sie wusste, dass der Spielraum knapp war.

»Das kommt überraschend«, sagte sie. »Ich brauche etwas Bedenkzeit.«

Hassan vermochte seine Ungeduld kaum noch zu zügeln. »Offenbar sind Sie sich über die Situation nicht im Klaren – wir haben keine Zeit zu verschenken. Sie müssen sich –«

Josseline unterbrach ihn. »Für diesen Handel ist unsere Firma verantwortlich, und wir stellen auch das Geld zur Verfügung.« Sie stand auf, und es wirkte so, als würde sie durch den unhöflichen Eingriff in das Gespräch ihr Recht als gleichberechtigter Partner des El-Afifi-Clans ausdrücken. »Eine Stunde«, sagte sie. »Ich gebe dir eine Stunde. Und ich bin sicher, du wirst deine widerborstige Haltung aufgeben und dich auf deine Vernunft besinnen.«

Für kurze Zeit ruhte Hassans Blick fassungslos auf Josseline, er stieß einige unverständliche Worte hervor, die man nur als Flüche deuten konnte, dann schien er sich aber doch in das Unvermeidliche zu fügen. Er klatschte in die Hände, woraufhin lautlos der uniformierte Diener erschien. Dieser bekam einige Anweisungen, verbeugte sich und wandte sich dann an Majda: Sie sollte mit ihm kommen.

Als sie sich auf den Weg machten, wurden sie von zwei Soldaten begleitet, und Majda wurde umso klarer, dass sie sich nicht einfach würde davonmachen können. Und auch der Raum, in den sie gebracht wurde, bot keine Möglichkeit zur Flucht: Es war eine enge Kammer mit einem Fenster, von dem man einen Ausblick in einen mit Gestrüpp überwucherten Teil des Gartens hatte.

Die Tür hatte sich hinter Majda geschlossen, sie war allein. Sie sah sich um – der Raum war leer bis auf ein paar in einer Ecke zusammengeschobene Klappstühle. Majda versuchte, das Fenster zu öffnen, was ihr mit einigem Kraftaufwand auch gelang. Aber auch hier gab es keine Chance zu entkommen: Der Boden lag mehrere Meter tiefer, und die Außenmauer war glatt – leider fehlte das rettende Efeuspalier, das sich in Abenteuerfilmen in vergleichbaren Situationen stets gut bewährte. Ich habe meinen Humor immerhin noch nicht verloren, dachte sie, als ihr dieser Gedanke kam. Irgendwie werde ich mich schon aus der Klemme befreien.

Sie stellte sich einen der Stühle zurecht und setzte sich. Immerhin: Majda hatte Zeit gewonnen, um über ihre Lage nachzudenken. Die beste Möglichkeit, die sich ihr bot, war es, zunächst zum Schein auf das Angebot einzugehen. Aber wie sollte es dann weitergehen? War überhaupt damit zu rechnen, dass man sie fair behandelte? Sie hatte ja keine Machtmittel, um ihre Ansprüche durchzusetzen. Und wenn die unheilige Allianz des HOH-Konzerns und des Afifi-Clans erst einmal den Plan in Händen hielt ...

Majda schreckte aus ihren Gedanken auf ... hatte sie etwas gehört? – Ja, es kam vom Fenster: ein leises Pochen. Und nun tauchte eine dunkle Silhouette auf.

Majda lief zum Fenster und zweifelte kurz an ihrem Wahrnehmungsvermögen, denn davor schwebte Khalid ... Nein, natürlich schwebte er nicht, er stand auf einer Leiter, und stützte sich auf das Fensterbrett.

»Ich bin über alles informiert«, sagte er, »ich habe die Verhandlung belauscht. Willst du das Angebot annehmen?«

»Auf keinen Fall«, sagte Majda, »das dürfte dir wohl klar sein. Aber vielleicht sollte ich zum Schein –«

Khalid unterbrach sie. »Ich habe erwartet, dass du ablehnst. Und zum Schein darauf eingehen? Nein, das solltest du gar nicht erst versuchen. Mein Vater ist es gewöhnt, seinen Willen durchzusetzen. Ich möchte nicht, dass dir etwas geschieht. Ich will dir helfen. Du musst so schnell wie möglich fort von hier. Komm, ich bringe dich in Sicherheit. Ich steige zuerst ab, und sobald ich unten bin, folgst du mir.«

Majda blieb keine Zeit zum Nachdenken, sie hielt sich an Khalids Anweisungen. Als sie sich auf der Leiter befand, begann diese zu schwanken, Majda erschrak und blieb auf einer Sprosse stehen, die Hände um die Holme geklammert. Khalid, der sie von unten beobachtete, mahnte mit gedämpfter Stimme zur Eile, und so setzte Majda den Abstieg etwas vorsichtiger fort, bis sie endlich aufatmend neben Khalid stand. Sie wollte etwas sagen, aber er flüsterte nur: »Später! – Rasch, wir müssen weg von hier.«

Khalid schob die Leiter in ein Gebüsch, dann bahnten sie sich ohne Rücksicht auf die Kleidung einen Weg zwischen dornigen Sträuchern und mannshohen Agaven hindurch, bis sie einen Trampelpfad erreichten. Er führte in einen Hinterhof, der offenbar als Abstellplatz für alte Autos benutzt wurde. Links stand ein baufälliger Schuppen, rechts war ein Stück Mauer zu erkennen.

»Du musst fliehen«, sagte Khalid.

»Und wie?« Majda trat ein Stück zurück, konnte aber nicht verhindern, dass Khalid ihre Hand ergriff und festhielt.

»Ich habe einen Geländewagen für dich bereitgestellt.« Er zeigte auf einen Jeep, der in einem Verschlag stand. Im Gegensatz zu den anderen Autos machte er einen fahrbereiten Eindruck. »Im Kofferraum sind Flaschen mit Wasser, Lebensmittelpackungen und Benzinkanister. Hol deine Sachen aus dem Hotel, so schnell wie möglich, dann fährst du in westlicher Richtung aus der Stadt.«

Er trat an ein hölzernes Tor in der Mauer, das Majda bisher nicht aufgefallen war, und löste einen Riegel.

Majda überlegte kurz ... eine solche Fahrt, allein durch die Wüste. Es könnte alle möglichen Hindernisse geben. »Wird man mich nicht aufhalten?«

»Ich habe einen Ausweis für dich vorbereitet.« Er drückte ihr ein dünnes Mäppchen in die Hand. »Es ist auch eine Landkarte dabei, auf der die Pisten verzeichnet sind, die aus der Stadt führen. Inzwischen hat ein Flüchtlingsstrom eingesetzt. Es geht chaotisch zu, alle versuchen, die Stadt zu verlassen. Du solltest aber doch lieber noch ein wenig warten, ehe du losfährst. Am besten, du stellst den Wagen in einer Nebenstraße ab, bis es dunkel wird.«

»Und du hast keine Angst?«, fragte Majda. »Was geschieht, wenn jemand darauf kommt, dass du mir geholfen hast?«

Khalid zögerte kurz. Dann sagte er: »Niemand kann es mir nachweisen. Und die Kleidung werde ich wechseln.« Er deutete auf die zerrissene Uniform, und für einen Moment lächelte er sogar. »Natürlich wird man spätestens in einer halben Stunde merken, dass du geflohen bist, aber niemand hat dann noch Zeit dafür, um dieser Sache nachzugehen. Die Flucht unserer Familie aus der Stadt ist vorbereitet, wir benutzen unser Privatflugzeug. Heute Abend fliegen wir. Wir werden uns an einen Ort zurückziehen, an dem wir abwarten können. Wir hoffen immer noch, dass die Sprengsätze nur das neue Vergnügungsviertel zerstören und die Altstadt verschonen. Es liegt dann an uns, die Stadt wieder aufzubauen und dafür zu sorgen, dass sie nie wieder unter fremden Einfluss gerät.«

Khalid hielt noch immer Majdas Hände, und nun zog er sie an sich und küsste sie. Zuerst wehrte sie sich, doch dann ließ sie ihn gewähren. Er hatte Tränen in den Augen und tat Majda Leid. Sie konnte ihm nicht böse sein, die Bindungen an die Familie waren hier eben so stark, dass man ausweglos darin verstrickt war.

Majda beobachtete an sich selbst, wie ihr Ärger über Khalid dahinschwand. Ihre Stimme klang weicher, als sie fragte: »Willst du nicht bei mir bleiben? Mit dem Geländewagen könnten wir gemeinsam fliehen.« Doch kaum hatte sie ihn ausgesprochen, war ihr bereits klar, dass ihr Vorschlag ein romantischer Traum bleiben musste.

»Das ist unmöglich«, sagte Khalid gepresst. Er versuchte sich zu beherrschen und löste sich von Majda. »Ich bin Offizier, mein Vater ist mein oberster Befehlshaber. Nein, es ist unmöglich.«

»Ich glaube wirklich, dass du nicht anders handeln kannst«, sagte Majda. Sie sprach mehr zu sich selbst als zu ihm. Dann trat sie auf ihn zu und blickte noch einmal in seine dunklen, ausdrucksvollen und jetzt so traurigen Augen. »Ich danke dir.« Sie küsste ihn. »Leb wohl – und pass auf dich auf.«

Khalid drehte sich nun entschlossen um, öffnete den ächzenden Türflügel und winkte Majda, in den Jeep zu steigen. Mit den Armaturen konnte sie sich nur flüchtig vertraut machen; die Anordnung war etwas ungewohnt, doch sie fand sich zurecht. Der Schlüssel steckte, sie drehte ihn im Schloss, und der Motor sprang sofort an. Sie löste die Bremse und gab vorsichtig Gas. Der Wagen setzte sich in Bewegung. Sie hatte alle Mühe, ihn durch die enge Öffnung zu chauffieren, und als sie zurückblickte, war das Tor schon wieder geschlossen.

Soeben war ein wichtiger Abschnitt ihres Lebens zu Ende gegangen.

Es gab in der Tat keine Zeit zu verlieren. Majda überlegte kurz, ob sie den Zwischenstopp in ihrem Hotel nicht lieber unterlassen sollte, aber sie verwarf den Gedanken rasch. Sie hatte noch einiges im Zimmer, auf das sie nicht verzichten wollte, und schließlich konnte sie auch die begehrte Planskizze nicht zurücklassen. Sie warf einen Blick auf die Uhr: Die Stunde, die man ihr zugebilligt hatte, war noch nicht vorbei, und so durfte sie annehmen, dass man sie noch nicht aufhalten würde.

Obwohl das Terrain des Hotels direkt an jenes des Palastes anschloss und Majda auf ihrem Weg dorthin in keine der großen Straßen kam, merkte sie doch, dass sich die Menschen der Stadt in heller Aufregung befanden. Viele hasteten in Gruppen oder einzeln mit Taschen und Bündeln beladen an ihr vorüber. Sie würde sich also wohlweislich auch auf das Nötigste beschränken.

Im Hotel schienen sich kaum noch Menschen aufzuhalten. Erst hinter dem Haus bemerkte sie einen alten Mann in einer Ecke auf einer Bank; er starrte teilnahmslos vor sich hin.

Umso besser, so brauchte sie keine Fragen zu beantworteten … Sie hatte sich schon Gedanken darüber gemacht, ob möglicherweise jemand den Leuten im El-Afifi-Palast ihre Abreise melden würde.

Jedenfalls war höchste Eile geboten. Der Tresor schien unangetastet, die paar Dokumente und die Schmuckstücke, die sie dort verstaut hatte, waren noch da. Sie raffte die Dinge zusammen und verstaute sie im Seitenfach ihrer Handtasche. Dann packte sie noch ein paar Toilettenartikel und etwas einfache Kleidung ein. Schließlich lief sie noch zum Zierbrunnen und atmete erleichtert auf, als sie die dort versteckten Papiere so fand, wie sie sie hinterlassen hatte.

Majda verließ das Hotelgelände durch eine Seitenpforte, niemand kümmerte sich um sie. Als sie im Wagen saß, stellte sie fest, dass ihr Helfer ihr neben anderen Karten sogar einen Stadtplan auf den Beifahrersitz gelegt hatte, mit Hilfe dessen es ihr gelang, sich zu orientieren.

Was sie bereits vermutet hatte, bestätigte sich: In den Hauptstraßen war dichter Verkehr. Dabei waren es nicht nur Autos und Motorräder, die sich gegenseitig behinderten, sondern einfachste ländliche Verkehrsmittel: hölzerne, von Eseln gezogene Wägen und Notbehelfe aller Art – von fahrbaren Warenkörben aus dem Supermarkt bis zu mit Packen und Kartons beladenen Kinderwägen. Jeder suchte sich seinen Weg durch das Chaos, und niemand schenkte Majda und ihrem Jeep besondere Beachtung. Das Problem war nur, da hindurchzukommen. Sie machte erbarmungslos von der Hupe Gebrauch, um die Dahineilenden zum Ausweichen zu bewegen.

So dauerte es zwei Stunden, bis sie das kurze Stück bis zum Stadtrand zurückgelegt hatte, und dort gab es noch einen Engpass zu überwinden, nämlich ein Stadttor, durch das sich der gesamte Verkehr wie durch ein Nadelöhr hindurchzwängen musste. Dahinter ging es ungehindert weiter, die Straße wurde breit, wer durchgekommen war, beschleunigte das Tempo. Majda kam eine Weile gut voran.

Leider hatte es damit rasch ein Ende. Die Straße blieb zwar breit, doch nachdem sie die letzten Häuser rechts und links der Straße passiert hatten und der Verkehr das freie Gelände erreichte, machte sich an den Rändern immer stärker der Sand bemerkbar. Majda wäre fast stecken geblieben bei dem Versuch, eine Reihe aneinandergebundener Lasttiere zu überholen.

So ging es mehr schlecht als recht einige Kilometer weiter, etwa eine Stunde lang, dann wurde es unversehens dunkel, Majda konnte den Verlauf der Straße nicht mehr erkennen, es blieb ihr nichts übrig, als blindlings hinter den anderen herzufahren. Nach einer Weile ging der Mond am Himmel auf, und je höher er sich erhob, desto heller wurde sein Licht. Majda konnte besser sehen und fühlte sich wieder sicherer in ihrem Gefährt.

Doch wieder deutete sich ein Hindernis an: Etwas weiter vorn schien der Verkehr ins Stocken geraten zu sein. Majda beobachtete, dass einige Autos die Piste verließen und in die Wüste hinausfuhren. Sie erinnerte sich daran, dass ihr Jeep einen Vierradantrieb hatte – sie hatte den Umschalthebel gesehen, und schob ihn vorsorglich nach vorn ... doch außer dem Fahrgeräusch schien sich nichts zu ändern.

Sie überlegte noch, ob sie sich auch von der Straße entfernen sollte, da steckte sie bereits im Stau. Keine Möglichkeit weiterzukommen. Weiter vorn bemerkte sie rote Lichter, und dann hörte sie knallenden Lärm wie von Schüssen. Von dort kamen einige Männer gelaufen, sie schienen es auf die Autos abgesehen zu haben, denn Majda konnte erkennen, dass ein paar dutzend Meter vor ihr Menschen aus einem recht stabil anmutenden Lieferwagen hinausgetrieben wurden. Stattdessen stiegen die Angreifer ein. Waren es Banditen, oder sollten es Soldaten sein? Und schon tauchte von der Seite ein weiterer Trupp auf, vier in dunkle Umhänge gekleidete Gestalten, die Schnellfeuergewehre schwangen, und einer von ihnen zeigte mit der Waffe auf sie.

Sie stand eingekeilt zwischen ganz unterschiedlichen Fahrzeugen, vor ihr wartete ein Pferdegespann mit unruhig stampfenden Tieren. Die Männer liefen auf sie zu, und einer feuerte eine Salve ab. In dem Moment brachen die Pferde aus, die vermutlich noch nicht oft vor einen Wagen gespannt worden waren. Dem Kutscher gelang es, die Tiere zur Seite zu reißen und so einen Zusammenstoß mit einem vor ihm stehenden Motorrad zu vermeiden. Dadurch wurde eine Lücke frei, und Majda ergriff ihre Chance. Sie trat auf das Gaspedal, riss den Wagen nach links und schoss hinaus in den Sand. Hinter ihr hörte sie ein Geprassel von Schüssen, und sie merkte, wie die Scheibe des Heckfensters zersplitterte. Majda raste so schnell wie möglich davon. Sie wusste, dass ein hohes Tempo der beste Schutz vor dem Steckenbleiben war.

Die Schüsse hinter ihr waren verhallt, die Piste mit der Masse eingekeilter Autos zurückgeblieben. Immer noch fuhr Majda in einem halsbrecherischen Tempo über die sandbedeckte Ebene, und als sie einen Blick zurück riskierte, sah sie nichts als die von ihr aufgerührten Sandfontänen, die sie wie steile Heckflügel hinter sich herzog. Sie war in Sicherheit, aber sie traute sich nicht stehen zu bleiben; sie hatte Angst, sich dann nicht mehr aus den Sandmassen befreien zu können.

So fuhr sie aufs Geratewohl weiter, hinaus ins Unbestimmte, denn sie hatte keine Ahnung mehr, wo sie sich befand. Dann spürte sie ein Schlagen und Holpern und trat rasch auf die Bremse – sie war auf felsigen Untergrund geraten. Ein Blick nach hinten sagte ihr: Sie hatte sich weit genug von der Straße entfernt. Jetzt endlich durfte sie halten und sich ein wenig besinnen.

Zunächst blieb sie einfach im Auto sitzen. Sie holte tief Luft, um sich zu beruhigen. Langsam beruhigte sich auch ihr in die Höhe getriebener Puls.

Majda öffnete die Tür und stieg aus. Vor allem anderen überzeugte sie sich davon, dass sie allein war. Hinter ihr lag die flache Sandwüste mit einzelnen Dünen, die sie umfahren hatte. Vor ihr erhob sich ein dunkles Massiv – eine Hügelkette. Diese Silhouette, die sich schwarz gegen den Sternen übersäten Himmel abzeichnete – die kannte sie! Hier war sie mit Khalid im Schwebeboot vorbeigekommen, als sie mit Salah unterwegs waren. Wenn sie diesem Einschnitt rechterhand vor ihr folgte, kam sie zu der Schlucht und zu der Höhle, die er ihnen gezeigt hatte.

Ein starker Benzingeruch riss Majda aus ihren Überlegungen. Sie stand vor dem Jeep, und der Wind kam von hinten ... Das bedeutete gewiss nichts Gutes ... War sie doch nicht unbeschadet entkommen? Sie ging zum Heck des Autos, legte sich auf den Sand ... In der Dunkelheit konnte sie nichts erkennen, doch sie hörte in rascher Folge Tropfen fallen ...

Majdas zufriedene Stimmung schlug jäh in Ärger um: Der Benzintank war von Kugeln durchlöchert, und das bedeutete, dass ihre Flucht gescheitert war.

Unschlüssig stand Majda neben ihrem Gefährt, sie fühlte sich so hilflos wie selten zuvor. Dann kam ihr ein Gedanke: Vielleicht war es immerhin möglich, noch ein Stück weiter zu fahren ... dann konnte sie den alten Biwakplatz ihres Vaters erreichen – und dort befanden sich schließlich noch die Vorräte, die er zurückgelassen hatte. Eine merkwürdige Fügung: Diese würden nun seiner Tochter zugute kommen!

Majda stieg in den Wagen, gab vorsichtig Gas. Zunächst schien es, als würde der Motor nicht anspringen, es ratterte und schepperte lediglich im Getriebe, doch dann setzte sich das Fahrzeug in Bewegung. Majda drückte vorsichtig das Gaspedal durch, langsam erhöhte sie die Geschwindigkeit: in Richtung auf das ihr bekannte Tal.

Während jeder Minute dieser Fahrt quälte sie die Sorge, dass sie vorzeitig zu Ende sein könnte, doch das Glück war auf ihrer Seite: Ohne Schwierigkeiten gelangte sie bis zu dem Überhang, der ein steiles Schutzdach über dem Biwak bildete, und es gelang ihr sogar, den Wagen hinter einer Felsgruppe abzustellen, die ihn vor Blicken von außen schützte.

Hatte sie sich weit genug von der Stadt entfernt, um auch vor den angedrohten Explosionen geschützt zu sein? Wie weit würde der Kreis der Zerstörung reichen? Jetzt erinnerte sie sich an eine Bemerkung, die Khalid bei ihrem letzten Gespräch ganz nebenbei gemacht hatte ... seine Leute würden sich »weit genug vom Explosionsherd« entfernen – das klang so, als wüsste er darüber Bescheid. Aber wie weit war »weit genug«? Majda beschloss, sich darauf zu verlassen, dass sie hier in Sicherheit war.

Sie bereitete sich darauf vor, mehrere Tage an diesem abgeschiedenen Platz in der Wüste verbringen zu müssen, möglicherweise sogar noch länger. Immerhin schien sie dem Unheil zunächst einmal entgangen zu sein, und somit hatte sie keinen Grund, mit ihrem Schicksal zu hadern.

Von ihrer überhasteten Flucht war sie noch aufgewühlt und fand nur langsam zu ihrer Gelassenheit zurück. An diesem Tag hatte sie mehr erlebt als an jedem anderen ihres Lebens, und jetzt, da sich die Erregung legte, merkte sie, dass sie Hunger hatte und hundemüde war. Sie kramte ein paar Fladenbrote aus einer der Verpackungen, die sie ursprünglich für eine Rast zurechtgelegt hatte, und trank ein paar Schlucke Wasser dazu.

Dann klappte sie die Lehne des Sitzes an der Beifahrerseite zurück, mit Hilfe einiger Kleidungsstücke aus ihrer Tasche versuchte sie, sich ein Lager zu bereiten, und obwohl das nur unzureichend gelang, war sie doch einigermaßen zufrieden mit dem Ergebnis.

Sie ging noch einmal ins Freie und blickte sich um: Der Platz hatte etwas Anheimelndes an sich, hier fühlte sie sich einigermaßen sicher, wer sollte sie hier stören? Ein letzter Blick hinauf zum Sternenhimmel – in einer solchen unbeschreiblichen Pracht hatte sie ihn noch nicht gesehen. Die fremden Himmelskörper strahlten etwas Beruhigendes aus. Irgendetwas, das im Zusammenhang mit Stabilität und Ewigkeit stand.

Majda kroch auf ihr provisorisches Lager, und bald schlief sie den tiefen und traumlosen Schlaf der Erschöpfung.

6

Zwei Tage hielt Ghory sich bereits hier auf. Er hatte einige Zeit gebraucht, um sich an die neue Situation zu gewöhnen, und noch immer wirkte sie beängstigend auf ihn.

Am wohlsten fühlte er sich im Schutz der Höhle. So sehr sich diese auch von seiner gewohnten Umgebung unterschied, so handelte es sich doch immerhin um einen geschlossenen Raum, der Geborgenheit und Sicherheit versprach. Hier, in einer von den Felsen gebildeten, natürlichen Kammer, hatte er sich notdürftig eingerichtet, hier hatte er einen Platz für sein Lager eingeebnet und ein paar flache Gesteinsbrocken so übereinander gelegt, dass sie eine Art Tisch bildeten, auf dem er seine Habseligkeiten ausbreiten konnte. Hier verbrachte er einen großen Teil seiner Zeit, meistens im Dunkeln, denn er wusste nicht, wie lange die Batterien seiner Lampe funktionsfähig blieben.

Sosehr sich die Höhle auch von seinem früheren Lebensraum unterschied, so fielen diese Unterschiede doch kaum ins Gewicht im Vergleich zu dem, was die freie Natur an Eindrücken zu bieten hatte. Wenn Ghory aus der Höhle trat und sich kein Dach mehr über seinem Kopf befand, dann erfasste ihn ein Schwindel. Er fühlte sich ausgesetzt, verletzlich, den Einflüssen von draußen hilflos preisgegeben. Tagsüber brannte eine sengende Sonne hernieder, sie überschwemmte ihn mit Hitze und Licht, seine Haut rötete sich, schälte sich ab und die rosigen Partien, die darunter zum Vorschein kamen, schmerzten. Auch in seinem Kopf rumorte ein dumpfer Schmerz.

Auch der Wind, der da ständig wehte, war ein störendes Element, ein Element der Unruhe, das ständig an seinen Kleidern zerrte und ihn mit Sandkörnern quälte. Sie drangen unter seine Kleidung, rieben die Augäpfel wund und füllten seine

Schuhe bis zum Rand. Auch der Boden war mit Sand bedeckt, aber sobald einmal eine Felspartie freilag, wurde der Boden holprig, so dass Ghory sich nur noch stolpernd fortbewegen konnte.

Trotzdem hielt er es für nötig, von Zeit zu Zeit die Schutzregion der Höhle zu verlassen, um seine Umgebung zu erforschen. Er würde sich hier zwar nicht lange aufhalten – schon deshalb, weil seine Vorräte rasch abnahmen –, aber zunächst einmal galt es, die Explosion abzuwarten; er hoffte, dass er sich hier in ausreichender Entfernung von der Stadt und damit von der Zone der Zerstörung befand. Die Explosion stand nun einmal unausweichlich bevor, nachdem man Harres seiner Funktionen enthoben hatte. Danach, und das stand für Ghory fest, würde er sich so schnell wie möglich auf den Weg zur Stadt machen und mit seinen Leuten Verbindung aufnehmen. Vielleicht hatte er wegen seiner Handlungsweise eine harte Strafe zu erwarten, aber er würde sie auf sich nehmen, er gehörte dieser Gemeinschaft nun einmal an. So übel es ihm auch ergehen mochte: Er wäre damit auch diesem schrecklichen Zustand des Alleinseins entronnen, der zu allen anderen ungewohnten und schwer erträglichen Eindrücken noch hinzukam.

Das Auffälligste an der Außenwelt war das Fehlen sämtlicher Grenzen – sie erstreckte sich bis zum Horizont, und dem gemäß, was Ghory gelernt hatte, setzte sie sich auch noch dahinter fort. Natürlich hielt Ghory Ausschau nach Menschen, nach feindlichen Truppen, denen er nicht in die Hände fallen wollte, aber die Wüste war und blieb leer.

Um eine Übersicht zu gewinnen, stapfte Ghory geradewegs hinaus, zuerst noch auf einer mit Sand durchsetzten flachen Felsschicht, dann auf weichen rieselnden Sandmassen, in die er tief einsank. Davon hatte er bald genug, er drehte sich um und betrachtete die Kette von schwarzbraunen Hügeln, denen man nicht ansah, dass sie im Innern Hohlräume bargen. Weit und breit keine Straße und kein Weg und auch keine Lebewesen. Erst als er zurückging, fielen ihm Abdrücke von menschlichen Füßen auf. Es war eine neue Erkenntnis für ihn, dass Menschen hier Spuren hinterließen, mit deren Hilfe man die Wege, die sie genommen hatten, rekonstruieren konnte. Einige der Fährten führten in die Wüste hinaus und waren bald nicht mehr zu erkennen, denn dort, wo der Wind seine Kraft ungehindert entfalten konnte, waren die Abdrücke rasch wieder verwischt. Leichter war es, den Fährten in die andere Richtung zu folgen – die Felshänge der Hügel schienen einen natürlichen Schutz vor dem Zugriff des Windes zu bilden, man konnte die Abdrücke gut erkennen, bis dorthin, wo der felsige Untergrund begann.

Am nächsten Tag setzte Ghory seine Erkundungsgänge fort, diesmal am Fuß des Hügels entlang. Er wunderte sich über die Vielfalt der Felsformationen, die von Kerben, Rinnen und Löchern durchsetzt waren, gelegentlich stieß er auf Portale, die wie Höhleneingänge aussahen, aber alle schon nach wenigen Metern mit Sand und Felsbruch verschlossen waren.

Unter einem mächtigen Felsbogen fiel Ghory etwas auf: einige Felsplatten, so regelmäßig angeordnet, wie es die Natur kaum zuwege bringen konnte. An dem einen Ende, dort, wo der Boden schon anstieg, ragte etwas Blinkendes aus einem Haufen offensichtlich zusammengetragener und übereinander geschichteter Steine heraus. Es war eine Blechdose, und als Ghory sie öffnete, fand er ein paar Gegenstände, eine altmodische Uhr, einen Kohlestift, ein Notizbuch mit stark verblassten handschriftlichen Eintragungen. Ob es sich um ein Grab handelte? Ghory hatte noch keines gesehen, die toten Körper jener wenigen seiner Schicksalsgenossen, die gestorben waren, hatte man den ungeschriebenen Gesetzen der unterirdischen Lebensweise gemäß durch die Recyclinganlage beseitigt. Doch im Laufe irgendeiner der Lektionen aus den Lernautomaten war er wohl auch mit der Sitte der Bestattungen und der Gräber vertraut gemacht worden.

Ghory blieb ein paar Minuten nachdenklich stehen, ehe er

sich auf den Rückweg machte. Was er zu fürchten hatte, waren lebendige Menschen, nicht die toten.

In der darauffolgenden Nacht, als er noch wach in seiner Schlafmulde lag, fiel ihm ein Geräusch auf, ein Rauschen, manchmal ein wenig lauter, dann wieder leiser ... Er sprang auf und lief im abgedeckten Schein seiner Taschenlampe zum Eingang, von dem aus er auch gleich den Ursprung der Geräusche feststellte: Es war ein Fahrzeug, dessen Form er nicht erkennen konnte, da er vom Licht der Scheinwerfer geblendet wurde. Es fuhr in Kurven dahin, die ihm vorauslaufenden Lichtkegel huschten über den Sand und streiften die Felshänge der Hügel, wobei sie da und dort tiefe Schatten klaffen ließen. Schließlich näherte es sich der Hügelkette und war dann nicht mehr zu sehen, doch der nun ruhende Lichtschein zeigte ihm die Stelle an, an der es stehen geblieben war.

Es stand fest, dass Ghory sich näher über den Urheber dieser unvorhergesehenen Störung informieren musste, und so schlich er sich so leise wie möglich zwischen den Felsen hindurch an, bis er das Fahrzeug erstmals aus der Nähe sah: ein kleiner Wagen mit auffällig großen Rädern. Er hatte Bilder von derartigen Gefährten gesehen. Es war in einer Nische im Schutz zweier hoch aufragender Felsen geparkt.

Es gab nur einen Insassen. Eine nur undeutlich erkennbare Gestalt stieg aus dem Auto und kniete daneben nieder, leuchtete mit einer Handlampe darunter. Hatte der Wagen einen Schaden? War das der Grund dafür, dass die Fahrt hier ein Ende gefunden hatte?

Ghory lag an einer leicht erhöhten Stelle hinter einem Felsen, von seinem Platz hatte er einen guten Überblick, doch es gab nicht mehr viel zu beobachten. Der Fahrer war wieder eingestiegen und machte sich im Wageninneren zu schaffen. Dann verlöschte der Lichtschein, und es regte sich nichts mehr.

Ghory wartete eine halbe Stunde, ehe er es wagte, von dem Aussichtsposten herunterzuklettern und den Wagen aus der

Nähe zu betrachten. Er riskierte es nicht, seine Taschenlampe zu benutzen, und darum konnte er auch nur wenig von der Person sehen, die sich im Innern zum Schlafen niedergelegt hatte.

Schließlich schlich er sich davon und suchte seinen Unterschlupf wieder auf. Vorderhand wollte er nichts unternehmen. Vielleicht entfernte sich der Fremde wieder, und falls nicht ... dann musste Ghory etwas tun, um die Situation zu bereinigen.

Es war noch früh am Morgen, als Majda erwachte. Den Umständen entsprechend hatte sie gut geschlafen und fühlte sich einigermaßen ausgeruht.

Durch das Fenster sah sie sich die Gegend, in die sie geraten war, im Licht der aufgehenden Sonne an: eine menschenleere, eintönige Sandebene, deren Gleichmaß lediglich durch einige Dünen unterbrochen war.

Offenbar befand sie sich weit von den Straßen entfernt, die zu benachbarten Orten führten und auf denen sich die Flüchtlingsströme dahinschoben. Ihre Lage war nicht gerade erfreulich, aber fürs Erste befand sie sich in Sicherheit. Sie konnte in Ruhe abwarten, ob es tatsächlich zu der angekündigten Explosion kommen würde; erst dann hatte es Sinn, sich über weitere Maßnahmen den Kopf zu zerbrechen.

Zunächst kam es darauf an, die in der Nähe deponierten Vorräte zu finden und festzustellen, ob sie noch brauchbar waren. Für heute und einige weitere Tage würden die Lebensmittel und Getränke reichen, die Khalid eingepackt hatte, aber danach müsste sie auf andere Reserven zurückgreifen.

Majda war sehr hungrig. Noch im Liegen löste sie die Verriegelung der Autotür und stieg aus. Barfuß wie sie war, landete sie im Sand und empfand die warme, nachgiebige Masse als angenehm. Sie ging um den Wagen herum, um an ihre Vorräte zu kommen – und stutzte: Da waren Spuren im Sand, die nicht ihre eigenen sein konnten! Sie waren so frisch, dass sie sogar den Abdruck der Sohle erkennen konnte. Sie nahm einen ihrer Schuhe zur Hand, er hatte ein anderes Muster als das, was da im Sand zu sehen war. In der Nacht hatte sie heimlichen Besuch bekommen, jemand war um den Wagen herumgeschlichen! Mit einem Schlag war ihre gute Laune vorbei, an diesem Platz konnte sie sich nicht mehr sicher fühlen. Aber es war ja gar nicht so einfach, ihn zu verlassen. Von jetzt an musste sie also wachsam sein. Sie wandte sich wieder den Spuren zu und versuchte herauszufinden, was der Besucher getan hatte und woher er gekommen war.

In dieser Nacht hatte sich die Situation für Ghory entscheidend verändert. Die Zeit des sinnlosen Wartens war vorbei: Er hatte wieder eine Aufgabe. Es galt, sich vor Gefahren zu schützen, sich gegen störende Einflüsse zu wehren. Ghory versuchte, sich die Verhaltensregeln, die er während zahlreicher Schulungsjahre gelernt hatte, ins Gedächtnis zurückzurufen. Aber welche ließen sich in diesem speziellen Fall anwenden? Straßenkampf? Das passte nicht. Feindberührung? Das schon eher. Kampf Mann gegen Mann: Wenn der Gegner auftaucht, keine Sekunde zögern ... wie oft hatten sie es an den Simulatoren geübt. Nicht denken, sondern handeln.

Unter den gegebenen Bedingungen war das allerdings schwer. Er wusste ja nicht, wer der andere war. Konnte es nicht auch ein Verbündeter sein? Nur nicht zu lange nachdenken! In diesem Fall sah er den Sinn dieser Regel bestätigt: Wer nachdenkt, kann nicht handeln – so hatte man es ihm beigebracht. Alles andere wäre sträflicher Leichtsinn. Aber zunächst konnte er nichts tun, er musste die Nacht abwarten. Ghory lag lange wach, ehe er schließlich in einen unruhigen Schlaf fiel.

Als er erwachte, drang helles Licht von außen herein. Ein Blick auf die Uhr zeigte, dass es schon fast acht Uhr am Morgen war – er hatte verschlafen. Es hielt ihn nicht länger in seiner Schlafmulde. Ghory setzte sich auf, aß einige der Konzentrat-

Schnitten und riss einen der Plastikbeutel mit der durstlöschenden und belebenden elektrolytischen Flüssigkeit auf. Sie schmeckte fade, und er sehnte sich nach einem kühlen Vitamingetränk.

Was war zu tun? Abwarten? Dazu hatte er keine Geduld. Kurz entschlossen holte er seine Universal-Pistole hervor. Er erinnerte sich daran, dass sie täglich gereinigt werden musste, und das hatte er nun schon zwei Tage lang unterlassen. Er nahm sie auseinander, wischte mit der Putzfolie die einzelnen Teile ab und setzte sie wieder zusammen. Dann warf er einen Blick auf die Uhr: Er hatte weitere Zeit verloren. Rasch legte er Hose und Jacke an, schlüpfte in seine Schuhe und zog die schwarze Wollmaske über das Gesicht. Dann steckte er die Pistole ein und stellte auf Einzelschuss/Betäubung. So blieb ihm die Möglichkeit, den Gegner zu verhören.

Vielleicht war der Wagen inzwischen fortgefahren ... heimlich wünschte er sich das, denn dann hätte sich das Problem, das ihn derart verunsicherte, von selbst gelöst.

Wieder schlich er den Hang entlang zum Aussichtsplatz, das letzte Stück legte er auf allen Vieren zurück, um nicht von weitem gesehen zu werden. Er wollte gerade hinunterblicken, da merkte er, dass er eine Schnur streifte, und im selben Moment rollte etwas unter ihm scheppernd den Hang hinunter.

Einen Augenblick duckte er sich, dann hob er kurz den Kopf, um hinunterzublicken. Das Auto stand noch immer dort unten, doch von einer Person war nichts zu sehen.

Da ertönte eine helle Stimme: »Keine Bewegung, sonst knallt es!«

Noch immer sah Ghory niemanden, nur der Schall gab ihm einen Anhaltspunkt, doch als er wieder den Kopf hob, kam erneut ein Befehl: »Waffe fallen lassen! Wird's bald?«

All die intensiven Vorbereitungen auf die unterschiedlichsten Kampfsituationen waren jetzt vollkommen nutzlos, und Ghory musste sich selbst etwas ausdenken, das seine Lage verbessern könnte. Vielleicht konnte ein Trick ihm helfen? Wenn er jetzt die Pistole fallen ließ, konnte er immer noch das Kampfmesser ziehen und den Gegner überraschen. So warf er die Pistole vor sich hin und hob die Hände.

Majda hatte einen kleinen Triumph errungen: Sie war nur mit einer Stange bewaffnet, die sie im Werkzeugkasten des Wagens gefunden hatte, und trotzdem hatte sie einen Soldaten in voller Kampfmontur in ihre Gewalt gebracht. Sie richtete sich aus ihrer geduckten Haltung auf, und rückte ein paar Schritte vor, wobei sie sich immer noch in Deckung der Felsen hielt. Ihr Ziel war es , die Pistole an sich zu bringen, und dazu musste sie nur noch zwei Meter weiterkommen ... Zwei, drei Schritte, da hörte sie einen Kampfschrei und sah, wie derjenige, der sich oben, hinter der Felszacke versteckt hatte, zum Sprung ansetzte, in der Hand ein Messer, und sich auf sie stürzte. Sie zögerte keine Sekunde, ihre Stange emporzureißen und mit aller Kraft gegen den Arm, der das Messer hielt, zu schlagen. Dann lag ihr Widersacher über ihr und hielt sie fest, aber er hatte das Messer fallen lassen und stöhnte laut vor Schmerz.

Jetzt waren die beiden Kämpfenden sich ganz nahe, ihre Köpfe nur eine Handspanne weit voneinander entfernt. Vom Gesicht ihres Angreifers konnte Majda nur die Augen erkennen, der Rest war unter schwarzem Stoff verborgen. Ohne rational fassbaren Grund war es das, was Majda in Rage brachte. Mit einer verzweifelten Kraftanstrengung befreite sie einen Arm aus der Umklammerung, hob die Hand und riss dem andern die Maske herunter, als könnte sie den Widersacher durch diesen symbolischen Akt endgültig unterwerfen.

Majda blickte in das grenzenlos erstaunte Gesicht eines jungen Mannes, der sich nun ein wenig aufrichtete und sie nur noch mit einer Hand niedergedrückt hielt. In einem seltsam akzentuierten Basic-Englisch sagte er: »Du bist ja eine Frau!«

Jetzt lockerte er auch den Griff der anderen Hand ...

Majda, die die Stange immer noch krampfhaft festhielt, hätte ihm einen weiteren Schlag verpassen können, aber sie meinte zu erkennen, dass das jetzt nicht mehr nötig war. Was hatte ihn so fassungslos gemacht? Die Tatsache, dass sie eine Frau war? Eigentlich sah der Mann freundlich und intelligent aus. Was mochte ihn beim Anblick einer Frau derart in Erstaunen versetzen?

Majda wusste nicht, wieso, aber die Auseinandersetzung war vorbei. Sie hob die Pistole auf und warf sie hinter sich in den Sand, dann ließ sie das Messer folgen und zuletzt auch ihre Stange. Der Mann ließ es geschehen. Majda hatte die Situation richtig beurteilt.

»Lass mich deinen Arm ansehen«, befahl sie. »Es tut mir Leid, dass ich so fest zugeschlagen habe. Im Auto habe ich einen Verbandskasten, ich werde dich verbinden. Und dann erzähl mir, woher du kommst und warum du mir etwas antun wolltest.«

Sie ging zu ihrem Wagen und holte das Verbandszeug, ohne dass der Fremde eine Regung gezeigt hätte. Dann zog sie seinen Ärmel hoch, strich eine Regenerationssalbe über die Risswunde und sprühte eine Deckschicht darüber, die sie mit einer Mullbinde zusätzlich befestigte. Schließlich sagte sie: »Ich heiße Majda. Und wie heißt du?«

Jetzt bekam sie zum ersten Mal eine Antwort. »Ich heiße Ghory.« Damit schien der Bann gebrochen. Ghory war bereit, auf Majdas Fragen zu antworten. Nach einer halben Stunde saßen sie beisammen vor einem Kocher, der mit Brennwürfeln betrieben wurde. Über den bläulichen Flammen erhitzte Majda Teewasser und merkte, dass ihr Gegenüber diesen Vorgang mit großen Augen verfolgte: Als habe er bisher nicht nur keine Frauen, sondern auch noch keine Teekocher gesehen. Vorsichtig streckte er eine Hand aus, um die Hitze zu fühlen.

Während sie die heiße Flüssigkeit tranken und salziges Gebäck dazu aßen, erfuhren sie einiges voneinander. Es sah nicht so aus, als könne Ghory alles richtig deuten und einordnen, aber schon in diesen ersten paar Stunden wurde viel von dem, was er bisher als unumstößlich angesehen hatte, in seinen Grundfesten erschüttert.

Zu Beginn des denkwürdigen Gesprächs, das Majda mit Ghory geführt hatte, hatte sie sich zwar sicher und überlegen gegeben, war sich aber des Risikos bewusst geblieben, das sie einging. Er war ein Fremder und, so wie er sich gab, nicht berechenbar. Es war also nicht ausgeschlossen, dass er auf die Idee kam, sie wieder anzugreifen, und darum hatte sie die scheinbar achtlos fortgeschleuderten Waffen im Auge behalten. Aber es war nicht nötig, und je länger sie sich unterhielten, desto stärker wurde ihre Überzeugung, dass nichts passieren würde. Und als jeder zu begreifen begann, woher der andere kam und was ihn hierher geführt hatte, entfiel jeder logische Grund für einen Angriff. Majda und Ghory begannen, einander zu vertrauen.

Am Abend zog sich jeder an seinem Schlafplatz zurück. Majda hatte keine Bedenken hinsichtlich dieses Arrangements – Ghory schien vor Frauen mehr Angst zu haben als vor jedem bewaffneten Feind. Doch bereits am nächsten Morgen nahmen sie ihr Frühstück gemeinsam ein und begannen erneut, sich zu unterhalten.

Obwohl Ghory selbst erst vor kurzem begonnen hatte, die Situation, die bisher sein Leben bestimmt hatte, zu durchschauen, konnte er nicht nur über die äußeren Umstände seines Lebens, sondern auch über den dahintersteckenden Sinn berichten. Fassungslos versuchte sich Majda dieses Dasein in der Abgeschiedenheit eines unterirdischen Bunkers vorzustellen, die unerbittliche Ausrichtung auf diese eine Aufgabe, die nur kranken Gehirnen entsprungen sein konnte. Und sie empfand wachsendes Mitleid mit diesem jungen Mann, mit dem sie das Schicksal zusammengeführt hatte. Man hatte ihn um seine Jugend betrogen, versucht, alle individuellen Regungen zu unterdrücken, ihm alles vorenthalten, was zur Entwicklung zu einem selbstständig denkenden, reifen Wesen nötig ist. Was man ihm beigebracht hatte, war allein auf Kampf und Rache ausgerichtet, auf die Vernichtung von Menschen und Material. Und doch hatte er sich von diesem Zwang befreit, hatte eigene Entscheidungen getroffen und ganz von selbst nach ethischen Prinzipien gehandelt. Ein Wunder, so empfand es Majda.

Immer häufiger kamen sie auch auf persönliche Belange zu sprechen, Wünsche, Ängste, Gefühle. Majda erzählte von ihrem Leben, obwohl sie sich der Tatsache bewusst war, dass das, was sie zu berichten hatte, im Vergleich mit Ghorys Erlebnissen trivial war. Aber darauf kam es wahrscheinlich nicht an, denn umgekehrt war alles, was Majda ihm schilderte, für Ghory ebenso unglaublich.

Manches von dem, was sie einander berichteten, ließ sich zusammenfügen wie die Steine eines Mosaiks. So bedeutete es für beide eine unerwartete Erkenntnis, als sie darauf kamen, dass Ghory Majdas Vater gekannt hatte. Was sie bereits vermutet hatte, war nun bestätigt: Frits Barlach war von der Gruppe, die sich in den Untergrund zurückgezogen hatte, ins unterirdische Exil verschleppt worden, um dort die Wasserversorgung zu betreuen. Und Ghory wusste zudem einiges über die Umstände der Flucht des Wasserbau-Ingenieurs zu berichten.

Mit einem Mal schien Ghory nachdenklich zu werden und nur noch mit halbem Ohr zuzuhören. Majda entging es nicht, und sie fragte ihn nach dem Grund.

Ghory zögerte einen Augenblick, ehe er ihr antwortete. »Durch Zufall bin ich auf etwas gestoßen, das wichtig für dich sein könnte. Aber ich weiß nicht, ob es dich nicht vielleicht sehr traurig macht.«

»Was könnte das sein? Betrifft es meinen Vater?«

»Ja. Rechnest du ernsthaft damit, dass er noch lebt?«

Majda brauchte nicht zu überlegen. »Wenn man nüchtern darüber nachdenkt, dann besteht allenfalls eine winzige Chance. Trotzdem: Wenn du etwas weißt, dann sag es mir. Die Gewissheit ist besser als eine immer wieder enttäuschte Hoffnung.«

Da erzählte ihr Ghory von dem Grab, das er gefunden hatte. Majda verlangte, die Stätte sofort zu sehen. Ghory führte sie an den Ort.

Kurz darauf standen sie gemeinsam vor dem schmalen aufgeworfenen Hügel mit den darübergebreiteten Steinplatten. Und so wie Ghory am Tag zuvor öffnete auch Majda die Blechdose und holte die Gegenstände heraus, vorsichtig, als fürchtete sie, etwas zu beschädigen. Sie glaubte die Uhr wiederzuerkennen, war sich aber nicht sicher. Das Notizbuch dagegen brachte Gewissheit: Es war nicht mehr viel davon lesbar, aber an den wenigen unbeschädigten Zeilen war die Handschrift von Frits Barlach einwandfrei zu erkennen.

Majda stand unbewegt, doch sie fühlte, wie ein Gefühl von Rührung und Trauer in ihr emporstieg und sie zu überwältigen drohte. Dann begannen ihre Tränen zu fließen. Und Ghory nahm seinen ganzen Mut zusammen und legte ihr den Arm um die Schulter.

Majda hatte das Grab so belassen, wie sie es vorgefunden hatte, nur das Notizbuch hatte sie an sich genommen. Vielleicht ließ sich noch etwas Aufschlussreiches über die letzten Tage ihres Vaters entziffern, die er in der erzwungenen Abgeschiedenheit einer unterirdischen Festung verbracht hatte.

Aber endlich war das mit seinem Schicksal verbundene Rätsel gelöst. Majda vermochte allerdings nicht zu sagen, ob sie enttäuscht oder erleichtert war. Hatte sie ernsthaft etwas anderes erwartet, womöglich ein Wunder? Und hatte sich all das, was sie getan und auf sich genommen hatte, gelohnt?

Majda riss sich zusammen. Was sie da erfahren hatte, hatte sie im Grunde genommen erwartet, und es war nur die plötzliche Enthüllung gewesen, die sie aus der Fassung gebracht hatte. Ein Rätsel allerdings blieb ungelöst: Wer hatte Frits Barlach bestattet?

Als die Nacht hereingebrochen war, saßen sie noch lange beisammen. Schließlich sagte Ghory: »Ist dir klar, dass für morgen früh, acht Uhr, die Zerstörung der Stadt angekündigt ist?«

In der Tat, unter den Eindrücken der letzten Stunden hatte Majda nicht mehr daran gedacht.

»Ich bin nicht sicher, ob dieser Platz hier im Freien ausreichenden Schutz bietet«, sagte Ghory. »Trümmer werden wohl nicht so weit fliegen, aber die Druckwelle könnte auch hier noch Schaden anrichten. Am Fuß der Felswand bist du dem Steinschlag schutzlos ausgesetzt. Da ist es bei mir sicherer. Willst du nicht morgen rechtzeitig zu mir kommen? Im Berginneren können wir die Explosion abwarten.«

Majda blickte ihn eine kurze Weile abwägend an: Aus seiner Miene war reine Besorgnis herauszulesen. Besorgnis um sie. »Ich möchte in dieser Nacht nicht allein bleiben«, sagte sie dann. »Darf ich mit dir kommen?«

»Komm mit«, sagte er und ergriff ihre Hand.

Keiner von ihnen schaute auf die Uhr. Sie lagen aneinander geklammert und irgendwie gelang es ihnen auf diese Weise, ihre Angst nicht übermächtig werden zu lassen. Sie hatten keine Vorstellung davon, wie stark die Explosion sein würde ... vielleicht löste sie ein Erdbeben aus, das selbst in die Tiefe der Berge hineinwirkte? Schließlich kündigte sich das Unheil mit einer kaum spürbaren Vibration an, als Vorzeichen für ein Aufbäumen des Felsmassivs, dessen Schutz sie sich überantwortet hatten und das nun wie eine nachgiebige Masse geschüttelt wurde. Dann erst kam der Donner, bedrohlich, lang anhaltend, mit immer wiederkehrenden Echos vermischt, bis sich die aufgewühlte Luft wieder beruhigte und eine Ruhe eintrat, die tödlich anmutete.

Erst eine Viertelstunde später trauten Majda und Ghory sich, ihren Höhlenraum zu verlassen. Sie gingen geduckt, als könnte die Felsdecke jeden Augenblick über ihren Köpfen herniederbrechen. Vorsichtig näherten sie sich dem Eingang. Wider Erwarten war die Landschaft noch dieselbe wie zuvor, nur – Ghory hatte es geahnt – unterhalb der Hänge lagen Felstrümmer, große, massive Stücke, frisch herausgebrochen, und viele einzelne helle Splitter, weit hinaus über die Ebene verstreut. Hin und wieder ertönte ein Knirschen, und dann polterte ein Nachzügler herab, wälzte sich über die anderen Trümmer, bis er schwerfällig zur Ruhe kam.

Die Vorhersage hatte sich also erfüllt, mit ungezügelter Härte, gewaltsam und umfassend.

»Wenn es so abläuft wie geplant, dann kriechen sie jetzt aus den aufgesprengten Öffnungen heraus und nehmen dieses Werk der Zerstörung in Besitz.« Ghorys Stimme klang bitter.

»Willst du dich denen immer noch anschließen?« Majda hatte diese Frage schon einmal gestellt, und Ghory hatte sie nicht beantworten können. Unter dem Eindruck des Geschehens hatte er einen Entschluss gefasst. »Nein«, sagte er. »Im Zusammenhang damit, was geschehen ist, glaube ich nicht mehr an eine Verpflichtung. Ich habe bisher mit der Entscheidung gezögert, weil ich es mir nicht vorstellen konnte. Ich dachte, es würde ... Ich weiß nicht, was ich gedacht habe ... eine unbestimmte, auf nichts begründete Hoffnung.«

Ghory war tief erschüttert, und Majda versuchte ihn zu trösten. »Aber es ist dir doch immerhin gelungen, vielen deiner Landsleute das Leben zu retten. Es waren keine Menschen mehr in der Stadt, sie haben die Warnung ernst genommen.«

»Menschen, die nun heimatlos sind. Es hätte nicht sein müssen.«

»Sei nicht traurig«, sagte Majda hilflos. Sie musste sich eingestehen, dass auch sie bis zum letzten Augenblick gehofft hatte, alles würde ohne schwere Folgen vorübergehen – ein symbolischer Akt, ein paar eingestürzte Gebäude, ein Paukenschlag, der die Menschen womöglich sogar zu der Einsicht gebracht hätte, dass die Jagd nach Geld und Vergnügen nicht der Zweck des Lebens ist.

Jetzt war es anders entschieden, und vor allem eines war klar: Eine Rückkehr in die Stadt war nicht möglich.

Majda sprach es aus: »Es ist entschieden – es hat keinen Sinn, noch länger hier zu bleiben. Wir können auch nicht auf Rettung hoffen. Niemand weiß, dass hier Menschen sind, und unsere Vorräte gehen zur Neige.«

»Du wirst nach Hause zurückkehren«, sagte Ghory. »Und was soll ich tun? Ich habe kein Zuhause.«

»Du hast Recht, falls wir hier herauskommen, dann will ich nach Europa zurück. Aber ich werde wiederkommen. Schließlich habe ich etwas in der Hand, das für diesen Teil der Welt sehr wertvoll ist. Ich will dafür sorgen, dass die Entdeckung meines Vaters einen guten Zweck erfüllt und nicht skrupellosen Geschäftemachern in die Hände fällt.«

Ghory nickte, schwieg, setzte zum Sprechen an und sprach dann doch nicht. Erst nach einer Weile sagte er in sachlichem Tonfall: »Im Augenblick hat es wenig Sinn, darüber zu diskutieren. Zunächst geht es darum, von hier wegzukommen. Das dürfte schwer genug sein.«

Die Chancen standen in der Tat nicht gut. Ghory erwog, seinen Sender einzusetzen, um einen Hilferuf auszusenden, aber es stellte sich heraus, dass die Sendestärke nur für den lokalen Bereich taugte und sich überdies die Frequenz nicht verstellen ließ.

Ihre einzige Hoffnung war Majdas Geländewagen. Zwar war der Tank durchlöchert, aber vielleicht konnten sie die Löcher irgendwie verstopfen. Im Werkzeugkasten fanden sie ein Spray, das dazu dienen sollte, beschädigte Reifen abzudichten. Wenn sie Glück hatten, eignete es sich auch dazu, die Löcher im Benzintank zu schließen. Da ihnen keine andere Lösung einfiel, machten sie sich an die Arbeit. Sie bauten den Benzintank aus und legten Blechstücke, die sie aus einem Behälter für Lebensmittel geschnitten hatten, über die Öffnungen. Darüber sprühten sie die Plastikmasse, die sich infolge der Berührung mit der Luft verhärten sollte.

Um sich vom Erfolg ihrer Methode zu überzeugen, ließen sie über Nacht Benzin auf die geklebten Stellen einwirken. Am nächsten Morgen stellten sie fest, dass nichts herausgeronnen war, doch die Klebemasse war durch das Benzin wieder weich geworden. Sollten sie das Risiko also eingehen? Schließlich entschieden sie sich beide für einen Versuch. Am nächsten Tag wollten sie es wagen.

Majda und Ghory verstauten das, was sie mitnehmen wollten, im Kofferraum, darunter alle Behälter mit Getränken. Es blieb nicht mehr viel übrig – für zwei Tage sollte es reichen, und gemäß der Landkarte sollten sie innerhalb eines Tages zu einer Oase mit einer Tankstelle gelangen. Dort gab es sicher auch Geschäfte, in denen auch alles andere zu erhalten war, was man für eine Wüstenfahrt brauchte.

Es war ein seltsamer Abend. Obwohl dieser Platz in der Wüste alle jene Kleinigkeiten vermissen ließ, die ein Mensch braucht, um das Leben als angenehm zu empfinden, verspürten beide ein wenig Wehmut, als es nun daranging, ihn zu verlassen.

Nach einem Abendimbiss saßen sie beisammen an einem offenen Feuer, um sich ein wenig aufzuwärmen. Kurz darauf wurde der kalte Wind auch am Feuer unangenehm, und wie selbstverständlich kam Majda mit Ghory in seine Felsenkammer. Ghory hatte seine Angst vor Frauen verloren, und als Majda sich ihm näherte, liebte er sie mit einer Zärtlichkeit, die Majda für ein paar Stunden die Situation vergessen ließ, in der sie sich befanden.

Am nächsten Tag brachen Majda und Ghory früh auf. An den Ort, den sie zurückließen, verschwendeten sie nun keine wehmütigen Gedanken mehr, beide waren voll auf die Hoffnung fixiert, ihre Freiheit wiederzugewinnen.

Zunächst kamen sie gut voran, doch dann gerieten sie in

tiefen Sand und blieben mehrmals stecken. Sie bekamen den Wagen wieder frei, verloren aber viel Zeit. Infolge der Umwege, die sie zu fahren gezwungen waren, hatten sie bald keine Orientierung mehr und mussten sich nach der Sonne richten. Die Gegend, in die sie gelangten, war von düsterer Schönheit. Auf der einen Seite, weit entfernt, zog sich ein Gebirgszug dahin, auf der anderen Seite stand eine Reihe von Dünen, die erste und größte von ihnen ein riesenhaftes Gebilde, über hundert Meter hoch, die steil abfallende Seite ihnen zugewandt, dahinter stieg Nebel auf. Und hinter ihnen verwischte immer noch ein undefinierbarer grauer Streifen das, was einmal eine Stadt gewesen war. Es wunderte sie, dass sie sich noch nicht weiter entfernt hatten – waren sie womöglich im Kreis gefahren?

Plötzlich begann der Motor zu rucken, setzte aus, sprang wieder an, setzte schließlich länger aus, und mitten auf einer mit flachen Steinen bedeckten Fläche blieb der Wagen endgültig stehen.

Ghory und Majda fanden die Ursache schnell: Der Tank war wieder undicht, das Benzin lief aus. Sie versuchten, ihn erneut abzudichten, und füllten Treibstoff nach, um wenigstens noch ein Stück näher an die Straße heranzukommen, aber nach einer kurzen Strecke saßen sie wieder fest. Da standen sie mitten in der Wüste und blickten einander betroffen an. Allmählich griff beklemmende Angst nach ihnen, und sie legte sich auch nicht, als Ghory Majda in die Arme nahm und festhielt.

Auf diesem Fleck war es glühend heiß, über ihnen stand die flirrende Sonne. Sie schien fast senkrecht von oben herab, ihre Strahlen schienen von allen Seiten auf sie einzudringen. Es war Mittagszeit.

Sie beschlossen, die heißesten Stunden abzuwarten und dann zu Fuß weiterzuziehen. Majda meinte zu wissen, in welcher Richtung die Piste, von der sie gekommen war, lag, und diese paar Kilometer würden sie doch bewältigen. Aber dann? Es blieb ihnen nur die Hoffnung, dass noch einzelne Fahrzeuge unterwegs waren, vielleicht Militär, vielleicht Polizei ... Aber zuerst mussten sie die Piste erreichen.

»Wir nehmen nur die Getränke mit«, sagte Majda und warf einen besorgten Blick auf die wenigen kleinen Plastikbeutel, die noch übrig waren.

Nach zwei Stunden war es zwar nicht kühler geworden, aber nun ließ sich der Aufbruch nicht mehr aufschieben. Sie suchten ihre Wasserreserven zusammen und konnten es nicht glauben, wie wenig davon noch übrig war. Alles zusammen füllte nicht einmal mehr eine der kleinen Kunststoffflaschen. Ghory packte sie zusammen mit einigen Tafeln Traubenzucker in eine der Taschen, und Majda fügte noch rasch ihr Mäppchen mit den Briefen und der Planskizze ihres Vaters hinzu.

Ghory nahm die Tasche und schritt voran, Majda folgte ihm. Auf dem felsigen Untergrund kamen sie rasch weiter, aber schon nach einer Viertelstunde gerieten sie wieder in sandbedeckte Bereiche. Zuerst war es eine dünne Schicht, doch bald wurde sie tiefer – bei jedem Schritt versanken die Füße über die Knöchel in rieselnden Massen.

Bei Majda machten sich Wadenkrämpfe bemerkbar, aber auch für Ghory war das eine ungewohnte und anstrengende Art der Fortbewegung. Beide versuchten ihre Müdigkeit voreinander zu verbergen, aber nach einer Viertelstunde waren sie so mitgenommen, dass sie eine Rast einlegten. Sie setzten sich auf den glutheißen Boden und gönnten sich ein wenig von dem wertvollen Wasser.

Zehn Minuten später brachen sie wieder auf, die Erholungspause wirkte jedoch nur wenig nach, und bereits nach kurzer Zeit waren sie der Erschöpfung nahe. Trotzdem ließen sie sich nicht unterkriegen und schleppten sich weiter.

Immer ärger machte ihnen nun der Durst zu schaffen. Sie gerieten in einen Zustand, in dem der Schmerz in den Muskeln zurücktrat und sie sich nur noch gegen den Drang zu trinken wehrten.

Es war Majda, die zuerst aufgab. Sie ließ sich auf die Knie sinken, stützte sich mit den Armen auf den Sand und schloss die Augen. »Ich kann nicht mehr«, wollte sie rufen, aber Mund und Kehle waren so trocken, dass sie kein Wort herausbrachte. Ghory, der einige Schritte vor ihr dahintrottete, merkte nicht gleich, dass Majda zurückgeblieben war. Sein Blick war nach vorn gerichtet – und da sah er etwas, was er zuerst für eine Traumgebilde hielt: mitten in der Wüste, nahe am Horizont, ein Streifen, der deutlich dunkler war als die blassbraune Sandfläche, der Farbton zwischen grau und blau, und, was das Auffälligste daran war, mit einer unruhigen Oberfläche, wie von sanftem Wellenschlag. Eine Wasseransammlung ... ein See!

Ghory rieb sich die Augen, blickte noch einmal hin – kein Irrtum möglich. Das war die Rettung! Er blickte sich um und sah Majda im Sand kauern.

Eilig kehrte er zu ihr zurück. »Wasser«, rief er heiser. »– dort vorn!«

Majda schien ihn nicht gleich zu verstehen, und er beschrieb ihr, was er gesehen hatte. Es dauerte eine Weile, ehe sie begriff. Und als Ghory dann die Wasserflasche öffnete, sie ihr zum Trinken reichte und sagte, dass sie jetzt keine Reserven mehr benötigten, begann sie zu verstehen. Unglaublich, wie belebend diese Nachricht wirkte! Ghory brauchte Majda nicht zum Mitkommen auffordern, sie stand von selbst auf und setzte sich in Bewegung.

Während den nächsten Minuten spürten die beiden weder Müdigkeit und Durst, die jäh entfachte Hoffnung trug sie weiter, auf den Rettung verheißenden See zu ...

Und dann konnten sie beobachten, wie sich die graublaue Fläche aufzulösen begann. Es war, als versickerte die Flüssigkeit, um für den darunter liegenden Sand Platz zu schaffen, und Augenblicke später hatte sich die Fata Morgana aufgelöst. Was übrig blieb, war die vor Hitze flirrende endlose Ebene.

Automatisch gingen sie noch ein paar Schritte weiter. Dann

blieben sie stehen und blickten einander an. Sie verstanden sich auch ohne Worte: Das war das Ende. Jetzt waren sie bereit, sich dem Schicksal zu ergeben. Ein paar Schritte neben ihrem Weg erhob sich eine kleinere Düne, und die Sonne stand jetzt so tief, dass sich über deren Frontseite ein flacher Schatten schob. Sie schleppten sich dorthin und ließen sich zu Boden fallen.

Nach einer Weile krochen sie aufeinander zu, und Majda legte ihren Kopf auf Ghorys Schulter. So blieben sie liegen und gerieten in einen Zustand, in dem sie nur noch das Gefühl hatten, in einem Meer von Licht und Hitze zu versinken. Hoffnungen und Befürchtungen begannen zu erlöschen ...

Der junge Mann im blütenweißen Burnus, der früher mit seinem Großvater oft hierher an den Kamm der Düne gekommen war, war nicht mehr so jung wie einst, als ihn sein Großvater zum ersten Mal an den Aussichtsplatz mitgenommen hatte. Sein Großvater war vor einigen Monaten gestorben. Die Ereignisse der letzten Tage hatten zwar keinen unmittelbaren Einfluss auf ihre kleine Lebensgemeinschaft gehabt, aber das Schicksal der Stadt hatte den Jungen schon immer interessiert, und im Gegensatz zu den Älteren seines Stammes war es bei ihm nicht nur Ablehnung gewesen, die ihn hierher getrieben hatte, sondern insgeheim – vielleicht sogar, ohne dass es ihm selbst klar wurde – eine unerklärliche Faszination, die von jenen technischen Dingen ausging, die man von hier aus mehr ahnen als erkennen konnte.

Und nun war die Stadt zerstört und mit ihr alles, was diese in ihrer Art kühnen Visionäre an Dingen geschaffen hatten, die seine Freunde übereinstimmend als Sünde bezeichneten. In diesem Sinn fühlten sie sich bestätigt – dass nämlich Gott solche Blasphemien früher oder später bestraft –, so war die Prophezeiung seines Großvaters in Erfüllung gegangen.

Gewiss war das, was sich nun dort unten abspielte, eine Folge dieser Ereignisse. Aber gehörten die, die da zu leiden hatten, nun zu den Schuldigen, die die gerechte Strafe trifft, oder waren es Unschuldige, die nur zufällig in den Strudel der Ereignisse geraten waren und nun darin umzukommen drohten?

Seit er von der Katastrophe gehört hatte, war er jeden Tag hierher gekommen, um den Gang der Ereignisse zu verfolgen. Er glaubte schließlich an die Gerechtigkeit, die, oft prinzipiell nicht erkennbar, hinter manchen bedauernswürdigen Ereig-

nissen steckt. Aber wenn das so ist – vielleicht war das ein ketzerischer Gedanke –, dann würde es nichts daran ändern, wenn man versuchte, die bösen Folgen des Schicksalsschlags abzumildern.

Es gab natürlich noch einen anderen Grund, den Lauf der Dinge nicht einfach sich selbst zu überlassen, nämlich das uralte Gebot der Hilfsbereitschaft, die selbst dem früheren Feind zuteil werden soll, wenn er geschlagen und hilflos ist. Dieses Gebot hatte auch für seinen Großvater höchste Priorität gehabt. Als er noch ein Kind war, hatte er es erlebt, wie sein Großvater diesem Gebot der Hilfeleistung allen widersprechenden Impulsen entgegen gefolgt war: damals, ein Jahr nach dem Krieg, als die Erde einen von jenen Verlorenen ausgespien hatte, die sich irgendwo in dunkler Tiefe verkrochen hatten. Er war verwundet ans Tageslicht gekommen, verwundet und schwach, und als sein Großvater aus jenen unerklärlichen Quellen, die die Kunde der wirklich wichtigen Ereignisse in die Welt tragen, davon erfahren hatte, hatte er alle Mühe aufgewandt, um ihm das Leben zu retten. Doch der Fremde war auf seinem Weg durch die lichtlose Tiefe schwer gestürzt, sein geschundener Körper wies offene Knochenbrüche auf, und der Wundbrand hatte ihm zugesetzt. Sie hatten ihn gepflegt, doch er war gestorben, und sie hatten ihm ein Grab bereitet.

Und er, damals noch ein Kind, hatte mit aller Kraft seines Herzens auf die Gesundung des Verwundeten gehofft. Es war nicht nur Güte und Menschenliebe, die ihn dazu herausgefordert hatten, sondern – und er wollte zumindest sich selbst gegenüber auch seine Schwächen eingestehen – ein brennendes Interesse an dem, was ihm der Fremde mitteilen könnte. Denn dieser war, das ging aus den Gesprächen hervor, denen er gelauscht hatte, ein Gelehrter gewesen. Und er hatte, das war nicht zu bezweifeln, Kenntnisse gehabt, denen die eigenen weisen Männer in der Einseitigkeit ihres Wissens nichts Gleichwertiges entgegenzusetzen hatten. Und dabei ging es nicht, wie bei diesen, um Fragen, deren Bedeutung weit entfernte Paradiese betraf, sondern um das Verständnis irdischer Dinge: Es ging um die Erde, das Wasser und den Wind. Und für ihn, der seit seinen jungen Jahren beobachten musste, wie sich die Lebensbedingungen seines Stammes mehr und mehr verschlechterten, war dieses Wissen ein Schatz, der die Rettung bedeuten konnte.

Und nun hatte sich etwas Vergleichbares ereignet. Gibt es eine zweite Chance? Wieder soll jemand den dunklen Tiefen entkommen sein, und wieder schwebt der Todesengel über ihm. Das ist der Moment, wo alle anderen Beweggründe ihre Gültigkeit verlieren. Es ist das Gebot der Menschlichkeit, das zum Tragen kommt.

Der nicht mehr ganz junge Mann, der jetzt allein zu entscheiden hatte, war zu einem Entschluss gekommen. Die beiden dort unten, die in einer verzweifelten Anstrengung gegen den Tod des Verdurstens angekämpft hatten, waren dem Ende nahe und damit dem Willen Gottes überantwortet. Das war der Moment, da er eingreifen durfte und eingreifen musste. Er stieß einen leisen Pfiff aus ... am Dünenkamm tauchten zwei Kamele auf und trabten heran. Eines davon trug ein Paar schwere Wasserschläuche, auf das andere schwang er sich hinauf und machte sich auf den Weg.

Danksagung

Ich danke meinem Freund Dipl.-Ing. Salah Eldin Abdallah für die Ratschläge, mit denen er mir meine Probleme mit der arabischen Sprache zu lösen half.